文春文庫

虹の翼

吉村昭

この本は一九八三年に小社より刊行された文庫の新装版です。
DTP制作・ジェイ　エスキューブ

目次

虹の翼　5
あとがき　517
参考文献　519
解説　和田宏　520

編集部より

本書に収録した作品のなかには、差別的表現あるいは差別的表現ととられかねない箇所が含まれています。が、著者は既に故人であり、作品が時代的な背景を踏まえていること、作品自体は差別を助長するようなものではないことなどに鑑み、原文のままとしました。

尚、本文中で、厳密には訂正も検討できる部分については、基本的に原文を尊重し、最低限の訂正にとどめました。明らかな誤植等につきましては、著作権者の了解のもと、改稿いたしました。

虹の翼

一

明治十二年春――

愛媛県西宇和郡八幡浜《やわたはま》浦は、明るい陽光を浴びていた。

佐田岬半島の付け根にある八幡浜浦は、深く陸地に食いこんだ湾をいだく港町で、豊《ぶん》後《ご》水道をへだてて九州との重要な連絡港にもなっている。湾の南方に諏訪崎《すわざき》が海上に鋭く突き出し、湾口には佐島が浮び、風光は美しい。町は、湾の奥から丘陵に這い上るようにひろがっている。海の色と丘陵一帯をおおう緑の色が、鮮やかな対照をなしていた。

松の樹木につつまれた丘に養老元年（七一七）に建立された八幡神社があるが、八幡浜浦の地名は、その神社の名から起っている。町は、漁港としても栄えていたが、商業の町でもあった。店構えの大きな商家が多く、近隣随一の活況を呈していて、港に船の出入りもしきりだった。

八幡神社の裏手にある愛宕山《あたごやま》の桜も、ほころびはじめていた。町には、春らしいなごやかな空気がただよっていた。家並の間の道を天秤棒《てんびんぼう》に笊《ざる》をさげた小商人が、売声をあげて歩いてゆく。荷をのせた大八車も、車の音をさせて通り過ぎる。道に人の往来は多かった。

角ばった風呂敷包みを背に歩いていた商人らしい中年の男が、坂の途中で足をとめると、空に視線を向けた。それに気づいた魚売りの女も、いぶかしそうに男の視線を追った。同じような情景が、町の至る所でみられた。洗い張りをしている主婦、酢の積出しをしていた丁稚《でっち》、子守りをしている少女、黄色い鉢巻をして棟上げの仕事をしている職人たちが、一様に空を見上げている。

町の中に、かすかなざわめきがひろがった。

初めに歓声をあげて走り出したのは子供たちで、それにつづいて女や男も狭い道を新川の河原の方へ急いでゆく。新川は町の中央を流れていて、カワムツ、フナ、ウナギが釣れ、さらにシラウオ、ハゼ、ボラなども豊富で、町の人々に親しまれている。かれらは、川に架けられた明治橋にむかった。

橋の袂《たもと》にたどりついた者たちは、広い河原に眼を向けた。そこには、一人の少年が立って凧《たこ》の糸を操っていた。

「やはり、忠八《ちゅうはち》だ」

かれらの中から声が起り、空を見上げながら河原に競うように降りていった。空は、白い雲片が浮んでいるだけで青い。

二宮忠八は十四歳だが、思いもつかぬような凧を作って揚げ、それがいつの間にか町の話題になっていた。新型式の凧は一カ月ほどの割合で作られ、人々は新しい型式の凧が揚るのを楽しみに待つようになっている。青空を背景に舞い上っている凧も、かれらには今まで眼にしたこともない物珍しいものであった。

凧の絵は、千石船であった。船を正面から描いたもので、帆柱に大きな一枚帆が張られている。舳《へさき》はせり上り、忠八の家の紋である菱《ひし》に十の字の帆印も書かれている。凧の中央部が前方に少しふくらんでいるので、千石船が帆に風をはらんでこちらに向って進んできているようにみえる。

それだけでも興味深かったが、人々の眼をひきつけたのは、凧の下部だった。そこには、多くの切れ目を入れた白い紙が貼りつけられ、微風をうけて一斉にひるがえっている。白い紙が、波にみえた。千石船が、白波をかきわけてこちらに進んでくるように感じられた。

人々の間から、感嘆の声が起った。空に千石船が、波を蹴立てながら航行している。忠八は、周囲の人々も意識せぬらしく、凧に眼を向けている。その顔には、出来栄えに満足したような表情が浮んでいた。

大人たちは、時折り忠八に眼を向けた。凧にはきまりきった形と絵柄しかないはずなのに、忠八が独創的な凧を工夫し揚げることが、かれらには驚異であった。新型式の凧を揚げるたびに注文する者も多く、忠八は同じ型式のものを作って売る。いわば商売にしているのだが、忠八がつぎつぎに新しい凧を生み出してゆくことが、町の者たちを不思議がらせていた。

忠八が、すぐれた頭脳をもつ少年であることは、町の人々も知っていた。忠八は、八歳の春、神山学舎と言われていた町立の学塾に入った。翌年新しい学制によって学舎は神山小学校となり、その直後、学業が群をぬいているという理由で一学級飛びこえて進級を許されたりした。

十一歳の秋、神山小学校の平家建校舎の新築に際して肝付《きもつき》愛媛県学務課長が来校したが、それを記念して八幡浜浦と付近の七カ村から優秀な小学校児童が一堂に集められ、学術の競争試験がおこなわれることになった。試験場は、大法寺の大広間に定められた。

忠八も学術優秀な少年たちと大法寺に赴いた。大広間には他校の少年たちも集まり、さらに広間をかこむ縁側には、父兄や町の人たちが犇《ひしめ》き合うように坐っていた。やがて問題が紙に記されてかかげられ、試験がはじまった。その結果、第一等は二宮忠八と発表され、忠八の名は八幡浜浦とその近隣に広く知れ渡った。

それから二年後、小学校を卒業する忠八の将来が一部の人の関心を呼んだ。宇和島に開設された中学校に入学するのではないかと噂されたが、かれは進学せず、呉服と古着を扱う高橋菊五郎の家に雇われ、長男寛太郎の子守りになった。忠八の家は、手広く取引もしていた海産物問屋であったが、商売に失敗し、食物にも事欠くほど困窮していて、忠八の進学など許される状態ではなかったのだ。

忠八の作る奇抜な凧に対する人々の反応は、さまざまだった。

或る者は、学術試験で第一等の好成績をあげた忠八の秀れた頭脳がうみ出した当然の産物だ、と素直に感嘆していた。わずか十四歳の少年の工夫としては、異例のものだと言うのだ。

しかし、他の者は、秀才児の名が高かった忠八が、凧を作ることによって金銭を得る境遇にまでおちたことを冷笑していた。多くの雇人を使い大きな船を仕立てて荷を満載し、遠く大阪方面にまで派手に商売をしていた忠八の家の没落を小気味良く感じていた。むろん忠八の境遇を哀れに思う者も多かった。かれの父は前年に死亡し、かれは自分の力で生きてゆかねばならぬ身になっている。豊かな商家の子として過していた頃の姿は、すでにない。小学校を卒業すると同時に、高橋家の子守りをしているかれの姿に、涙ぐむ者もいた。

そうした人々の視線に堪えきれず、忠八は高橋家を去った。が、かれはその日から飢えにおびえなければならず、思案の末、凧作りをはじめて細々と金銭を得るようになった。

忠八の凧は、初めから大好評で入手希望者が多く、かれらは争って注文した。忠八の凧は、どのような種類でも一張り五銭で、米一升の値段と同額であった。

かれの作った凧の特徴は、むろん人の意表をつく工夫が凝らされている点にあったが、絵が秀れていることと、凧の生命である揚り易さにあった。絵の才能は生れつき備わっていて、線は大胆で鋭く、色彩も鮮やかだった。それに、かれの凧は微風でも空高く舞いあがり、しかも安定性に富んでいて尾などつけなくても回転して落ちたりするようなことはない。かれは、材料の竹、紙を吟味《ぎんみ》して凧の左右の均衡を正しく保つことにつとめ、糸の張り具合にも十分に留意して凧を作った。

かれは、凧という遊戯具に畏敬にも似た気持をいだいていた。人間は空を飛ぶことができぬが、凧は、一本の糸に操られて容易に揚る。凧にとってそれは造作のないことで、糸が伸ばされれば、それだけさらに空高く上昇してゆく。人間には不可能であることを可能とする凧に対する強い関心が、かれを凧作りに専念させていた。

忠八が初めて作った凧は、達磨《だるま》の絵を描いた凧であった。奴凧《やっこだこ》のように両側に袖《そで》に似たものが張り出し、大きな眼が描かれていた。

秋晴れの日に、達磨凧は澄んだ空に舞いあがった。それを眼にした町の人々は、放心したように凧を見上げた。達磨凧は、眼にいちじるしい特徴があった。驚いたことに大きな両眼を絶え間なく動かし、しかも、それは赤くなったり、金色に光ったりした。

町の者たちは、呆気にとられて達磨の眼の変化を見つめ、

「両眼が金になった」

「片方が赤に変った」

などと、叫び合ったりした。

達磨が生きていて、上空から両眼を光らせながら町を見下しているように思え、殊《こと》に眼が金色に変ると陽光を反射してまばゆく光り、恐しくさえ見えた。

町の者たちは、新川の河原でその凧を揚げている忠八の周囲に集った。かれらは、達磨の眼の動きをいぶかしみ、忠八に凧をおろさせた。

達磨の眼に視線を据えたかれらは、その巧妙な工夫に感嘆し、呆れたように忠八の顔を見つめた。眼の部分が円形にくりぬかれ、その中央に、細い竹が縦にとりつけられている。眼は竹に糸で結ばれていて、竹を軸に自由に回転するようになっている。眼は、片面に金色の紙、裏面に赤い紙が貼られているので、回転する度《たび》に金色に光ったり赤くなったりするのだ。

人々はその凧を欲しがり、忠八は同じものを作って売った。子供に買い与える者が多かったが、大人自身で凧を揚げる者もいた。町の上空には達磨凧が数多く舞い、眼を金色に光らせたり、両眼を赤に変えたりしていた。

それらの達磨凧の舞う空に、一カ月ほどたった頃、突然、扇形の凧があがった。町の者たちは、忠八が第二作目の凧を作ったことを知った。扇には長い尾が垂れ、風にひるがえっていた。形も珍しかったが、町の者たちはその図柄の美麗さに眼を奪われた。扇面は市松模様で、色彩が鮮明であった。空が一時に華やいだような見事さであった。

町の者たちは、あらためて忠八が絵に非凡な才能をそなえていることを知り、扇凧も競い合うように買い求めた。かれらの中には、扇が末広がりのめでたいものであり、しかも美しいことに魅せられて壁にかけて飾る者もいた。

かれの作る凧は、いつの間にか忠八凧と呼ばれ、人々は、かれの次作を心待ちするようになった。その期待にこたえて、忠八は、次々に新工夫の凧を作り出していった。凧の上部にある弦に、桜の木の皮をはりつけた字凧も作った。凧は、糸をひくとぶんぶんと音を立てる。うなり凧はその地方一帯で初めてのことであったので、その凧も大評判になった。御神燈と書かれた提灯《ちょうちん》の形をした凧、鱏《えい》、燕、蟬などを形どった凧が、それぞれ工夫を凝らされて作られ、八幡浜浦の町の上を舞った。

……忠八の凧を見つづけてきた町の者たちの眼にも、空に浮ぶ千石船の凧は殊《こと》のほか魅力にみちたものに映った。船は帆をはらみ、青空が海原のように感じられた。

忠八の周囲に集った者たちは、口々にその凧を注文したいと忠八に言った。その都度《つど》、忠八は、傍に立つ年下の少年に凧の糸を渡すと、紙を取り出し矢立の筆で注文者の名を書きとめていったが、十番目の者の名前を書くと、

「十張りだけです」

と、言った。

「なぜだ」

一人の男が、いぶかしそうな表情で言った。

「凧作りは、この船凧を最後にやめます。勤め口がきまりましたので、凧を作る暇がなくなったのです。十張りだけは作りますが……」

忠八は、答えた。

「どこに勤め口がきまったのだ」

男が、たずねた。

「平井深造様のところで、写真術をやります」

忠八の眼に、かすかな輝きが浮んだ。

「写真術？」

男は甲高《かんだか》い声をあげた。

「平井様が開業する写真館で働くように言われましたので……」

忠八の言葉に、周囲の者は驚いたようにかれの顔を見つめた。

平井深造は、川の上手にある五反田の旧庄屋で、明治維新以後続々と入ってくる西欧の文物に関心をもち、殊に写真に強い興味をいだいて長崎から写真機を購入、写真師も招いて写真館をひらくことになっていた。平井は、聡明な忠八を写真師の助手にしようとしたのである。

日本の写真術は、十八年前の文久元年、オランダ海軍医官ポンペから学んだ長崎の上野彦馬が写真撮影に成功し、ほとんど同時に下岡蓮杖が横浜で開業したことにはじまる。その後、写真を撮影する者が徐々に増したが、それは大半が大都会にかぎられ、八幡浜浦一帯では、その名称をわずかに耳にするだけであった。

西洋文明の影響はほとんどみられず、燈火も依然として行燈《あんどん》で、ランプを眼にしたものもいない。そうした八幡浜浦で、平井が写真館を開くという話は、町の話題にもなっていた。

忠八は、矢立をしまうと糸を素早く手繰りはじめた。凧が手もとに引き寄せられ、河原に舞い降りた。

忠八は、注文者の一人に千石船の凧を渡して五銭の硬貨を受け取ると、土手の方に歩き出した。

忠八は、慶応二年六月九日、八幡浜浦矢野町四十四番地に生れた。

大激動期の時代で、幕府はアメリカをはじめ諸外国の圧力に屈して鎖国政策を解き、条約をむすんでいたが、それに反対する雄藩も多く、倒幕運動も露骨になっていた。忠八が生れた頃、すでに幕府は反対勢力の中心であった長州藩に対して第二次征討の兵をおこし、世情は騒然としていた。

二宮家の先祖は薩摩藩士であったが、分家した茂左衛門利忠が四国に渡って伊予国大洲《おおず》に住み、藩に召抱えられて百五十石を賜った。その死後、子の佐兵衛忠幸が家督をついだが、思わぬ不運に見舞われた。

かれは、藩主加藤家の紋を印した旗の保管を担当していたが、旗が鼠に食い破られ、藩主の怒りを買った。佐兵衛は謹慎し、ようやく許されて勤務に復したが、宝暦三年七月、蔵に火災が起った折、鮎釣りに行っていて、保管を命じられていた旗と幕などを持ち出すことができず灰にしてしまったのである。

二度にわたる失態で、かれは厳しい叱責を受け、遂に退藩を命じられ、百姓になった。

その後、家をついだ者たちは代々商業に従事し、忠八の父幸蔵も、大二屋という屋号で海産物問屋を営んでいた。

幼い忠八の最初の記憶は、港に入ってきた多くの軍船を父に抱かれて見物したことであった。それは鳥羽、伏見の戦いに出陣した宇和島藩の軍船であった。朱色に塗られ異様な艤装《ぎそう》をほどこした軍船に、忠八は強い印象をうけた。

やがて藩兵が上陸し、洋式楽隊を先頭に庄屋浅井公平の邸にむかって行進しはじめた。忠八は、父に抱かれて町の人とともに藩兵の通過するのをながめた。

楽の音が近づいてきて、笛を吹き太鼓を打ち鳴らす楽隊の後から、鉄砲をかついだ藩兵が列を作って進んでくる。その前駆をする藩士が、

「下におろう、下に、下に」

と、大きな声をあげる。

町の者たちは、驚いたように道の傍に坐り、忠八を抱いた父も膝をついた。かれらは土下座して指を土につけ、忠八は、頭をさげた父の傍に立って、藩兵が十埃《つちぼこり》をあげながら眼の前を通り過ぎるのを見上げていた。

それにつぐ記憶は、父の引受けた興行物であった。明治二年十一月のことで、忠八四歳（数え年）であった。その頃、母きたは臨月の身であった。きたは、長男繁蔵以下千代松、栄吉、おまつ、忠八の四男一女を産んでいた。

きたは、

「また、あなたの道楽がはじまった」

と、幸蔵に言って笑った。

幸蔵の道楽とは、興行物を呼び寄せて、町で開くことであったが、その折に催した見世物の内容は異色であった。かれが呼び寄せたのは、象であった。

象は、応永十五年（一四〇八）足利義持の時代、天正三年（一五七五）織田信長の時代にそれぞれ渡来したことがあるが、多くの人々の眼に初めてふれたのは享保《きようほう》十三年（一七二八）であった。

その年の六月七日、唐船にのせられた安南国（ベトナム）産の牡、牝二頭の象が長崎に上陸した。陸揚げする折に唐船と桟橋の間に橋を作り、その上に土を敷いて、象使いが慎重に一頭ずつ曳いて上陸させた。

二頭の象は、唐人屋敷に収容されたが、牝は菓子をあたえられすぎたためか舌に吹出物ができ、治療したが治らない。一人の町人が、大胆にも象の口に手を突き入れて舌を水で洗い、象も元気をとりもどしたかにみえたが、間もなく死亡してしまった。

翌享保十四年三月十六日、七歳の牡象は、将軍家に献上のため長崎を出発した。献上の珍獣とあって道中の警戒は厳重をきわめ、街道の小石を取りのぞき、橋を架け替え、所によっては蓆《むしろ》を敷き、犬猫を街道に出さぬようにというお触れを出すなど、大騒ぎであった。

象は日に五里弱を歩いて、四月二十六日に京都に到着、三日後に中御門《なかみかど》上皇の御拝覧をうけた。その日、象は京都を出発、五月二十五日に江戸へ着き、浜御殿の仮象舎に収容された。その間、象をひと眼見ようと沿道に群衆が押しかけ、江戸はその話題でもちきりだった。

二十七日に象は江戸城に入り、将軍吉宗と諸大名の上覧をうけた。象は、吉宗に膝をついて頭をさげ、曲芸をして吉宗たちを喜ばせた。

が、象の餌の量は係の役人を困惑させた。象は、一日に唐米八升、まんじゅう五十個、橙《だいだい》五十個、藁《わら》二百斤、笹《さん》の葉五十斤、草千斤を食べ、役人たちはそのような多量の餌を摂る象を持て余し、江戸郊外の中野村に象舎を作って移したが、象は十四日日に栄養失調で死亡した。

その後、文化十三年（一八一六）にオランダ商館長ヅーフが将軍家斉に象の献上を申し入れたが、前例に懲りた幕府は、その儀に及ばずと謝絶した。そうした事情から象の渡来は絶え、その後、開国によって幕末頃から象を見世物として持込む者もいた。が、それはきわめて稀《まれ》で、象を見た者など皆無に近かった。

忠八の父幸蔵のもとに、或る男から象が四国に来ているという話が伝えられた。男は、財力があり興行物にも関心の深い幸蔵に、活況を呈している八幡浜浦で象の見世物をひらかせようとしたのである。

幸蔵は、その話に乗り気になった。象のことは耳にしているだけで、実物を見たことはない。自分でも眼にしたいという個人的な興味と、新奇な物を好む町の人々の気風を考え、興行としても当るにちがいないと思ったのである。

かれは、ただちにその興行を引受ける契約を結んだ。興行師は、ゼンマイ仕掛のからくり人形と足芸をする女芸人も伴っているという。むろん主な見世物は、象であった。

幸蔵は、人を介して興行師と打ち合わせをおこない、象を深夜、町へひそかに引き入れることになった。もしも、昼間、象を連れてくれば、町の者たちは道にむらがって象を見る。いわば無料で見られてしまうことになり、それでは見世物としての価値がなくなるのである。

十一月二十二日夜、興行師一行は大洲方面から山道を進んで八幡浜浦に近づいた。夜は気温も低下し、象の歩みはゆるやかだった。

幸蔵は、雇人たちと提灯を手に一行を出迎え、山道をくだり、町に入ると一斉に提灯の灯を吹き消した。象には黒い布をかけてあったので、近づいてくる通行人は、荷を満載した車だと思うらしく気にもしないようだったが、車輪の音もせず、それが上下に揺れていることをいぶかしんで、足をとめて見送った。象は、八幡神社の石段の下にある幸蔵の店の前を通り過ぎた。その時、たまたま、家の中ではじけるような産声《うぶごえ》が起った。幸蔵の妻きたが、五人目の男子を産み落したのである。

象は、興行師や幸蔵にかこまれて、仮の象舎に引き入れられた。その傍には、周囲を板でかこんだ仮設の見世物場も作られていた。

幸蔵は家に帰り、男子の出産を知って大いに喜んだ。かれは、出産時刻が象の通過した頃であることを知り、興行は確実に成功すると信じた。

興行は、翌日からおこなわれたが、かれの予想は的中した。前夜、家並の間を黒々とした巨大な物がひっそりと通り過ぎたという話は町の中にひろまっていて、物の怪《け》ではないかということを口にする者もいた。が、それが象であることを知ると、町の者たちは興奮した。かれらの中には象という動物の名を初めて耳にする者も多く、それが地上で最も大きい動物であることを知り、ひと眼だけでも見たいと願ったのだ。

見世物場の前には、早朝から人がむらがった。やがて興行開始の太鼓が打ち鳴らされ、人々は木戸銭を払って争うように塀の中に入り蓆に坐った。

まず女芸人の足芸から興行がはじまった。仰向きに寝た芸人が、大きな盥《たらい》を足で巧みにまわし、ついで盥を球に替えて高々とはね上げたりする。客は、その度に拍手した。

それが終ると、舞台にからくり人形が持ち出された。人形は布袋《ほてい》で、前に木琴が置かれている。仕掛けが、動きはじめた。人々は眼をみはった。布袋人形が、生きているように手を動かし、首を曲げる。笑い顔をみせた時には、人々の間にどよめきが起った。

「お前は、正直者だ」

という口上で、人形が客の一人を指すと、場内にはじけるような笑い声が起った。

からくり人形は、日本で古くから発達したすぐれた機械仕掛の人形で、テコ、滑車、バネなどを使って人形を動かし、その仕掛けに長崎に駐在していたオランダの商館長たちが驚嘆した記録も残されている。からくり人形が飛躍的な進歩をとげたのは、西洋から機械時計が渡来したことが主要な原因になっている。時計を解体した日本の細工師たちは、ゼンマイ、歯車、クランク、調速機等を知り、それらを自力で工夫して作り和時計を作製した。また、からくり師もそれらの部品の応用をはかって、精巧な日本独自のからくり人形を続々と製作したのである。

かれらの手になった人形は、水をみたした盃をささげ持って歩き、トンボ返りを連続的に打ち、身ぶりよろしく舞い踊る。鯉が滝のぼりをして突然大きな龍に化す「龍門の滝」と称するからくり、人形が壺を抱えて歩いて行き、壺を社前に置いて引き返すと壺の中から大きな龍神が飛び出し撞木《しゆもく》をふりかざして荒々しく踊り舞うからくりなど、凝った趣向のものも生れた。それらは神社の行事や見世物として人々を楽しませていたが、八幡浜浦方面ではそのようなものを見る機会はなく、町の人々は布袋のからくり人形に驚嘆の眼をみはったのだ。

布袋は、しきりに笑いながら客席を見まわしていたが、両手に棒をつかむと、前に置かれた木琴を打ち鳴らしはじめた。その旋律につれて布袋は踊るように体を動かし、それを最後に幕が引かれた。

ついで、客が待ちかねた象の登場になった。

羽織、袴をつけた男が出て来て、象についての説明をはじめた。象が地上最大の動物であること、安南国では神の使者として尊重されていること、性質は温順で礼儀正しく、餌は米、果物、芋、藁など牛馬の十倍近くの量を食べること、力は強く虎など踏みひしぐことなどを、いかめしい口調で話しつづける。説明は長かったが、客は飽きることもなく耳を傾けていた。

三味線と太鼓のお囃子《はやし》がはじまって、幕のかげから象使いに導かれた象が姿をあらわした。客たちの間から一斉に驚きの声があがり、恐怖に襲われて立ち上がる者もいた。それを予想していたらしく、象使いは象に所作を命じた。象は、膝を折り曲げて坐り、頭を垂れて上下に振る。

「お客様がたに御挨拶をしております。象は礼儀正しい大人《おしな》しい動物です」

説明役の言葉に、ようやく客たちの恐怖も薄らぎ、膝を屈する象に歓声をあげ拍手を送った。

象はせまい空間をゆっくりと歩き回り、象使いの指示で、方向転換をしたりする。その間、説明役は、象の体の諸部分を指さし、鼻、耳、口、眼の特徴を口にした。それが一段落すると、象は再び膝を屈して頭をさげ、拍手に送られて幕のかげにかくれていった。

忠八は、家人に連れられて父の興行を何度も見に行った。かれは象の大きさと異様な姿に驚き、女芸人の足芸にも感心した。が、かれが最も喜んだのは、からくり人形であった。人形がなぜ人間のように手足や体を動かし、笑うことまでするのか。人を指して笑う布袋の顔に、人間らしい表情がうかぶのを眼にして、空恐しさを感じた。

かれは舞台裏に連れて行ってもらった時、からくり人形が機械で動かされることを知り、機械というものの不思議さを知った。

帰宅した忠八は、興奮がさめず、ふとんの上で嬰児《えいじ》に乳房をふくませている母の前でからくり人形の動きをまねてみせた。父や兄姉たちは、忠八の仕種が人形に似ていると言って笑い、母も体をふるわせて笑っていた。

興行は五日間で終り、興行師たちは忠八の家に一泊した後、象を連れて街道を去っていった。客の入りは上乗で、多額の利益をあげた幸蔵は、上機嫌であった。生れた子も男子で、乳を力強く吸っている。象が店の前を通り過ぎた折に男子が生れたのはめでたいことだと言い、嬰児を象にちなんで象太郎と名づけた。


忠八は、富裕な商家の子として日を送った。体の成長も順調で、家の前にある八幡神社の鳥居をくぐり、社殿に通じる急な石段を上り下りして遊んだ。また、家の斜め前にある大坂屋という屋号をもつ薬種商坂本大三郎の店にしばしば行って、薬品の調合などを見るのを好んだ。そして、五歳になった頃には、木片で秤のようなものを作り、砂や草などを薬に見立てて調合し、それを薬包紙に分ける遊びに興じていた。

翌明治三年五月五日、忠八の家でも鯉幟《こいのぼり》と豪傑の絵が描かれた幟がはためいた。かれは、夏に病気にかからぬという言い伝えにしたがって菖蒲《しょうぶ》で鉢巻をし、しば餅を食べて遊びまわった。

それから二日後の夜明けに、町で大騒動が起った。

町の中央を流れる新川は、明治橋のわずか上流で五反田川と千丈川に分れている。その千丈川の河原に、二十六カ村の農民が続々と集り、その数は三千数百人にも達した。かれらは、手に手に鍬《くわ》、鎌を持ち、数十本の太い綱を河原に運びこんだ。重だった者たちが口々に、

「庄屋の家を綱で曳き倒せ」

と叫ぶと、群がった農民たちは一斉に声をあげてそれに応じる。その叫び声は、家並の間にもきこえ、町の者は飛び出し、無数の農民たちが怒声をあげていることを知って騒然となった。

農民三千数百名が千丈川の河原に集ったのは、庄屋に対する恨みからであった。庄屋は、代官の下で村政をつかさどり、小事件を裁き、町村の租税の完納につとめる。それは世襲職で、藩に忠誠をはげむことが庄屋の位置を保つ上で必要であった。そのため、庄屋たちの中には年貢を取り立てることに熱中する余り、農民の困窮を無視する者もあった。かれらの権威は絶大で、農民は下駄ばきで庄屋の土間に入ることを許されず、路上で庄屋に会うと土下座しなければならなかった。

明治新政府が樹立されてからも庄屋制はそのまま持続されていたが、四日前の五月三日、制度が改められて庄屋役が廃された。それと同時に、旧制時代に農民を苦しめていた庄屋たちへの憤りが一時にふき上げ、旧宇和島藩領内では農民の庄屋に対する騒動が二カ所で起った。その地方でたまたま行商をしていた雛《ひな》五郎《ごろう》という男がもどってきて、

それを八幡浜浦周辺の村々に伝えたため、農民たちが一斉に立ち上ったのである。

八幡浜浦にとどまっていた三人の役人が、ただちに千丈川の河原へ急いだ。が、若い農民たちは田の泥をかためて投げ、喚声をあげる。かれらの空気はきわめて険悪で、庄屋に多量の米、酒などを差出すよう要求し、農民の犠牲で建てた庄屋の邸をことごとく曳き倒す、と気勢をあげた。

その勢いに恐れをなした役人は河原から逃げ帰り、早馬を宇和島に立て、出兵を懇請した。町の中には、農民たちが町に押し寄せて人家を焼き払うとか、庄屋とその一族を皆殺しにするなどという不穏な噂が流れた。

庄屋たちの狼狽《ろうばい》は激しく、恐怖に駆られて家財を放置したまま妻子を連れて山中に逃げる者もいた。また、他の者たちは、大八車に身の回りの物を乗せて港に走り、船で遠く宇和島に避難した。

忠八の家は庄屋ではないが、手広く海産物を扱う商家で資産もある。農民たちが暴徒に化して町に乱入すれば、当然、他の豪商とともに襲われる恐れがあった。幸蔵は、店の戸をかたくしめ、妻や子供たちに外へ出ることをかたく禁じた。そして、もしも襲われた折には、家を飛び出し八幡神社の石段を駆け上って神主のもとに身をかくせ、と命じた。暴徒も神社を襲うことはなく、危害を加えられずにすむだろう、と言うのだ。

町の中は大混乱を呈していたが、正午すぎ、河原に集っていた三千数百名の農民が、鍬、鎌をふりかざして急に激しい動きをしめしはじめた。かれらは、いくつもの集団に分れて庄屋たちの家へ向った。

たちまち町の中は、大混乱におちいった。激しい叫び声と足音が交叉し、時折り歓声とも怒号ともつかぬ声が噴き上る。なにかを叩きこわすような音もきこえてきた。

忠八は、体をふるわせながら両親たちと戸を閉した暗い家の中で息をひそませていた。時折り、多くの者が家の外を駆けぬけてゆく足音がする。東だ、北だという鋭い声がきこえることもあった。

幸蔵は、家族の危険を感じ、

「神社の石段をのぼり、神主様の所へ行け。荷物など持たずに早く行くのだ」

と、妻や忠八たちに言った。

きたは、象太郎を抱き、娘のおまつに御襁褓《おむつ》を持たせると、忠八たちをうながして土間に降り入口の戸をかすかに開け、首を伸し戸外をうかがっていたが、

「出るんだ」

と、甲高い声で言った。

忠八は、兄たちと路上に出た。眼の前に八幡神社の鳥居があり、石段がある。かれは、走ると石段を駆け上った。恐しくはあったが、母や兄姉たちと境内にあがるのが面白くもあった。

境内には、すでに近くの家の人々が集っていた。かれらは、町を見下して口々に叫んでいる。その視線の方向には、人が群がり、鍬や鎌の刃の輝きがみえた。

農民たちは、庄屋の家々に押し寄せ、家に残っていた庄屋を引きずり出して蓆の上に坐らせ、日頃の恨みを浴びせかけた。庄屋に土下座することを強要し、頭を土にすりつけさせる。金銭、米、酒を出させる者もいた。

その夜、農民たちは焚火をたいて野宿した。火は、至る所にみえた。

宇和島藩庁では、早馬によって暴動が起ったことを知り、家老桜田亀六が多数の武器を手にした兵三百をひきいて八幡浜浦へ急ぎ、大法寺に入って陣屋とし、つづいて大砲も到着した。桜田は役人を督励して農民たちの鎮撫につとめ、町とその周辺の要所要所に兵を配置した。

しかし、農民はひるむこともなく、集団を組んで庄屋のもとに押し掛け脅迫を重ねる。その通報を得るたびに桜田は兵を派したが、農民たちは見張りを立てていて、兵がやってくるのを事前に察知し、地形も熟知しているので巧みに姿をかくし、他の庄屋の家を襲っておどすことを繰り返していた。

そのうちに、農民と役人の間に乱闘が起り、双方に数人の死傷者が出た。それまで慰撫することによって解決をはかろうとしていた桜田は遂に武力鎮圧を決意し、大砲を曳き出して農民たちを威嚇した。その勢いに恐れをなした農民たちは四散し、山中に逃げた。

これによって暴動はやみ、大法寺住職の農民たちに対する説得もあって、ようやく八幡浜浦とその周辺に平穏な空気がもどった。

明治新政府の政治態勢もようやく整って全国に廃藩置県が実施され、八幡浜浦も宇和島県の所属になり、町に役所も設置された。農民による暴動は、町の人々に大きな衝撃をあたえたが、それは、新しい時代への変革にともなう自然発生的な事件でもあった。

暴動があった翌年、忠八の一家は八幡神社下から近くの旧代官所前に移転した。家業は順調で、忠八は不自由のない日々を送っていた。かれは目鼻立ちの整った色白の少年で、近隣の者たちから美少年と噂されていた。

翌明治五年、忠八の一家に思いがけぬ出来事が起った。

その年の春、幸蔵は、大きな商取引を企てた。文明開化の影響で東京、大阪など大都市の商況は活気を呈し、商品の動きはさかんになっていた。かれは、海産物を多量に大阪に送り、その取引によって多額の利益を得ようと考えた。

かれは、その取引を長男繁蔵にまかせることを思いついた。繁蔵は二十代も半ばを過ぎ、やがては家業をつぐ身で、この機会に商人としての経験を得させようとしたのである。

繁蔵は大いに喜び、父とともに荷の集積に奔走した。その結果、上質の鰑《するめ》、鰹節、目刺、塩魚、ふのりなどが集められた。運搬には三百石の和船を雇い入れることになった。

出発の前夜、忠八の家では取引の成功を願って盛大な宴がひらかれた。繁蔵は酔い、莫大な利益を持ち帰ると言って、眼を輝かせていた。

翌早朝、忠八は父たちとともに港へ行った。風向は良く、和船に大きな帆があげられた。艫《とも》には、大二屋と屋号の書かれた幟も立てられた。新調の着物を身につけた繁蔵は、舳に立ってしきりに手を振っている。その姿には、大きな仕事をまかされた青年らしい気負いがあふれていた。

白帆は風をはらんでふくれ上り、湾口に向って進んでゆく。忠八たちは、船が遠く佐島のかげに消えてゆくのを岸に立って見送っていた。町には、多彩な鯉幟がひるがえっていた。

一家は、連れ立って八幡神社におもむき取引の成功を祈願した。幸蔵にとって三百石積の和船に積みこんだ多量の荷は、資金のほとんどを注ぎこんだものであった。

前年の三月に東京、京都、大阪間に郵便事業が開始され、暮には大阪から長崎まで延長された。が、八幡浜浦にはむろんその恵みは及ばず、一家は、繁蔵に手紙で取引の進行状態を問うこともできず、ただ繁蔵の帰るのを待つだけであった。

和船が八幡浜浦に引き返してきたのは、六月に入って間もない日の夕方であった。その帰港を伝えてくれた者があって、幸蔵は家を小走りに出た。忠八も兄たちの後について港に急いだ。港内には、茜色《あかねいろ》に染った空を背景に帆をおろした船が停止し、舷側をはなれた小舟が岸に近づいてくる。そこには、繁蔵の姿がみえた。

岸にあがってきた長兄の繁蔵の顔を眼にした忠八は、七歳の少年ながら不吉な予感をいだいた。繁蔵の顔は青白く、頰もこけている。出発していった折の生気が感じられなかった。

「御苦労だった。取引の具合は、どうだった」

幸蔵が、繁蔵にたずねた。

繁蔵は、

「詳しいことは家で……」

と言って、先に立って歩き出した。家並の間には、すでに夕闇が濃くひろがり、家々から行燈の灯ももれはじめていた。

繁蔵が軒をくぐり、父もつづいて座敷に入った。忠八は廊下に立って、座敷に坐った兄の顔に眼を向けていた。

「どうだった。荷は売れたか？」

父が、気づかわしげに問うた。

「売れました」

繁蔵は、低い声で答えた。

「それはよかった。上質のものばかり慎重に集めたのだ。売れぬはずはない、と思っていた。利益はどれほどあがった？」

父がたずねたが、繁蔵は黙っている。視線が、父からそらされていた。

「どうだったのだ」

父の顔に、不安の色がうかんだ。

「利益はあがりましたが……」

繁蔵の顔に、弱々しい表情が漂い出た。

「利益があがれば結構ではないか。いったいどうしたと言うのだ」

父は、苛立ったような視線を繁蔵に据えた。

繁蔵は無言で行燈に眼を向けていたが、

「金はなくなりました」

と、途切れ勝ちの声で言った。

父は、自分の耳を疑ったように眼を大きく開いた。

「利益をあげたと言っても、相場が時期的にさがっていると言われ買いたたかれましたので、利益はわずかです」

繁蔵は、弁明するように言った。

「わずかな利益でも、あげることができたらいいではないか。それなのに、金がなくなったというのはどういうことだ」

「それが、いろいろ事情がありまして……」

「どのような事情だ」

繁蔵は、顔を青ざめさせ口をつぐんでいる。

「なにがあったのだ。黙っていてはわからぬ。若いお前にとっては初めての取引だ。利益が少ししかあがらなかったのも無理はない。そのようなことを、責める気はない。私は四十七歳になったし、そろそろお前たちに家業をつがせたいとも思っている。少しのしくじりは眼をつむる。損をしたらしたで、それもやむを得まい。ともかく、残った金をここに出せ」

幸蔵は、さとすように言った。

「残金はありません。使い果しました」

繁蔵が、眼を伏せた。

「使い果した？」

幸蔵は、甲高い声をあげ、きたは、驚いたように繁蔵の顔を見つめた。

幸蔵は、きたと顔を見合わせ、あらためて繁蔵に視線を据えた。

「冗談はやめろ。利益はあげられなくても、品物を売った代金は残っているだろう」

「だから、今申し上げた通り、使い果してしまったのです」

繁蔵の顔は、凍りついたように無表情だった。

幸蔵の顔に、激しい狼狽の色が浮かんだ。

「なにに使ったのだ。なににそのような多額の金を使い果してしまったのだ」

幸蔵の声は、ふるえていた。

忠八は廊下で立ちつくし、部屋の情景を見つめた。父がそのようにうろたえていることが、恐しかった。いつも平然として物に動じぬ父がそのような激しい動揺をしめしていることに、想像を絶した悲しむべき出来事が起ったことを知った。

「なにに使ったのだ」

幸蔵が、立ち上ると大きな声をあげた。

「遊びに、です」

繁蔵が、反射的に答えた。

「なんだと？」

「取引先の店の者に誘われました。執拗《しつよう》に誘われて、ついその気になり、遊里に行きました」

「遊里……」

幸蔵は、深く息をつくようにつぶやいた。

「あれほど楽しい思いをしたことはなく、翌日の夜も店の者に誘われるままに足を向け、それから毎晩……。船頭も連れて行ってやりました。金が減ってゆくのが恐しく、遊里通いはやめなければと何度思ったか知れませんが、夜、灯がともるとどうにもならず出掛けてゆきました。金は、ほとんど使い果しました。あるのは、これだけです」

繁蔵は、懐から財布をとり出すとさかさにしてみせた。畳の上には、小銭がこぼれ落ちただけであった。

「お前という奴は……」

幸蔵は、繁蔵に近づくと拳をふるいはじめた。きたが幸蔵に泣声をあげてしがみつく。次男の千代松も、幸蔵の腕を後からかかえた。忠八は、立ちすくんだ。平穏であった家に、そのような情景を見たことはなく、恐しさに涙があふれ出た。

幸蔵は、きたと千代松にしがみつかれながらも繁蔵に拳をふるう。かれの怒声は、いつの間にか泣声になっていた。幸蔵は、体を後にひかれて畳の上に腰を落した。顔面は蒼白で、肩を波打たせ荒い息をついている。

「家はつぶれるぞ。女などにうつつをぬかして、あのような大金を……」

幸蔵の体は、ふるえていた。

忠八にとって、父親は絶対的な存在であり、十分な思慮分別をもつ物に動じることのない大人であった。象の興行物を呼び、大型和船に海産物を満載して遠く長崎、大阪方面とも取引をしている父は、無限の能力と財力に恵まれ、自分の将来も父の指示にしたがえば、少しの不安もないと信じていた。そうした忠八の考えを裏づけるように、父は、大商人らしく悠揚としていて金銭にこだわりも持たない。そのような父が、忠八には頼もしかった。

しかし、眼前で腰をおとしている父は、別人のようであった。繁蔵に拳をふるいつづけ、それを制止した母と次兄の千代松に引きもどされて坐りこんだ父は、荒い息をつき、涙を流している。

家はつぶれる……と言った父の言葉に、忠八は、全身が凍りつくような恐怖に襲われた。三百石船に満載した荷が完全に無になったことは痛手にちがいないが、それが破産に結びつくとは思えなかっただけに、かれは慄然とした。

忠八は、膝頭がふるえはじめるのを意識した。家がつぶれることは、家族が路頭に迷うことを意味している。町にも、親子連れの乞食がしばしば入ってくる。かれらは、黒光りした着物ともつかぬ布を身にまとい、蓆にくるまって家々の戸口に立つ。かれらはどこの家でも追われ、稀に紙に包まれた残飯をもらうと土手などで寄り添いながら食べている。父や母たちと、そのような惨めな境遇になることが、忠八には恐しかった。

「少しもお金は残っていないのか。すべて費《つか》い果してしまったのか」

きたが、泣きながら繁蔵にかきくどいている。

繁蔵は、頭を垂れて返事もしない。幸蔵は、深く息をつき畳を見つめている。姉のおまつは、忠八の傍に坐って肩をふるわせ泣いていた。

繁蔵が、立ち上った。

「どこへ行く」

父が、顔をあげた。

繁蔵は廊下に出ると、草履《ぞうり》をつっかけて外に出て行った。

「あいつと言うやつは……」

幸蔵は、眼をかたく閉じた。

幸蔵が激しい狼狽をしめしたのは、盆節季が近づいているからであった。

節季払いは江戸時代からの商習慣で、取引があってもその場で代金を支払う必要はない。代金は、歳末と盆の節季にまとめて払うしきたりになっていた。盆は一カ月後で、その折には半年間の買入金を全額支払わなければ、商人として破産したとみなされる。繁蔵に託して大阪に送ったおびただしい量の海産物の代金は多額で、幸蔵にはそれを支払う資力などなかった。

幸蔵は狂ったように金策に走りまわりはじめた。換金できるものはすべて売り払い、書画骨董のたぐいも安い価格で金にかえた。忠八は、家にとじこもったまま、両親の顔色をうかがっていた。父の顔は青ざめ、眼が血走っている。夜になって、なにを思いつくのか、あわただしく出掛けて行くこともあった。

そうした中で、繁蔵の態度は、忠八にとって意外であった。繁蔵は、連日のように夜遅く酒を飲んで帰ってくる。幸蔵が、激しく叱責しても拗《す》ねたように寝こんでしまう。忠八は、父の苦悩をよそに飲酒で日を過す長兄に少年らしい激しい怒りを感じた。

忠八は、友だちから海岸に近い堀川町に遊里というものがあることを耳にしていた。厚化粧をし派手な着物をまとった女が多く住みついていて、やってきた男たちを引き入れて遊ばせる。そこは、男が大人になった時に必ず行かねばならぬ所なのだ、とませた口調で言う少年もいたが、逆に毒をうつされ女にだまされて金を捲き上げられる恐しい所だという母親の言葉を口にする少年もいた。

泥酔した繁蔵の口からは、時折り堀川町という言葉がもれた。大阪で遊里通いをつづけ商品の売上げ代金を費い果した繁蔵が、それにも懲《こ》りず女遊びしていることが忠八には腹立たしかった。

繁蔵の生活は、荒れていた。かれにしてみれば、家を破産の危機におとし入れた自責の念を、酒と女でまぎらせているにちがいなかった。が、少年である忠八には、繁蔵が許しがたい兄に思えた。

繁蔵は、或る夜、一人の女を妻にしたいと言い出した。幸蔵は、激怒した。一家が路頭に迷うかどうかの瀬戸際に立っているのに、その原因を作った繁蔵が臆面もなく祝言をあげたいということに逆上した。

幸蔵は、憤りをおさえきれず、

「勘当だ」

と、唇をふるわせて叫んだ。

繁蔵は薄笑いすると、酔いに体をふらつかせながら畳に手をつき、

「承知いたしました。家を出させていただきます」

と、呂律《ろれつ》の乱れた声で言い、立ち上った。

忠八は、兄が家の外に出て行くのを見つめていた。

繁蔵は、以前からお徳という女と親しく交っていた。肉体関係も生じていて、すでにお徳は身重になっていた。勘当された繁蔵は、隣接した須崎町の新川に沿った借家に住み、お徳を迎え入れた。

それを知った幸蔵は、身勝手な繁蔵に激怒し、家族一同に繁蔵夫婦と交ることをかたく禁じた。

気温があがり、少年たちは川や海で水遊びに興じるようになった。忠八の家にも裸姿で誘いにくる少年も多かったが、かれは家の中の暗鬱な空気を思うと出掛ける気にはなれなかった。

少年少女にとって、七月のお盆は楽しい行事だった。家々では、先祖の霊を祭るお棚（祭壇）を設け、位牌、仏像などを並べ篠竹、みそはぎ、かじ、葛《くず》を柱にとりつけ、香《こう》華《げ》を供える。そして、十三日の夕方には家族そろって戸口で迎え火をたき、

「このあかりでおいでなさい」

と唱え、十五日の夕刻に、

「このあかりでお帰りなさい」

と言って、送り火をたく。

その間、町の人々は、夕方になると丘陵にある墓地にのぼっていって燈籠に灯明をともす。夜の色が濃く町に落ちる頃、丘陵には灯が集落のように寄りかたまって美しい夜景をくりひろげた。さらに少年たちは、町内の空地に集り、持ち寄った米で飯を炊いてにぎやかに食事をとる。「盆まんま」と言い、それを食べると夏に病気にかからぬと言われていた。

忠八もお盆を楽しみにしていたが、その年はお盆が近づいてくるのが恐しかった。父が盆節季に商品代金を支払うことはほとんど不可能らしく、お盆を迎えることは家がつぶれることでもあった。父の顔は一層青白く、くぼんだ眼窩《がんか》の奥に光る眼が異様であっ

た。父と母が、暗い表情でなにか話をしていることも多かった。

お盆が、近づいた。路上には、代金取立ての掛取りをする商人の往き来が増し、忠八の家にも商人の出入りが多くなった。父の動きも一層あわただしく、家に帰って来たかと思うとすぐに小走りに出て行く。忠八は、居たたまれぬような思いで父の姿を見つめていた。次兄の千代松が、借金でもするためか一泊でどこかへ出掛けてゆくこともあった。忠八たちは、息をひそめるように家の中にとじこもっていた。

迎え火の夕方が、やってきた。

「このあかりでおいでなさい」

という声が、近くの家々からきこえはじめた。母は祭壇を設けていたが、家にお盆を迎える空気はなく、わずかに位牌の前にローソクの灯が、またたいているだけであった。父が、千代松と戸口から連れ立って入ってきた。そして、座敷に行くと腰を落し、

「なんとか切り抜けた」

と喘《あえ》ぐように言い、疲れ切った表情で畳に仰向きに寝ころんだ。

忠八は、父の眼に涙が光っているのを見た。それは、お盆の節季払いをようやくくぐりぬけた安堵の涙にちがいなかった。

父が哀れに思えた。父は、家族の生活を一身に背負っている。破産すれば家族を路頭に迷わせ、父祖の代からつづいた家もつぶすことになる。それを避けようとして父は寝る時間も惜しみ金策に走りまわったのだ。

乞食にならずにすんだ、忠八は父の姿を見つめながら深い安堵を感じた。

母の顔にも喜びの色がうかび、遅ればせながら戸口で迎え火がたかれた。母は、父と次兄に酒食を出し、家の中にもわずかながらお盆を迎えた空気がひろがった。が、忠八は、父が節季をくぐりぬけるためにかなりの無理をしたことに薄々気づいていた。知人から借金をし、さらに支払いの一部も日延べをしてもらったようであった。父の戦いは、まだつづいているのだ、と思った。

明治という新しい時代を迎えても、八幡浜浦には江戸時代の生活様式がそのまま持続されていた。男たちは丁髷《ちょんまげ》姿で、既婚の女は歯を鉄漿《おはぐろ》にし眉を剃り落している。その風習は、天皇、皇后をはじめ日本人のほとんどの慣わしとして残されていた。

そうした中で、その年の夏、初めて西洋文明の余波が、八幡浜浦にも及んだ。それは郵便制度の全国的な施行で、船場通り鍋谷亀三郎の家に郵便取扱所が設けられたのである。

町の者たちは、珍しがって鍋谷家の前に置かれた郵便函を見物に行った。東京、大阪、京都、長崎では前年に郵便函が設置されていたが、東京では、上京した地方の者がその函の中に放尿した話も伝えられていた。その男は巡査に叱責されたが、便という字を見、そこに差入口とあるのを見て東京で設置されはじめた公衆便所と錯覚したのだという。

八幡浜浦の大商人たちは、取引先への書状を郵便取扱所に託して送ったりしていたが、幸蔵は、営業を再開できる状態ではなく連日のように外出して負債の返済につとめていた。

秋祭りがやってきて、お囃子《はやし》の音が町の中ににぎやかに起った。八幡神社には祈願する者が晴着姿で石段を上り下りし、町の空地では小屋掛けの店や見世物小屋が並んで賑わった。華麗な山車《だし》も出て家並の間を縫い、家々では親しい者を招いて酒宴がひらかれた。

父は千代松と走りまわっていたが、ようやく負債の整理も終ったらしく、わずかながらも営業に手をつけられるようになった。

秋も深まった頃、忠八たちの耳に繁蔵の妻お徳が女児を産み、お浅と名づけたことが伝わってきた。父も母も、無言であった。

その年の冬、近隣の者が間に入って繁蔵の勘当を許して欲しい、と父に申し出た。父は頑《かたくな》に頭をふりつづけていたが、初孫のことを口にされると、思案するように視線を庭に向けていた。

忠八は、孫というものが父に異様なほど大きな魅力であることを知らされた。父は、売上代金を遊里でつかい果し、未知の女と親の諒解も得ず同棲した繁蔵に激しい憤りをしめしていたのに、孫のお浅が生れたという話を耳にすると、落着きを失ったようだった。

仲裁人が時折やってきては、繁蔵の勘当を許してやって欲しいと幸蔵に口説く。頭をふりつづけていた幸蔵は、孫のことが気になるらしく、いつの間にか態度を軟化させ、繁蔵が家に出入りすることを黙認する、と仲裁人に答えた。

正月に、繁蔵が、お浅を抱いた妻のお徳とともに年始の挨拶にやってきた。幸蔵は、かたい表情をしていたが、時折り孫の顔をひそかに盗み見ていた。そうした幸蔵の気持を繁蔵は素速く見ぬいたらしく、しばしばお浅を抱いてやってくる。幸蔵は、繁蔵と口をきくことはしなかったが、お浅に視線を向け、頬をゆるめることもあった。

二月に入ると、県制があらたまって八幡浜浦は新たに設けられた愛媛県に属し、忠八は神山学舎に入学した。

幸蔵の孫に対する愛情は、日増しにつのるらしく、お浅を抱くようにもなった。繁蔵は勘当したままであったが、孫はいとおしくてならないようであった。

忠八は、幸蔵が家でお浅の初節句をすると言い出したことに、呆れた。繁蔵夫婦は喜んでいたが、忠八は不愉快だった。悲惨な取引の失敗の傷も残されているのに、繁蔵の出入りを許し、孫の節句を祝おうという父が不甲斐なく思えた。祝いごとなどに金銭を費やすべきではない、と反撥を感じた。

初節句の祝いは、盛大だった。雛壇《ひなだん》がかざられ、近所の子供が多数呼び寄せられた。幸蔵はかれらに御馳走し、大阪屋製の桃の花の形をした菓子もあたえて上機嫌だった。さらに夕刻からは親しい者を招いて酒宴を張った。

忠八は、父の善良さが腹立たしく昼間は家に帰らず、夜、菓子を出されても手をつけようとはしなかった。

夏が、やってきた。隣家は綿打ち屋で、職人が弓と槌《つち》でかたい綿花を終日ほぐすようになった。弓の弦がびんびんと鳴る。それは夏の訪れをしめすものであった。

幸蔵は時間を惜しんで働いていたが、家業の本格的な立て直しを企てていた。大阪方面のさかんな商況がしきりにつたえられ、かれは前年の大損失を一挙に取りもどすため、再び大阪方面と大きな取引をしようと決意していた。前年の失敗を繰り返さぬよう、かれ自身が荷を船に積んで大阪に乗りこむつもりであった。

しかし、その案に、母のきたが反対を唱えた。きたは、幸蔵自身で大阪に行くことは好ましくないと主張した。反対の理由の第一は、幸蔵が大阪に行って家を長い間留守にすることは、毎日の店の営業に手ぬかりが生じるおそれがあるという。

きたは、幸蔵の代りに次男の千代松を大阪へおもむかせるべきだ、と言った。理由は、筋道が通っていた。前年、繁蔵が売上代金をすべてつかい果して家が倒産寸前に追いこまれたとき、親戚や知人たちは幸蔵夫婦が子供に甘く、きびしい教育を怠った当然の結果だと冷笑した。幸蔵ときたにとってそれは辛い非難であったが、次男の千代松を大阪に送りこみ取引が成功すれば、息子の教育に欠陥があるという汚名は消える。

それに、千代松は、繁蔵の不心得によって家が倒産に瀕した悲惨さを身にしみて味わっていて、繁蔵のおかしたような不始末をくりかえすとは考えられなかった。繁蔵の勘当によって家をつぐ自覚もそなえている千代松は、自分の力で家運を回復させようという健気《けなげ》な気持もいだいているので、千代松を大阪へおもむかせた方がいい、ときたは言うのだ。

幸蔵は、きたの言葉に心を動かされたようであった。千代松は、兄の繁蔵とちがって生真面目な性格で、無事に取引を成功させることが期待できた。幸蔵は、千代松を呼び、取引を引き受ける意志があるかを問うた。

「やらせて下さい。私の力で必ず利益をあげ、家を立ち直らせてみせます」

千代松は、きびしい表情で答えた。

幸蔵は、早速金策をして海産物の買付けに取りくんだ。運搬船は、前年に使ったものは縁起が悪いと避け、新たに二百五十石積の和船と運搬契約を取り交した。

八月下旬、千代松は荷を満載した船に乗って八幡浜浦をはなれていった。

秋風が、立ちはじめた。繁蔵は、海産物の小商いをして生計を立て、お浅を抱いてしばしば幸蔵のもとにやってくる。幸蔵は、お浅の頰を指でふれたりしてあやしていた。

千代松の帰りが、待たれた。忠八は、父母の表情から千代松に対する信頼と期待が大きいことを感じ、千代松が帰るとともに家運も旧に復するにちがいない、と信じた。

彼岸の日がやってきて、忠八は両親、姉とともに墓参をした。空は、晴れていた。かれらは、連れ立って帰途についた。幸蔵ときたは、手桶と香華を手に墓所へ向う知人と挨拶を交しながら歩いていった。

家につくと、土間に見なれぬ草履があった。忠八は、父の後について廊下を渡っていった。

座敷の入口に立った父の口から、叫び声が起った。部屋に、一人の男が坐っていた。次兄の千代松であったが、別人のように見えた。丁髷《ちょんまげ》がなく、頭髪が短く切られている。いわゆる散切《ざんぎ》り頭になっていた。

明治新政府が樹立されて以来、西洋の風俗が続々と流れこみ、明治初年頃から丁髷を切って散切り頭にする者がみられるようになった。それに拍車をかけるように明治四年八月、「散髪……勝手たるべきこと」という政府の布令が発せられてから、殊に近畿地方を中心に散切り頭にする者が増した。さらに六年三月には天皇も「頭髪ヲ斬リ給フ」という旨の発表があり、その傾向はさらにひろまっていた。

しかし、丁髷をとることを嫌う者は多く、一度、髪を切ったが丁髷が恋しく、再び髪を伸ばして結う者もいた。散切り頭は次第に地方へひろまっていたが、八幡浜浦一帯では男は一人の例外もなく丁髷を頭にのせ、散切り頭のことは人づてに耳にしているにすぎなかった。

忠八も、千代松が散切り頭になっていることに愕然とした。

「そのような頭になって……」

幸蔵は絶句し、母のきたも呆れたように千代松の頭に視線を据えた。

幸蔵は、散切り頭にした千代松の姿が惨めなものにみえるらしく顔をしかめている。

忠八にも、次兄の頭が物乞いのそれのように見えた。千代松は畳に手をつき、黙っている。

忠八の胸に、不吉なものがよぎった。幸蔵も同様らしく、頭を垂れている千代松を見つめている。散切り頭の千代松は、丁髷を切って許しを乞うているようにみえた。

「まさか、お前……」

幸蔵が、おびえた眼をして声をかけた。顔からは、血の色が失せていた。

幸蔵の危惧は、不幸にも的中していた。

千代松が、涙声で事情を述べはじめた。長兄のおかした不心得と呆れるほど似ていた。大阪についた千代松は、海産物の取引を進め、多額の利益を手にすることができた。が、その頃から取引先の店員に遊里へ行こうと執拗にすすめられ、兄繁蔵の失策もあるので誘惑に負けてはならぬと思いながらも、一度だけという気持で遊里に足を向けた。二十二歳の千代松にとって、遊女との触れ合いは刺激にみちたものであった。かれはたちまち抑制力を失い、連夜、遊里通いをし、利益金はもとより売上代金にも手をつけてすべて費消しつくしてしまったという。

幸蔵は、殴る気力も失せたらしく畳に崩れるように腰をおとし、うつろな表情で口をつぐんでいた。母のきたも、涙を忘れたように散切り頭をして手をついている千代松の姿を見つめていた。

忠八は、意識がかすむのを感じた。波の音が、きこえている。姉のおまつの号泣が、起った。

幸蔵は、二度にわたる大損失に錯乱状態におちいった。前年の損失の傷はまだ残り、その上の失敗であったので、かれには買入商品の代金を支払う余力などなかった。海産物を扱う八幡浜浦の有力商人であったかれも、完全に倒産の憂目をみることになった。

幸蔵は、散切り頭になった千代松を眼にするのも不快で、出入りの商人平地音三郎にあずけ、家に近づくことを禁じた。

また、かれは、妻のきたにも激しい憤りをしめした。大阪に自分が行って取引をすれば多くの利益を得て家業も挽回できたはずだが、きたは、千代松を大阪へおもむかせるよう強く進言した。それに同調した幸蔵も悪かったのだが、今回の大損失の責任はきたも負わねばならなかった。

「お前が口出しをしたばかりに……」

幸蔵は、きたを腹立たしげになじり、実家へもどれ、と声を荒げた。

きたは、夫の怒りも無理はないと納得し、八歳の忠八と五歳の象太郎を連れて身の回りの品を手に家を出た。

忠八は、象太郎の手をひいた母の後から風呂敷包みを背負って海岸沿いの道を歩いた。長兄繁蔵も次兄千代松も家を出され、自分も母と弟とともに母の実家に行かねばならない。一家離散ともいうべきで、家には父と三兄の栄吉、姉のおまつしか残されていない。

やがて家には債権者が押しかけ、父は、ただ頭をさげて詫びを乞わねばならないのだ。繁蔵も千代松も遊里通いにうつつをぬかしたが、遊里が自分の家をつぶし、円満だった家族たちを四散させたのだ、と、忠八は思った。

象太郎は、足がだるくなったらしく泣きつづける。きたは、無言で乾いた道を歩いていった。

母は、八幡浜から西へ二里ばかりの伊方浦の末広与三郎の末娘で、忠八は母とともに実家に身を寄せた。小学校に通うこともなく日を送るのが悲しかった。母も時折り涙ぐんでいた。忠八は母を慰めることにつとめた。母の父である与三郎は、どのように母を扱ってよいのか途方にくれているようだった。

忠八たちの身の上は、近所の人たちの涙を誘った。母の実家の向い側に住む稲生春太郎はさすがに見かねたらしく、八幡浜浦へ行ってくれた。稲生は、幸蔵を慰め母や忠八、象太郎を家に呼び寄せて欲しいと頼みこみ、幸蔵の怒りもやわらいだ。

稲生の尽力で、忠八は、母とともに象太郎を連れて伊方浦から八幡浜浦の家にもどった。

家は、惨憺とした状態にあった。店の戸は閉ざされ、父は、暗い部屋で寝こんでいた。心痛で神経衰弱におちいり、眼もすっかり視力を失っていた。やってくるのは借金取立てをする者ばかりで、父の兄弟や親戚は係わり合いになることを恐れて姿もみせない。父は、ふとんの上に坐って借金取りにひたすら頭をさげつづけていた。

忠八は、家の裏口からひそかに出ると小学校への道をたどる。すでに、忠八の家が破産したことは町の中に知れわたっていて、大人たちの憐れみにみちた視線が自分に注がれるのを感じた。

長男、次男が遊興で家をつぶしたことも知っていて、

「甘い親だから息子たちが遊蕩で身を持ちくずしたのだ」

と、聞えよがしに言う男もいた。

しかし、町の中には冷たい眼を幸蔵一家に向ける者ばかりではなかった。知人である清家貞幹が、幸蔵一家の貧窮を見るに忍びなくなったらしく、幸蔵の借金の一部を返済させるため人々を誘って頼母子講《たのもしこう》を設けた。温厚で情のあつい幸蔵の人柄を知っていた町の者たちは、その呼びかけに応じて講に加わり、第一回におちた講の金を幸蔵にとどけてくれた。

また、八幡浜浦で最も手広く商品を扱っていた高橋長平も、好意をしめした。かれは、家を破産におとしいれたため勘当同様になっている千代松を許して欲しい、と幸蔵に頼んだ。千代松は、繁蔵とちがって自分の失策を深く悔い謹慎していた。高橋は、それを知って自分の店に雇い入れたいと思ったのだが、それには幸蔵の勘気をとく必要がある、と考えたのである。

幸蔵は、長平の好意を謝して千代松に家へもどることを許し、千代松は、長平の店に通うようになった。

年が、明けた。歳末には借金取りがしばしばやってきたが、幸蔵に支払う余力もないことを知るようになったのか、次第に姿も見せなくなっていた。

家族は、ひっそりと過した。三男の栄吉は、他家に住込みとして働きに出た。千代松は高橋の店に通勤し、長平の息子とともに船に商品をのせて長崎に取引に行き、利益をあげて帰ってきたりした。

千代松は、大阪での大失策を思い出すらしく、

「女は恐しい」

と、口癖のようにつぶやいていた。

そうした中で、忠八は学校へ通いつづけた。成績は抜群で、教師は学業の進み方に驚嘆していた。体の成長も順調で、角力《すもう》をとることが好きであった。

明治十年、忠八は十二歳になった。……その年、西南戦争が起った。

明治新政府の政策は、旧武士階級である士族の崩壊をうながした。明治九年、政府は軍人と警察官以外の帯刀を禁じ、ついで士族のうけていた禄を廃止した。このため士族の怒りはたかまり、その年神風連の乱、秋月の乱、さらに萩《はぎ》の乱が相ついで起った。それらは、新政府に対する士族たちの反乱であった。

新政府樹立の最大の功労者である参議西郷隆盛は、これら士族の救済を企て、毎日運動のはげしい韓国に士族で編成した兵力を投入し、士族の地位を回復させることを企てた。が、大久保利通、木戸孝允らは国内の充実をはかるのが先決だとして強く反対した。征韓論にやぶれた西郷は、参議の辞表を政府に提出し、東京を去って鹿児島に帰り、西郷派の武官、文官約六百名もそれに従った。

明治十年、西郷は反政府士族の熱情に動かされ、「政府へ尋問の筋あり」として薩摩士族約一万五千をひきいて兵を興し、鹿児島を進発した。道中に参加する者が多く、四万二千の兵力にふくれ上り、二月二十二日には熊本城を完全に包囲した。西南戦争がはじまったのである。

大分県中津の士族増田宋太郎は、西郷軍に呼応して挙兵し、中津支庁、警察署を襲い、支庁長馬淵清純を殺し、軍資金、銃器、弾薬をうばって官の施設に放火した。中津隊は、各地に転戦後、西郷軍に合流した。

政府は大軍を発し、西郷軍と九州一円で激闘を繰り返した。その間、西郷軍の伊藤直二のひきいる一隊は、忠八の住む八幡浜浦と豊後水道をへだてた地にある臼杵《うすき》を攻撃、六月一日に突入した。臼杵では、元家老稲葉頼《たのむ》が兵八百を指揮して臼杵城にこもり防戦したが、西郷軍の兵力は強大で、稲葉は城を退き政府軍に合流した。臼杵は、西郷軍に占領された。

対岸の八幡浜浦は、騒然となった。臼杵と八幡浜浦間の航路は、九州、四国の重要連絡路で、西郷軍が豊後水道を渡り八幡浜浦に上陸してくることも予想された。そのため、約一大隊の軍隊が八幡浜浦に到着し、沿岸警戒にあたると同時に、船舶の検索、積荷の調査を厳重におこなった。

臼杵に入った西郷軍に、政府軍の攻撃が開始された。また、海上からも軍艦「孟春」「浅間」の二艦が西郷軍の陣営を砲撃した。小学校は海岸に近い所にあったので、忠八は、町の人々とともに臼杵方面を見つめていた。西風が強く、砲声がいんいんととどろいてくる。時折り、淡い黒煙が立ち昇るのも見えた。町の中は、大混乱におちいった。軍艦が西郷軍の所属で、八幡浜浦にも来襲するという流言もしきりで、家財をまとめて避難準備をはじめる者も多かった。

夜に入ると、臼杵方面で火の色がみえた。西郷軍が政府軍に圧迫され、臼杵を焼いて退いたのである。

そうした中で、商人は独自の動きをしめしていた。かれらは、政府軍に軍需品を売って利益をあげようとし、政府軍に物資を提供する九州の豪商と連絡をとり、大量の荷を集めて船に積みこみ、戦地へ積出した。港には改船所が設けられていて、県から派遣された巡査たちが船の中の積荷を厳重に検査する。県では、軍需品が薩軍に渡ることを恐れていたのである。

そうしたきびしい取締りの目をくぐって、一人の商人が弾薬を密造し西郷軍に売りこんで暴利を得ようとしたことが発覚し、町の人々を驚かせた。その商人はただちに捕縛され、弾薬に使った鉛を没収された後、懲役三十日に相当する二円五十銭の罰金に処せられた。

このような商人もいたが、他の商人たちはさかんに政府軍用の物資を船で積出し、多額の利益をあげていた。が、そうした活況は、幸蔵に縁のないことであった。かれには商取引する資金などなく、重い眼病で外に出ることもできなくなっていた。繁蔵は、かなり重症のアルコール中毒症になっていて、朝から酒を飲み、町の中をふらつき歩いていた。

その年、コレラが町に流行し、西南戦争が終ったことに安堵していた町の人々を、再び恐怖におとし入れた。コレラは最も激烈な伝染病で、そろりと病んで三日以内にコロリと死ぬことから古呂利《ころり》とも呼ばれて恐れられていた。コレラ菌がドイツのロベルト・コッホによって発見されたのは六年後の明治十六年で、西洋でも日本でもそれに対する治療法はなかった。生水を飲まず生魚を食べぬことが、わずかに予防に効果があるらしいと考えられていた。

一般の者たちは、コレラが妖怪のもたらす病と信じ、神仏に祈願をつづけた。八幡浜浦では、軒ごとに門松を立て、しめ縄を飾った。年が変れば病気の流行もやむと考えたのである。

秋が深まると、ようやくコレラの流行も下火になった。町の人々は、ようやく落着きをとりもどし、戦争とコレラ流行に悩まされた年が早く暮れることを願った。


明治十一年が、明けた。

春、忠八は小学校を卒業した。担任の教師は中学校に進学するようすすめ、かれ自身も希望していたが、家計は苦しく奉公に出る以外になかった。

かれは、呉服商兼古着商の高橋菊五郎の店に小僧として雇われたが、十三歳のかれには店の仕事もあたえられず、店主の幼い息子の子守りをさせられた。豊かな商家の息子として生れ、近隣随一の秀才児であった忠八は、子供を背にくくりつけて日を過す身になったのである。

幸蔵の眼病は悪化し、八幡浜浦の南方にある東宇和郡田野中村に転地した。その村は、八幡浜浦から四里（一六キロ）もへだたった山間部にあったが、そこには、滝のかかった洞窟の中にお不動様が祀られていて、眼病に御利益があると言われていた。

忠八が呉服商の家に子守りとして雇われて間もない四月二十九日の午後、幸蔵は、突然脳溢血で倒れた。付添っていた娘のおまつは驚き、八幡浜浦の家に使いを出して急報し、幸蔵を駕籠にのせ、四里の夜道を八幡浜浦に急いだ。

家の者たちは幸蔵倒るの報せに驚き、繁蔵、千代松が、提灯を手に田野中村に向ったが、途中、街道で幸蔵を乗せた駕籠に出会い、それをかこむようにして八幡浜浦の家にもどった。近くの医師二宮春台が招かれ手当を加えたが、幸蔵の意識はもどらず、呼吸も次第に間遠になって、それも絶えた。

家の中に、泣き声がみちた。二度にわたる倒産の憂き目をみたことが、幸蔵の精神的負担になりその死を早めたことはあきらかだった。

奉公先から走り帰っていた忠八は、父の死顔を見つめながら声をあげて泣いた。繁蔵、千代松は枕頭で頭を垂れていたが、他家に働きに出ている三男の栄吉は、腎臓炎にかかって全身に水腫が生じ、駆けつけることはできなかった。

翌日、幸蔵の葬儀がおこなわれた。没落した家ではあったが、幸蔵の温厚な人柄をしのんで会葬者は多かった。その夜、親戚の者が集って相談した結果、家は次男の千代松がつぐことになった。

忠八は、再び高橋呉服店にもどった。かれは、自分が頼る者もない身になったことをしみじみと感じた。自分の将来は独力で切り開かねばならず、そのためには一心に働かねばならぬ、と自分に言いきかせた。

かれは、黙々と子守りをつづけていたが、いつの間にかそのようなことをして日を過していることに苛立ちを感じるようになった。子守りはだれにでも出来るし、自分の能力を少しでも発揮できるような仕事につきたかった。

その頃、かれは凧の舞う空を見上げ、凧を作ってみようと思い立った。それも工夫をこらした独得な凧を……。

空に舞う凧に、かれは幼い時から憧れを感じていた。凧は、一本の糸にむすばれているに過ぎないのに、風に乗って空高く舞い上ってゆく。紙と竹で作った凧が、人間の果せぬことを、いとも容易に可能にしていることが驚異に思えた。

かれは、凧を作り、それを売って金銭を得たい、と思った。そして、店主に暇をとらせて欲しいと頼み、許されて家にもどった。

その日から、かれは凧作りにとりかかった。

忠八は、つぎつぎに新工夫の凧を生み出し、たちまち忠八凧として町の評判になった。

それらは飛ぶように売れ、かれは家に食費を入れることができるようになった。

しかし、かれは、いつまでも凧作りをつづける気持はなかった。家は没落し、父も死に、兄たちには頼れず、自分の力で道を開いてゆかねばならなかった。十四歳の身でありながら、かれは、自分にしか出来ぬ仕事に生涯をかけてみたい、と思いつづけていた。

そうした折に、人を介して旧庄屋の平井深造から、写真館を開くが働く意志はないかという話が持ちこまれた。平井にとっては道楽半分の事業で、四国地方ではわずかに徳島県の立木行義、高知県の今井貞吉が長崎に行き上野彦馬から写真術を修業している程度であった。

忠八は、平井のすすめを喜んだ。八幡浜浦では、わずかながら西洋文明流入の余波がさまざまな形になって入りはじめていた。郵便取扱所は郵便局に改称され、黒い饅頭《まんじゆう》笠に筒袖を着、草鞋《わらじ》をはいた郵便脚夫が手紙を籠に入れて町の中を小走りに歩くようにもなっている。また、菊地清治という男が八幡浜浦で初めて外輪式の蒸汽船二隻を建造し、大阪航路に就航させ、交通の便も飛躍的に向上していた。そうした中で、男たちも丁髷を切って散切り頭にする者もみられるようになっていた。

忠八は、時代が新しく変化していることを感じ、写真館の助手として働くことを決心した。

千石船の絵が描かれた凧は、かれにとって最後ともいうべき凧であった。かれは、竹をけずり、紙に千石船の絵を描き、竹を組合わせて紙を慎重に貼り、さらに白波を模した紙を下部にとりつけ、凧を作り上げた。終日、かれは熱心に凧作りをつづけ、それらを風呂敷にくるんで家を出ると、注文してくれた家に行き、凧を渡して代金の五銭を受けとり次の家に向う。

かれの表情は、明るかった。写真館の助手としての勤め口も定まり、西洋から伝わった写真術にも直接ふれることができる。

かれは、自分の前途が少し明るくなってきているのを感じていた。

二

　忠八は、写真館に日給六銭で通勤するようになった。写真館と言っても、菊池清太郎という旧家の所有している家の奥座敷と奥庭を利用したにすぎなかった。

　忠八は、初めて見る写真機に興奮した。それは、四角い箱型をしていて、前方にレンズがとりつけられている。箱の中央部が蛇腹になっていて伸縮でき、写真師の安村は、それで被写体との距離を調整した。写真機は、座敷の台の上に宝物のように置かれ、紫色の布がかぶされていた。

　その傍に、支柱のようなものが立っていた。

「これは？」

　忠八が、安村にたずねると、

「首おさえと胴おさえだ」

と、答えた。

　安村は、その道具が写真撮影になくてはならぬものだ、と言った。

「写真をうつすには、少し時間がかかる。その間、人が動いてしまえば、写真がぼやけてしまう。そのようなことを避けるため、人の後にこの支柱を立て、首と胴をおさえて動かぬようにするのだ」

安村は、真剣な眼をして言った。そして、

「あれを見ろ」

と、壁ぎわに紐で垂らされた丸い木片を指さした。

「目標という道具で、写真をうつされる者は、眼を動かさぬようにあの目標を見つめる。ともかく動いてしまっては困るのだ。むろん写真をうつす時は、息をとめてもらう」

忠八は、それらの道具をながめまわした。

忠八にあたえられた仕事は、家々をまわって客を集めることであった。しかし、手札大の写真一枚が白米一斗以上に相当する六十銭の代金であるので、余程豊かな者でないと応じることはない。むろん、平井があらかじめ富裕な者にそれとなくすすめ、その後で忠八が訪れてゆくのだが、

「そのような恐しいことは、ごめんだ」

と、おびえたように手を振る者が多かった。

写真にとられると、魂がぬきとられるという話は、八幡浜浦にもつたえられていた。明治時代を迎えても、江戸幕府がきびしく禁じていたキリスト教に対する一般の人々の恐怖は根強く残っていて、西洋から伝えられた写真術は、キリシタンの魔法だと言って

恐れる者すらいた。写真にとられる者たちの間にも、どのようなことがきっかけなのか、

「三人で写すと、中央の者は必ず死ぬ」

という説がまことしやかに流れていた。

それは半ば定説になっていて、長崎のオランダ語研究家名村八右衛門の甥の話がしばしば話題にされていた。その男は、三人の中央に立って写真をうつされたが、間もなく重病にかかり、臨終に、

「写真にたたられた」

と、絶叫して息をひきとったという。

日本で最初の写真師である長崎の上野彦馬は、坂本龍馬、高杉晋作、伊藤俊輔（博文）、大隈八太郎（重信）らを撮影したが、一般の人の中には写真をうつされることを恐れる者が多かった。その好例として、写真をめぐる自刃騒ぎの話が伝えられている。

薩摩藩主島津斉彬《なりあきら》は、西洋の知識を積極的に導入することにつとめたが、かれは上野彦馬の写真撮影を耳にして強い関心をしめし、家臣市来《いちき》四郎正右衛門に命じ、家臣二人を長崎におもむかせ写真をうつしてもらうよう指示した。斉彬は、どのように写るか見たかったのである。

市来は、ただちに二人の家臣をえらび、長崎に行くようにうながした。家臣は、驚き、嘆いた。かれらは、写真をとられると、魂をぬきとられるという説をかたく信じこんでいた。

「武士の魂がぬきとられてしまっては、御先祖様に申訳が立たぬ。と言って、君命にそむくこともできぬし……」

二人は身にふりかかった不運を嘆き合い、結局、板ばさみの苦しみを遺書に書きとめ、切腹して果てたのである。

明治時代に入ってからはこのようなこともなくなったが、依然として写真をとられることを避ける者は多かった。

そうした風潮の中で、忠八は客を集めることに専念したが、思うようにははかどらない。それでも、長崎、大阪などと取引をする商人たちの中には興味をしめす者もいた。

初めての男の客がやってきたのは、開業してから一カ月ほどたった頃で、忠八は、部屋の隅に坐って撮影の経過を見守った。客は、羽織、袴をつけて緊張していた。まず、写真師の安村が、客の姿勢を正させ、背後にまわって首おさえ、胴おさえの支柱を立てた。後頭部に首おさえがはめられ、背に胴おさえがそえられた。

安村は、客の体が固定し、首おさえ、胴おさえが体のかげに完全にかくれていることをたしかめると、部屋の隅にある暗幕の中に入った。かれは、そこでガラス板に感光液を塗り、暗箱に装着した。

安村は、客に絶対動いてはならぬと何度も注意し、

「はい、撮影します。深く息を吸って、そのまま息をとめて下さい」

と、甲高い声で言った。

安村は、レンズにはめられたふたをはずし、一、二、三と数字を口にしはじめた。三十まで数えたところで、かれは、ふたをレンズにはめた。

「はい、終りました」

安村の声に、客は、安堵したように、息を吐いた。

安村は、すぐに現像にとりかかった。写真の出来栄えは、見事だった。ガラス板に、客の立ち姿がくっきりと写っている。忠八は、写真が真を写すことからつけられた名称であるのも当然だ、と感心した。

客は、驚いたようにガラス板を見つめていた。そして、安村がガラス板を丁寧《ていねい》に紫色の布でつつみ、桐箱に入れると、代金六十銭を払って嬉しそうに帰っていった。

その写真は評判になり、ようやく客も訪れてくるようになった。忠八は、客集めに町の中を歩きまわった。写真をとると精気が失われ寿命も短くなると言って拒む者に、忠八は、そのようなことはない、と説得する。その度に、かれは、

「天皇様さえお写真をとられ、ますます御壮健であられるではありませんか」

と、言って、写真をとることをすすめた。

その話は写真師の安村からきいたが、事実であった。撮影したのは、長崎生れの写真師内田九一であった。内田は、上野彦馬の弟子で、横浜で写真館を開き、明治五年四月、明治天皇の写真撮影を命じられた。その折、かれは、天皇の後に回り、首おさえに頭を固定させようとし、頭をおさえて動かした。

御つきの人々は大いに驚き、内田の無礼を叱り、厳罰に処すと言った。が、天皇は、御つきの者たちを制し、

「写真をとられる間は、自分の体は写真師のものである。写真師の思うままにさせよ、叱ってはならぬ」

と、たしなめ、撮影を終えた。その話は、内田の口から広く写真師の間につたわり、写真師たちは技術者としての誇りをいだくようになった。

天皇様ですら……と、その話を口にする忠八に、写真を拒んでいた者たちも気持が動いたらしく、写真館にやってくるようになった。客の訪れは増し、写真館の経営主である平井は上機嫌だった。かれは、写真師の安村の手当を増額し、忠八の日給も八銭にあげてくれた。

年が明け、忠八は十五歳になった。

正月に正装した人々が、写真をとりにきて、忠八たちは多忙をきわめた。かれは、安村の指示にしたがって客の背後にまわり、首おさえ、胴おさえで体を固定する。安村の代りに、体を決して動かしてはならぬという注意を客にあたえるようにもなっていた。

町の中では写真のことが大きな話題になり、忠八は注文とりに歩く必要もなくなった。その評判が近くの町村にも伝わったのか、出張撮影の申込みもあった。

初めての出張撮影は、八幡浜浦から北へ二里ほどの道のりにある喜木津であった。

写真師の安村は、洋服に山高帽をかぶり歩いてゆく。その後から、写真機をおさめた

箱を背負った忠八がつづき、さらに手伝いの二人の男が首おさえ、胴おさえや現像道具などを背負って従った。

かれらは、屈折した山道をたどっていった。風は冷たかったが、かれらの体には汗が流れていた。

ようやく喜木津の旧家にたどりついた一行は、伊予灘に面した座敷で休息をとった後、ひどく肥満した主人を撮影した。それを眼にしようと、庭には多くの人々が好奇の眼を光らせてひしめき合っていた。

撮影後、一同に酒食が出されたが、忠八は酒をすすめられても辞退しつづけた。十五歳の忠八はすでに大人の部類に入れられていたが、かれは、家を没落させた原因が長兄と次兄の女色と酒におぼれた結果であることを思い、杯を手にしなかったのである。

かれは、写真師の助手として日を過していたが、三月、思いがけぬ話が持ちこまれた。八幡神社の春の祭りがもよおされたが、それを機会に久しぶりに兄の栄吉が帰省してきた。栄吉は、宇和島から四里ほど東にある松丸で薬種商を営む伯父佐七郎の店に勤めていた。栄吉は、腎臓病もかなり良くなっていて、前々年死亡した父幸蔵の墓詣でのため帰ってきたのである。かれは、伯父佐七郎の伝言を忠八に伝えた。

「写真師の助手をしているという話は伯父も知っているが、そんなことはやめて松丸に来い、と言うのだ。薬種商の仕事をおぼえれば、将来、ノレン分けをしてやるとも言っている。写真など見世物に近いものだし、それよりも薬種商になって家を復興させるべきだと言う。どうだ、おれと同じように店で働かぬか」

二十三歳になっている栄吉は、落着いた口調で言った。

忠八は、気持が動いた。かれは、五歳の頃から家の斜め前にある薬種商の大坂屋にしばしば遊びに行った。理由は単純で、各種の薬の匂いをかぐのが好きだったのである。かれは、店の者が薬材を秤で計量し、調合するのを見ているのが楽しくてならなかった。その頃の薬品に対する強い関心は、そのまま残っていた。

忠八は、栄吉の着物からかすかに漂う薬品の匂いに心が躍るのを感じた。

将来、進むべき道は、まだ自分にもわからない。安村のようになりたいとは思わなかった。自分が望んでいるのは実業で、それは商家に生れ育ったかれの宿命かも知れなかった。実業の中でも、かれは薬種商こそ自分の将来を賭ける道だ、と思っていた。

「松丸に行きたい」

忠八は、声をはずませて言った。

「それは、よかった。伯父も喜ぶ」

栄吉は、安堵したように言った。

忠八は、すぐに平井の邸におもむき、松丸の伯父の店に行くことにしたと告げると、

「それは困る。お前がいなければ、写真師の安村も思うように仕事ができなくなる。思いとどまってくれ」

と、平井は、言った。

しかし、忠八は、意志のかたいことを告げ、ようやく了承してもらい、安村にも挨拶に行くと、

「惜しいな。写真師はこれからの新しい時代に即した仕事なのだ。お前は良い写真師になると思っていたのに……」

と、安村は、伸ばしはじめた鼻下の髭《ひげ》をいじりながら別れを惜しんだ。

忠八は、旅仕度をととのえ、翌朝、栄吉とともに宇和島町へむかう小さな汽船に乗った。汽船に乗るのは初めてで、かれは船の両側に取りつけてある外輪が水の飛沫を散らしながら回転するのを見つめ、さらに機関室をのぞき、機関長に質問を発した。機関長は、親切に構造を説明してくれた。忠八は、蒸気の力で船が進むことに不思議な感動をおぼえた。

前方に、宇和島の町並が見えてきた。丘の上には、宇和島城がそびえている。天守閣の櫓《やぐら》の白い壁が美しかった。

かれは、栄吉と下船し、袋町の親しい薬種商伏見屋に泊めてもらい、翌朝、四里へだたった松丸への山道をたどった。

松丸町は、四百戸の人家がある活気にみちた集落であった。伯父の店は予想以上に大きな構えで、薬品の匂いがあたりに漂い出ていた。伯父は体格が良く、人商人らしい立派な恰幅《かっぷく》をしていた。忠八は、初対面であった。

「栄吉の手伝いをして骨身を惜しまず働け。長い間辛抱したら、店も持たしてやる」

伯父は、手をついて挨拶する忠八に太い声で言った。

その日から、忠八は店に出て働きはじめた。小僧ではあったが、十五歳のかれは一人前扱いされ、栄吉をはじめ店の者から薬品名を教えてもらい、薬研《やげん》びきその他店員としての必要な仕事をたたきこまれた。

伯父の店は、繁昌していた。丸に十轡《くつわ》の家紋を染めぬいた大きなノレンが垂れ、黒い磨きのかかった土蔵造りの店の軒先や店内には、漆塗りに金箔をつけた金看板が所せまいまでにかかげられている。店の前や裏庭には、漢方薬の草、根、樹皮などが干され、小僧たちがそれを刻んだり叩いたりしている。店の中では、それらを薬研でおろし、練ったり粒状にする作業がおこなわれていた。

薬は、胃散、肺病の練《ね》り薬、婦人病の水薬、痛みどめなど種類が多く、それらが貝や竹の皮におさめられて売られていた。

灸《きゆう》に使われる艾《もぐさ》も、重要な商品だった。もぐさは燃え草の略語で、良質のよもぎの葉から作る。葉を陰干しにして臼でつき、紙に巻いて切って売る。江州、伊吹産のものが最も良いとされていた。

また、歯みがき粉も扱われていた。材料は房州産の砂で、それに麝香《じやこう》、丁子《ちようじ》、白檀《びやくだん》などで香りをつけ、袋に入れて売られている。また、西洋風の歯みがき粉も問屋から卸《おろ》されていた。その成分はわからなかったが、桃色の粉で、口の中がさわやかになった。

　薬の原料は、遠く大阪から仕入れることもあったが、主として宇和島町の西本、伏見屋、石崎等の薬種問屋から買い入れていた。そして、それらを調合し、高知県方面の薬店に卸す。行商の薬売りにも卸し、むろん店では小売りをし、多額の利益をあげていた。

　忠八は、薬品そのものが好きであるだけに名称や効能をおぼえるのも早く、薬草を臼でひいたり、刻んだりすることにも熱心だった。

　夏が過ぎ、秋風が立ちはじめる頃になると、忠八は、一応の薬品についての見習いも終った。その頃から忠八は、伯父の命ずるままに使いに出ることも多く、宇和島町の薬種問屋に薬の原料を引き取りにゆくようにもなった。

　早朝、店を出ると山道をたどり宇和島町に行き、問屋で握り飯の弁当をひらき、大きな紺の風呂敷に原料を包み、それを背負って帰途につく。時には、馬を曳いて宇和島町に行き、馬の背に荷をつけてもどることもあった。

　かれは、そうした仕事に満足していた。荷の薬草や香料からただよい流れる匂いがこの上なく魅力で、それに包まれて歩くことが幸せに思えた。

　伯父の佐七郎は、高台に別宅を持ち、永昌寺の門前に立派な自分の墓をすでに建ててあった。伯父の妻おいわは死亡し、その墓も傍に並んでいた。伯父は、再婚もせず過していた。

　伯父は、薬種商としてかなりの財産を貯えているようだった。家の中には、書画、骨董をはじめ甲冑《かっちゅう》、刀剣類があって、伯父は、それらを眺めたり手にふれたりすることを好んでいた。殊に書画は立派なものが多く、画の好きな忠八は、伯父のかたわらに坐ってそれらを見せてもらった。

「甲冑、刀剣については困ったことがあった」

伯父は、苦笑した。それは、明治に入ってから起った新政府に対する反乱と関係があった。

明治七年二月、西郷隆盛と同じように征韓論を強く唱えていた前参議江藤新平が、佐賀で新政府反対の兵をあげた。佐賀の乱である。

江藤は、二千五百の兵力をひきいて佐賀城をおとし、佐賀県権令《ごんれい》岩村高俊を敗走させた。政府は大軍をおこして攻め、江藤のひきいる軍勢は惨敗し、江藤とその残党は佐賀を脱出した。内務卿大久保利通は、全国に厳重な残党探索を指令した。

二月二十三日夜、佐賀を脱出した江藤は、同じように征韓論を唱えていた西郷隆盛を鹿児島にたずね、挙兵をうながしたが、西郷は動かなかった。そのため、江藤は同志五人とともにかつお船で九州をはなれ、愛媛県八幡浜浦をへて、三月十五日夕刻、ひそかに宇和島町に入った。かれは、高知にいる同志の林有造をたよろうとしたのである。

かれらは、夕闇の濃い家並の間を急ぎ、江藤と江口村吉、船田次郎は宇和島袋町の島屋に、山中一郎、中島鼎蔵《ていぞう》、櫛山《くしやま》叙臣は横新町吉田屋に分れて投宿した。

江藤らが九州を脱出して愛媛県内に入ったことは、すでに大検事岸良兼養の指揮する追跡捜査班に気づかれていた。宇和島町には、内務省少属《しようぞく》黒川勉、権《ごんの》少属土屋正蒙が常駐していたが、追跡捜査班からの指令にもとづいて邏卒《らそつ》、捕亡吏を指揮して町の内外の警戒に当っていた。そうした中で、黒川らは、町に見なれぬ男が六人姿を現わし、人目をはばかるように二手にわかれて宿をとったことを知った。

黒川は、ただちに旅館におもむき、江藤らを訊問し、かたく外出を禁じた。そして翌日、再びきびしい訊問をおこなった。

江藤は、

「私は加藤という姓の商人である。商用のためこの地方にやってきただけだ」

と、強硬に主張した。

その態度が平然としているので、黒川は逃走中の江藤であることを確認できず、県庁に連絡をとり、その指示を仰ぐことになった。

身の危険を感じた江藤は、同志五人と宇和島町から脱出を企てた。その夜、江藤らは、旅館の者に買物をすると言って外に出た。携帯品はそのまま部屋に残しておいたので、旅館の者はいぶかしむ風もなかった。江藤は、同志五人と三組にわかれて高知への脱出をはかった。

江藤たちが旅館を出たままもどらぬことを知った捜査班は、ただちに旅館を捜索した。その結果、かれらの残していった携帯品の中から、挙兵した折の檄文《げきぶん》、その他の書類が発見され、江藤たちであることが判明した。

通報を受けた県庁では、邏卒、捕亡吏を動員して、各街道に放ち大捜査網をしいた。しかし、かれらの行方はわからなかった。再び海にのがれたかとも思われ、海岸線の捜査と同時に、航行する船舶の調査もつづけられた。

その頃、江藤らは、高知へと向っていた。街道は危険なので、山中を進んだ。寒気はきびしく、所々に雪も残っている。飢えと寒さにおびえながら、かれらは、ひたすら高知を目ざした。かれらは、松丸付近の間道をたどったが、三月二十五日、隣接した吉野村で、まず中島鼎蔵が捕えられ、ついで高知県に入った地で山中一郎、櫛山叙臣が縛についた。

江藤ら三人は、無事に県境を越え、高知県大宮村（現四万十《しまんと》市西土佐）に出た。そして、小船を得て四万十川を下り土佐湾に面した下田（現四万十市下田）にたどりついた。そこから高知に赴き、同志の林有造に助力を求めたが、いれられなかった。

江藤の身辺に、追手がせまった。かれは、名東県（現徳島県）をへて和歌山へ逃げようと考え、東進して野根川から甲《かん》ノ浦に潜入した。そこは、和歌山へ渡海する港であった。しかし、待伏せしていた高知県捜査員によって江藤ら三名は捕えられた。かれらが捕えられたきっかけは、江藤の写真が手配写真として捜査員の手に渡っていたためであった。

江藤の身柄は、ただちに佐賀に送られ裁判を受けた。裁判官は、江藤が初代の司法卿時代の部下であった河野敏鎌《こうのとがま》であった。判決は、梟首《きょうしゅ》の極刑であった。

その日、ただちに処刑されることになり、佐賀城二の丸大手門前で首を刎《は》ねられた。斬首の役を担当したのは、士族野口重正であった。

江藤の首は、三日間刑場にさらされた。その首は写真師によって撮影され、一般に市販されて大きな反響をまき起した。東京市では、元司法卿の痛ましい姿が庶民の眼にふれることは好ましくないとして発禁にした。

松丸では、江藤新平の話が人々の話題として残っていた。全国を騒然とさせた江藤一行が自分の村の近くを逃げのびたことに、かれらは興奮していた。

江藤の脱出行が、意外にもそれから三年後に起った西南戦争にも尾をひいていた。愛媛県では、西南戦争が起ると、西郷軍が九州から海を渡って四国に攻め入ってくることを恐れ、海岸線に厳重な警戒網をしいた。そして、政府軍が西郷軍を圧倒した後も警戒を解くことはなかった。県庁では新たな不安におそわれていた。江藤が、反乱に失敗後高知にのがれたように、西郷軍の首脳者たちが、依然として征韓論を唱える者の多い高知へ脱出を試みるのではないか、と危惧したのである。

脱出の筋道としては、江藤の場合と同じように船で渡海し宇和島町をへて高知へ向うコースが考えられた。その折には、松丸付近を通過する公算が大きかった。

そうした判断のもとに、県庁では宇和島町に軍隊を派遣し、松丸にも二個中隊を駐屯させた。

伯父佐七郎が迷惑をうけたのは、その時であった。駐屯部隊は、まず佐七郎の店に垂れたノレンの家紋に注目した。佐七郎の家は、むろん忠八の家と同じように先祖が薩摩藩士であった。薩摩藩主島津家の紋は丸に十印で二宮家の先祖は町民になってからもそれに似せて忠八の家では菱に十の字、佐七郎の家では丸に十轡印の家紋を使っていた。薩摩藩主のものに似た丸に十印を基調とした家紋なので、駐屯部隊は、佐七郎の家が西郷軍となにか関係があるのではないかと疑いをいだいた。さらに、佐七郎が甲冑、刀剣類を多く所持していることも知れて、疑いは一層深まった。

佐七郎は、駐屯所に呼ばれ、中隊長からきびしい訊問を受けた。むろん、佐七郎は西郷軍となんの関係もないと主張したが、疑いはとけず、連日のように駐屯所に出頭を命ぜられた。結局、佐七郎は中隊長から、西南戦争が終るまで、ノレンに染めつけられた家紋の上に黒布を縫いつけて家紋を一切人の眼にふれさせぬように命じられた。

やがて、西南戦争は終結し、西郷軍関係者が松丸付近を高知に向けて脱出することもなく、軍隊も去った。

「全くあの時は、困った。紋付の羽織も着れぬし紋のついた提灯も使えぬので、外出できなかった。兵隊が時々険しい眼をしてやってくるため、客も恐しがって近寄らず商売にも影響した。早く戦争が終ってくれぬかと、毎日神仏にお願いしたものだ」

伯父は、座敷に飾った甲冑や刀剣を見まわしながら苦笑した。

忠八は、西南戦争の折に、故郷の八幡浜浦から海をへだてて臼杵方面に淡い黒煙があがるのを眼にしたことを思い起した。明治維新の功労者西郷隆盛は自刃し、江藤新平も松丸付近の山中を高知にのがれ、結局はさらし首の刑に処せられたことに、時代の激動期に身を置いていることを感じた。

松丸に雪が舞い、年が明けた。

一月七日、忠八は、伯父の指示で兄栄吉とともに初めて取引先の代金回収の旅に出た。伯父の店では薬品を多方面に卸売りしていたが、卸問屋の習慣で代金は、年間取立てることはない。それを回収するのは、毎年正月ときめられていた。

十六歳の忠八にとって、その旅は楽しかった。薬種商の家をまわってゆくと、どこの店でも丁重に迎え入れてくれ、泊めてくれる。取引先では忠八たちに一年分の代金を残らず支払い、新たな注文も出してくれる。和気あいあいとした空気で、忠八は、商業道徳というものが美しいものであることを身にしみて知った。

しかし、店から店に向う途中の道は険しく、危険な個所も多かった。

「手ぶらで歩くだけでもこのように困難な道なのに、人夫は薬品を背にくくりつけて送りとどけてくれる。ありがたいと思わねばいけない」

栄吉は、山道を喘いでのぼりながら忠八に言ったりした。

忠八は、ようやく薬種商の仕事にもなれた。売掛代金の回収をしたり、薬品の調合も出来るようになった。

しかし、かれは、依然として少年で、薬品を利用して遊びを試みてみたくなった。

かれは、遊びの対象に火薬である黒硝石をえらび、ひそかに少量持ち出し、畑の隅に持っていって、周囲に人眼のないのを見定めてから点火してみた。薬品は光を放ち、爆発した。

それに味をしめて、かれはコヨリ紙に黒硝石の粉末をつつんで棒状に巻き、他の薬品も加えて花火を作った。それに点火するときらびやかな光がひらめき、はじけるような音を立てる。かれは、花火で孤独な遊びをつづけていた。

花火だけでは物足りなくなったかれは、地雷火に近いものを作ってみようと思い立ち、黒硝石を多量に持ち出し、家並の間をぬけて裏山への道をたどった。すでに紅葉がはじまっていて、樹林の中には、野鳥の澄んだ鳴き声がしきりだった。

山路から雑木林の奥に入っていったかれは、足をとめ、黒硝石を容器の中に入れて密封し、火縄をつけた。点火すると近くの大きな樹木のかげに走り、地雷火の方向をうかがった。不意にかれの体が仰向けに倒れた。予想もせぬほどの大音響が、鼓膜を麻痺《まひ》させた。

かれは恐怖におそわれ、立ち上ると雑木林の中をぬけて山道を走り下った。

三

忠八は、薬種商を営む伯父のもとで二年半修業し、故郷の八幡浜浦に帰った。その後、刻み煙草の行商をしたり、大洲町中町で呉服商を営む吉田精太郎の店に奉公したりして過した。そして、二十歳の夏には再び八幡浜浦にもどり、兄栄吉とともに海産物の行商人になった。家は貧しく、忠八は兄とともに老母と姉おまつを養わねばならぬ身であった。

忠八は、行商をしながらも学問への憧れを抑えきれなかった。町には、恰好の私塾があった。それは西予塾という漢学塾で、主宰者は都築温《つづきあつし》であった。都築は、元宇和島藩士で漢学の知識が深く、明治新政府の外国事務局に奉職後、八幡浜浦に住みついて私塾を開いていたのである。

かれは、貧しい塾生からは謝礼を受けぬことを信条としていたので、行商人である忠八にも無償で入塾を認めてくれた。忠八は、夜になると都築のもとに通い、熱心に漢学をまなんだ。また、自分の趣味を深めるため画家野田青石のもとに通って南画《なんが》を習うようにもなった。

忠八が小学校時代、抜群の学業成績であったことは、町の人々の記憶にも残っていて、かれが天秤棒をかついで魚介類を売っていることを知った萩森惣五郎という測量士が、助手にならぬかと声をかけてくれた。測量という未知の仕事に興味をもった忠八は、萩森のすすめに応じ、かれの助手として雇い入れてもらった。かれは、萩森につき従って、器具をかついで測量の仕事をはじめた。

かれは、空に舞う凧を見つめることが多かった。凧が不思議な物だという気持は、一層強くなっていた。

時折り、町の者から、

「もう凧は作らぬのか」

と、声をかけられる。その度に忠八は、頬をゆるめるだけだったが、凧への憧れが再び胸にきざしてくるのを感じていた。

十四歳の折に、さまざまな凧を作り、町とその周辺で評判になったことも思い起された。その時からすでに六年が経過し、もしも再び凧作りをすれば、さらにかれらを驚かせる凧を作り出せそうに思えた。

かれは、あれこれと工夫をすることが楽しかった。幼い頃見たからくり人形の仕掛け、写真師の助手になって知った写真機の構造、さらに伯父の店から黒硝石を持ち出して地雷火を作り大爆発を起させたことなどが思い出される。かれは、測量の仕事をしながら空にあがっている凧に眼を向けていた。

或る日、かれは都築温から珍しいものを見せてもらった。それは、風船と呼ばれる軽気球が日本で初めて揚げられた折の情景を描いた明治十年五月版の錦絵《にしきえ》であった。軽気球の周囲には、天皇をはじめ多くの軍人、政治家たちが見守っている姿も描かれていた。都築は、それを報道した古新聞もみせてくれた。

忠八は興奮し、新聞記事に視線を据えた。まず軽気球が天明年間フランスで発明され、その後、絵図や紹介文が日本にも伝えられたことが記されていた。殊に明治三年にプロイセンとフランス間に普仏戦争が起り、プロイセン軍に包囲されたフランスの首都パリから内務大臣ガンベッタらが軽気球で脱出したことが大きな反響をまき起したという。

明治十年、西南戦争が起り、西郷隆盛にひきいられた大軍が熊本城を包囲した。これに対し、政府軍は西郷軍を攻撃したが、抵抗は激しく包囲陣はくずれない。政府軍は苦慮したが、中枢部内で普仏戦争にならい軽気球を利用すべきだという意見がたかまった。それを揚げれば上空から十分な偵察はできるし、城内に使者を送ることも、城内から重要人物を脱出させることもできるという。

たまたま、米沢生れの海軍技師馬場新八が軽気球を研究していることが判明したので、陸軍省は製作を依頼し、明治十年三月、馬場の手で二個の軽気球が完成された。それは、ガス袋の長さが八間（約一四・四メートル）、幅六間（約一〇・八メートル）の気球で、袋はゴム引きにした百四十反の奉書紬《ほうしょつむぎ》を縫いあげて作られていた。ガス袋に入れる水素ガスは、金杉瓦斯《ガス》局から気球をあげる海軍兵学校校庭まで管を六百五十間（約一・二キロメートル）の長さにわたってひき、蒸気ポンプで袋の中に送りこんだ。

ガス袋の下にとりつけられた籠に馬場がのることになっていたが、その直前に突然一個が破裂し、また他の一個は強風のため軽気球をつなぎとめていた綱が切れて飛び去ってしまった。その軽気球は、堀江という漁村の上で浮力を失い、下降した。

村の者たちは、初めて眼にする大きな浮游物に驚き、女子供は恐れおののいて逃げた。男たちは、櫂《かい》を手に軽気球を遠巻きにしながら、風の神があやまって落した袋ではないかとか、ラッキョウの化物ではないかと叫び合った。軽気球は、籠を地面にすりつけながら移動し、男たちは逃げまわっていたが、一人の漁師が櫂を手に打ちかかった。それに勢いを得た他の男たちも軽気球を追いながら乱打した。

そのうちに袋が破れ、水素ガスが噴出した。その強い臭気に男たちは妖怪が毒をふくんだ息をはいたと思い、逃げた。その中の三人は、ガス中毒を起して寝こんでしまったという。

忠八は、錦絵に描かれている軽気球を見つめた。大きな球型のガス袋の下に、四角い籠が吊り下げられている。ゴム引きの布で作られた袋に水素ガスが入れられているので、空高く上昇するという。忠八は、人類の果せなかったことを、その軽気球が可能としていることに興奮した。

かれは、筆で軽気球を模写し、懐中に入れて家に持ち帰ると、行燈《あんどん》の明りで見つめた。

空に浮かぶ軽気球。籠にのった人は、上空から遠くの山、海、川などを見下せるのだろう。自分も軽気球を作って空にあげてみたい、と思った。が、ゴム引きの布を買い求めることはできないし、袋に入れる多量の水素ガスなどどこにもない。東京以外に大阪、京都で軽気球があげられたという話は耳にしていたが、それは水素ガスが入手できる大都会にかぎられることで、八幡浜浦などで製作できるはずがなかった。

忠八はふと凧で作ってみようか、と思った。軽気球に模した凧を作って、それを揚げる。おそらくそれは、人の眼に空に浮ぶ軽気球のように見えるにちがいない。

かれは、すぐに紙をひろげると凧の下絵をえがきはじめた。凧が空中で安定するためには、下部を細くしラッキョウのような形にすることがよさそうに思えた。凧の下部には籠と、それにのった洋服姿の二人の男をえがく。さらに、籠の両側に日の丸の小旗を突き出させてみた。

面白いことを思いついたものだ、とかれは眼を輝かせた。町の者たちは、風船と呼ばれる軽気球を眼にした者はなく、それが空に舞いあがればその異様な姿に驚きの声をあげるだろう。それを想像しただけでも、胸がはずんだ。

かれは、凧を勘にたよることなく筋道を立てて製作してみようと思った。測量士助手をしている間に製図法も習っていたので、かれは凧に使う竹の長さ、幅、湾曲度を図に描いた。軽気球に模した凧なので、普通の凧とはちがって立体的になる。竹を組立てることは、専門家の教えを受ける必要があった。

かれは、大黒町に神山音吉という男が竹で籠などを作り、製品が入念な作りで評判を得ていることを耳にしていた。

かれは、昼間測量の仕事をつづけ、夜になってから提灯を手に図面を持って大黒町に足を向けた。その付近は海に近く、夜気に潮の香が濃く流れていた。

店の戸を開けると、竹の匂いがした。障子が開き、男が顔を出した。

「どなたかね」

男は、言った。

「二宮忠八と言うものです。音吉さんはおられますか」

忠八は、言った。

男が板の間におりてくると、行燈に灯をともした。職人らしい男の顔が、灯の明りに浮び上った。

「大二屋幸蔵さんの息子さんか」

男は、忠八の顔に視線を据えて言った。

忠八は、ひやりとした。借財をかかえ倒産した父に恨みをいだいている町の者は多い。竹籠作りの神山音吉も、その一人かも知れなかった。

男は、忠八にあがるように言い、座ぶとんをすすめてくれた。

「あなたのお父さんは心の優しい人で、よく籠や笊を注文してくれた。惜しい人を亡くした」

男は、しんみりした口調で言った。

忠八は、ほっとした。心が優しすぎることが父の場合商人として裏目に出たが、神山のような見方をしてくれる者がいることを思うと、父は父なりの生き方をしたのだとも思った。

「なにか御用でも？」

神山は、たずねた。

忠八は、図面をひろげ、軽気球を模した凧を作りたいが、竹の組立て方を教えてもらいに来た、と言った。

「ケイキキュウ？」

「はい、風船と言われているものです。ガスを大きな布袋に入れ、人を籠にのせて空高く昇ってゆくのです。風船は作れませんので、せめて凧で似たものを作ってみようと思ったのです」

忠八は、図面を指さしながら説明した。

神山は、

「思い出した。大一屋さんの息子さんで凧作りのうまい子供がいたときいたことがあるが、あなただったのか」

と、忠八の顔を見つめた。

神山は、忠八の企てに興味をいだいたらしく、かれの言葉にうなずきながら思案しているようだった。

「それでは、私の所でそれに適した竹を原価でわけてあげよう」

かれは、立ち上ると輪にした竹を持ち出し、忠八の指示するままに縦割りし、長さと幅をそろえた。そして、それを湾曲させ、素早い手つきで組み立て、忠八にも手ほどきをしてくれた。

「凧が出来上って揚げる時には、ぜひ私にも報せてもらいたい。眼が赤や金色にくるくる変るダルマ凧が揚っているのを、私も見て驚いたことをおぼえている」

神山は、竹の輪を忠八の肩にかけてやりながら言った。

忠八は、翌日から竹の組立てにとりかかった。竹は均等にけずられ、一本ずつの重量が変らぬようにそろえられた。組立ては四日目に終り、その上から伊予紙を貼った。湾曲した部分が大半なので、貼り方はむずかしく、二晩を要した。

紙貼りが終ると、絵付けに入った。ガス袋に相当する部分は白いままにし、下部に籠とそれに乗っている二人の男を描いた。さらに日の丸の小旗を作って、籠の両側に突き刺した。忠八は、高さ四尺（一・二メートル強）の凧をながめまわした。それは、錦絵に描かれていた軽気球そっくりであった。

問題は揚るかどうかだ、かれは軽気球を模した凧をながめながら思った。一般の凧は平面的だが、眼前の凧は立体的である。かれの顔に、不安の色がうかんだ。

なぜ、凧は揚るのだろう、とかれはつぶやいた。それは、今まで考えてもみなかったことであった。鳥や昆虫は羽があるから飛ぶことができるし、軽気球は空気より軽い水素ガスを袋に入れてあるので空に昇るが、凧には羽もガス袋もない。凧が舞い上るのは、風の存在があるからだ。なぜ凧は、風によって空に揚るのだろう。

二宮忠八は、思いがけぬことを考えはじめた自分に驚いていた。凧は揚るものにきまっていて、それになんの疑いもいだいたことはないが、考えてみれば、これほど不思議なことはなかった。凧は角凧が一般的で、他に蟬凧、トンビ凧、奴凧などもある。忠八が試作した軽気球の形をした籠状の凧など見たこともない。

今までの例から考えて、それが空に舞い上ることは疑わしかった。揚るか揚らぬか、ともかくやってみよう、と、かれは思った。忠八は、それまでの凧と同じように糸を張り、部屋の中で糸をひいてみた。大きな籠状の凧が、少し浮いた。

梅雨に入っていたが、雨の日は少なかった。かれは昼間測量の仕事で働きに出なければならず、休日がくるのが待ち遠しくてならなかった。

しかし、待ちかねていた休日の日は、朝から激しい雨で、新川の流域の一部に出水騒ぎすらあった。

忠八は、適度な風が吹く晴天の日に凧を揚げたかった。軽気球という言葉は町の人に理解しがたいような気がし、凧を風船凧と名づけようと思った。

六月下旬、梅雨の季節も過ぎ、休日に当てられた日の早朝眼をさますと、朝の陽光が天窓から部屋の中に流れこんでいた。かれは、すぐに戸外に出ると風の具合を調べてみた。樹木の梢の葉がかすかにゆらぎ、凧揚げには適した風であった。

かれは、朝食をすますと、約束を思い出して大黒町の神山音吉のもとに行った。

「これから凧を揚げます」

かれが言うと、籠作りをしていた神山は、すぐに立ち上り、草履《ぞうり》をつっかけて忠八の後からついてきた。

忠八は、家にもどると風船凧を紺色の大きな風呂敷に包み、肩に背負った。

「まるで棺桶をかついでいるみたいだ」

神山が、笑った。

忠八は、家並の間の道を進むと明治橋のたもとから新川の河原におりていった。河原に、人はいない。初夏の陽光が河面に輝いている。河口に近いあたりで、川魚漁の舟からしきりに網が投げられているのがみえた。

忠八は、神山と川岸に近い河原で足をとめた。対岸にある酒造所で酒樽の搬出がおこなわれているらしく、高い塀の背後で人夫の掛声がきこえていた。

忠八は、紺の大きな風呂敷をひらき、軽気球を模した風船凧をとり出した。

「なかなかうまい出来だね。これなら提灯屋の見習いぐらいにはなれる」

神山は、風船凧に手をふれながら眺めまわした。白一色の風船凧の下部にえがかれた二人の男の洋服の青い色と二本の国旗の色があざやかだった。

忠八は、糸の張り具合をととのえながら、果してこの凧が揚るかどうか不安を感じていた。

「おれが凧を持ってやろうか」

神山が、言った。

「お願いします。風が東の方角から吹いてきていますから、川下の方に持っていってもらいましょうか」

忠八は、風の具合をしらべるように周囲を見まわしながら言った。

神山は、腰にぶらさげた手拭をはずすと鉢巻をしめ、風船凧を持ち上げ川下の方に石をふんで歩いてゆく。忠八の手もとから、糸が伸びていった。

「そこでとまって下さい」

忠八は、声をかけた。

神山が足をとめ、こちらに体を向けると風船凧を高く持ち上げた。

忠八は、あらためて異様な凧だ、と思った。大提灯のようで、それが揚るとは思えない。

風が、渡ってきた。

「離して下さい」

忠八は叫ぶと、糸を引いた。

神山が凧をはなすのがおそく、凧は河原の上に落ちた。神山が凧に近づき、手をふれている。こわれはしなかったか調べているようだったが、再び凧を持ち上げると、後退し、足をとめた。

忠八は、風を待った。丘陵をおおう緑の色がまばゆくみえた。風が、川の上流方向から渡ってきた。長くつづきそうな風であった。

「離して」

忠八は叫ぶと、糸を勢いよくひいた。

神山の手から、凧がはなれた。

風船凧がふわりと浮き上り、神山の頭上からはなれてゆく。忠八は、糸を操った。凧は、風をうけて一直線にのぼってゆく。神山が手をたたき、笑顔をみせながらこちらに小走りに歩いてくる。

忠八は、うまくいった、と思った。凧は入念に均衡を保って作られたため、安定感にみちている。神山がかれの傍に近寄り、凧を見上げた。

忠八は、慎重に糸をのばした。引きが強く、かれは、皮膚が糸で傷つかぬよう素早く手拭を掌に巻きつけた。凧は、高く揚ってゆく。異様な凧であった。凧という概念から程遠い空の浮游物にみえる。忠八は、錦絵にえがかれていた軽気球が空に舞い上っているのを見ているような錯覚にすらとらわれた。

かれは、満足そうに風船凧を見上げた。青い洋服を着た二人の男が、あたかも軽気球の籠に乗っているようにみえる。それが実際の人間であったら、東から南にかけてつらなる遠い山なみが見え、西方には宇和海に鋭く突き出た佐田岬、さらに豊後水道をへだてて九州が望まれるにちがいなかった。

かれは、ふと川をへだてた対岸に建つ酒造所の方に眼を向けた。そこには高い塀があるが、数人の男が身を乗り出して、凧を見上げたりこちらに視線を向けたりしている。かれらが激しい驚きをしめしている気配が感じられた。

凧は高くのぼり、安定した。忠八は、糸を体に巻きつけて凧を見上げた。

人声が、きこえた。忠八は、振返った。明治橋のたもとに数人の男女が立って凧を指さし、なにかわめいている。橋の上を走ってくる者もいる。そのうちに、川下方向の川沿いの道に人が続々と飛び出し、立ちすくむようにして空を見上げている姿もみえた。周囲が、にわかに騒然としはじめた。

忠八は、東京の海軍兵学校校庭で初めて軽気球があげられた折の新聞記事を思い起した。一個は破裂し、他の一個は繋留索が切れて飛び去り漁村に舞い降りたが、村の者たちは恐れおののいたという。空に揚った風船凧を眼にして、八幡浜浦の者たちも、それが妖怪のように見え、恐怖に襲われているのかも知れなかった。

人々が家並の間から走り出てきて、たちまち土手の上は黒山の人だかりになった。

おびえたように遠巻きにしていた人々も、忠八のまわりに集ってきて、呆れたように空にうかぶ風船凧を見上げていた。それらの人々に、忠八は、風船——軽気球がフランス人によって発明され、日本でも東京、大阪、京都で試験的に作られ、人をのせて揚げられたことを告げた。

「その風船は、なぜ揚るのかね」

男の一人が、たずねた。

「布袋に、水素ガスというものが入っている。それは空気より軽いので、人をのせた籠をつけて空にあがってゆく」

忠八は、答えた。

町の人々は、忠八の話に感嘆した。

「あんたのような頭のよい者なら、その風船も作れるのではないか。どうだ、作って乗ってみては……」

男が、真剣な眼をして言った。

「それは無理です。第一、水素ガスは大都市にしかありません」

忠八は、答えた。

かれは、一時間ほどで凧をおろそうとしたが、見物人は承知せず、夕方まであげたままであった。話を伝えきいた近隣の村々からも人が集ってきて、河原は人で埋まった。

かれらの中には、その凧をゆずって欲しいと申し出る者が多かった。忠八が十四歳の折につぎつぎに作った新工夫の凧を、かれらは争って買った。その時と同じように、かれらも風船凧を自分で揚げてみたいのだ。

「売りません。揚げるだけです」

忠八は、いんぎんに断わった。かれは、凧を金銭ととりかえる気はなかった。十四歳の折には生活費を得るために凧を作って売ったが、今では乏しいながら測量士助手としての収入もあり、そのようなことをする必要もない。かれは、凧というものを使ってさまざまな試みをしてみるのが楽しいだけだった。

西日が輝きはじめた頃、かれは風船凧をおろすと、竹を提供してくれた神山音吉に無料で譲った。

風船凧は、町の話題になった。人々は、忠八を人間ばなれした頭脳を持つ者だ、と感心していたが、突飛な凧を作って揚げるかれを変人だという者も多かった。他人が買いたいと言っても売ろうとしないことから考えても、金銭目当てで凧作りをしているのでもないらしい。二十歳にもなって少しの得にもならぬ凧作りに熱中している忠八が、かれらの眼には不可解な存在に思えるようだった。

忠八は、測量の仕事に専念していたが、ひそかに新しい凧を作り出そうと考えをめぐらせはじめていた。今までは、形の奇抜さなどをねらった凧を作ってきたが、さらに一歩ふみ出し、世にも稀な凧を作ってみたい。それをあれこれと考えていたが、思いつかなかった。

忠八は、一般的に猿とよばれているものが凧に使われていることに関心をいだいていた。

凧が空高く舞いあがった後、紙などで作った環を糸に通して手《た》ぐることを繰り返すと、それにつれて環がのぼってゆき、ついには凧の所まで達する。その環の動きが、ちょうど木を登ってゆく猿の動きに似ているので、凧の猿と呼ばれている。かれは、この現象を利用して人々を驚かすような凧を作ってみたいと思った。

秋祭りがやってきて、家並の間に華やかな山車《だし》が練り歩いた。町には太鼓や笛の音がみち、見世物小屋や露店に多くの人々がむらがった。測量の仕事も休みになって、忠八は露店のならぶ道を歩いた。顔見知りの者が多く、挨拶しながら歩いた。

かれは、ふと足をとめた。藁束に風車を突きさして売っている露天商人がいる。風車は、微風をうけてまわっていた。かれの眼は、白と赤の車の羽にそそがれた。竹の柄をとった四枚の羽だけの風車を、凧の猿として使ってみようか、と思った。それは、糸の上方にのぼりながら、美しく回転するだろう。

かれは、露天商人の男に近づくと、風車を買った。

家に持ち帰ったかれは、風車の羽の仕組みをしらべてみた。簡単な作りで、短冊形の赤と白の経木《きょうぎ》を中央で折り曲げ、互いに組み合わせて十文字に近い形にしてあるだけである。組み合わせ部分の中央には、四角い穴が出来ていて、そこに糸を通せば、風車はまわりながら凧の方にのぼってゆくことはあきらかだった。

かれは、大きな風車を糸に通してみた折のことを想像した。空に朱と白の色をひらめかせながら回転する風車。それは、なにか西洋の動く機械のようにみえるにちがいなかった。

かれは、部屋の隅におかれた凧を持ってくると、糸に羽だけの風車を通してみた。息を強く吹きかけてみると、羽は勢いよくまわる。

風車が糸を伝わってのぼることを思いえがきながら、凧に近づけた。風車が、とまった。そこからは、凧の要所要所にむすびつけられた糸が放射状にひろがっていて、風車の中央にあけられた穴は用にたたない。

かれは、何気なく風車を凧の方に押してみた。その時、組み立てられた経木の羽が分解し、一枚ずつはなれて畳の上に落ちた。

忠八の眼が、光りをおびた。胸に、一つの考えがひらめいた。風車を糸に通し、糸を操れば風車は上方にのぼってゆく。やがて、それは、凧に放射状に張られた糸の束の結び目に達する。それを見とどけてさらに糸を強く引けば、風車は束ねられた糸の中に入りこみ、解体するはずであった。ばらばらになった風車の四枚の羽は、空を舞いながら花弁のように落ちてくる。二枚の赤い羽と二枚の白い羽が舞う光景は、さぞ美しいだろう、と思った。

休みの日がやってきた。空は晴れ、風が渡っていた。

その日、かれは、大きな風車と凧を手に家を出た。凧はむき出しであったので、それを眼にした町の者たちは、忠八が新工夫の凧を揚げることに気づき、家や露地からとび出してきた。娯楽の乏しい町の人々にとって、忠八の凧は一種の見世物に似た意味をもっていた。

かれらは、忠八の手にした凧を見つめながらついてきたが、それは普通の角凧で、そこになんの工夫もほどこされていないらしいことに気づいた。かれらの眼は、大きな風車に向けられた。凧と風車の組み合わせが奇異に思え、かれらの好奇心はつのった。

忠八が新川の河原におりていった頃には、二十人近い大人や子供が後につき、さらに道を駆けてくる者の姿もみえた。

忠八は、河原の中央で足をとめると、無造作に凧をあげはじめた。河原には風が渡り、凧はたちまち空高く舞いあがってゆく。見物の者たちは、凧を見上げた。

凧が安定すると、忠八は、手もとの糸に風車を通した。周囲の人々は、興味深そうに風車を見つめた。かれが、糸を手もとに引くことを繰り返すと、その動きにつれて風車が上方にのぼってゆく。一〇メートルほどあがった時、風車が勢いよくまわりはじめた。

見物人たちの口から、歓声が起った。赤と白の羽が回転しながら昇ってゆく。それはかなりの速さで、生き物のように上方の凧にむかって突き進んでゆく。

「風車凧だ」

人々の中から、はずんだ声があがった。

風車が小さくなり、張られた糸の結び目に到達したらしく、回転をやめた。人々は、それで凧の演技も終ったと思ったようだった。

忠八は、糸を強くひいた。風車は、凧にはりついたように動かない。かれは、勢いよく糸をひくことを繰り返した。

かれらは、忠八の顔を見つめた。

不意に、人々の間から短い叫び声があがり、それは感嘆のどよめきに変った。静止していた風車が瞬間的に解体して四散し、赤と白の四枚の羽が青空を背景に舞いながらおりてくる。人々は、驚いたように忠八の顔に視線を据えた。かれらには、忠八が魔術師のようにみえた。

羽はゆっくりと舞いながら、風に乗って町の家並の方におりてゆく。子供たちは、その方向に歓声をあげながら走り出した。

忠八は、糸を素早く手繰りはじめた。かれの顔には、満足したような表情がうかんでいた。

その日、家に帰った忠八は、風車が空に散った折の光景を反芻《はんすう》していた。凧に放射状に張られた糸の束の作用が、かれには興味深く思えた。凧に思わぬ能力が秘められていることを知ったかれは、その作用を最大限に発揮させてみたかった。かれは、空で飛び散った風車の羽の鮮やかさを思った。羽の代りに人の意表をつくものを散らしてみたらどうだろう。散るものの数が多ければ多いほど、華やかにみえる。紙吹雪のように散れば、壮観にちがいなかった。

ふと、かれは松丸の伯父の店に奉公していた頃のことを思い起した。伯父の店では、新薬が入荷すると、小僧たちに薬名と効能を書いたチラシをもたせて、町の重だった家々に配って歩かせる。それはかなりの効果があって、チラシを手に多くの人々が新薬を買いに店へやってきた。

もしも、空からチラシを撒《ま》くことができたら……、とかれは思った。伯父の店で小僧が一日がかりでチラシを配り、翌日にも及ぶことも多かった。空からチラシを撒けば、そのような手間ははぶけ、町内に広く配布することができる。空で散った風車の羽を子供たちが追っていったように、舞い下りるチラシを人々は追うにちがいない。

空からチラシを撒く——それは突飛な思いつきだが、宣伝に利用すれば効果はいちじるしいはずだった。かれは、今まで多くの新案凧を作り出して町の人々を驚かせたが、これから工夫する凧は、その総決算ともいうべき凧だ、と思った。

その日から、かれはチラシを撒く凧の考案に熱中した。昼間、測量士助手としての仕事に従事しながらも、凧のことが念頭からはなれなかった。風車の場合は四枚の羽が散ったが、そのことに執着してはいけない、と思った。チラシは、少なくとも数十枚で、それを空から舞わせるには、新しい発想をしなければならない。常識的に考えて、チラシをなにかで抑えつけて高く昇らせる。そして、チラシを付着させた物が凧に張られた糸の束に入りこんだ時、抑えがはずれてチラシが散ることが望ましい。かれは、チラシを抑えつけながら凧まで運び上げてゆく物を、あれこれと考えた。

気温が低下し、海の色が澄んだ。山間部で初雪が舞ったという便りも伝えられた。

夜、かれは行燈の灯の下で製図に取りくむようになっていた。紙には、小判を細長くしたような薄い板が横にえがかれていた。中央から細い竹の棒が左右に張られていて、その両端にそれぞれ重ねられたチラシをはさみこんでいる。

次の図では、凧の張り糸の中に入った小判型の薄板が、中央から凧の方向に折れている様子がえがかれている。中央部にとりつけられた蝶つがいで折れる仕組みになっている。横に張られた竹の棒はそのままなので、板との間にはさみつけていたチラシがはずれ、散る。

「これならうまくゆくはずだ」

忠八は、図面を見つめながらつぶやいた。

かれは、落着いていられぬように図面を手に立ち上ると、提灯に灯をともして家を出た。

かれは、夜道を急ぎ、竹細工師の神山の店の前に立った。店の奥から灯がもれていた。戸をたたくと、人の気配がして、神山が顔をのぞかせた。

「忠八さんか。お入りなさい」

神山は、親しげな眼をして言った。

忠八は、板敷きの仕事場に腰をおろした。

「また、なにか考えついたのかね」

神山は、笑いながらかれと向き合って坐った。

忠八は、巻いた図面をとり出し、床にひろげた。

「なんだね、これは……」

神山は、いぶかしそうな表情をして図面に視線を落した。

「私の最後の凧です。これが成功すれば、凧作りの工夫はやめます。変人と言われていることは知っていますし、その名前もこの凧を最後に返上します」

忠八は、言った。

忠八は、町の者たちの中に、自分を変人と呼んでいる者がかなりいることも知っていた。二十歳に達していながら新工夫の凧作りに熱中している自分を、かれらが奇異に感じているのも無理はないと思っていた。図面を見つめる神山の顔にも、奇抜なことを考える男だという可笑《おか》しそうな表情がうかんでいる。

「なんだね、これは……。さっぱりわからぬ」

神山は、頭をふった。

「チラシを撒く凧です」

忠八は、言った。

「チラシ?」

「そうです。報帖《ひきふだ》とも言われているチラシです。開店披露や新商品を売り出す時などに配る……」

忠八の説明に、神山はようやく納得したらしくうなずいた。が、すぐに忠八の顔に視線を据えると、

「凧がチラシを撒く?」

と、いぶかしそうに言った。

「そうです。凧をあげ、そこからチラシを撒くのです。高い空から……」

忠八は、頬をゆるめた。

「そんなことができるだろうか」

神山が、つぶやくように言った。

「凧の猿というものを御存知でしょう。凧を揚げてから、紙の中央をくりぬいた穴に手もとの糸を通して糸をひくと、紙がのぼっていって凧までたどりつく……」

「それは、知っている」

「この図面にあるのが、チラシを撒く猿です」

忠八は、図面を指さし、説明した。

神山の眼が光り、忠八の解説に緊張した表情でうなずく。そして、その装置が凧に達した時、はさみこまれたチラシが散るということを忠八が口にすると、神山は、感嘆の声をあげた。

「なんということをあなたは考えるのだ」

神山は、呆れたように忠八の顔を見つめた。

「それで、お願いがあってやってきたのです。この仕掛けに適した竹材を分けて欲しいことと、なるべく軽いものにしたいので作り方を工夫してもらいたいのです」

忠八は、言った。

「こんな物を作ったことはないが、面白い。やってみよう」

神山は、すぐに立つと細く割ってある竹をひき出してきて、それをさらに縦割りにし、図面通りの長さに切った。かれは、竹を手なれた仕種でけずり、所要の本数をそろえた。

忠八は、神山の手の動きを見つめ、それを頭に刻みつけることにつとめた。蝶つがいがはめられ、チラシをはさみつける細い竹の棒もとりつけられた。

「これでいいかね」

神山が、忠八の顔に眼を向けた。

かれは、神山に作ってもらった装置を手に家にもどると、早速、実験をしてみた。紙を切ってチラシ状のものを数十枚作り、竹の棒にはさみつけ、装置を凧の糸に通し、凧に近づけた。装置の中央にあけられた穴が、放射状に張られた糸の束の中に入った。

かれは、装置を凧の方に強く押してみた。その瞬間、蝶つがいが働いて装置の両翼が勢いよく凧の方向に直角に曲り、竹の棒の両端にはさみつけられた紙が、畳の上に落ちた。

「予想した通りだ」

かれは、眼を輝かせた。空からチラシを撒くなどということは、見たこともきいたこともない。もしかすると、それは日本ではじめての試みかも知れなかった。変人と呼ぶなら呼ぶがいい、大変人になってやる、とかれはつぶやいた。

どうせチラシを撒くなら、チラシらしく宣伝文句を書いたものにしたかった。八幡浜浦は、年を追うごとに商業の町としての活気を呈している。汽船が関西方面に定期運航するようになってから商品の流通もさかんで、伊予の大阪と称されるほどの商業町になっている。商店が軒をつらねていて、店々でチラシを各戸に配ることも多く、それを空から撒く仕掛けができたことを知れば、商店主たちは争って店の宣伝チラシを撒いてくれと申し出てくるにちがいない。方法が奇抜で、手間もはぶけ、絶好の宣伝方法としてかれらの関心を集めるはずだった。

かれらは、かなりの金銭を差し出して忠八にチラシ撒布を依頼するにちがいない。もしかすると、遠く神戸、大阪の商人がそれをきき伝えて、申し出てくるかも知れなかった。が、かれは、そうした金銭目当てに自分の発明した装置を使いたくなかった。大変人としての資格は、まず金銭欲とは無縁であることが条件で、商店のチラシなど撒く気にはなれなかった。

ふと、装置の制作に力を貸してくれた竹細工師の神山の名をチラシに書いてみようか、と思った。神山は、腕のいい職人として評判が高いが、それを記したチラシを空から撒く。神山にそのことを伝えれば、かれは照れ臭がって辞退するだろう。ひそかに作って、空から撒いてしまおう、と忠八は思った。

かれは、鋏を手にすると、丁寧に紙をチラシ大に切った。百枚の紙が出来上った。

かれは筆をとり、

「天下一　竹細工師神山音吉氏　品質最高　まさに神技也」

と書いた。

かれは、その装置を凧の凧と名づけた。

年が明け、明治十九年を迎えた。

正月二日朝、忠八は、神山の家に年始の挨拶に行き、

「今日は風の具合も良いので、これから例の凧を揚げようと思います」

と、言った。

酒を飲んでいた神山は、

「私も行く」

と言って、すぐに腰をあげた。

忠八は、神山とともに正月のにぎわいがひろがっている家並の間をぬけ、自分の家にもどり、角凧とチラシをはさみつけた装置を大きな風呂敷に包み、背負って家の外に出た。

道には、晴着をつけた人々が年始回りで往き交い、子供たちはコマ回しや羽根つきに興じている。近くの商店では、初売りの景気のよい声がしきりで、飾りつけをした大八車が初荷の幟をつけて荷を積み出している。

忠八が風呂敷包みを背に歩き出すと、路上で遊んでいた子供たちが動きをとめ、かれが家並の間の道を新川の河原の方に歩いてゆくのに気づくと、顔を紅潮させた。

「凧だ」

かれらの間から、甲高《かんだか》い声があがった。

また変人の凧が揚がるのを見に町の者が集ってくる、と忠八は道をたどりながら思った。背後で子供たちの歓声がきこえ、走ってくる足音もしている。神山は、時折り笑いながら後を振返っていた。子供たちが、二人のまわりにむらがりはじめた。

明治橋のたもとについた頃には、大人たちも忠八のまわりをかこみ、かれの後から土手の傾斜をくだってきた。

空が少し曇っていて、河原は寒かった。が、程よい風が渡っていて凧揚げには好都合だった。空には、所々に凧があがっている。角凧が多く、奴凧もみえた。

土手の傾斜をおりてくる者や、明治橋の欄干《らんかん》にもたれて河原に眼を向けている者もいる。かれらの顔には、正月に願ってもない見世物をみるような表情がうかんでいた。

忠八は、風呂敷包みをといた。凧につづいてチラシを撒く装置を取り出すと、かれを取り巻いている者たちの間からいぶかしそうな声がもれた。かれらにはそれが何を意味するのかわからぬらしく、装置に視線を据えている。

忠八は、チラシを一枚ぬきとると、神山の前にさし出した。

口から悲鳴に近い叫び声があがった。顔は羞恥で染り、頭をかかえている。

「恥かしがることなどないじゃないですか。神山さんは、まさに天下一の竹細工師なのだから……」

忠八が笑いながら言うと、神山は、

「勘弁してくれ。おれはただの職人だ」

と言って、しきりに手をふった。

「さて、揚げるか。どなたか凧を持ってくれませんか」

忠八は、角凧を手に周囲の者たちを見回した。

「よし、おれが持つ」

綿打ち職人の若い男が、前に進み出た。

かれは、角凧を持つと河原を歩いて行き、忠八が声をかけると足をとめ、凧を高々とかかげた。

忠八は、風の具合をうかがっていたが、風が渡ってくるのを感じると、

「離して」

と、言った。

龍の字を書いた凧が、男の頭上をはなれた。忠八は、糸をあやつりながら伸ばしていった。凧が、空高く上昇してゆく。材料を吟味した凧なので、安定した揚り方であった。

忠八は、凧が思い通りの高さまで上るのをたしかめると、神山に糸をつかませ、手もとの部分を切って、装置の中央にある穴に糸を通した。そして、神山から糸を受けとると、再び操りはじめた。

糸を手もとに引く動きを繰り返す度に、装置が少しずつのぼってゆく。周囲の者たちは、前回に忠八が揚げた風車凧のように、糸をつたわって昇ってゆく装置が回転するの

ではないかと思っているらしく、無言で奇怪な形をした装置を見上げている。

すでに土手の上にも橋の上にも、人が黒山のようにむらがっていた。初荷の小さな幟をつけた大八車の梶棒をつかんで、空に眼を向けている者もいたし、羽織袴に山高帽をかぶった男の姿もみえた。

忠八は、糸を操った。装置が次第に小さくなり、凧に近づいてゆく。やがて、装置が凧に張られた糸の束の結び目にたどりつくのが見えた。

「やりますよ」

忠八は、装置に眼を向けながら神山に声をかけた。

かれは、思い切り強く糸を引いた。が、装置は少しの変化もみせない。装置の中央にひらかれた穴は、確実に凧に張られた放射状の糸の束の中に入っている。糸を強く引けば、蝶つがいが作動して、装置の両翼が直角に折れ曲り、竹の棒ではさみつけてあるチラシが散るはずだった。

神山は、凧に視線を向けていたが、装置がいつまでも作動しないので、

「どうした。おかしいな」

と、不安そうに顔をしかめた。

周囲の見物人たちも、忠八の顔がこわばっているのに気づき、無言で空を見上げている。

「失敗かね」

男の一人が、気の毒そうに声をかけてきた。

忠八は、返事もせず糸を動かしつづけた。図面通りに作り上げたし、装置が働かぬはずはなかったが、作動する気配もみせない。

かれは、手の動きをとめると空を見上げていたが、諦めきれず思い切り強く糸をひいてみた。その瞬間、装置の両翼が同時に折れ曲るのがみえた。

空を見上げていた者たちの口から、一斉に叫び声があがった。それは、歓声というよりは予想もしていなかった奇怪な現象を眼にした驚きの声であった。

かれらの顔には、恐れに似た色すら浮び出ていた。かれらは、呆然と空に眼を向けている。凧にはりついた装置から、白いチラシが湧き出ていた。それらは風に乗って散り、ひろがってゆく。見物人の間から、えたいの知れぬどよめきが起った。

空に、おびただしい白い紙が舞っている。紙片はひるがえりながら流れてゆく。

「桜の花びらが散っているようだ」

陶然とした声が、忠八の背後でした。

歓声をあげながら、子供たちが走り出した。かれらは、河原から競い合うように土手にあがるとチラシを追って走ってゆく。おびただしいチラシは、南東の方向にひるがえりながら流れている。

チラシは、降下するにつれてひろがっていた。その下に町の家並がつづき、やがてチラシが家々の屋根の間にゆっくりと没してゆくのが見えた。

空に舞ったチラシは、八幡浜浦の人々を驚かせた。その光景を眼にした者は多く、年始回りで道を往《ゆ》き交《か》っていた人たちは足をとめて空を見上げ、家の中で正月酒を祝っていた者たちは、叫び声を耳にして路上にとび出した。

凧の装置からチラシが散った瞬間を眼にしていなかった者たちは、空から舞い降りてくるチラシに、幕末の頃大流行した「ええじゃないか」踊りを思い起していた。それは、慶応三年八月、名古屋方面に皇大神宮の御札が空から降ってきたという噂が流れたことがきっかけになって、なにかめでたいことの前兆であるというので、庶民の間に流行した踊りであった。

かれらは、「ええじゃないか」と節をつけて歌い、太鼓をたたき三味線をひいて踊り狂う。そして、地主や富豪の家に土足で入りこみ、酒肴《しゆこう》をせびる。かれらの中には、それらの家の品物をつかみ、「これ、くれてもええじゃないか」と持ち去る者もおり、家の者たちも「それ、やってもええじゃないか」と制止しようともしない。

そのうちに、京都、大坂などでも諸神の御札が降ったという噂が流れ、豊年満作の吉《きち》瑞《ずい》だとして、ええじゃないか踊りは、東は江戸、西は京都までの各地に人流行し、さらに四国あたりまでひろがった。

八幡浜浦ではそのような踊り狂う光景はみられなかったが、諸神の御札が空から降ったという噂は伝わっていた。かれらは、その話に半信半疑だったが、空に舞うおびただしい白い紙片を眼にして、「ええじゃないか」踊りのきっかけになった御札が現実に空から降ってきていると思いこんだのだ。

それは、めでたい前ぶれだと言われており、しかも正月であることから一層かれらは空に舞う紙が御札だと信じこんだ。かれらの中には、空に向って手を合わす者もいた。

そのうちに紙片が次第に降下し、家並の上に落ちてくるのを眼にしたかれらは、紙片を追って走り出した。紙片が道に落ちると、人々は争い合って拾う。屋根に落ちたものをとろうとして梯子をかける者や、海面に落ちた紙片を眼にして小舟を出す者もいた。

かれらは、紙片を手にし、そこに御札とは異なった「天下一　竹細工師神山音吉氏品質最高　まさに神技也」という文句が書き記されているのを眼にして頭をかしげた。かれらは神山の名を知っていたが、空から紙が舞い降りてくることなど見たことも聞いたこともなかったので、その紙は諸神の降らしたものと信じ、神棚に供える者も多かった。

空から降ったおびただしい紙片が、忠八の考案した装置から散ったものだということは、たちまち町の中に伝わった。

町の者たちの驚きは、大きかった。散る瞬間を河原で実際に見物していた者たちは、まるで空に花吹雪が散るように見えた、とその折の印象を口にした。中には、龍の文字を描いた凧から紙が果てしなく湧いてくるようだったと言う者もいた。

かれらは、空から舞い下りたチラシが家運隆昌の縁起のいいものだと口々に言い合って、チラシを手に竹細工師の神山の家に行き竹籠などを注文した。神山は、照れながらも客の注文を受けていた。

神山の家の繁昌を、商人たちが見過すはずはなかった。かれらは、店の絶好の宣伝方法と考え、店のチラシを空から撒いてもらおうと、忠八のもとに押しかけた。忠八は、町の騒ぎを無視したように、朝早く家を出て測量士助手の仕事に専念し、日没時に帰宅する。商人たちは、夜、忠八の家にやってくるとかれにまとわりついてはなれなかった。

忠八は、かれらの申し出をすべてことわった。商人たちは、相応の金額をしめして執拗に依頼することを繰り返したが、かれは、

「金銭目当てで作ったものではありません。楽しいから作り、試みただけです」

と、答えていた。

商人の中には、多額の金でその装置を買い取りたいと申し出た者もいたが、忠八は、ただ笑っているだけであった。

かれは、その後、凧をあげることもその装置を使うこともしなかったが、町の者たちは、

「また、チラシを空から撒いてくれ」

と、顔を合わせる度に言う。

忠八は、黙っていたが、その年の四月に再び凧を揚げて装置を使った。かれが学んだ神山小学校が小学校令によって八幡浜尋常小学校と改称されたので、それを記念してチラシに「祝　八幡浜尋常小学校」と墨書した。

チラシは、空に散り、町の家並の上に舞った。人々は歓声をあげチラシを追って走った。

忠八は、徴兵適齢期を迎えていた。

四

忠八は、測量士助手として働くうちに製図も巧みになった。測量は、県庁の依頼で地租を定めるための検地が主であったが、電信線の架設にともなう仕事も増した。

日本で初めて電信線が架設されたのは明治二年で、東京、横浜間であった。それ以後、電報が一般化し、明治十二年には八幡浜浦でも電信機が設置され、松山、宇和島間に電報業務が開始されていた。

かれは、測量士の萩森惣五郎とともに各地からの依頼を受けて出張することが多くなっていたが、仕事に決して満足してはいなかった。自分の能力をためすために八幡浜浦をはなれ、大都会に出て行きたかった。

しかし、大都会には身を寄せる人もなく、手がかりはない。それに、長兄と次兄が大阪へ商取引に出向き、遊里通いをして多額の金を費消し家を倒産させたことを思うと、都会がひどく恐しい地に感じられ、ひとりで出て行く勇気もなかった。

ふと軍隊に入れば自分の望みもかなえられるかも知れぬ、と思った。入隊すれば食うことには困らず、しかも大都会へ行く機会に恵まれる可能性もある。軍隊で数年をすごし、それから都会でなにか自分に適した仕事を見つけるのが最善の道ではないか、と思った。

徴兵制度は、明治五年十一月二十八日に詔書が発せられ、全国の成年に達した男子を兵籍に編入させることが決定していた。それにともなって徴兵検査規則も公表されたが、兵役を免除されるのは、

一、身長五尺一寸（約一・五四五メートル）以下の者

二、身体虚弱なる者

など十二項目に該当した者たちで、長男や養子など家の跡つぎも兵役をまぬがれることに定められていた。この布告文の中に、

「国民は、身も心も国に捧げるべきで、兵たちはその生血を以て国に御奉公しなければならない」

といった趣旨のことが記されていた。

この一文が、思わぬ騒ぎをまき起した。それまでは、戦争に参加するのは武家階級の者とされ、幕末から明治にかけて武士以外の者も兵として加わったが、一般的に庶民は兵役に無関係であった。しかし、公布された徴兵制によると、健康な成年男子はすべて兵籍にくり入れるという。

人々は狼狽《ろうばい》し、恐れおののいた。そのようなかれらに、「生血を以て国に御奉公」と

いう文句は刺激的であった。

文字を正確に読めぬ者たちの間に、「徴兵検査に合格した青年は一人残らず病院に送られ、血を絞りとられる」という噂がひろがった。それは各地に流れて、徴兵をのがれようとする者たちを中心とした騒動が頻発した。

そのうちに、男の血をしぼりとる制度ではないことがようやく一般の人々にも徹底したが、徴兵に対する恐れは強かった。

成年に達した男たちは、徴兵のがれをするための方法を考え、実行に移した。検査に合格するのは健康な肉体を持っている者にかぎられるので、故意に体を傷つける者もいた。また、家の跡取りは兵役をのがれる規則になっていたので、次男以下の男たちはさかんに養子になる。むろん、妻帯して分家した者も家長になり徴兵から除外されるので、徴兵年齢に達する直前に結婚する者も多かった。

徴兵のがれをすることが一般の風潮になったが、新潟県下の或る男の話は、新聞記事にもなって広く知れ渡った。男は寺の次男で、妻帯して徴兵のがれをしようとし、隣村にある寺のわずか六歳の幼い娘と婚約した。そして、その書類を提出したが、娘が幼年ということで却下され、うろたえたかれは、他の寺の養子に入った。しかし、寺の住職夫婦との折合いが悪く離縁され、やむなく徴兵検査を受けた。

かれは、体格もすぐれていたので徴兵されることを覚悟していたが、検査の結果、三年前にかかった梅毒がなおりきっていないことがあきらかになり、不合格になったという。

また、徴兵規則の中に、二百七十円を陸軍省に納めると兵役を免除されるという項目もあった。米一俵が一円五十銭、下級官吏の月給が五円程度の頃であったので二百七十円は大金だったが、それでも金を納め平身低頭して兵役を免除してもらう者もいた。

さらに、徴兵のがれの解説書も数多く出版されていた。東京の浅草新福井町にある鶴鳴堂という出版元では、「徴兵心配なし」が七銭、「通俗徴兵安心論」が十三銭で、売れ行きは上乗だった。そうした風潮を反映して、東京の京橋弓町には、徴兵免否鑑定所を開業した者もいた。その鑑定所では、客の体格、健康をはじめ家族関係などをしらべ、徴兵検査に合格するかどうかを鑑定し、兵役をのがれる方法を伝授する。鑑定料は、一件三十銭であった。

このように兵役に服することは嫌われていたが、中には、生活の心配のない軍隊にすすんで入る貧しい家の青年たちもいた。忠八は、それらの青年とは少しちがった意味で軍隊入りを望んでいた。かれは、八幡浜以外の地に行き、軍隊生活で学んだことを将来のために生かしたいと思っていた。

かれは健康で、身長も徴兵検査の合格水準を越えた五尺二寸六分（一・五九メートル）で、合格する自信はあった。

秋の徴兵検査日が、迫った。

月が、満ちた。その夜、かれは久しぶりに料理屋で酒を飲んだ。酒宴は、電信線架設の測量を終えた祝いであった。電信電報の取り扱いをしている八幡浜郵便局の関係者が、測量士萩森惣五郎、助手の忠八と手伝いをした二人の若い男を招いてくれたのである。

　測量が早目に終ったことで萩森は上機嫌で、忠八も心が浮き立ち、すすめられるままに杯を重ねた。

「この助手は、すすんで軍隊に入りたいと望んでいる。徴兵のがれをしようと苦心している若者が多いというのに……」

　萩森は、忠八のことを郵便局員に笑いながら告げたりした。

　席はにぎわい、笑い声が絶えず起った。かなり酒を飲んだが、快い酔い心地であった。

　忠八は、小用に立った。厠の小窓からは、月がみえ、青白い光が流れこんでいた。

　かれが座敷にもどると、萩森や局員たちが低い声でなにか話し合っていたが、かれの姿をみると再び笑ったり歌ったりしはじめた。かれらは、しきりに忠八に酒をすすめた。

　中年の局員が立ち上ると、測量が予定より早く終り、しかも図面が正確なので喜んでいる、と、呂律の乱れた声で感謝の意を述べ、これで宴を閉じたい、と言った。それにつづいて萩森が、局員から宴に招かれまことに光栄であり、愉快だったと返礼した。

　一同は、席を立った。

　忠八は、かれらの後から廊下に出た。酒もいいものだ、と、かれは思った。

　料理屋の外に出ると、道も家並も月光を浴びて明るい。夜空には、薄絹のような雲が所々に浮んでいた。

「いい月だ。酔いざましに月を見ながら少し歩こう」

測量士の萩森が、忠八の肩をたたいた。

酔いに火照《ほて》った頬に、秋の夜の空気がひんやりとふれてくる。微風に潮の香がし、浜に寄せる波の音もきこえていた。

忠八は、萩森たちと談笑しながら歩いた。道の傍を流れる堀割の水も月光に輝き、道は霜がおりたように青白かった。

「軍隊に入ったら、当分、この町ともお別れだな」

親しい局員が、かれに笑顔を向けてきた。

忠八は、無言でうなずいた。この町が、自分の故郷なのだ、とあらためて家並を見まわした。

忠八は、萩森たちと道の角を曲った。道の前方が、妙に明るい。それは、道の左側につらなる二階建の家々から灯が路上に流れているからであった。

忠八は、萩森たちとその家並に近づいたが、不意に足をとめた。かれの顔が、かたくこわばった。道を男たちがゆっくりした足どりで往き来し、左側につらなる家の格子の中をのぞいている。格子の外に立って、内部の者と笑いながら話している者もいた。初老の女に袂《たもと》をつかまれて、家の中に入って行く男の姿もみえた。女のはずんだような声がしきりにきこえている。

忠八は、遊廓であることに気づいた。かれは、遊廓が堀川町にあることは知っていたが、昼間もその一郭に近づくことすら避けていた。今まで何度か女遊びをしようと誘われたことがあるが、頑なに拒みつづけてきた。

かれは、その度に、豊かであった家が倒産した頃のことを思い起した。それは、悲しく惨めな記憶で、その苦しみが原因で父は死亡した。倒産したのは、兄たちが遊里通いで金を使い果してしまったからであり、長兄の繁蔵は父の幸蔵に勘当され、その後、酒の中毒症になって商売も手につかず、現在では妻のお徳に小料理屋をやらせて、昼間から酒を飲みぶらぶらしている。人間としての価値は失われた男になってしまっている。

次兄の千代松は、繁蔵とちがって自分の行為を深く悔い、八幡浜浦の豪商高橋長平の店で働き、父幸蔵の家をついでいる。かれは誠実な男で、大二屋という屋号のもとに海産物商をはじめている。

千代松は、大阪で蕩尽した折のことを思い出すらしく、女というものは恐しいものだ、と、顔をしかめて口癖のように言っている。家が没落したのは二人の兄が遊里の女にうつつをぬかした結果で、その折の悲惨な記憶が忠八の胸に強烈に焼きついている。家を破産させ、父を死亡させたのは遊里の女だ、とも思っていた。

そうした記憶から、かれはどのように他の男からすすめられても遊里に足を向けることはしなかった。その遊里が、眼の前にある。萩森とともに酔って歩いている間に、いつの間にか堀川町の遊廓に来てしまったらしい。門をくぐったことにも気づいていなかった。

立ちつくしたかれは、背を向けると道を引返そうとした。

その腕を萩森や局員が、つかんだ。

「男じゃないか。お前ぐらいだぞ、女を知らぬのは……。もう二十一にもなっているのに、人からばかにされるぞ」

萩森が、年長者らしい眼をしてさとすように言った。

忠八は、ようやく萩森たちの策略であることに気づいた。料理店で小用を足して座敷に帰ってきた時、萩森たちが低い声でなにか話し合っていたが、かれらは、ひそかに忠八を遊廓に連れこもうと企てていたにちがいなかった。

「私は帰ります」

忠八は、顔色を変えて萩森に言った。

「野暮なことを言うな。女遊びを知らぬ男などいるものか。だれもがやることだ。そんなかたいことを言っていて、一人前の男としてこの世の中を歩いてゆけると思うのか」

萩森は、少し真剣な眼をして言った。

「さ、行きましょう」

他の男たちも忠八の腕を笑いながらつかみ、

と言って、腕をひく。

「帰させて下さい。私は、こういう場所に足をふみ入れぬ誓いを立てているんですから……」

忠八は、曳《ひ》かれまいとしてさからった。

「世話が焼けるな。さ、みんなで女のところに連れてゆこう」

男の一人が言うと、他の者たちが歓声をあげて忠八の背を押しながら進んでゆく。

「だめです。帰して下さい」

忠八は、顔を青ざめさせ体をのけぞらせたが、かれらの力に抗しきれず格子のはまった家々がつづく路上に入りこんでいった。

格子の中には、厚化粧をした女たちが坐り、壁に背をもたせて煙管《きせる》を手にしている女たちもいる。長襦袢に伊達《だて》巻を巻きつけただけの姿で、髪をつぶし島田にしている女もいれば銀杏《いちょう》がえしの女もいる。女たちは、男たちが声をあげて忠八の体を押している姿を可笑《おか》しそうにながめていた。

「ここだ、ここだ」

萩森が言うと、男たちは大きな構えの店に忠八を押しながら入っていった。

「ここまで来たら、覚悟をしてくれよ。それでも帰るなんて言われたら、おれたちの気分も白けてしまう。いいな」

萩森は、念を押すように言った。

忠八は、その場に立ちすくんだ。萩森にそれまで言われては帰るとも言えない。見世格子の中の女たちが、こちらに顔を向けた。

遣手《やりて》が、源氏名を口にすると、女たちが立ち上って出てくる。男と女の間に、はずんだ声が交された。

「お前のあいかただ」

萩森が、忠八の前に十七、八の女を押し出した。

女が、忠八の手をひいた。

土間からあがると、すぐに広い階段がある。忠八は、女に導かれるままに階段をあがっていった。

萩森たちは、かれと前後してあいかたの女と笑い興じながら二階の部屋に入ってゆく。小部屋が並び、廊下の所々に行燈が置かれていた。

女が部屋の障子を開き、忠八を引き入れた。華やかな色をしたふとんが、行燈の灯に浮び上っていた。

女は、小さな卓袱台《ちゃぶだい》の前に置かれた座ぶとんに忠八を坐らせると、身を寄せてきた。

「お酒を飲む?」

女が、言った。

忠八は、口をつぐんでいた。

女は、かれの手をにぎったままかれの顔を見つめている。

「寒いの?」

女が、かれの膝に手を置いた。

忠八は、その言葉の意味がわかっていた。遊女屋に背を押されて入り、女に手をつかまれて階段を上りはじめた頃から、体にふるえが起っていた。それを抑えようとつとめたが、女に部屋へ導き入れられてからさらに激しさを増し、歯も鳴りはじめている。女は、忠八がふるえているのを寒さのためなのか、と問うている。が、女がそれをまともに信じているはずがないことを、忠八も気づいていた。

女は、むろん忠八の態度で女遊びは初めてだということを見ぬいているはずだった。体のふるえを寒さのためかと問うたのは、客の気分を損《そこ》ねまいとする職業的な心くばりにちがいなかった。

「お酒でも飲んで、少し温まりましょうよ」

女は立つと、静かに部屋の外に出て行った。

忠八の胸に、恐怖が湧いた。なぜ、このような所に来てしまったのか、と、自らを責めた。自分では家に逃げ帰りたい強い意識がありながら、見えぬ力に曳かれるように遊女部屋に入ってしまった。このままでいれば、自分は女に誘われて傍に敷かれたふとんに身を入れるだろう。それをこばむことは、自分には出来そうに思えなかった。

長兄や次兄も、初めはこのように遊女屋にあがったのだろう。家の金に手をつけてはならぬと強く自分に言いきかせながら、女遊びの魔力に屈し身を溺らせていったにちがいない。そうした兄たちを不甲斐なく思い、憤りも感じていた自分が、同じことを繰り返そうとしている。金銭を費消して大阪から帰り、頭をザンギリにして父に泣きながら詫びを乞うていた次兄の千代松の哀れな姿が思い起された。

逃げよう、とかれは思った。部屋をぬけ出して遣手に代金を払えば外へ出してくれるにちがいない。萩森たちは、それぞれ女たちと部屋に入っていて、自分が帰ったことも気づかぬだろう。

かれは、立ち上った。このような所から一刻も早く去りたいと思った。

廊下に、ひそかな足音がし、障子がひらいた。盆に銚子をのせた女が姿を現わし、立っている忠八にいぶかしそうな眼を向けた。

忠八は、座ぶとんに坐り直した。

「小用なの？」

女が、たずねた。

忠八は、頭をふった。幾分弱まった体のふるえが再び激しくなった。女は、忠八の傍に坐ると杯を差し出し、銚子をかたむけた。

「私もいただくわ。少し冷えるわね」

女は、自分の杯にも酒をみたした。

忠八は、杯を重ねた。女の手前、体のふるえているのが恥かしく、酔いでそれをおさえたかった。かれは、女の視線が自分の横顔に注がれているのを感じながら、このまま部屋にいてはいけない、と自分に言いきかせていた。

女が、伊達巻を静かにとき、長襦袢を肩からずり落した。香料の匂いが、濃く漂った。胸の動悸がたかまった。体のふるえは、いっこうにやまない。

「おれは……」

忠八は、言った。

「なあに？」

女が問い、にぎった忠八の手を自分のふところに導いた。

「おれは、帰らなければならない」

忠八は、初めて傍の女の顔に眼を向けた。小造りの顔立ちをした細い眼の女だった。紅の刷かれた口から白い歯が少しのぞいている。

「お客さんは、こういうところははじめてなんでしょう？」

女は、ふところに入った忠八の手を湯もじの上から包むように押えた。

「そうだ」

「女を抱くのもはじめて？」

忠八は、女の顔から視線をそらせ、うなずいた。

「好きな人がいて、その人に義理立てしているのね」

女が、かすかに笑った。

「そんな人はいない」

忠八は、杯を傾けた。

「それなら、いいじゃないの。それとも私が気に入らないの？」

女が、言った。

「そんなことはない」

忠八は、即座に答えた。

このような所で身を売る女に、幸せな過去のあるはずがない。貧困の犠牲になって、親は娘を売る。遊女に長女が多いというのも、そうしたことを裏づけている。借金を背負って売られた身であれば、逃げることはできない。病いを得ても遊女屋の主人に客と接することを強いられ、死亡する者も多いという。そのような不運な女を、少しでも傷つけるようなことは口にしたくなかった。

「女が嫌いというわけじゃないんでしょう」

女は、冷やかすような口調で言った。

「嫌いであるはずはないが、それよりも凧の方に興味がある」

「タコ？　海でとれるあのタコ？」

女が、声をあげた。

「そうじゃない。空に揚げる凧だ」

忠八は、答えた。

「凧？　子供が揚げる凧が好きなの、あんたって……」

女は、細い眼をみはると笑い出した。忠八の手が女のふところからぬけ出た。

かれは、苦笑した。徴兵適齢期を迎えた男が女の体を抱くよりも子供の遊び興じる凧の方が好きだという答は、たしかに滑稽にちがいない。かれは、背をまるめて笑い声をあげている女をながめていた。

「冗談なんでしょう」

女が、顔をあげた。

「いや、本当だ」

忠八も、笑いながら答えた。いつの間にか体のふるえはしずまっていた。

「その年になって、凧を揚げるの？」

「そうだ。だが、今年の春、揚げたのを最後にこれからは揚げる気はない」

忠八は、杯に手をのばした。

「驚いた。変った人がいるものね」

女は、可笑《おか》しそうに忠八の顔をながめまわした。

「町の人も、おれを変人と言っている。そう思われても仕方がないのだろうが……」

かれは、杯に酒をみたした。

女は少し黙っていたが、

「あんた、もしかすると凧を揚げて空からチラシを撒いた人じゃないの？」

と言った。

忠八は、顔が赤く染るのを意識した。このような閉ざされた世界に身を置く女にまで自分の考案した装置のことが知られていることに驚きを感じ、照れ臭くもあった。

忠八は、口をつぐんだ。

「そうなんでしょう、そうなのね」

女が、忠八の膝を押した。

忠八は、仕方なくうなずいた。

「そうなの。あたし、チラシが降ってくるのを見たよ。店の人が騒ぐので、二階の手すりにつかまって空を見たら、白い紙がひらひら舞っていて……。きれいだった。あんな紙のように、空を風に乗って飛んで行きたいと思ったりしてさ」

女の眼は、輝きをおびた。

忠八は、遊廓の女たちが空にただよい流れるチラシを見上げている情景を思い描いた。女たちは、チラシを眼で追いながら、男たちに身を売る苦しみをひとときでも忘れたのかも知れない。女は、自由になる日を夢みていたのだろうか。自分ひとりの楽しみで考案した装置であったが、それがわずかではあっても人の心をなごませたことを思うと頬がゆるんだ。

「いい人がお客になってくれたわ。縁起がいい。さ、床入りしましょう」

女が、忠八の手をにぎるとふとんの方に誘った。

「おれは、変人なのだ」

忠八は、女に手をとられたまま言った。

「それがどうしたの。変人は、床入りしないとでも言うの」

「そうだ」

忠八が答えると、女は拗《す》ねたような眼をして、かれの手をはなし、杯に酒をみたした。

「機嫌を損ねたのか」

忠八は、女の顔を見つめた。

「どうでもいいけどさ。客から床入りをことわられたら、女郎の恥になるよ。ここに来てから二年近くなるけど、こんなことは初めてだ」

女の言葉は、急にぞんざいになった。

「お前を嫌ってなどいない」

「それなら、なぜなのさ」

女は、視線を忠八に向けてきた。

「おれは、妻をめとるまで女を抱かぬ、と誓った。八歳の時だ」

「八歳の時？　ずいぶんませた子だね」

「詳しいことは話したくないが、その年、おれの家は破産した。それがもとで、父親も死んだ。わかって欲しい。そのような子供の時に悲しい出来事にあい、女遊びは決してしない、と心に定めたのだ」

「それなら、なぜ、ここに来たのさ」

「世話になっている人たちと酒を飲み、無理やりにこの店へ連れこまれた。揚げ代は払う。お前にいやな思いをさせてすまぬと思っている。どうか、帰してくれ」

忠八は、真剣な眼をして言った。

女は、酒をふくんだ。

「破産か。あたしの家になんか、破産するものなんかなかったよ。あるのは借金ばかりで……。でも、八歳の時に誓ったなんて、いじらしいじゃないか」

女は、そこまで言うと深く息をついた。

「お前たちの境遇からすれば、おれなどははるかに恵まれていることは知っている。だから、詳しいことは恥かしくて言えぬのだ」

忠八は、女から視線をそらせた。

「わかった。帰っていいよ」

女が、言った。

「そうか。ありがたい。揚げ代は置いてゆく」

かれは、立ち上りかけた。

「すぐじゃ困るよ。こんなに早く帰られたら、あたしがあんたを楽しませてやれなかったということになるじゃないか。もう少しいてくれよ」

女が、淋しげな眼をして言った。

「そうか。それならなにかひまつぶしに遊び事でもしようか。今、したいことはなんだ。言ってみな」

忠八は、たずねた。

「眠ることだけだよ。それが一番の極楽さ」

女は、言った。

忠八は、あらためて女の境遇に胸をしめつけられる思いだった。

「すまないね。それじゃ少し寝かせてもらうよ」

女は、ふとんに身を入れた。

すぐに寝息が、起った。眼を閉じた女の顔には、あどけない少女のような表情が浮び出ている。

忠八は、銚子を傾けてみたが、杯の半分ほどの酒しかなかった。女の体を抱くこともせず幸いだった、と思った。自分の誓いを守ることができたことが嬉しかったが、性病にかかる不安をいだかなくてもよいことに安堵も感じた。性病の治療法はなく、狂い死にする者も多い。徴兵検査では、当然性病の有無がしらべられ、罹病《りびょう》していることがあきらかになれば不合格になる。軍隊に入ることを望んでいるかれには、そのようなことは避けねばならなかった。

忠八は、女の寝顔をながめた。女は、少し開けた口から歯をのぞかせている。

風が出てきたのか、廊下の雨戸が時折り音を立てる。波の音もかすかに聞えていた。

かれは、ぼんやりと壁に背をもたせて坐っていた。人はさまざまな生き方をするが、自分はどのような一生を送るのだろう、と思った。はっきりとはわからぬが、自分にはなにか抑えがたいものが内部にあって、それが噴出する機会を待っているような気がしてならない。

一時間近く経ったように思えた。女は、熟睡している。女は、いつまでも寝ているわけにはいかないはずだった。

忠八は、立つとふとんの傍に坐り、

「起きなよ」

と言って、女の肩をゆすった。

女は、寝返りを打ったが、再び肩をゆすると眼を開け、半身を起した。

「帰るよ」

忠八は、立ち上った。

女は、長襦袢に伊達巻をまきつけ、鏡台の前に坐って髪を直すと、忠八の後について廊下に出てきた。

忠八は、階段を降り、揚げ代に祝儀を添えて渡した。

「また来てね」

女が、寝呆け声で言ったが、ふと気づいたように、

「これっきりだったね」

と、耳もとでささやいた。

忠八はうなずくと、店の外に出た。

月が、中天に高くかかっている。道も家並も明るい。かれは、足を早めて家に通じる道を歩いていった。

紅葉が峰々を染めた頃、徴兵検査の検査官一行が八幡浜浦にやってきた。検査場は、代官所跡に設けられた西宇和郡役所であった。

忠八は、他の徴兵適齢者とともに身体の計量、測定、検診を受け、すべてに支障がないと判定され、陸軍衛生部看護卒に合格、と告げられた。看護卒にされたのは、かれが伯父佐七郎のもとで薬品を扱っていた経歴が重視されたためにちがいなかった。かれは、ただちに現役志願を申し出た。

明治二十年が明け、忠八は二十二歳を迎えた。

かれの測量技術は高く評価されるようになっていて、八幡浜浦の南方一里にある川名津村の測量にも高給で招かれた。その仕事は、県の依頼をうけた阿部弥吉という男が請負人になり、租税のための検地をおこなっていた。忠八は、測量主任に抜擢された。

測量は順調に進み、さらに隣接した上泊村、白石村の検地にも従事した。

桜が咲き、そして散った。宇和海に面した村々に春色は濃く、おだやかな空気がひろがっていた。

五月に入って間もなく、忠八のもとに県庁からの手紙が寄せられた。封を開いた忠八の眼は、輝いた。それは、かれが申し出ていた現役志願の採用許可書で、入営先は、愛媛県松山町にある陸軍松山営所病院であるが、それ以前に歩兵教練をおこなうので丸亀の歩兵第十二連隊に編入する、という。五月十八日に丸亀に到着して宿をとるようにと書かれ、宿も指定されていた。

忠八は、その手紙を請負人の阿部にしめし、測量も終了していたので後事を阿部の息子である鹿太郎に託した。忠八は、検地報告書の整理につとめ、入営日も近づいたので、八幡浜浦に帰ることになった。

阿部は、忠八の測量が正確でしかも早目に終ったことを喜び、約束以上の金を渡し、その夜は、盛大な送別会を開いてくれた。さらに、翌日には、川名津から八幡浜浦まで舟を仕立てて見送ってくれた。

八幡浜浦についた忠八は、家に帰ると母に入営することが決定したことを伝えた。かれは、それまで貯えていた金の大半を母の前に差し出した。家が破産し父も死亡してから母はひっそりと過していた。

かれは、漢学を教えてくれた都築温、南画の手ほどきをしてくれた野田青石をはじめ世話になった人々の家に挨拶まわりをして歩いた。かれにとって入営は、八幡浜浦から未知の世界に足をふみ出すことであった。兄の繁蔵たちも集ってきて送別の宴をひらいてくれた。

出発の朝、かれは正装して母たちに送られ八幡浜浦の港に行った。かれの懐には、二十円余りの金がおさめられていた。

汽船は、宇和島運輸会社所属の宇和島丸で、二年前の明治十八年五月から宇和島と大阪間に定期航路が開かれ、八幡浜浦は重要な寄港地になっていた。忠八は、艀《はしけ》から船に乗り移ると甲板から岸をながめた。母、兄弟、姉などが手をふっている。かれは、それにこたえながら眼に涙が湧くのをおさえきれなかった。

町についての記憶は、限りない。有数な海産物商の家に生れて楽しい幼年時代を送ったが、破産という出来事に遭遇し、一転して貧困に苦しむ家の子になり、子守りをし、店の小僧にもなった。それは、苦渋にみちた日々であった。そうした中で、わずかにかれの気持を救ってくれたのは、新工夫の凧をつぎつぎに揚げることができたことであった。凧がなければ、町での生活は一層暗いものになっていたはずだった。

汽笛が鳴り、船は港口に向って進みはじめた。海岸に立つ母たちの姿が遠ざかり、八幡浜浦の背後に迫る山なみがひろがってきた。かれは、長い間、潮風に吹かれながら故郷の山をながめていた。

船は、寄港を重ね、荷を積み降しして瀬戸内海を東へ進んだ。日が没し、朝の陽光が海上に輝いた。海面には、魚が所々に群れているらしく海鳥が舞っていた。三津浜を過ぎ、今治《いまばり》をへて丸亀の港に船が入ったのは、八幡浜浦を出港してから二日目の夕刻だった。かれは、人に道をたずねながら指定された宿屋に向った。

丸亀は、かれの想像していたよりもはるかに大きな都会だった。その地には、慶長二年（一五九七）生駒《いこま》親正がその子一正とともに高松の支城として城を築き、ひとたび廃城となったが、山崎家治の再建によって城下町の基礎が築かれた。さらに京極《きょうごく》高和が入封、七代二百十四年に及ぶ藩政によって発展した。香川県の海岸線のほぼ中央部にあり、広大な平野を擁しているという地理的条件に恵まれていることもあって、香川県西部の政治、経済、文化の中心地になっていた。人口は一万五千、戸数も五千戸近く、港には多くの船が出入し、問屋、船宿、蔵などが並んでいた。

忠八は、商家のつらなる道を歩いた。前方に、城壁がそびえ、夕焼けの空がひろがっていた。

宿屋は大きく、かれは小さな部屋に導かれた。そこには同じように入営する若い男たちが泊っていて、かれの部屋にも一人の男が同宿した。

翌朝早く食事を終えた忠八は、男たちと丸亀の歩兵第十二連隊に向った。連隊が高松から丸亀に移転したのは明治七年九月で、翌年五月、丸亀城郭内の一番丁から四番丁に至る民家の立ち退いたあとに設けられた。第五軍管区広島鎮台の指揮下にあり、連隊長は、新任したばかりの大久保春野中佐であった。

忠八が連隊の営門につくと、入営者が長い列を作っていた。かれは列の後尾につき、営門で現役採用許可書をしめし、門内に入った。愛媛県内の徴兵検査に合格し現役に採用された者たちは、すべて第十二歩兵連隊に編入されていた。

忠八たちは、氏名を呼ばれて書類と照合され、あらためて健康診断を受けた。それがすべて終ると、所属が告げられた。かれが属したのは、第一大隊第二中隊であった。

ただちに、入営者たちは配属先に分けられ、忠八は、他の者と第二中隊長杉浦幸治大尉の訓示を受けた。さらに軍人としての誓約書が一人一人に渡され、それに署名し、拇印を押した。被服が渡されたが上衣もズボンも白で、肩章には所属隊、袖には階級をしめす標識がつけられていた。

翌日から二日間は隊内見学と軍隊生活に必要な注意があたえられ、その後、歩兵教練がはじまった。

訓練は、想像をはるかに越えたきびしいものであった。重装備をして長い距離を行軍し、走る。銃を両手で上下する運動も連日課せられ、いつやむとも知れぬほど銃の上げさげを命じられる。また、銃を両手に捧げ持って匍匐《ほふく》前進も繰り返した。軍服が白なので、たちまち汚れ、訓練が終ると毎日洗濯しなければならない。足腰も立たぬほど疲労しきった体で、洗濯することは辛かった。

忠八は、自分が思い描いていた軍隊生活と現実のそれとには大きな差があることを知った。風紀も厳正で、今まで味わってきた生活の方がはるかに楽だ、とも思った。

雨期がやってきて、気温も上昇した。その頃、服装が厚いものに変り、苦痛が増した。それは、新兵たちに暑熱にも堪えさせようとするもので、忠八たちは喘《あえ》いだ。

夏の季節を迎えて、さらに苦痛が増した。訓練がはじまらぬ前から全身が汗に濡れる。容赦なく苛酷な訓練がつづけられ、炎熱のもとで昏倒する者が続出した。新兵たちは、地獄だ、と口々に言い合っていた。しかし、忠八はその苦しみにも堪えた。小学校しか卒《お》えぬ自分が、人にぬきん出た仕事を果すにはそれだけ多くの苦労も味わわねばならぬ、と自らに言いきかせていた。

八月末、ようやく歩兵教練は終了し、忠八は他の看護卒とともに松山に向った。かれらは松山に着くと、病気や傷を負った将兵の収容されている松山営所病院に看護卒として着任し、看護学の教育を受けた。

日本で初めて軍隊専門の医学教育がおこなわれたのは明治二年で、オランダ人医師ボードインがそれに当った。明治四年には、兵部省に軍医寮が設けられ、本格的な軍陣医学教育の基礎がきずかれた。

明治十年には西南戦争が起り、軍医監林紀が戦場に派遣され、野戦病院と大小の繃帯所を設け、戦場から後送されてくる傷病兵を大阪の臨時陸軍病院に収容した。前年の明治十九年六月には、陸軍省医務局長橋本綱常の提案で、陸軍省内に軍医学舎が設けられた。陸軍軍医学校の前身で、森林太郎（鷗外）、小池正直らが教官となり、医学全般について講義した。陸軍の軍陣医学は急速に発達していったが、最大の功労者は石黒忠悳《ただのり》であった。

忠八は、松山営所病院で最新の看護学の学習につとめ、三カ月後の卒業試験にも合格し、陸軍看護卒として勤務することになった。

看護卒は、その適性に応じて軍の病院に勤務するか、それとも連隊内で勤務するか、いずれかに振り当てられることになっていた。

忠八は、ひそかに連隊付になることを望んでいた。病院勤務は楽で希望する者が多かったが、忠八は重症患者の看護治療にあたるのを好まなかった。かれは、看護学の授業を受けている間、医学よりもむしろ薬学の方に興味をいだき、その分野の学問を勉強したいと思うようになっていた。幼い頃から薬種商のまねごとをして遊び、伯父の店に奉公して薬品をいじっていたこともあるかれは、将来、薬学の道で身を立てよう、と決心するようにもなっていた。重症患者の看護をするよりも、隊付になって軽症の者に薬を調合しあたえる方がはるかにいい、と思っていた。

所属は教官がきめることになっていて、忠八たちには希望を述べる自由はあたえられていなかったが、幸いにも忠八は、丸亀の歩兵第十二連隊第一大隊第四中隊付を命じられた。忠八は、松山を船で出発して再び丸亀にもどった。

かれの新しい生活がはじまった。かれは朝食後、第一大隊医務室に赴いて勤務し、夜になって自分の中隊にもどることを繰り返した。

隊付となって間もなく、連隊は、高松方面から山中に分け入って演習を試み、忠八も看護箱を背負って参加した。山間部には雪がみられ、寒気がきびしく、その中で野営も試みられた。二週間にわたって演習がつづけられ、十二月末に忠八は中隊とともに帰営した。

かれは、看護卒であっても歩兵と同じように小銃を肩にかけていたが、その銃が、かれの関心を強くひいていた。

連隊では、前年の十一月末日までスナイドル銃を使用していた。それはイギリス製の小銃で、エンフィル銃の改良型であった。しかし、十二月一日からスナイドル銃の代りに村田銃が全員に渡されていた。それは、欧米の新鋭銃におとらぬ日本人が発明した小銃であった。忠八は、明治維新以来わずか二十年で、すぐれた性能をもつ小銃が日本人の手で発明されたことに強い関心をいだいていた。

発明者は、鹿児島県生れの村田経芳《つねよし》であった。かれは、射撃の名手であった。明治五年十月十五、六の両日、横浜本牧《ほんもく》で諸外国人に日本人もまじって小銃の射撃大会がもよおされた。陸軍大尉村田経芳も参加したが、競技の結果、かれは第一位の成績をおさめ、優勝は確実と予想されていたスイス人ファーブラントを破った。ファーブラントは世界的に有名な射撃手で、それよりもまさった命中率をあげた村田大尉に諸外国人は感嘆の声をあげ、見物の日本人たちは狂喜した。名射撃手としてのかれの名はひろまり、明治天皇の前で射撃を披露した。その折も十発射って標的の中央の黒点に全弾命中させ、列席していた人々を驚かせた。

かれは西南戦争に参加して負傷したが、その後、傷も癒えてさらに射撃術の向上につとめた。命中率は百発百中で、日本人はもとより外国人の射撃手も挑戦したが、かれに及ぶものはいなかった。

明治十五年には東京の偕行社の庭で絶妙な射撃術をみせて、人々を驚嘆させた。その折、かれは、まず二銭の銅貨を上空に投げあげさせた。それにつづいて一銭銅貨、碁石、梅干と次第に小さいものを投げさせ、それらに弾丸を発射し、ことごとく命中させたのである。

このように射撃に天才的な技倆をしめしていたかれは、すでに幕末の頃から、小銃を自分の手で作り上げようとひそかに研究をはじめていた。その後、政府の命令で外遊した折、諸外国の新鋭銃の調査に取りくんだ。かれが研究した外国製の小銃は三千種以上にものぼり、それらの持つ長所を参考に、理想的な小銃を作り上げようとつとめていた。

明治十二年末、村田経芳は陸軍少佐に昇進した。

その頃、かれは、ようやく新式小銃の設計図を完成させ、陸軍省に提出した。陸軍省では、外国製の銃にたよらなければならぬことを嘆き、将来、国産銃を使用したいと願っていたが、外国の科学技術を導入してから日の浅い日本では、その実現は、かなり先のことだと考えられていた。そうした折に、村田少佐から設計図が提出されたので、試みに砲兵本廠《ほんしょう》に命じて銃を二挺試作させてみた。実用にはなるまいという意見が強かったが、予想ははずれた。試作銃は軽く、試射してみると小銃としての機能を十分にしめした。

その後、銃の性能試験が繰り返され、外国銃にも劣らぬ新式銃であることがあきらかになり、陸軍省はためらうことなく軍用銃に採用することを決定し、村田銃と命名した。明治十三年三月のことであった。

陸軍省は、五年後までに村田銃十万挺を全軍に支給する目標を立て、製造に着手させた。その間、外国の最新鋭の小銃と比較試験を繰り返したが、村田銃は重量が軽く、しかも諸性能がいずれも外国製銃よりも好成績であった。それに力を得た陸軍省は、村田少佐に銃の改良を命じた。

村田銃の優秀性は、諸外国にもひろがった。陸軍卿大山巌は、村田銃の性能試験をドイツ陸軍に依頼した。ドイツ陸軍は、小銃研究の第一人者であるベルムト陸軍少将に試験を命じた。その結果、外国製の新鋭銃にみられぬ多くの優秀性が認められ、最終判定として「村田銃は甚《はなは》だよく軍用に適するもの也」と報告してきた。

村田は、その後も銃に改良を加え、村田銃は世界最高水準に達した小銃という評価を受け、かれはその功績によって勲三等をうけ、千五百円を下賜された。

村田銃の製造はさかんに進められ、前年の明治十九年末に丸亀の歩兵第十二連隊の隊員すべてに支給されたのである。その後、明治三十八年に村田銃の改良型が完成、三八式歩兵銃として昭和時代まで使用された。

忠八は、村田経芳の業績に感動した。新聞には村田銃は神器と記されていたが、そのようなものを発明した村田が同国人であることに誇りを感じた。

休日に、かれは、近くの琴平神社に参詣した。社殿に立ったかれは、村田のような人間になりたいと祈り、煙草をやめ、南画を描く趣味も遠ざけることを誓った。その日、隊にもどったかれは、柵越しに煙草入れ、南画を描く道具すべてを城の濠《ほり》に投げ捨てた。

明治二十一年が、明けた。

政府は、アメリカをはじめイギリス、ロシア、フランスらと幕末にむすんだ屈辱的な条約の改正に苦心しながらも、欧米先進国に準じた憲法の制定準備につとめていた。兵制の大改革もおこなわれ、軍備の強化が進められていた。

忠八は、ようやく看護卒の勤務にもなれた。休日に外出した折には、華学その他の書籍を買い入れて読む。

夏になると、丸亀の塩屋町にある遍照寺の裏海岸は海水浴をする人でにぎわったが、連隊では、溺死事故をふせぐため看護卒を交代に出し、忠八も砂浜に出張することが多かった。

十月、連隊では、丸亀の西方向にある観音寺《かんおんじ》方面に演習を試み、ついで翌月には高知県下で愛媛県松山にある歩兵第二十二連隊と対抗演習をおこなった。その演習で、忠八は看護長の助手として、飲料水、食物、地質等の調査に従事した。

翌明治二十二年、忠八は一等看護卒になり、ついで看護手に昇進した。

その年の春、隊内に腸チフスが流行し、看護に当っていた忠八も感染した。死亡者が多かったが、かれは幸いにも回復し、秋の野外演習に参加した。それは旅団機動演習で、徳島県との県境にある阿讃《あさん》山脈での松山の歩兵第二十二連隊との対抗演習であった。

十月三十日、忠八の属す連隊は丸亀を出発した。行先は、高知県下であった。

かれらが進んだ道は、香川県財田《さいた》村の地主である大久保諶之丞《じんのじょう》が開通工事をしている道であった。丸亀、琴平間には鉄道が敷設されているが、大久保は、丸亀、琴平から阿讃山脈を越えて高知へ、さらに高知から松山へ通じる雄大な構想をもつ四国新道の開通を企てていた。

連隊は、丸亀から滝川村についた。そこから善通寺村をへて琴平村までの二里（八キロ）弱の道は、全国で初めての一直線の道で、未完成ではあったが通行することはできた。

十郷《そごう》村から樅《もみ》ノ木峠を越えて財田村に入り、阿讃山脈の嶮《けわ》しい道をたどり、高知県内に入った。演習では丸亀連隊が東軍となって黒い軍帽を、松山の歩兵第二十二連隊は西軍となって白い日おおいをつけた軍帽をかぶることになっていた。

やがて松山連隊も行動をおこし、阿讃山脈で東西両軍が接触した。両軍は互いに空砲を放ち、突撃を繰り返して実戦に準じた演習を繰りひろげた。

忠八は、負傷したと仮定した兵を後方陣地に運ばせて治療したり、突撃してきた西軍に、銃で応戦したりした。演習は二週間にわたっておこなわれ、審判長の判定をうけて終了した。東西両軍は、それぞれ帰営することになった。

忠八の属す第一大隊第四中隊も、帰途についた。降雨の中を阿讃山脈から財田村へと向った。重装備の兵たちは、疲れきった足どりで道をたどった。

前方に、樅ノ木峠が見えてきた。路面は、前夜から朝にかけて降った雨でぬかるんでいた。一時間ほど前に雨はやんでいたが、空は厚い雲におおわれていた。

連隊の将兵たちは、黙々と財田村の村道を歩いてゆく。かれらの黒い軍服には背中まで泥がはねあがり、転んだらしく腕や胸まで泥によごれている者もいる。空気は冷えていて、かれらの体からは湯気があがっていた。

忠八は、中隊の後尾から歩いていた。新兵の看護卒たちが看護箱を背負ってついてきていた。山道にかかった。右に山肌が迫り、左手には水田が見下せる。道幅は六間（約一〇・八メートル）ほどの広さがあったが、先行していった将兵たちに踏み荒されて泥濘に化し、靴が泥の中に埋れ歩行ははかどらなかった。樅ノ木峠を越えれば十郷村に達し、琴平村からは直線道路に出て連隊のある丸亀も近い。もう少しの辛抱だ、と忠八は思った。

峠が、近づいてきた。樹林から湧く淡い霧であたりはかすんでいた。忠八の属す大隊が、峠を越えた。重装備の兵たちは、荒い息をしていた。

大休止の声があがって、忠八たちは足をとめた。正午を過ぎていたので、その場で弁当をとることになった。前を進んでいった大隊も、その付近で昼食をとったらしく、握り飯をつつむ竹の皮が大量に一カ所に捨てられている。

弁当が兵たちに配られ、かれらは道ばたの濡れた草の上に腰をおろし、弁当をひらいた。忠八は、部下をうながして道から斜面をおり細い流れをとび越えると、樹林の端に所々突き出ている岩の上に腰をおろした。上方の道には、坐った将兵の群れがみえた。

忠八たちは、竹の皮をひらいて握り飯を口にした。飯の冷たさが、歯にしみた。かれらは黙々と食事をし、竹の皮を定まった場所に捨てて水筒の水を飲み、谷に眼を向けた。

歩くことをやめたため、汗にぬれた肌が冷えてきた。

忠八は、前方の小高い山を見上げた。山肌は樹木におおわれ霧が流れていたが、その中から黒いものが点々と湧き出てきた。それは続々と姿をあらわし、こちらに向って近づいてくる。……烏《からす》の群であった。

その付近に群棲しているらしく、烏は果しなく姿をあらわしてくる。どのような目的で烏が近づいてくるのかわからなかったが、かれはそのうちに烏が竹の皮に付着した飯粒をねらっていることに気づいた。烏は、竹の皮が集められた場所に降り立つと、飯粒をついばみはじめた。またたく間に烏が竹の皮の捨て場を黒々とおおった。

兵たちは、烏の群をながめていた。

烏の数は増し、騒がしくなった。啼声をあげてくちばしで突き合う烏もいれば、他の烏を追い散らす烏もいる。烏は、竹の皮についた飯粒をあさっている。竹の皮をくわえて飛び去る烏もいた。

忠八は、他の兵たちとひしめき合う烏をながめていたが、いつの間にか飛んでくる烏の群れに眼を向けていた。

霧の中から姿をあらわす烏は、一様に羽ばたくこともせず滑空してくる。姿勢はすべて同じで、羽を少しかたむけるだけで竹の皮の捨てられた場所に舞いおりる。

鳥類が飛ぶのは羽ばたくからだが、烏は羽も動かさずすべるようにして飛んでくる。前方の山から下降してくるのでそのようなことができるのか、と思ったが、それだけではなかった。残飯をあさって飛び立つ烏も多く、それらの烏は飛び立つ時に羽をあおるが、すぐに動きをとめて水平に滑空してゆく。中には、谷底から山肌にむけて上昇する気流に乗って、次第に上方へと舞いあがり山頂の方向の霧の中にとけこんでゆく烏もいた。

忠八の眼が、異様に光った。かれは、烏の動きを凝視した。羽ばたくこともせず烏が飛んでゆく……。それは見なれた情景であったが、かれは烏の滑空を初めて眼にするような驚きを感じた。

かれの眼は、烏の姿勢にそそがれた。かれは、滑空する烏に共通している現象があることに気づいた。それは、烏の両翼が、わずかではあったが空気をうけとめるように上むきに曲げられていることであった。

一羽の烏が、水平に飛んでゆくのが眼にとまった。烏は翼をあおりつづけ、それをとめたが、水平に飛んでゆき山肌のかげにかくれた。滑空する烏の両翼も、少し上向きになっていた。

烏が羽ばたきもせず飛んでゆく、とかれは再び胸の中でつぶやいた。

小雨が、降りはじめた。霧が、濃くなった。烏は竹の皮にむらがり、谷間を飛び交っている。将兵たちの間から、しきりに煙草の煙があがっていた。忠八は、いつの間にか立ち上って霧の中を滑空する烏を見つめていた。

ふと、かれは、烏の少し上向いた翼となにかが似ていることに気づいた。それは、少年時代の記憶と関係があるように思えた。鳥の動きを眼で追いながら記憶を手探った。竹の皮をくわえた鳥が素速い動きで飛んでゆく。

石だ、とかれはつぶやいた。

かれは、少年時代、海や川に行った時によく石を水面に向って投げた。水切りという遊びだが、石は、水面にふれるとそのまま沈むこともなくはね上って進み、再び水面に接してはね上る。沈むまで石が何回水面からはね上るか、友だちと競い合った。石をにぎって投げる時、石を少し上向きにするのが常であった。その石の仰角と眼の前を飛ぶ鳥の翼の上向いた角度がひどく似ている。

面白い現象だ、とかれは思った。

「出発」

鋭い声が、きこえた。

忠八は、部下をうながして細い流れをとび越え、斜面をあがって道に出た。中隊の兵たちは二列縦隊に並び、忠八たちは後尾についた。雨が急に激しさを増し、軍帽や肩の上に水しぶきがあがった。

霧の中を、兵たちの群れが動きはじめた。忠八は、歩きながら谷を何度も振返った。鳥が濃い霧の中を飛び交い、やがてそれも山肌のかげにかくれた。

兵たちは、二列になってくねった山道を下り、十郷村に入っていった。右側に水田がひろがり農家がその周辺に点在していたが、村は雨に白く煙っていた。やがて琴平村に入り、その地の民家に分宿した。

翌朝、雨の中を出発した。善通寺村では、村民たちが傘をさして茶の接待に出ていた。忠八たちはその地で小休止をし、夕刻には丸亀の連隊の営門をくぐった。

忠八は、樅ノ木峠で眼にした鳥の姿に強い印象をうけた。峠の地名の由来は、峠に樅が一本立っているからだというが、鳥が群棲している地だとは知らなかった。おびただしい鳥の群であった。

その夜、消灯の時刻がやってくると、かれの周囲の寝台から行軍の疲れで兵たちの荒い寝息が起った。いつの間にか雨はやんだらしく、庇《ひさし》を打っていた雨音も絶えていた。忠八は、眼が冴えて眠れなかった。鳥の滑空する姿が、しきりによみがえる。その飛翔する姿に水面をはねながら進む石の情景が重なり合った。

不意に、思いがけぬ考えが胸をよぎった。かれは、頭をふった。滑稽だ、と思った。そのようなことができるはずもなかった。しかし、鳥の滑空していた姿がよみがえると、かれの眼は闇の中で光った。決して夢のようなことではなく、もしかしたら可能かも知れぬ、と思い直した。

鳥と同じような形をしたものを作り、それを動かせる装置をとりつければ、空を人工的に飛ぶものが出来るにちがいない。新考案の凧をつぎつぎに作って空に揚げたかれの旺盛な好奇心が、頭をもたげていた。

五

演習からもどって間もなく、忠八は調剤手候補者の試験を受けた。かれは、医学よりも薬学関係で身を立てたかった。

幸いにも試験に合格し、連隊に所属する丸亀衛戍《えいじゅ》病院の渥美薬剤官の指導を受けることになった。渥美は静岡県生れで、家が代々国学に造詣の深い旧家であった関係もあって博学であった。むろん、薬学の知識も豊かで、誠実な忠八に好意をいだき、親身になって薬学を教え、さらに一般的な知識もあたえてくれた。

明治二十三年を迎え、忠八は二十五歳になった。渥美薬剤官は、忠八が民間の薬剤師試験にも合格できるような知識を得ねばならぬ、と説いていた。忠八も、むろんそれを望んでいたので渥美の指示にしたがって薬学関係の書籍をしきりに買い求めて勉学にはげんだ。

かれは、休日に休息をとる場所として丸亀の通町にある八百屋の一室を借りていたが、春に下宿先を横町の多度津屋に移した。

かれの胸には、前年の十一月に樅ノ木峠でみた鳥の滑空する姿が焼きついてはなれなくなっていた。空を飛ぶことのできる器械が作れるかも知れぬという考えも、胸の底に強く根を張りはじめていた。

かれは、南画をえがく趣味を琴平神社の社前で捨てることを誓ったが、これは絵ではない、図にすぎないと自らに言いきかせながら、樅ノ木峠で眼にした鳥の滑空する姿を紙に描いてみた。そして、休日に下宿先へ行くと、それを見つめながら長い間考えこんでいた。

空を飛ぶ器械を自分の手で作り上げようという考えが滑稽だという気持は、すでに消えていた。凧の凧を作って空からチラシを撒き散らしたように、奇抜なものを手がけてきたかれには、少しのためらいも迷いもなくなっていた。が、凧などとはちがって、空を飛ぶ器械を作り上げることは、比較にならぬほどの困難をともなうものにちがいなかった。

鳥のように空を飛びたいという願いは、人間の夢であり、軽気球が外国から伝えられて日本で作られたのも空に対する人間の憧れのあらわれであった。人間は船というものを発明して、海や川を自由に行動することができるようになっている。が、科学知識が発達しても、人間は、ただ軽気球で上昇することが出来ただけで、鳥のように飛ぶことはできない。

かれは、外国からさまざまな文明の利器が輸入されているのを知っていた。印刷機、ランプ、汽車、ガス燈、ストーブ、自転車、電話等々――。そのような科学知識と技術にめぐまれた欧米先進国でも、空を飛ぶ器械が発明されたという話は耳にしたことがなかった。もしも、そのようなものがあれば当然日本にも紹介されているはずだが、それがないのは、欧米でもまだ発明されていないからだ、と思った。

かれの推測は、事実であった。空を自由に飛ぶ器械を作り出したいという気運はあったが、まだそれを果したものはいなかった。

鳥のように空を飛びたいという人類の夢に、科学的な知識をもとに最初に挑戦したのは、イタリアのレオナルド・ダ・ビンチであった。画家、哲学者であったかれは、偉大な科学者でもあり、その研究は、天文、建築、医学、植物、水力学、造船、機械、光学、造兵など多岐にわたった。殊に、飛行についての研究は熱心で、鳥の飛ぶ姿を入念に観察し、一五〇五年（永正二年）「鳥の飛翔について」という有名な論文を発表した。それは四章にわかれ、羽ばたいて飛行する鳥の観察、鳥が羽ばたかず滑空する現象、蝙蝠《こうもり》、昆虫の飛行、一般的な飛行の原理がそれぞれ詳細に説明されていた。

その論文の中で、

「鳥は科学的な法則にしたがって動いている機械であり、人間もこの機械と同じものを作ることができるはずである」

と述べ、人類が空を飛ぶことは可能だと予言している。

その研究にもとづいて、かれは鳥のような翼を作り、それを羽ばたかせて飛ぶ機械を設計し、模型も作ったが、むろんそれは人間を飛ばせることなどできるものではなかった。

それから百数十年後の十七世紀後半に、イタリアのジョヴァンニ・アルフォンソ・ボレッリが、鳥の飛行についてさらに科学的に研究した。かれは、果して人間が、鳥と同じような翼を作り、それを羽ばたかせて空を飛ぶことができるかどうかを考究した。

かれは、鳥と人間の胸部の筋肉をしらべ、鳥の筋肉が全体重の六分の一であるのに、人間の筋肉は百分の一にしかすぎないことをたしかめた。つまり、翼をうごかす鳥の胸部の筋肉はきわめて発達していて、人間の胸部より十五倍以上も強靱だ、という。結論として、かれは、たとえ人間が巨大な翼をこしらえ、それを羽ばたかせて飛ぼうとしても絶対に無理だ、と断言した。これによって、鳥のように羽ばたいて飛ぶという素朴な考え方は、完全に否定された。

その後、人類は、飛ぶということから空に昇ることに関心を移していった。それが、気球の出現になった。

世界で初めて気球を発明したのは、フランスの製紙業者ジョセフ・モンゴルフィエと弟のエチアンヌ・モンゴルフィエであった。一七八三年（天明三年）六月五日、かれらは麻布と紙で直径一一メートルの袋を作り、木屑を燃やした空気をみたして上昇させた。空気を熱すると比重が軽くなる現象を利用した、いわゆる熱気球である。その気球は

一、八〇〇メートル上昇し、二キロほどはなれた地点におりた。
すでに十数年前、水素が空気より軽いことが発見されていたので、その年の八月二十七日に、兄弟は直径四メートルの球に水素を入れて上昇させた。場所はベルサイユで、国王をはじめ十三万人の観衆が見守った。

兄弟は、気球のゴンドラに羊、鶏、家鴨《あひる》をのせて上昇させた。それは四四〇メートルの高さに達しておりてきた。その間に、羊が積みこんであった草を平然と食べつづけていたので、観衆は一斉に拍手をした。

人々は気球に熱狂し、それにこたえて二カ月もたたぬうちにモンゴルフィエ兄弟は大型気球を作り、ゴンドラに薬剤師ピラートル・ロジェをのせて上昇させることに成功した。人間が初めて気球に乗って空に昇ったのである。

さらに一カ月後には、ゴンドラに二人の死刑囚をのせて気球をあげることになった。無事におりられた場合には罪を許すことにしていたが、ロジェは友人とともにゴンドラに乗ることを志願した。気球は一〇〇〇メートル以上ものぼり、パリの屋根の上を十キロ余飛んで下降した。

その後、改良が加えられ、気球は空に上昇する安全な乗物になった。

しかし、気球はただ空に昇るだけで、風に押されて移動するにすぎない。当然、思い通りの場所へ行ける気球を作りたいという願望が起った。それをみたす発明家があらわれた。フランス人ジャン・ピエール・ブランシャールであった。

かれは、気球の動きに方向をあたえようとして小さな舵をとりつけた。また、一対の翅《はね》をつけ、それを代る代るに動かし、気球を水平に移動させようとした。かれは、イギリス人ジョン・ジェフリスの協力を得て気球を作り上げ、イギリスのドーヴァーからフランスのカレーにむかって飛ぶ計画を発表した。

一七八五年（天明五年）一月七日、気球はドーヴァーから揚げられた。舵は作動し、翅はボートのオールのように動いた。それは見事に成功し、ドーヴァー海峡を横断して、二時間十五分後にカレーへ降りた。初めて気球による定方向飛行に成功したのである。

これに刺激されて、ロジェは逆にフランス側からイギリス側にドーヴァー海峡の横断をこころみたが、途中で水素ガスが発火、爆発して惨死した。

気球は日本にも紹介され、国産のものも制作できるようになっていたが、ヨーロッパでは飛行船が試作段階にあった。

気球に動力をつけて飛行させようという気運がたかまり、多くの失敗をへて、一八八四年（明治十七年）に、フランス人シャルル・ルナール、A・C・クレープスが「ラ・フランス号」を作り上げた。それは長さ五〇・四メートル、直径八・四メートルの飛行船で、先端にプロペラ、尾部に昇降舵と方向舵をそなえていた。試験飛行は、その年の八月九日におこなわれ、七・六キロを二十三分間で飛んだ。

しかし、それらの飛行船は気球と同じように風に流されがちだという欠陥があり、乗物として致命的であった。

難問を解決したのは、ブラジルの青年実業家アルベルト・サントス・デュモンであった。かれは、長さ二五メートルの黄色い飛行船を作り、自らゴンドラに乗った。動力はガソリンエンジンで、飛行船はパリ郊外の空を自由に飛行した。むろん、風に流されることもなく、パリ上空をロンシャン方向に飛び、無事に着陸した。……それは一八九八年（明治三十一年）九月二十日のことで、忠八が樅ノ木峠で鳥の滑空を眼にし、空を飛ぶ器械の発明を志した年から九年後のことであった。

つまり欧米諸国では、飛行機はむろんのこと自由に操縦できる飛行船も生れていなかったのである。

日本にも、空を鳥のように飛ぶことを夢みた者はいた。

まずあげられるのは、表具師幸吉であった。幸吉は、備前国児島郡八浜（岡山県玉野）の船問屋桜屋の次男に生れた。七歳で父を失ったため、親戚にあたる岡山の上之町の紙屋児島屋善吉のもとに奉公した。そのうちに手先が器用であったので、すすめられて表具師になった。

かれは、鳥が飛ぶことに興味をいだき、鳩をとらえて体重や羽の具合を熱心にしらべた。そして、自分の体に適した翼をつくり、足に舵のようなものをとりつければ飛べるはずだ、と考えた。ただちに竹と紙で自分の体重に適した大きな翼を作った。表具師であるかれの手になった翼の出来栄えは素晴らしかった。

かれは、夜、戸外に出るとそれを胸部に結びつけて、翼をあおってみた。少し体が浮くように思えた。かれは、高い所からなら飛べるにちがいないと考え、夜、家をぬけ出すと道を急ぎ、旭川の付近にくると、翼を自分の体にとりつけた。そして、川に架った京橋の欄干《らんかん》に立つと、勢いよく翼をあおりながら欄干を蹴った。が、かれの体はそのまま河原の上に落ちた。

幸吉が岡山の町の旭川に架った京橋の上から飛ぶことを試みたのは、天明五年（一七八五）とされている。ブランシャールが気球でドーヴァー海峡を横断した年である。京橋の上から河原までは一〇メートル近くあったが、落ちたかれは怪我もしなかった。翼に張られた紙は破れ、竹も折れていた。

かれは、表具師の仕事をするかたわらあらためて新しい翼の製作にとりかかった。鳥の飛ぶ姿を観察し、その体を調べ、さらに自分の胸や胴の太さの寸法をとって、それに適した翼の形、広さ、重さを検討した。その結果、胴の長さ七尺（約二・一メートル）、両翼の長さ三間（約五・四メートル）のものを作ることになった。翼は竹を組み合わせて鳩の形に似たものにし、強い絹の布で張った。胴体は硬い木で作って翼に固着させ、その後部に足で自由に動かせる鳩の尾に似た舵をとりつけて、全体をシブで塗った。

夜、幸吉はひそかに屋根にのぼると、装置を組み立て頭に鉢巻をしめ、胴体を背にくくりつけ、両翼をかたく腕にむすびつけた。

かれは、屋根の端に近づき、勢いよく飛び出すと翼をあおった。体が少し浮いたが、すぐに下降し、裏の畑に落ちた。それでも五間（約九メートル）近く飛ぶことができた。

それに気を良くしたかれは、夜になると屋根から飛ぶ練習を繰り返した。その間に、風に向って飛ぶと体が浮くことにも気づいた。わずかな時間ではあったが、体が空中でとどまっていることもあった。そうしたかれの姿は、町の者たちの間に不穏な噂になってひろがった。屋根の上で巨大な黒い怪鳥のようなものが、しきりにはばたいて飛ぶ。物の怪《け》が、夜にあらわれる、と口々に言い合った。

幸吉は、そのような噂も気にかけず飛ぶことに熱中し、京橋の上から再び飛んでみようと思い立った。向い風にむかって飛べば、かなりの所まで達するように感じられた。

かれは、夜、大八車に装置を積んで道をたどり、京橋の袂に行くと装置を身につけ、橋の上に立った。人通りはなかったが、河原で夕涼みをしている人々がみえた。百目ローソクの灯のもとで茶を立てている。風は、その方向から吹いていた。

かれは、一瞬ためらったが、飛びたいという誘惑には勝てなかった。翼をあおる練習を繰り返してから、風の具合をうかがった。かなり遠くまで飛べそうな予感がし、夕涼みの人々の頭上を越えて海の近くまで達することができるかも知れぬ、と思った。

風が、渡ってきた。かれは、急いで欄干にのぼると両翼をひろげ、欄干を蹴った。

幸吉は、必死になって翼をあおった。体が浮いていたが、体が次第に降りてゆく。風は向い風で、このまま空を進むことができそうに思えた。

しかし、風の向きが少し変ったらしく、翼が傾いた。それが限度で、かれの体は河原に落下した。夕涼みをしていた人々が茶立てをしている近くであった。

かれらは、一斉にこちらに顔をむけた。空の闇の中をはばたく翼を眼にしていた者もいた。かれらの眼には、淡いローソクの灯に浮び上った幸吉の姿が映った。幸吉は、大きな翼をひろげていた。

かれらの間に、悲鳴が起った。翼の幅と長さからみて、それは巨大な怪鳥のように思えた。かれらは、鳥の姿をした妖怪だと信じこんだ。茶道具が蹴散らされ、かれらは素足のまま逃げ出した。中には腰がぬけて河原の上を這ってゆく者もいた。

幸吉は、翼をつけたまま橋の方に急いで引き返した。そして、土手を辛うじてのぼると装置を体からはずして大八車にのせた。かれは、梶棒をにぎり、家に通じる道を車をひいて駆けていった。

その夜の出来事は、たちまち岡山の町々にひろがった。物の怪が空を飛んでいたという話に、町の人々は恐れおののいた。夕涼みに行く者は絶え、京橋を渡る者もいなくなった。

町役人はただちに調査をはじめ、幸吉が屋根から翼をひろげて飛ぶことを繰り返していたという話を聴き込んで、かれを捕えた。訊問の末、旭川で夕涼みをしていた人々を驚かせたのは幸吉であることがあきらかになり、牢に押しこめた。町の者たちは、かれを鳥人幸吉と言った。

その後、町奉行所は、人心をまどわす罪は重いとして、幸吉を所払いにした。岡山の町から追放したのである。むろん、翼その他は没収、焼却された。

かれは、縄を打たれて町はずれに引き立てられ、突き放された。行くあてもないかれは、生れ故郷の児島郡八浜に行った。三十歳になっていたが、変り者としてみられていたかれに妻はなかった。八浜は備前藩の良港で、潮待ちする船が寄港する。船持ちの者も多く、北は江戸、南は薩摩まで航海していた。

幸吉は、船問屋をしていた亡父清兵衛と親交のあった野崎武左衛門の多田屋船に乗り組み、雑役に雇ってもらった。船は、瀬戸内海沿岸で採れる塩を甲斐（山梨県）に送るため、清水港との間を往復していた。

ようやく生活が安定すると、かれはオランダ渡りの時計に興味をもち、解体して構造をしらべたりした。そうしたことを繰り返しているうちに構造を頭に刻みつけ、修理ができるようにもなった。かれの好奇心は、旺盛だった。

かれは、駿河の清水港に船で行くことを繰り返しているうちに、家康の隠棲地であった駿府（静岡）にも行き、町の活況に魅力をいだいた。この地で生活したいと思い、八浜から綿織物を運んで商売をしようと決心した。故郷に近い児島では備中南部で栽培されている綿花を使って綿織物が生産され、児島織として評判を得ていたのである。

かれは、駿府に移り、江川町に備前屋という屋号の店を開き綿織物を売った。骨身惜しまず働いたので、商売は順調に発展し、妻帯もした。そのうちにオランダ渡りの時計を眼にすることも多くなり、修理を引受けることもあった。それが人々の間で話題になり、駿府はもとより遠く江戸や大阪から修理を頼みにやってくる者も多くなった。手先の器用なかれは、それらの時計を巧みに直し、いつの間にか時計師と呼ばれるようにもなっていた。

かれの好奇心はそれだけではみたされず、義歯にも向けられた。かれは、義歯をつけた者から歯をみせてもらい、歯医者のもとに通って歯の知識を得ることにつとめた。義歯は、すでに江戸時代以前から作られ身分の高い者に使用されていた。江戸時代も中期に入るとかなり一般に普及していた。蛮社の獄で捕えられ小伝馬町の牢に収容された後脱獄した蘭学者高野長英の人相書に、

一、歯並揃ひ入歯之《の》様ニ見へ候

とあるが、全国への手配書に入れ歯のように……と書かれていることからみても、それが決して珍しいものではなくなっていたことがわかる。

材料は象牙、蠟石《ろうせき》、ツゲ、牛の骨、角などが使われていて、かれは、それらを慎重に削って義歯づくりをつづけた。かれは、歯医者から義歯の製作を頼まれるようになり、使用者の歯型をとって作る。それは入念な仕事でたちまち評判を得、注文が殺到するようになった。

かれは子に恵まれず、兄瀬兵衛の子幸助を養子として店をつがせ、自らは入れ歯作りに専念した。家に入歯師の看板をかかげ、教えを乞う者を弟子とし、備考斎と号した。そして、腕のたしかな弟子たちにも備考斎の名をあたえ、その号のある者は秀れた入歯

師として信用された。

その後の幸吉の事蹟は、諸説あってあきらかではない。再び安倍川の河原で翼をつけて飛ぶことを試み、役人に捕えられ、人心をまどわしたかどで死罪、または所払いにあったという説もある。死罪説は疑わしく、飛ぶことを試みたという説も証拠はない。はっきりしていることは幸吉の子孫が静岡市江川町に居住していることが幸吉研究家竹内正虎によって確かめられ、さらに幸吉の墓が伊東正志の調査で静岡県見付の大見寺で発見されたことだけである。戒名は演誉清岳信士、歿年は弘化四年（一八四七）八月二十一日、九十一歳の高齢であったという。

幸吉が岡山で飛翔をこころみた頃、琉球（沖縄県）でも同じように空を飛ぶ仕掛けを作った男がいた。沖縄本島中部の越来《ごえく》村（沖縄市）に住む安里《あさと》周祥であった。

安里家は代々花火師で、かれは四代目であった。かれの花火師としての評判は高く、琉球王の前で花火を打ち上げることもしばしばで、複雑な仕掛花火を考案して人々を驚かせたりした。

かれも、幸吉と同じように空を飛ぶことを夢み、鳥の体を詳細にしらべた。科学的な考え方をするかれは、人間が鳥のように飛ぶためには人力以外の力が必要だと考えた。その力とは、弓であった。かれは、自分の体重に適した翼を作り、また、弓の弦を足でふむと弓の柄が激しく動く現象を利用して柄に翼を固着させることを思いついた。

かれは、慎重に設計を繰り返し、自信を得て実物を完成した。村とその周辺の人々の間で、その話が評判になった。頭脳のすぐれたかれが作る仕掛花火の見事さを知っている人々は、かれがその装置で鳥のように飛ぶことができるのではないか、と期待した。

かれが、初めて実験をこころみたのは沖縄市の近くにある泡瀬の浜の断崖という説と、那覇南方一里にある津嘉山という両説がある。津嘉山では、榕樹の傍から飛んだと言われ、現在でも飛び榕樹と言われる樹木が残されている。おそらく、その後の実験もふくめて泡瀬でも津嘉山でも試みたのだろう。

かれは、翼をかたく両腕にむすびつけると人々の見守る中で空中に飛び出し、必死になって弓の弦をふみ、翼をはばたかせた。それは当然飛ぶまでに至らず、かれは落ちた。

その後も、周祥は、飽くことなく飛ぶ器具の設計をつづけ、実物を作って飛翔を試みた。人々は、かれに「飛び安里」というあだ名をつけた。かれの名は広く知れ渡って実験の日には多くの人々が見物に集った。

かれの死後、越来村の実家には飛ぶ器具の絵画、設計図、記録が残されていた。大正七、八年頃、安里周祥の事蹟をしらべるため東京帝国大学の調査員が周祥の子孫である安里ゴゼを訪れ、また、那覇出身の「科学画報」主筆であった宮里良保もゴゼの家を調査した。ゴゼの話によると、安里家には飛行器具の設計図と思われる記録が数多く残っていたが、長年折りたたんだままであったので、くっついてひろげてみることはできなかったという。

さらにゴゼは言葉をつぎ、

「飛び安里と呼ばれた御先祖様の作った図面を始末してしまおうと思いましたが、捨ててしまっては御先祖様に申し訳が立たず、思いあぐんだ末、空を飛んだという御先祖様にそれをお返しするのが一番いいと思い、野原に運んで火をつけ、煙で空にのぼらせたので気が楽になりました」

と、言った。

帝大の調査員も宮里氏も、落胆した。

江戸時代、空を飛ぶことを試みた者はほかにもいた。三河国宝飯《ほい》郡御油町（愛知県宝飯郡御油町）の貸席戸田屋の主人戸田太郎太夫も、その一人である。時代は、天明の頃である。

太郎太夫は、若い頃から工夫することが好きで、空を飛ぶことを夢みるようになり、飛翔する器具を作った。鳥の形をまねたもので、足で踏むと翼が動く仕掛けになっていた。翼は竹と渋紙で作られていて、それを両腕にむすびつける。設計図が残されていないので、どのように翼を動かす仕掛けであったのか不明であるが、その装置が人々の評判になった。

かれは、高い櫓《やぐら》を立て、その上にのぼると装置を身につけて飛び降りた。が、たちまち墜落して重傷を負った。

かれは変り者扱いされ、そのような奇異な物をこしらえるのは神仏をおそれぬ危険な人物であるとされ、おとがめを受けるのが常であった。かれの家は御油の旧家で貸席の大元締の役にもついていたので、役人から厳重に注意されただけで処罰されることはなかった。

かれは、その後も飛ぶ器具の考案をつづけたが、いつしか財産も使い果して御油をはなれ、豊橋に移住してひっそりと死んだ。

寛政年間秋田市の南方にある河辺郡仁井田の一農民が鳥の体をしらべ、大きな翼を両腕にむすびつけて飛ぶことを試みたという記録（儒者・人見蕉雨「黒甜瑣語《こくてんさご》」）も残されている。それによると、その農民は、むろん飛び立つことなどできなかったが、高い所から翼をあおって飛びおりることをつづけた。練習を熱心に繰り返したらしく、七丈（約二一メートル）ほど滑空することができるようになり、怪我もしなかったという。

また天保時代、伯耆《ほうき》国会見《あいみ》郡山市場（鳥取県米子市）の三刀屋某も飛行を企てた。かれは、鳩の体を研究し、その翼に似たものを作って松の樹の上からはばたかせながら飛び出した。が、たちまち落下して足を骨折し、断念した。

伊勢の久居（三重県久居市）にも、鳥のように飛ぶことを夢みた者がいた。かれは熱心に工夫をこらし、翼を作って身につけ飛行をこころみた。それは失敗の連続であったが、屈することなく実験を繰り返した。

近隣の者たちがそれを見物に集り、失敗つづきのかれを冷笑した。そのうちにかれの実験が役人の耳に入り捕えられた。役所では、変った器具を作り鳥のように飛ぶことを夢想しているかれを、行く末恐しい男であるとして死罪を申し渡した。器具はもとより家財すべてが没収され、斬首された。

その他、九州の唐津、上総国君津郡久留里《くるり》（千葉県君津市久留里町）にも、それぞれ飛ぶことを試みた者がいたが、詳細な記録は残されていない。


江戸時代に空を飛ぶことを夢みた幸吉たちとちがって、忠八は、乏しいながらも西洋の科学知識を基礎に鳥類の飛翔する原理を考究した。

樅ノ木峠で滑空する烏の翼が、ひとしく上向きになっていることに注目し、その現象から科学的な原理を見出した。翼が少し上向きになっていれば、烏は上方に進みそうに思える。それが水平に飛んでゆくのは、体の重みで下方に進もうとする力と相殺し合うからであることを知った。

さらに、水切りをする平たい石にも同じことが言えるが、そこからも共通した原理を見出した。石は少し上向きの形で水面に投げられ、水にふれるとはね上り、進んでゆく。石がはね上るのは水の抵抗を受けるからで、抵抗というものが物体を上昇させる作用をもつことを知った。かれにとって大きな発見だった。

その現象を、滑空していた烏にあてはめてみた。烏の場合も空気の抵抗をうけるため翼をやや上向きにしている。抵抗があるからはばたかなくても飛ぶことができるのだ、とかれは思った。

かれは、胸をおどらせた。風が強いことは、いわば空気抵抗が大きいことを意味する。

無風の場合には凧があがらず、風があれば凧が上昇するのも、その原理によるものにちがいなかった。かれには、飛行の現象についてなにかがわかりかけてきたように思った。

その後、鳥の観察をつづけたが、向い風にむかって飛び立つ場合、鳥は早く上昇する。鳥もそれを知っていて、向い風の方向に飛び立つことが多い。

かれは、空を舞う鳶《とび》の姿も眼で追った。鳶は、円をえがいて次第に上昇してゆくが、向い風をうける位置で急に昇ってゆくことにも気づいた。それも空気の抵抗を利用した動きであることを知った。

鳥は、はばたくことによって飛ぶ。そのことに変りはないが、それだけではないと思うようにもなった。かれも、レオナルド・ダ・ビンチ以来幸吉ら多くの人々が試みたように、鳥の翼に似たはばたく装置を作らなければ飛ぶことはできぬ、と考えた。が、鳥とちがって人間には翼を動かせるような肉体構造はない。たとえ軽い人工翼を両腕にくくりつけて上下に動かしてみても、自分の体を空中に持ち上げることはできるはずがなかった。

人力に代るものとして、蒸気機関などのエンジンによって翼を上下することも考えられる。が、エンジンを搭載した装置を上昇させるためには、翼の上下運動も激しいものにしなければならず、いかに強靱な構造の翼であっても、その上下運動にたえきれずたちまち破壊することは疑いの余地がなかった。

忠八は、鳥のような翼を作りそれをはばたかせる装置を作っても、飛ぶことは絶対に不可能であることを知った。かれの思考は、はばたくことが事実上できぬことを知って、大きな壁に突き当ってしまった。そうした折に、空気の抵抗をうけて鳥や凧が上昇することに気づき、かれの頭脳はいきいきと働きはじめた。空気の抵抗をうけとめる翼は絶対に必要だが、それを上下に動かさなくてもよさそうだということを知った。

その年の八月、香川県一帯にコレラの流行がみられた。県庁では消毒をおこない、琴平神社の参拝客に早目に帰郷することをすすめ、また県民に旅行をひかえるよう指示した。連隊内でも予防に全力をつくし、疑わしい者は病院内に隔離し、忠八たちは消毒作業につとめた。その結果、三名の患者が出ただけで、それらも十分な治療によって回復した。

十一月一日、忠八は陸軍三等調剤手に任じられ、丸亀衛戍病院付になった。隊内で起居することから解放され、連隊の外で居住し病院に通勤すればよい境遇になったのである。

かれの喜びは大きかった。階級はあがり、しかも自由な生活を楽しむことができることに胸をはずませた。早速、住む場所を探し、魚町の豊後屋に部屋を借りて移った。そして、それを故郷の母にも通知し、毎月四円五十銭の月給の中から三円を母の小遣いとして送るようになった。

かれは、朝、病院に赴くと勤務にはげみ、夜は、薬学関係の書物を読んで勉強したが、空を飛ぶ器具のことがしきりに頭に浮んで落着かなかった。自分の将来のためには薬学の研究に専念しなければならぬのだが、空を飛ぶ器具を作りたいという誘惑にはかてず、薬学書を閉じて鳥の飛翔図をひろげることが多かった。

そうした夜がつづき、かれは、時間を二分して、前半は薬学、後半は飛行器具の研究をおこなうことにきめた。

かれの飛行に対する情熱は、日を追ってたかまった。休日には郊外に出て鳥、昆虫の飛ぶ姿を観察し、漁船に乗せてもらって飛魚が海面を飛んでゆく姿に視線を汴いだりした。

自由に町の中で生活することを喜んでいたかれは、思いがけぬ障害があることを知った。連隊外に居住する下士官は多く、かれら同士の交際はさかんで、忠八の下宿先にもしばしば訪れてくる。かれらは、料亭で酒を飲み、遊廓に行くことを常としていた。

丸亀は活況を呈した町だけに、遊ぶ場所も多かった。西平山に検番があって、百名近い芸妓が貸座敷に出張して客の相手をする。夜遅くまで三味線、太鼓の音が絶えず、賑わいがつづいていた。遊廓は、新堀と福島に設けられていた。新堀には二十五、福島には二十六の遊女屋が軒をつらね、このほか町の所々に盛り場があった。

連隊外に居住する下士官たちは、しきりに忠八を誘いにくる。薬学、飛行原理の研究に熱中していた忠八には、遊ぶ時間などなかった。しかし、度重なるすすめを断ってばかりいることもできず、かれらに連れられて料理屋に行き、酒を飲むこともあった。下士官たちは酔いがまわると、必ず遊廓に繰りこもうと言う。それを予測している忠八は早目に酒を切り上げ、腹が痛むと偽ったりして料理屋を出て下宿先に帰る。そのようなことを繰り返しているうちに、下士官たちは、

「もうそろそろ腹が痛む頃じゃないのか」

と、忠八をからかったりする。

「その通りだ、痛くなった」

忠八は、半ば真剣な表情をして自分の支払い分を渡して腰をあげた。

下士官たちは苦笑していたが、気持が白けてしまうらしく、いつの間にかかれを誘うことも少なくなった。かれらは、忠八を付き合いの悪い男だと陰口をたたいていた。

忠八の手もとには、すでに鳥、昆虫約百種の水平飛行の観察記録や写生図が集められ、それらの翼面積、仰角度、体重比なども克明に記されていた。そして、それらを深夜おそくまで整理し、検討しているうちに、昆虫の中で他の鳥や昆虫と異なった飛行器官をもっているものがあることに気づいた。……それは、甲虫《かぶとむし》であった。

甲虫は、上下二枚ずつの羽をもっている。上の羽は厚く、飛ぶ時は両側にひろげられる。羽は停止したままで、その下にある軟らかく大きい羽がひろげられ、上下運動をして飛行する。上のかたい羽が、重い甲虫の体にかなり大きな揚力をあたえていることは確実だった。

さらに、かれは玉虫も甲虫と同じような飛行器官を持っていることに気づき、専《もっぱ》ら玉虫の飛行する姿を観察し、多くの写生図をえがいた。その結果、甲虫との相違点を見出

した。甲虫の下羽は、上の硬い羽よりもはるかに大きいが、玉虫は同じ大きさで、そのため折りたたまれることもない。

かれは、早速観察記録に、

「甲虫類の硬翼（上の羽）は拡げたままであるが、軟翼（下の羽）は大きく、その下に折り畳んでおさめられる。しかし、玉虫だけは硬翼も軟翼も同じ大きさで、軟翼は折り曲げない。飛ぶ時には硬翼を張って、空中で空気に抵抗し、軟翼は下から硬翼を押し上げるようにしている」

と、書きとめた。

六

百種以上の鳥、昆虫の飛行状態を研究した結果、忠八の関心は、もっぱら玉虫に集中した。玉虫が、自分の夢みている空を飛ぶ器具の原型であるという結論に達したからで、はばたくことをせず飛ぶという点に注目していた。

玉虫は、硬い羽を両側にひろげて飛ぶ。その羽は空気抵抗をうけて体に揚力をあたえている。その原理を利用して、翼を仰角にした装置を作り、前方に推進させる力を加えれば、飛ぶはずだ、と確信した。つまり、その装置には翼をはばたかせる仕掛けが不要で、固定翼で十分だと考えたのである。

さらに、空気抵抗を十分に受けるためには、風の吹いてくる方向にむかって進ませることが絶対に必要な条件だとも思った。

忠八の頭には、常に凧が空に揚る姿が焼きついてはなれなかった。凧は、やや前方に傾いた形をとっている。それは、鳥や昆虫が上昇する時、翼や羽を少し上向きにしている原理と一致し、凧もそのような姿勢をとっているので、空気抵抗をうけて空高くあがってゆく。翼を固定翼にして推進力を加えれば飛ぶことができ、さらに凧に向って飛び立つことが不可欠の条件であるという考え方は、現在の航空機の上昇理論と全く一致した大発見であった。

かれは、空気抵抗というものがどの程度の大きさを持っているか確かめたかった。

或る休日に、丈夫な番傘を手にして福島橋に行った。その付近は人通りが多かったが、人眼も気にせず、番傘をひろげて欄干に立つと二メートルほどの河原に飛び降りた。そして、河原から橋の上に引き返すと、再び飛び降り、さらに傘の角度を変えながら同じことを繰り返した。

異様なことをつづけるかれの姿に、通行人たちは呆れたように足をとめ視線を据えた。次第に人の数が多くなり、橋の上はかなりの人だかりになった。かれらは、黙々と飛び降りることを繰り返す忠八を精神異常者と思ったらしく、遠巻きにかれの姿を見つめていた。かれは、その行為によって空気抵抗というものが想像以上に強く、固定翼でうける空気抵抗で必ず上昇することができるはずだという確信を深めた。

かれは、空を飛ぶ器具を必ず完成してみせるという強い信念をいだき、本格的な準備に入った。まずその器械の名称を考えた。新考案の凧を作り出した時もそうだったが、新しいものを作る前に名称を考えるのが常で、それから試作に取り組みたかった。

空飛び器という名称がうかんだ。が、なんとなく軽い感じがし、もう少し重みのある名称にしたかった。紙に文字を書いては検討し、種々思案した末、最もふさわしい名称を思いついた。……それは、飛行器という名であった。

その年の十月、忠八を強く刺激する記事が新聞に掲載されていた。それは、イギリス人スペンサーが軽気球（風船）をたずさえて来日し、横浜で妙技を公開したという記事であった。

十月十二日午後二時、スペンサーは横浜公園で軽気球に水素ガスを注入した。背広姿の無造作な服装をしたかれは、軽気球の下にとりつけられた横木に腰かけ、合図をした。軽気球が地上をはなれ、音楽隊の華やかな演奏とともに空高く上昇し、やがて小さくなった。

見物人たちは空を見上げていたが、突然、軽気球から黒い点状のものが落下するのが見えた。そのうちに、空に花弁のようなものが開いた。スペンサーは、落下傘で軽気球から飛びおりたのである。

見物人たちは歓声をあげた。スペンサーは、落下傘とともに東北の風に流されて太田町の旧裁判所の入口前に無事に降り立ち、気球は横浜灯台裏手の海中に落ちた。見物人の数は一、三二〇人で、大好評であった。そのことを伝えきいた青木外務大臣は、スペンサーの妙技を天皇陛下にも御覧いただきたいと考え、イギリス領事に申し出でたとも記されていた。

忠八は、新聞に注意していたが、十一月十二日、二重橋前の広場でスペンサーの落下傘降下が天覧に供されたという記事を眼にした。その日は無風で落下傘が流されることもなく広場に降りてきて、それが御座所の真上であることに気づいたスペンサーが急いで方向を変えようとしたため、過《あやま》って横滑りし軽傷を負ったという。

それにつづいて、かれは、二十四日に上野公園で軽気球を上昇させ、落下傘で降下した。南風であったので、スペンサーは道灌山付近の水田に降りた。

十二月に入ると、アメリカ人ボールドウィンがつづいて来日し、上野と両国で軽気球を上昇させ、その下部にとりつけられた横木の上で逆立ちなどの曲芸を見せて見物人を驚かせ、その後、落下傘で降下した。

この二人の外人の妙技が評判になって、錦絵に描かれ、ゴム風船、風船かんざし、紙製のパラシュートが流行した。さらに五世尾上菊五郎が東京の歌舞伎座、横浜の喜楽座で「風船乗評判高閣《ふうせんのりうわさのたかどの》」を上演、満員の盛況であった。

このようなことが続々と新聞に報道されるのを眼にした忠八は、人間の関心が空に向けられていることを感じた。まだ空を飛ぶ器械が発明されたという話は耳にしていないし、もしもそれを自分が作り出せば、世界で初めての発明者になるかも知れぬ、と思った。

かれは、飛行器を推進させる方法について検討をはじめた。結論は、すぐに出た。それは、竹トンボであった。竹トンボの棒を両掌でもむように回して放すと、勢いよく上昇する。羽にわずかなひねりがあるが、それが竹トンボを上昇させる原因になっている。上昇させるというよりも、上方へ推進させる力を秘めているといった方が当っているように思えた。また竹トンボの上昇は、蒸気船のスクリューと同じ原理によるものであることにも気づいた。

竹トンボは二枚羽だが、その機能をさらに増すために四枚羽にしたらどうか、と考えた。そして、それを試作してとばしてみると、一層効率がたかまるように思えた。

かれの関心は、竹トンボから汽船のスクリューに移った。スクリューの回転によって大きな鉄製の汽船が海上を力強く進むことから考えて、スクリューに似た回転器具を使えば、飛行器を前進させることができるにちがいない、と思った。

明治二十四年が、明けた。

忠八は、渥美薬剤官を補佐して病院の試験室の拡張に従事し、新式の理化学試験機械の設置につとめた。

その間、夕方帰宅すると、かれは飛行器の模型作りに熱中した。プロペラの回転で飛行器は前進するはずだが、プロペラをどのようにして回転させるかが大きな問題になった。

あれこれ思案した末、聴診器のゴム管の使用を思いついた。病院勤めであるかれには、その器具はなじみ深いもので、よじれると元にもどろうとする力が働く。その逆回転する力を利用してみようと思ったのだ。

しかし、聴診器のゴム管は太く、ねじりをあたえてもそれほどよじれず、従って逆回転する力も弱い。それを解決する方法として、ゴム管を細く縦に切って、それを束状にし、ようやく十分に逆回転する力をもったゴム糸を作りあげることができた。

主要な難問は、すべて解決した。後は、飛行器の設計、試作にとりくむことだけであった。

かれは、鳶凧《とんびだこ》の形を原型として両翼の形、大きさを定め、胴体の後尾につける尾翼を水平尾翼にした。機首から尾翼の近くまでゴム糸を張り、四枚羽のプロペラに結びつけるよう設計した。さらに、滑走装置も考案した。丸亀に来てから外国製の自転車を眼にしていたので、それに似せた小さな車輪を前部に二個、後部に一個とりつけることにした。

設計を終え、模型飛行器の試作に手をつけた。材料は凧と同じように竹と良質の和紙が主であった。両翼が張られ、機首は翼と垂直に前方にせり出し、水平尾翼の枠が組まれた。その上に強い和紙を張り、下部に車輪をとりつけた。

その頃、忠八は、初めて汽車に乗ってみた。明治五年九月、新橋、横浜間に鉄道が開通したが、前々年の明治二十二年五月に、丸亀から多度津、琴平間にも讃岐鉄道が開通していた。

琴平まで中等で二十二銭という高い料金であった。四十分の時間を要した。煙が窓から吹きこみ、音も騒々しかったが、沿線の景色が飛ぶように後方に去ってゆく。その速さに、かれは呆れた。汽車に乗った者が眼がくらんで倒れる者が多いという話をきいていたが、それも無理はないと思った。

かれは、新時代の乗物に興奮し、汽車を降りてから機関車を熱心にながめまわしていた。

設計図をもとに模型飛行器の制作がすすめられ、最大の問題である推進具の作製にもとりかかった。

プロペラは竹トンボの羽と同じもので、四枚羽であった。丸亀地方は、うちわの生産がさかんであった。天明年間、丸亀藩主京極《きようごく》家の江戸屋敷の足軽小者たちが、隣の九州中津藩奥平家の足軽たちがうちわの内職をしているのを見て習ったことがきっかけになり、うちわが作られるようになったのである。

忠八は、うちわ屋に行くと良質の竹を分けてもらい、四枚羽のプロペラを作ってみた。が、プロペラの羽が薄く、飛行器を推進させるには心もとなく思え、木で作るべきだと思い直した。

さすがのかれも木製の四枚羽を作る自信はなく、部下の細川喜与平に制作を依頼した。細川は病院勤務の研磨工で、手先が器用であった。

忠八がプロペラの図面を渡すと、細川は、

「なにに使うのですか」

と、いぶかしそうに忠八の顔を見つめた。

忠八は、かすかに頰をゆるめただけで黙っていた。

細川の作ってくれたプロペラは見事な出来栄えで、忠八を満足させた。

ついで忠八は、プロペラを回転させるゴム紐の作製にとりかかった。聴診器のゴム管を剃刀《かみそり》で縦に細く切っていったが、ゴム紐の太さを一定にそろえるのがむずかしかった。かれは、飛行器の胴体の後部にプロペラをとりつけ、束ねたゴム紐の束を機首からプロペラに渡してむすびつけた。

胸に描いていた飛行器の模型が、設計図通りに完成した。両翼の長さ四五センチ、胴体の長さ三五センチであった。かれは、翼、胴体、尾翼、機首、プロペラ、車輪をすべて烏のように墨を塗り、機首に眼を描いた。そして、設計図に烏型《からすがた》飛行器と書き記した。

かれは、ランプの光に浮び上った模型をながめまわした。畳の上におかれた模型が、そのまま飛び立つような幻想にとらえられ、プロペラを指でまわしはじめた。ゴム紐の束がよじられて緊張してゆく。

忠八は、プロペラから指をはなした。プロペラは回転し、次第に動きをゆるめて停った。かれは、再びプロペラをまわしはじめた。果してプロペラが飛行器を推進させる力があるかどうかたしかめたかった。プロペラの回転につれてゴムの束がよじられ、所々にコブがあらわれてきた。かれは指の動きをとめ、模型を畳の上に置き、指をはなした。

口から、短い叫び声があがった。模型飛行器が突然走り出し、壁にぶつかったのである。そして、なおも機首を壁に押しつけ前へ進もうとしている。

喜びが体にあふれ、胸が熱くなった。スクリューの回転で船が進むように、プロペラで模型飛行器が走ったのだ。頭で組み立てた原理が正しかったことを、かれは知った。幸い模型飛行器は、壁にぶつかっても傷ついてはいなかった。

かれは、再びプロペラをまわしてゴム紐の束によじれをあたえ、模型飛行器を畳の上に置いた。胴体の下部にとりつけられた小さな車輪がまわり、模型は走った。プロペラとゴムが機体を前進させる力を十分にそなえていることが実証されたが、その推進力によって模型が飛ぶか否かはわからない。それをたしかめるには、野外で実験する以外に方法はなかった。

その模型の形態は、進歩した現代の航空機に似ている。殊に少年たちが飛ばすゴムを動力とする模型飛行機とは同一と言ってよい。ただ、大きなちがいは、プロペラが前部になく後部にとりつけられていることであったが、理論的には正しい。

また、プロペラを四枚羽にしたことは後の航空機の姿を暗示するもので、車輪をつけたことも現在の航空機そのままである。忠八が初めて試作した模型に、航空機が徐々に進歩してゆく間に採用されていったものが盛りこまれていることは注目すべきことであった。

かれは、模型を第三者に見せることはしなかった。奇抜なものを作り上げたことによって狂人扱いされるのは不快だったし、軍隊に勤務していながらそのようなことに精を出していたのかと非難されるのも堪えがたかった。

桜が咲き、例年のようにお遍路さんの姿がみえはじめ、家並の中を鈴の音が通る。忠八は、模型飛行器の実験に適した天候の日を待った。

明治二十四年四月二十九日の夕方、忠八は模型飛行器を大きな風呂敷につつんで下宿先を出た。風はなく、西の空が茜色《あかねいろ》に染っていた。

忠八は、家並の間を縫うように歩いた。家々からは炊煙が漂い、帰途を急ぐ人々が道を往き交い、大八車や馬車も通る。人眼を避けるように露地から露地へ歩き、城の近くにある丸亀の練兵場に入り、平坦な場所を見つけると、周囲を見まわしながら風呂敷をひらいた。練兵場のまわりには桜が植えられているが、すでに葉桜になっていた。

かれは、模型飛行器を取り上げるとプロペラをまわしはじめた。束状になったゴム紐のコブが出来て、それが次第に数を増してゆく。そのコブがゴム紐のすべての個所で出来上ったのを見とどけると、模型を地上に置いた。

祈るような気持であった。一年半前に樅ノ木峠で烏が飛ぶ姿を眼にしてから、飛行原理を考究し、空気抵抗と揚力の関係を思いついて模型飛行器を作り上げた。それが、なんの意味もない物にすぎないのか、それとも実際に飛ぶのか、かれにはわからない。期待と不安が入りまじっていた。かれは、再び付近に人影がないことをたしかめてから、プロペラをはなした。

プロペラが勢いよく回転し、機が地上を走りはじめた。そして、三メートルほど進むと、車輪が地をはなれ、機体がかすかに浮き上った。

機体は徐々に上昇し一メートルほどの高さで進んでゆく。そして、機体をやや左方に傾けると、雑草の上に落ちた。五間（約九メートル）ほどの距離であった。

かれは、眼を大きく開いた。いつの間にかかれは模型飛行器の周囲を走りまわってい た。信じがたいことを眼にしたような気持であった。飛ぶ可能性があると考え、試作し 実験してみたのだが、それが現実に飛ぶのをみると、不思議なことが起ったような驚き を感じた。模型が、鳥のようにも思えた。

模型の傍に膝をついた。一年半の努力と研究が遂にみのったのだ、と思った。かれは、 落着きをとりもどして、再びプロペラをまわし、地上を走らせた。機は浮き上り、また 一〇メートルほど飛んで落ちた。

あたりに、夕闇が濃くひろがりはじめていた。時刻を告げる太鼓の音がしてくる。練 兵場の近くの人家に、淡い灯がちらついていた。

かれは、模型飛行器を取り上げると風呂敷に包んで立ち上り、暗くなった練兵場を人 家の灯の方向に引返していった。空に淡い星の光が湧き、欠けた月がのぼっていた。

その夜、忠八は珍しく酒を買い、下宿先の家で燗《かん》をつけてもらった。

部屋の中央に模型飛行器を置き、杯をふくみながらながめた。その模型が練兵場の地 面の上を滑走し、浮き上った瞬間の喜びが胸にあふれ、さらに飛翔した情景もよみがえ る。樅ノ木峠で鳥の飛ぶ姿を見つめた折に人工的に飛ぶ器具が作れるかも知れぬと思っ たが、その予想が現実のものになったことに感動していた。

かれは、模型をながめまわしながら、妙な物を作ったものだと思った。もしも、それを他人に見せたら、どのような意味をもつ器具かわからないだろう。奇怪な形態をしているが、その模型は飛翔理論から当然の結果として生れ出たものなのである。かれは、そのプロペラ式の模型飛行器が世界最初の記念すべきものであることには気づいていなかった。アメリカのライト兄弟が世界最初の飛行機を飛ばすことに成功したのは、それから十二年後の明治三十六年（一九〇三）であった。

翌日の夕方、かれは模型器を風呂敷に包んで再び練兵場に行った。

模型器は、前日と同じように地上滑走後、五間ほど飛んだ。

さらに、かれは、ゴムの動力を飛ぶことのみに集中させたいと考え、地上滑走をさせずに手で支えて飛ばしてみた。その試みは、想像以上の結果をしめし、模型器は六メートルほど上昇して一　十間（約三六メートル）近くも飛んで地面に降りた。

かれは、走り、模型器をとり上げると再びプロペラを回し、飛ばした。機の姿勢は安定していて、凧作りの名手としての鋭い勘と技術が巧みに活用されていることをしめしていた。

忠八の望みは、ふくれ上った。模型器の飛行実験に成功したかれは、それを基礎に実際に人間が搭乗する飛行器を作り出すこともできるはずだ、と考えた。かれは、模型ではなく本格的な飛行器の研究にとりかかろう、と決心した。

しかし、陸軍三等調剤手としての軍務も忙しく、飛行器研究に専念するわけにはゆかなかった。その年の初夏、陸軍省医務局長石黒忠悳総監から全国の衛生部士官に糧食、治療法についての意見を具申せよという指令が発せられた。忠八の上官である渥美薬剤官は、香川県産の塩を焼塩にして軍の携行調味料とすることを考え、調査を忠八に命じた。

忠八は、香川県の坂出に出張した。坂出は、慶長、元和の頃（一五九六—一六二三）に赤穂の人が移住してきて塩田を開き、その後、製塩業のさかんな町になっていた。かれは、坂出で製塩法やその副産物に関する調査をおこない、貴重な資料を得て渥美に提出した。

その頃、かれは一人の女性に関心をいだいていた。

忠八が第十二連隊付になっていた折り、同じ第一大隊の第五中隊に深見充という下士官がいた。階級は忠八よりも上であったが、気心が合い親交をむすんでいた。

忠八が丸亀衛戍病院付の三等調剤手になった後、深見は軍曹で現役を退き、丸亀町の大木家に養子として入り、つねという女性と結婚していた。深見家は松山藩に代々仕え、充の父信篤は御奉行役兼御預所頭取役を仰せつけられた三百二十石取りの藩士で、維新後は藩の会計局知事をも勤めた。

忠八は、大木姓になった充が新たに世帯をもったことを耳にして、祝いの品を持ってかれの家を訪れた。充は、喜んでかれを迎え入れた。

充と歓談している折、かれは家事をしている十八、九の娘の容姿に眼をとめた。色が白く、顔立ちが驚くほど整っている。かれは、これほど美しい娘を見たことはない、と思った。

かれは、自然と娘の姿を眼で追った。娘は小まめに働いている。

「あの娘さんは、どなたですか」

忠八は、ためらいがちに問うた。

「私の妹だ。カズヨという」

「カズヨ?」

「寿に世の中の世で、カズヨと読む」

充は、答えた。

充の話によると、父信篤は旧松山藩士正岡隼太(子規の父)と松山郊外の高浜で製塩業をおこしたが、津波で塩田を失い、失意のまま明治十五年に病死した。

次の休日に、忠八は再び充の家を訪れた。寿世は茶を持って出てきて挨拶した。面長の端麗な顔に、初々しい羞じらいの色がうかんでいることに、かれは一層魅せられた。充の言葉も耳に入らず、質問に見当はずれの答をして充に笑われた。充は、忠八の心の動きを敏感に察しているようだった。

忠八の頭から、寿世の面影がはなれなくなった。勤務中も下宿にもどってからも、寿世の容姿を思い描く。病院からの帰途、充の家の近くを通ることもあった。度重なる訪問は好ましくないと思いながらも、休日になると落着きを失い、充の家に足を向けた。

充は、笑いをふくんだ眼で言うと、忠八を部屋に招じ入れた。

「よく来たな」

かれは、寿世を妻にしたいと思ったが、高嶺の花のように感じられた。自分は三等調剤手にすぎず、家も破産状態にある。旧松山藩士の家に生れた寿世を妻に望むのは無理であった。忠八は、妻帯すべき年齢に達していることを感じた。相変らず営外居住の下士官たちは、忠八を遊里に誘おうとして訪れてくる。かれは、それを拒みつづけていたが、世帯をもてば誘いにくることも少なくなるはずだ、と思った。

それに、かれには飛行器発明という大きな望みがあった。独身であるので炊事、洗濯など家事もやらねばならず、その時間を飛行器研究にあてたかった。妻帯して身のまわりの家事から解放され、研究に没頭したい、と思った。また、将来、故郷に残してきた母を自分が引き取ることも予想され、その折には妻帯していることが好ましかった。

結婚相手としては、寿世以外に考えられなかった。が、貧しい陸軍三等調剤手である身を考えると、寿世を妻に望む勇気は湧かなかった。寿世のような娘なら、社会的地位が高く富裕な男に嫁ぐことができる。自分とは格のちがう娘なのだ、と思った。

かれは諦めかけたが、寿世への想いはつのるばかりで、思い切って勤務先の丸亀衛戍病院会計係である小出英充に気持を打明けた。

「当ってくだけろだ。おれが交渉役を買って出てやる」

小出は、言った。

その夜、小出は早速大木の家に行ってくれた。

忠八は、小出の家で待っていた。おそらく交渉は不調に終るだろう、と思った。自分がなんの取得もない男に感じられ、自信はなかった。

二時間ほどたった頃、小出が帰ってきた。忠八は、小出の顔色をうかがった。暗い表情だった。やっぱりだめだったのだ、と思った。

小出は、坐ると、

「考えさせてくれ、と言うのだ。初めてその娘に会ったが、君が気に入るのも無理はない。あんな娘はどこにもいない。明治六年生れだというから、十九歳だ。嫁に行かねばならぬ年頃だ。そのことを考えると、決して脈がないわけでもない」

と、忠八を慰めるように言った。

忠八は、礼を言って小出の家を辞した。

その後、大木の家から小出に返事はなかった。忠八は、苛立ち小出に再び交渉に行ってくれと頼んだ。小出は承知し、大木の家に足を向けた。忠八は、その日も小出の家で待っていたが、帰ってきた小出は、

「もう少し考えさせてくれ、という返事だった」

と、再び言った。

端午《たんご》の節句が近づき、家並の上に鯉のぼりがひるがえった。忠八は、落着きを失っていた。夜、下宿で薬学書を読み、飛行器の設計を進めている間も寿世のことが思われ、

放心したように時間を過すことが多かった。

五月中旬を過ぎても、大木の家からは返事がこず、月末に小出が大木の家に行ってくれたが、返事は相変らず「考慮中」であった。

「いい加減に諦めろ」

小出は、そんなことまで言うようになった。

忠八は、落胆した。小出の言う通り断念する以外にない、と思った。梅雨に入り、郊外では田植えがはじまっていた。

或る夜、下宿先で書物を読んでいると、

「二宮」

という呼び声が、家の入口からきこえた。かれは立つと、部屋を出た。入口に、小出が立っていた。

「今、返事があった。承諾したぞ。大木がやってきて、妹を君に嫁がせたいという」

小出は、明るい声で言った。

忠八は、眼を輝かせた。諦めていただけに、喜びは大きかった。かれは、小出を部屋に招じ入れると、急いで酒屋に走り、肴《さかな》も買い求めてきた。そして、小出に酒をすすめ、親身になってあっせんしてくれたことに感謝の言葉を述べた。

あわただしく、結婚の準備がはじまった。

まず忠八は、上官である渥美薬剤官に深見家三女の寿世と婚約することを報告し、故郷の母の承諾も受けた。ついで、新世帯をもつ家を探し、丸亀の西平山町にある高谷という人の持つ家を借り受けた。媒酌人には、それまでのいきさつから小出英夰夫妻に依頼した。

早速、小出夫妻が結納《ゆいのう》を大木家に持参し、その席で六月二十日に挙式することがきまった。

その前々日、忠八の家に嫁入り道具が運ばれた。宰領が先頭に立ち、そろいの衣裳にわらじばきの人足が、列をつくって油単をかけた道具をかついできた。忠八は、小出とともに戸口で迎え、人足に酒肴をふるまい、祝儀をあたえた。

かれは、家の中に並べられた嫁入り道具を面映《おもは》ゆそうにながめまわした。殺風景な家の内部が、一時に華やいだようだった。それらの道具から漂い出る香に、寿世の容姿が重なり合った。

六月二十日の夜、かれは正装し、菱に十の字の家紋を記した提灯を手に家を出た。花嫁一行が、大木の家を出た時刻で、忠八は、しきたりに従って途中まで迎えに出た。小さな川にかかった橋を渡ると、かれは足をとめた。橋の袂《たもと》が、花嫁一行を迎える場所に指定されていた。

婿になる男が花嫁一行を迎えに出る時は、親族が付添うが、かれは一人であった。故郷にいる兄たちは生活するだけで精一杯であり、母を呼ぶこともためらわれた。親戚と言っても、ほとんど疎遠になっていて、かれの祝言に出席してくれる者はいない。

これでいいのだ、と、かれは思った。寿世の兄である大木充は、忠八が貧しい下級兵士であることから妹との結婚をためらったが、結局、忠八の人柄を見こんで妹を嫁がせることを決心した、と、媒酌人の小出英充に言ったという。

「君は、遊里に一度も足をふみ入れたことのない評判のかたぶつだからな。それに、故郷の母親に毎月三円ずつ仕送りをしているということにも好感をもったようだ」

小出は、大木家で婚約を承諾するまでの事情を説明してくれた。

貧しい身であるが、自分という人間を評価してくれた大木家の人々の気持がありがたかった。それに報いるためには、寿世を幸福な妻とすることが唯一の道だ、と思った。

かれの眼に、提灯のあかりが映った。点状の灯は、町角から次々に湧いてきて、つらなってこちらにやってくる。ゆっくりとした進み方だった。かれは体をかたくし、襟もとを直した。白い衣裳をつけ、綿帽子をかぶった寿世の姿が提灯の灯にほのかに浮び上っている。その周囲と後に、正装した男や女が歩いていた。

灯の群が、次第に近づいてきた。提灯の一つが、あげられた。寿世の兄の大木充で、こちらに笑顔を向けている。

提灯の列が、とまった。寿世が、綿帽子をつけた頭を重たげに垂れ、腰をかがめた。忠八は、姿勢を正して頭をさげた。祝いの挨拶の言葉が交された。寿世の傍には媒酌人の小出夫婦や親族たちの顔がみえた。

一行は、橋を渡り、家並の中の道をたどった。通行人は足をとめ、家々からは女や子供たちが飛び出してきた。かれらは、寿世の美しさに眼をみはり、感嘆の声をあげていた。

忠八たちは道を進み、西平山町の借家の軒をくぐった。家の中は、手伝いの者や来客でにぎわっていた。襖がとり払われて祝膳が部屋に並べられ、正装した渥美薬剤官夫婦や同僚の調剤手たちが坐っている。

忠八と寿世は、正面の席に坐り、両側に小出夫婦が坐った。

三々九度の儀式が、とどこおりなく終った。祝いの謡がうたわれ、酒が席に運ばれた。ささやかな宴で、料理も華やかではなかったが、席には、忠八と寿世の祝言を喜ぶ人々の温かい気持が漂っていた。華燭の宴は、深夜までつづけられた。

宴がお開きになり、祝膳が片づけられた。

寿世は衣裳をかえ、奥の部屋に坐っていた。手伝いの女たちも帰り、忠八と寿世の二人だけになった。

寿世は、畳に手をつき、

「ふつつかな者でございますが、よろしく御願い申し上げます」

と、忠八に頭をたれた。

その夜、忠八は、寿世の体を抱いた。鶏の声がしきりにきこえていた。

新しい生活がはじまった。それは甘美なものであったが、つつましいものでもあった。寿世は家の躾《しつけ》がきびしかったらしく、貧しい生活の切り盛りも巧みであった。忠八は、自分の予期通りの女であることに満足した。

かれには、寿世に一つの秘事があった。それは、飛行器研究で、だれにも打明けたことはない。それが知れれば人々は自分を変人扱いし、軍務のかたわらそのようなことに精を出していることを非難するおそれもあった。第三者に知られることもなく、ひそかに研究を進めたかった。しかし、寿世にかくしておくわけにはいかなかった。同じ家に住む妻に、気づかれずにすむはずはない。それに、かれは妻に秘密をもつべきではない、と思っていた。

挙式してから十日ほどたった夜、かれは、

「寿世」

と、声をかけた。

寿世が、かれの前に坐り、茶をいれた。

「話しておきたいことがある。今まで他人には内密にしてきたことだ。お前の兄さんである充さんも知らぬ」

かれの緊張した表情に、寿世はいぶかしそうな眼を向けた。

かれは、無言で立つと、隣室の押入れの奥から風呂敷包みを取り出して畳の上に置き、風呂敷をといた。中から烏型模型飛行器があらわれた。

寿世の不審そうな表情は一層濃くなり、奇怪な形をした模型を見つめた。

「これは、飛行器だ」

「ヒコーキ？」

「そうだ。空を飛ぶ器械だ」

寿世は、理解できぬように頭をかしげた。

かれは、機動演習で縦ノ木峠で休息をとった時、弁当の残飯に集った烏の飛翔する姿をみたことを話した。その後、鳥、昆虫、飛魚の観察につとめ、飛行原理を考究し、ようやく自分なりに納得できる結論を得た、と言った。

「これは模型だが、人間を乗せて飛ぶことのできる飛行器を作りたいと思っている。必ずできるはずなのだ」

かれは、強い語調で言った。

寿世は、呆れたように忠八の顔を見つめた。かれは、不安になった。飛ぶことのできるのは鳥か昆虫にかぎられているのに、人間が飛ぶなどということは普通の人間には想像もつかない。空を飛ぶことを真剣に考えている自分を、寿世は異常な人間と考えるかもしれない。ようやく妻にすることができたが、寿世が家を出ていってしまいそうな不安に襲われた。

「おかしなことを考えていると思うだろう」

かれは、寿世の表情をうかがった。

寿世は黙っていたが、再び模型に視線を移すと、

「これが飛ぶのでございますか？」

と、低い声で言った。

「そうだ。練兵場で飛ばしてみたら二十間近く飛んだ」

寿世は、大きく息をついた。

忠八は、立つと押入れから行李《こうり》を引き出してきて、ふたをひらき、中からおびただしい紙を持ち出して畳の上に並べた。それは、凧、鳥、昆虫、飛魚、竹トンボ、汽船等の絵と、飛行原理の説明図、さらに烏型模型飛行器の設計図など、おびただしい量の資料であった。

「樅ノ木峠で烏の飛ぶのを見、人間も飛ぶ道具を作れるとかたく信じたのだ。これらの資料をもとにしてこの模型飛行器を作り、実験してみたら、飛んだのだ。わずか二カ月ほど前のことだ」

寿世は、驚きで声も出ぬらしく資料をながめている。

「私を変り者だと思うだろう」

かれは、恐るおそる言った。

寿世は、眼をあげたが、すぐに視線をそらせた。どのように解釈してよいかわからぬらしい。

「どうだ、私がこんな変人とは思わなかったのだろう」

かれの不安は、増した。厳格な家に生れ育った寿世が、突飛なことを考えている自分に恐れをなして、離縁を申し出るのではないかという危惧を感じた。

「たしかに、変ったことをなされているので驚きました。変人と言われるかも知れませんが、面白い変人だと思います。私も、子供のころ鳥のように空を飛びたいと夢みたことがありますが、それは思っただけのことです。それなのに、あなたは実際に飛ぶことを考え、模型まで作っています」

寿世の顔に、微笑がうかんだ。

面白い変人という寿世の言葉が、かれには可笑しかった。寿世が自分の飛行器研究に、好意をいだいてくれたらしいことに安堵を感じた。

寿世は、模型飛行器に顔を近づけ、手にとってながめまわした。

「飛ぶのを見せようか」

かれが言うと、寿世は眼を輝かせた。

翌日の夕方、かれは模型を風呂敷につつみ、寿世を連れて練兵場に行った。

「初めは滑走させて飛ばしてみせる」

かれは、プロペラをまわし、模型を地上に置いてはなした。プロペラが勢いよく回転して模型が走り、ふわりと浮び上ると一〇メートルほど飛んで降りた。寿世の顔は紅潮し、驚きの声をあげた。それは思いがけぬものを眼にして喜ぶ子供の表情に似ていた。

かれは再びプロペラをまわし、手に支えて飛ばしてみた。模型は、茜色に染った西の空にむかって三〇メートル近く飛んでいった。かれが走ると、寿世も走った。寿世は感動したらしく、手をたたいていた。

飛行器研究は、寿世に関するかぎり公然としたものになった。寿世は資料の整理を手伝ったり、時には練兵場に行くことをせがみ、飛ぶ模型の姿に歓声をあげた。そうした妻に、かれは深い安堵を感じた。現実の生活になんの益もなく、むしろ研究や試作に費用のかかる飛行器作りを非難されてもやむを得ないが、逆にそれに協力してくれる妻の態度が嬉しかった。

本格的な研究がはじめられた。人体をのせて飛ぶ飛行器の完成が容易でないことを覚悟していたが、模型を飛ばすことに成功したかれは、それを発展させれば、人間をのせる器械を作り出すことも決して不可能ではないと思った。

鳥類に対する観察は、つづけられていた。鳥は、飛行中、翼の傾斜を変えたりして進む方向を変えている。当然、かれの考えている飛行器は、直線的に飛ぶだけではなく、空中で自由自在に方向転換のできるものでなければならなかった。そのためには、傾斜角度を変えることのできる翼を飛行器に装着する必要があった。

かれは、翼の傾斜がどのように進路を変えるものか実験してみたかった。福島橋の欄干から番傘をひろげて河原に飛びおりたことが思い起された。その折には、空気抵抗の大きさをたしかめようとしたのだが、同じ方法で翼の傾斜が機体におよぼす影響を実験してみようと思った。前回は昼間におこなったが、家庭をもったかれは、さすがに人の眼にふれることが恥かしく、夜間をえらぶことにした。

かれは、町に出て丈夫な番傘を買い求め、竹で十分に補強をほどこしてから家を出ると、福島橋の上に立った。そして、人通りがないのをたしかめて欄干の上にのぼると、番傘をひろげ、身をおどらせて下方の河原に飛びおりた。その実験は、傘の角度を変えることによって、吊りさがった自分の体にどのような力が働くかをしらべるためであった。橋から河原までは二メートルほどであったので、傘もこわれず、足を痛めることもなかった。

雨の日を除いて毎夜、番傘を手に橋の上に行くと、河原にとびおりることを繰り返した。些細な体の動きも、かれにはきわめて重要なことに思われ、帰宅するとその傘の図と自分の体の絵を描き、体に加わる力の状態を記録した。

或る夜、河原に飛びおりたかれは、月光を浴びた川の浅瀬に水しぶきがあがっているのに気づいた。近づいて眼をこらしてみると、かなり大きな魚が群れをなして背を水面から露出させながら川上にむかって泳いでいる。産卵のためにあがってきたボラの群れであった。

水の中に足をふみ入れ、手当り次第にボラをつかむと河原に投げた。ボラは、後から後からのぼってくる。ボラの背と水しぶきが月光に浮び上り、川面が波立っているようにみえた。かれは魚をつかむことにも疲れ、開いた番傘を逆にして入れ、家に持ち帰った。

その年の八月三日から二週間の夏期休暇があたえられた。

かれは、妻を母や兄に引き合わせ、先祖の墓にも詣でたいと思い、休暇を利用して帰省した。

丸亀から汽船に乗り、瀬戸内海を進んで故郷の八幡浜に上陸した。四年ぶりに眼にする故郷はなつかしかった。八幡浜浦は二年前に町村制施行で八幡浜町となっていて、町の様子もかなり変っていた。町には八幡浜銀行が建ち、本格的な郵便局が開設され、裁判所も置かれている。港には、汽船の出入りがさかんであった。

道を歩いてゆくと、顔見知りの者としばしば出会った。かれらは、整った衣服をつけた忠八に頭をさげ、後からついてゆく寿世の美しさに放心したような眼を向けていた。

忠八は、しばしば空を仰いだ。その空は、かれが少年時代から新工夫の凧をつぎつぎに揚げた空であった。

四年ぶりに見る母は、すっかり老いこんでいた。かれの姿を見て涙ぐみ、寿世の挨拶に丁重に頭をさげていた。

かれは墓参をし、故郷でゆっくり休暇を楽しむつもりでいたが、兄栄吉と会うと、そのような気持にもなれなくなった。栄吉は、自分で商売をしていたが失敗し、その上重い眼病にかかっていた。これといった治療も受けぬ栄吉の表情は暗く、忠八は、兄と向き合って坐っているのが辛かった。

兄を丸亀に連れて行って眼科の専門医の治療をうけさせたい、と思った。が、薄給の身で、しかも結婚したばかりであり、その上、母にも仕送りをしなければならぬ身では、そのような経済的余裕はなかった。

かれが思いまどっていると、寿世は栄吉の面倒を見るべきだと主張し、栄吉を連れて行くことになった。かれと寿世は、早々に栄吉とともに汽船に乗り、丸亀に引き返した。

その頃、丸亀には、軍医が治療に参加していた博済病院があって、そこに富田軍医という眼科専門医がいた。忠八は、上官の渥美薬剤官の紹介を得て栄吉を富田のもとに連れていった。その日から、栄吉は忠八の家から毎日博済病院に通うようになった。

秋の気配が濃くなって神社では祭がおこなわれ、笛、太鼓の音が町々に流れた。栄吉の眼は、治療が効を奏していちじるしく快方にむかい、栄吉は、十一月中旬、忠八夫婦に感謝しながら汽船で故郷の八幡浜町に帰っていった。

忠八は、その年の暮れ、風袋町《ふるたいまち》の家に転居した。その付近は閑静で家も広く、飛行器研究と薬学の勉学に適していた。

明治二十五年正月を迎えた。かれの関心は、薬学よりも飛行器研究に向けられていたが、それは、かれの将来にとって決して好ましいことではなく、むしろ大きな障害になることはあきらかだった。

かれは、軍隊を退いた後、薬剤師として世に立とうと決心していた。そのためには薬学の知識を得るため勉学しなければならぬが、机の前に坐ると飛行器研究の資料に眼が向いてしまう。かれは、煩悶した。常識的に考えて、自分の将来のためには、飛行器研究などに執着することはやめ、薬学の勉強に専念すべきであった。飛行器のことなど忘れ去ろう、と、かれはしばしば思った。それは、経済的に少しの恵みもあたえてくれず、逆に出費をうながし、家計を圧迫している。

かれは、飛行器研究を断念しようと決心した。が、それに対する興味は増すばかりであった。

思案した末、一つの結論を見出した。二兎を追うものは一兎をも得ずのたとえがあるが、まず民間の薬剤師試験に合格し、その後、飛行器の完成を目ざして研究に専念しよう、と思った。

かれは、渥美薬剤官にその年大阪でおこなわれる薬剤師試験を受験したいと申し出て賛成を得、内務省に願書を提出し、衛戍病院長に受験旅行のための休暇願いを出して許された。かれは、大阪に汽船で赴き、受験した。学課試験は通ったが、実地試験は不成績で不合格になってしまった。やむなくかれは、丸亀にもどった。

その年の五月九日付で、二等調剤手（軍曹相当）に進級し、給与もあがった。それを機会に、かれは近くの借家に転居した。理由は、飛行器研究を進めるためであった。その家には、大きな部屋があり、そこを飛行器研究室にしたかったのである。それに、模型の飛行実験をおこなうのに適した練兵場が近いという利点もあった。

忠八は、すでに薬学のことはほとんど念頭になく、空を飛ぶ器械を作ることにしか関心はなくなっていた。寿世がなにか問うても、見当はずれの返事をしたり、傍にお茶を置いていっても飲むことを忘れていた。

烏型模型飛行器についで模型をいくつか作っていたが、それは、むろん人間が搭乗できる飛行器を作り出すための基礎準備であった。

かれは、設計、試作を繰り返している間に、ようやく一つの型式を考え出すことに成功した。それは、鳥、昆虫の中で最も注目していた玉虫の飛行運動を徹底的に分析、研究した結果、生み出したものであった。その名称を玉虫型飛行器としたが、玉虫の飛行運動からヒントを得たという意味で、決して形態が似ているというわけではなかった。

その飛行器は、烏型模型飛行器のように直線的に飛ぶだけではなく、空中で自由自在に方向転換できるものでなければならなかった。人間の乗物であるかぎり、その条件をみたしたものであるべきだ、と思った。

かれは、鳥が進む方向を変える時、翼の傾斜を変えることに注目し、飛行器の傾斜角度を変えることのできるものにしたいと考えた。そして、模型を作ってさまざまな実験をかさねた結果、玉虫型飛行器の翼を複葉にした。それは、玉虫が上下二枚の羽をもっていることからの連想であった。

玉虫の上の羽は硬く、下の羽は軟らかい。飛ぶ折には、上の羽が固定翼として両側に張られる。それと同じように、玉虫型飛行器の模型も主翼を固定し、その下の翼は約二分の一の面積にした。しかも、下の翼は、飛行器が自由自在に方向転換できるようにするため傾斜角度を変えられるようなものにしたかった。つまり、主翼は、空気抵抗をうけて飛ぶ作用をし、下の翼は、飛行器の方向転換に使用したいと考えたのである。

さらに、プロペラについても烏型模型飛行器のプロペラを改めることにした。烏型では竹トンボと同じものを取りつけたが、それを廃して、船のスクリューの型を採用した。また烏型と同じように四枚羽のプロペラを後部にとりつけ、これによって推進力の一層の向上が期待された。

その年も暮れ、明治二十六年を迎えた。

忠八は、玉虫型飛行器の設計を慎重に進め、ようやく六月にその作業を終えた。ただ、四枚羽のプロペラを回転させる動力の点が思いつかず、未解決のまま残された。烏型模型飛行器では、ゴム紐の束をまわすことによってプロペラを回転させたが、人間を乗せた飛行器がゴムの動力で飛ぶはずがない。それに代るものにどのようなものがあるか考え、時計のゼンマイを使うのも一方法かも知れぬ、と思ったりした。

動力の点については後になって考えることにし、とりあえず設計図にしたがって玉虫型飛行器の模型を試作してみようと決心した。しかも、それは大型の模型で、人間を乗せて飛ぶ飛行器の第一号試作機という意味をもつものであった。

研磨工の細川に、新しいプロペラと車輪の設計図を渡し、制作を依頼した。細川は、それがなにに使われるのか想像もつかぬらしくいぶかしそうな表情をしていたが、承諾してくれた。忠八は、勤務からもどると試作機の制作に専念した。

かれは、薬剤師試験に合格することによって、飛行器研究を一層推し進めようとし、その年の五月におこなわれる試験をうけようと思った。そして、願書を提出し、勤務先の衛戍病院長に受験のための休暇願いを出した。が、たまたま試験日と軍医部の検閲が重なっていることから許可を得られなかった。

夏が過ぎ、秋風が立つようになった。かれは、二枚の翼を作り上げ、胴体も完成した。その頃、細川に依頼しておいたプロペラと車輪が出来上がってきた。

明治二十六年十月五日夜、玉虫型飛行器の大型模型が完成した。

忠八は、妻を呼び、広い自室の畳の上に置かれた模型を見せた。画翼の長さ約二メートルの大型模型であった。樅ノ木峠で鳥の飛翔を眼にしてから四年を費やし、ようやく人間が乗って飛ぶことを目的とした模型が出来上ったのである。

その日から、かれは実際に人間をのせて飛ぶ飛行器の規模について研究をはじめた。人間の体重は十五貫（約五六キロ）程度と考え、余裕をもって二十貫の重量を搭載して機体に揚力をあたえるには、翼をどの程度の大きさにすべきかを計算した。その結果、飛行器は、模型の六倍程度にすればよいと考えた。

問題は動力だが、自転車を活用することを思いついた。自転車は、丸亀町にもみられ、ペダルをふむとかなりの速さで走ってゆく。それを利用して、ペダルをふみ、プロペラを回転させれば、飛行器は地上を走って、浮き上るにちがいない、と思った。

その年の十一月、薬剤師試験の願書を内務省に提出した。学課試験はすでに合格し、実地試験だけであったが、かれはその方面の経験も豊富になっていて、今度こそ合格できるという自信をいだいていた。

しかし、かれは、大阪へ受験に赴くことができなかった。十二月一日、思いがけず陸軍一等調剤手に進級したのである。前年の五月に二等調剤手になったばかりのかれには、異例の抜擢進級で、それは、薬剤手としての知識と勤務状態が高く評価された結果であった。進級と同時に、かれは松山衛戍病院への転任も命じられた。それは、軍備の拡充整備の影響によるものであった。

日本は、明治維新以来、富国強兵を国是とし、工業をおこすとともに軍備の充実につとめ、着々とその整備につとめてきていた。当然、軍の組織の改編、拡充がおこなわれ、明治十七年六月二十五日には丸亀の歩兵第十二連隊の分営がおかれていた松山に歩兵第二十二連隊が創立され、第一大隊が駐屯した。その後、毎年一大隊ずつが増設されて、明治十九年六月十七日には、連隊の規模も全く成り、初代連隊長に杉山直矢大佐が着任した。

明治二十一年二月一日、鎮台が師団と改められて全国七師団制となり、丸亀に置かれていた歩兵第十旅団司令部も松山兵営内に移され、六万坪の練兵場が作られた。これによって松山は、重要な軍の基地になった。

こうした事情から、忠八も松山衛戍病院への転任を命じられたのである。松山は、妻の生れた地で知人も多く好都合であった。忠八夫婦は、ただちに引越し準備をはじめた。

十二月中旬、かれは妻とともに丸亀町を出発し、多度津で吉田川丸という汽船に乗っった。家財はすべて船便で送ったが、その中には解体した玉虫型飛行器の大型模型もまじっていた。

翌日、三津浜に到着、忠八は寿世とともに松山に入ると高知屋旅館に宿をとった。そして、翌朝、宿を出ると、新しい勤務先である松山衛戍病院におもむき、院長渡辺泰蔵、薬剤官中村秀保に着任の挨拶をした。かれは、その日、宿を引き払って正木町の借家に引越し、着いた家財をといた。

松山衛戍病院は丸亀衛戍病院より規模が大きく、殊に勤務する調剤室の設備はととのっていた。窓からは三津浜の海が望まれ、環境は快適だった。

明治二十七年正月を迎え、かれは御宝町に転居した。

かれは、新任地での生活になじむことにつとめ、衛戍病院の勤務に精励するかたわら、実用機の構想をまとめはじめていた。原型は玉虫型飛行器で、構造を強化するため、竹や木の代りに鉄枠や鉄線の使用を考え、翼、胴体も布張りにすべきだ、と考えた。車輪は、転倒をふせぐため三輪とし、前部に小さなものを一つ、後部に大きな車輪を二つとりつけるよう設計した。

松山は、明治二十一年四月二十五日の市制町村制の発布によって、愛媛県内唯一の市になっていただけに、都市としての規模を十分に備えていた。市内には町が百もあり、戸数は八千、人口も三万名を越えていた。

忠八夫婦にとって平穏な日々が過ぎていったが、世情は騒然としていた。

三月一日には、第三回衆議院議員の選挙がおこなわれ、地元からは藤野政高と鈴木重遠らが激戦の末、選出された。また、対外的にも、朝鮮をめぐって清国との関係が対決の度を増し、国内の空気は暗かった。そうした中で、連隊の演習が広島方面でおこなわれ、忠八も参加した。各地を行軍して演習をつづけたが、将校たちは、しきりに清国との国際関係が急激に悪化していることを口にし、戦争が起ることも予想されると言っていた。清国は大国であり、かれらの顔には不安の色が濃かった。

日本と清国との関係は、朝鮮を中心に対立の度を深めていた。

五月四日、朝鮮の東学党が蜂起したことをきっかけに、清国は朝鮮に出兵し、それに刺激された日本政府は緊急閣議をひらいて派兵を決議した。朝鮮政府は、日本に対して清国軍の一掃を要請した。清国軍が朝鮮の牙山に上陸した六月八日、陸軍省は広島の第五師団に動員令を下した。

忠八は、春以来、日清両国の関係の悪化が伝えられていたので薬剤師試験の願書を出すことをためらっていたが、予想通り、戦争は避けがたい段階に突入していることを知った。

第五師団長野津道貫《みちつら》は、歩兵第九旅団長大島義昌少将を長とする混成旅団を編成した。部隊は歩兵第十一連隊、第二十一連隊を基幹とし、旅団参謀に長岡外史《がいし》少佐、兵站監《へいたんかん》に竹内正策中佐が任ぜられた。

六月七日、忠八は第五師団司令部の動員令によって広島に赴き、翌日、大島混成旅団第一野戦病院付を命ぜられ、出征することになった。すでに六月六日に清国軍が朝鮮にむかったという確報が入り、大島混成旅団は第五師団長命令で、六月九日、歩兵一大隊を先発隊として「和歌浦丸」で宇品《うじな》から出発させた。

忠八は、第二陣の旅団主力とともに広島から宇品にむかうことになった。沿道には市民がむらがって見送った。清国は、眠れる獅子と言われる強大国で、日本が惨敗するおそれは多分にあり、市民たちの表情はかたかった。

六月十一日、忠八の属する部隊は、九隻の運送船に分乗した。忠八の乗った船は「遠江丸」であった。

その日、船団は宇品を出港、軍艦「吉野」の護衛のもとに瀬戸内海をぬけ、下関をへて玄界灘《げんかいなだ》に入った。海上は濃霧にとざされ、右方かすかに釜山をながめながら、六月十六日に京城に近い仁川《じんせん》に入港した。

旅団主力はその地にとどまり、六月二十四日早朝仁川を出発して京城方面にむかった。重い医療具、天幕、毛布、炊事具を背負って行軍することは困難で、落伍する者が続出し、ようやく夜八時頃、京城から一里（四キロ）ほどの位置にある孔徳里にたどりついた。忠八の疲労は甚しく、食事もとらず倒れるように眠った。

翌日、天幕を張って野営の準備をととのえた。旅団主力は、京城付近と仁川に駐屯し、清国の動きをさぐっていた。その後、和平工作がつづけられたが、両国の関係は悪化の一途をたどり、南方の牙山に上陸した清国軍は兵力を増強し、大島混成旅団もすべて朝鮮に上陸を完了していた。

七月二十五日、豊島《ほうとう》沖で遊撃艦隊の「吉野」「浪速《なにわ》」「秋津洲《あきつしま》」の三艦が清国軍艦「済遠」「広乙」の二艦と遭遇、「済遠」が旗艦「吉野」に対して発砲した。……午前七時五十二分であった。

日清両国はまだ互いに宣戦布告をしていなかったが、遊撃艦隊司令官坪井航三少将は、ただちに諸艦に戦闘準備を下令した。

砲戦は、一時間二十分にわたってつづけられた。硝煙と煙突から吐かれる煙が海面をおおい、さらに朝霧も湧いて陽光もかすむほどであった。その間、「広乙」は大損傷をうけてカロリン湾の南岸に乗り上げ、自ら火を放ち、艦長林国祥以下乗組員は岸にのがれた。日本艦隊は「済遠」を追って砲撃をつづけ、午前八時五十三分、「済遠」は日本国旗と白旗をかかげ、砲撃を停止した。

この海戦中、沖合から二隻の船が進んでくるのが望見された。清国軍艦「操江」とイギリス商船旗をかかげた運送船「高陞号《こうしようごう》」(約二、〇〇〇トン)であった。「操江」は、すぐに旋回して西方にのがれ、旗艦「吉野」がこれを急追、「操江」は国旗をおろして降伏の意をしめした。「秋津洲」が「操江」に近づくと、清国兵は銃を捨てたので、日本兵が乗り移り、一切の武器を没収した。午前十一時三十七分であった。

しかし、「高陞号」はのがれる気配もみせず仁川方向に進んでいった。日本軍艦「浪速」から、「高陞号」に清国兵多数がのっているのが確認され、艦長東郷平八郎大佐は、「高陞号」に対して停船を命じ、空砲二発を発射させた。ついで、投錨することを命じたので、「高陞号」は停止し、錨を投げた。

午前十時、東郷艦長は人見善五郎大尉を「高陞号」に派遣し、臨検させた。船長はイギリス人で、船はイギリス国籍に属し、清国政府に雇われて清国兵約千一百名、砲十三門等を大沽《ターク》でのせて牙山にむかう途中であることが判明した。

人見大尉は、イギリス船長に、「浪速」の後からついてくるよう命じ、船長はためっていたが、ようやく承諾した。人見は、ただちに短艇で「浪速」にもどり、東郷艦長にその旨を報告した。

東郷は、「高陞号」に抜錨して随行してくるよう信号を発したが、「高陞号」からは、

「相談シタキコトアリ、短艇ヲ送レ」

と、信号してきた。そのため、東郷は人見大尉を再び短艇で「高陞号」に派遣した。

イギリス人船長は、

「船に乗っている清国軍の指揮官が、大沽出港の時に日本と開戦した話をきいていないし、またこの船はイギリス船籍なので日本軍艦の命令にしたがう必要はない。このまま大沽に船をもどせと要求している」

と、告げた。

甲板には、多くの清国兵たちが銃を人見と船長に向け、すこぶる険悪な空気で、イギ

リス人船長や船員たちは、おびえていた。人見大尉は、短艇に乗ると「浪速」にもどり、東郷艦長にその旨を報告した。

東郷大佐は、

「抜錨シ、ワガ艦ニ随行セヨ」

という趣旨の信号を再び「高陞号」に送ったが、清国将兵がイギリス人船長を威嚇しているらしく、それに従う返信はなかった。東郷は、決断をくだし、

「船員ハ、タダチニ船ヲ去レ」

と、信号した。

これに対してイギリス人船長からは、

「清国兵ノ指揮官ハ、ワレラノ退船ヲ許サズ。貴艦ヨリ短艇ヲ送ラレタシ」

と、返答してきた。

「ワガ艦カラハ送ラヌ。貴船ノ短艇デ来レ」

「指揮官ハ許サズ」

これらの応答がつづけられ、東郷は、再び、

「船員ハ、船ヲ去レ」

と信号を送らせ、赤旗を檣頭《しょうとう》にかかげさせ、汽笛を数回鳴らして警告した。これを眼にしたらしく、イギリス人船長をはじめ船員たちが身をおどらせて海に飛びこんだ。

東郷艦長は、魚雷を発射させたが船体からそれたため、砲撃開始を命じた。たちまち

砲弾が機関部に命中、蒸気が激しい勢いで噴出し、海水が船内に浸入した。清国兵たちは、半数が海中にとびこみ、半数が甲板にとどまって「浪速」にむかって銃撃をし、また泳ぐイギリス人船員にも銃弾を浴びせかけた。

「高陞号」はたちまち後部から水面下に沈下し、午後一時四十六分に沈没した。東郷は、ただちに短艇をおろさせて海面を泳ぐ者たちの救助作業にかからせた。これによってイギリス人船長ら船員は全員救助され、二百名足らずの清国兵が付近のショパイオール島に泳ぎついた。

その日、朝鮮政府は、日本公使大鳥圭介に牙山に駐屯している清国軍を撃退して欲しいと要請した。大島旅団長は、今後の作戦を有利に導くためにも兵を南進させる必要があると考え、その日、早くも行動を起していた。旅団の将兵は、豊島沖海戦の勝利をつたえきいて、士気は大いにあがった。

清国軍は、京城の南方約二十五里（一〇〇キロ）の牙山に約千名、成歓に約二千五百名の兵力をもって陣を敷いていた。大島旅団主力は、それに接近し、七月二十八日夜には、安城渡し付近でついに両軍の間で地上初の銃火が交され、中隊長松崎直臣大尉が日清戦役最初の犠牲者として戦死した。

それをきっかけに、戦闘が全域でおこなわれ、大島旅団長直率の主力は、二十九日午前五時二十分、成歓の清国軍陣地への攻撃を開始した。大島旅団は有利に戦闘を展開し、激戦の末、わずか二時間後に成歓の全陣地を占領した。日本軍の死傷者八十八名に対し、清国軍の死傷者は約五百名であった。

忠八の属する第一野戦病院付の衛生隊は、軍とともに移動した。治療具、薬品、天幕等運搬する道具は多く、忠八は輸送指揮官として部下をはげまして行軍した。ほとんど野宿で、その上雨の夜が多く外套は水びたしになり、寒気で眠ることもできない。食糧も乏しく、粟などを朝鮮人農夫から買い取ってわずかに飢えをしのいでいた。

忠八たちは、目的地に着くとあわただしく天幕を張って野戦病院を開設し、負傷兵の治療にあたったが、落着く間もなく再び資材とともに移動しなければならなかった。大島旅団の行動は機敏で、成歓を占領した翌日には、清国軍主力の陣をしく牙山にむかって行動を起したのである。

牙山には、軍将葉志超が成歓から退却した兵をふくめて約三千の兵を指揮して陣をかためていた。大島旅団は、苦戦を覚悟して兵を二分し南北から進んだ。が、右翼隊が牙山に着いてみると、意外にも清国兵は退却し、人影もなかった。そのため、午後四時、右翼隊は牙山を無血占領した。

翌朝、旅団主力が牙山に到着、情報を蒐集《しゆうしゆう》した結果、清国兵は戦意を失って退却したことがあきらかになった。大島旅団長は追撃することをせず、京城にもどって待機することを決意し、忠八の所属する野戦病院の衛生隊にも、京城への帰還命令が下された。

八月一日、宣戦布告が公布され、日清両国は本格的な戦争状態に突入した。

京城への帰還は、将兵たちに激しい苦痛をあたえた。暑熱がいちじるしく、行軍は至難だった。そのため、昼間は休息をとって日没とともに移動した。しかし、連日の夜行軍は将兵たちを大いに疲労させ、辛うじて八月五日朝、京城にたどりつくことができた。

京城では仮設の凱旋門が作られ、朝鮮国王の勅使李允用や大鳥公使らが部隊をむかえ、盛大な歓迎会をもよおしてくれた。各部隊は、それぞれ幕舎に入った。成歓、牙山を占領した大島義昌少将指揮の混成旅団の兵力は歩兵三千名、騎兵四十七騎、砲八門、それを迎えうった清国軍兵力も三千余名、砲八門で、両軍の兵力は伯仲していた。

しかし、もしも豊島沖海戦で撃沈された「高陞号」の兵力が清国軍に参加していたとしたら、勝敗の行方は逆になったにちがいなかった。「高陞号」には清国兵一千二百、砲十三門がのせられていて、それを加えた清国軍兵力は大島旅団の兵力をはるかにしのぐものになった。このようなことを考えると、大島旅団が勝利をおさめたのは、豊島沖海戦の戦果に助けられたと言ってもよかった。

豊島沖海戦につぐ大島旅団の勝利は、日本軍将兵の士気をたかめ、国民の清国に対する不安を一掃するのに役立った。

大島旅団長は、清国が大軍を京城の北方にある平壌に集結し、日本軍を撃滅する準備をととのえていることを察知していた。大島は、平壌方面の状況を偵察するため歩兵中尉平田時丸、同町口熊槌を潜行させ、さらに騎兵少尉竹内英男に十四騎の騎兵をつけて情報蒐集をおこなわせていた。
かれらは、大胆な偵察行動をつづけ、清国軍が平壌に続々と集り、城の内外に宿営しているのを確認した。その兵力は四千名を越え、二百余の天幕に分れて宿営していることが認められた。かれらは、なおも情報蒐集につとめていたが、町口中尉、竹内少尉は、八月十日、清国軍の歩兵約百五十名、騎兵約五十騎に待ち伏せされて包囲攻撃をうけ、両将校は、騎兵三名、通訳二名とともに殺害された。これによって、大島旅団は重要な偵察源をうしなった。

平壌は朝鮮北部最大の都会で、しかも最も堅固な城塞であることでも知られていた。大同江が東を流れ、市の周囲に高さ一〇メートルの厚い城壁がめぐらされ、六つの大門で外部と通じていた。清国軍総指揮官李鴻章《りこうしょう》が、平壌を根拠地に日本軍の撃破を企てていることはあきらかだった。そうした中で、忠八は、野戦病院で戦傷者の治療につとめながらも、苛立ちを感じていた。かれは、成歓の戦闘につぐ牙山の攻略にも従事したが、衛生隊員が軽視されていることに不満をいだきはじめていた。銃をとる兵士たちとはちがって、衛生隊は戦闘に直接加わることもなく、武功をあげて進級する機会はない。それに、薬剤師試験に合格していないので一等調剤手から薬剤官に進級することも望めず、これ以上、軍籍にあっても自分の将来は閉ざされたままなのだ、と憂鬱な気持にもなった。

それに、出征してからも、かれの頭からは飛行器のことがはなれなかった。もしも、戦死または病死したら……と思うと、かれはじっとしていられぬような気持になった。自分が死んでしまえば、ようやく知り得た飛行原理もそのまま埋れ、飛行器研究もむだなものになってしまう。模型を完成することに成功し、人間を乗せて飛ぶ飛行器を製作することもあと一歩という段階にまできているのに、それがすべて無に帰してしまうことは残念でならなかった。

かれは、もしも飛行器が完成すれば、軍のためにも大きな利益になると思った。まず、飛行器は各隊間の連絡に効果をあげるはずだった。連絡は兵が駆けたり騎馬によったりしているが、飛行器でおこなえば、はるかに効果がある。また、飛行器で敵状を上空から偵察すれば、作戦計画を立てるのに好都合で、きわめて有力な戦力になるにちがいなかった。

忠八は、村田銃のことを思った。村田経芳少佐が、異常な熱意をもって外国銃をしのぐ小銃の試作に成功し、陸軍省は、それを正式に採用した。村田銃は、日清戦争がはじまって以来、その威力を十分に発揮していた。

村田の個人的な研究は国に大きな利益をあたえ、忠八も自分の飛行器研究が祖国に貢献するはずだ、と思った。西南戦争の折り、薩摩軍に包囲された熊本城内と連絡をとるため軽気球の使用がくわだてられたが、それは、風に乗って移動するだけで、空を自由自在に飛ぶことができる飛行器を使用することができれば、軍の作戦上、画期的な戦力になるはずであった。

忠八の機体設計は、すでに終っている。残されているのは動力の問題だけであった。かれは、それまで個人的に研究し、乏しい給料の中から経費を捻出してきた。そのような悪条件の中で基本設計までたどりついたのだが、もしも軍の協力が得られれば、研究、試作は急速に進む。動力問題の専門家が動員され、忠八の設計をもとに試作が繰返されれば、人間を乗せて空を飛ぶ飛行器の完成も夢ではなかった。

多くの負傷者の治療にはげみながら、かれは自分が戦場で死ぬことを予想した。野戦病院付とは言え、いつ敵襲をうけて戦死するかも知れない。死と同時に、ようやく知り得た飛行原理と、それを基礎に設計・試作をした玉虫型飛行器の構想も地上から消えてしまう。今までは、変人扱いされることをいとい、軍務につきながらそのような研究に精励していたかと非難されることを恐れて、他人に知られぬようにひそかに研究をつづけてきたが、その段階はすでに過ぎた、と思った。死はいつ自分に訪れるかも知れず、それ以前に研究成果を公表するのが祖国に対する義務だ、とも思った。

かれは、或る夜、天幕に入ると紙をひろげ、定規を手にとった。筆はなめらかに動いた。頭に深く刻みこまれている飛行器の構造が紙の上に描かれていった。描かれた設計図は飛行器を正面からみたものだった。図は精巧をきわめ、数時間後に、かれは筆を置いた。ランプの灯に、玉虫型飛行器の図が浮び上っていた。

清国軍が続々と平壌に集結中という情報がつたえられ、京城にあった大島旅団は、その動向を必死にさぐっていた。予想される両軍の激突の前の、緊迫した重苦しい空気がひろがっていた。

玉虫型飛行器の設計図を書き終えた忠八は、飛行器採用の上申書をどこに提出しようか、思いまどった。本来ならば、陸軍省に直接送るべきかも知れなかったが、一下士官として上官に相談することもなくそのようなことをするのは僭越だと思い直し、まず上官の矢野十一郎薬剤官の意見を乞うべきだと思った。

忠八は、設計図を手に矢野の幕舎におもむいた。

「お願いの筋がございます」

かれは、直立不動の姿勢をとった。

「なにか」

矢野は、言った。

忠八は、矢野の前の机に設計図をひろげた。

矢野は、

「なんだね、これは……」

と、忠八の顔を見上げた。

「玉虫型飛行器の設計図であります」

「ヒコーキ?」

矢野が、反問した。

「はい、空を飛ぶ器械であります」

かれは、答えた。矢野の顔に、不審そうな表情がうかんだ。

忠八は、淀みない口調で説明しはじめた。五年前の機動演習中、樅ノ木峠で烏の飛翔する姿を見て以来、鳥、昆虫、飛魚の飛ぶ姿を観察し、ようやく飛行原理をつかむことができた。その後、ゴム動力による烏型模型器を作って丸亀練兵場で飛ばせることに成功、それに勇気を得て、空を自由に方向転換して飛ぶことのできる玉虫型飛行器の設計、模型試作も終えたことを述べた。

「私は、今までこの研究をひたすらかくして参りました。個人的な趣味とも考えていたからであります。しかし、これを私物化するよりは、軍のお役に立てるべきだと考えるようになり、昨夜、設計図を描きました。陸軍省に御採用方の上申書を提出いたそうかと思いましたが、上官殿にどのような筋へ上申書を差し出すべきか、御指示を得たく参上いたしました」

忠八は、姿勢を正して言った。

矢野は、呆気にとられたように忠八を見つめていたが、設計図に視線を落すと再び顔をあげた。その眼には、戦場で忠八が精神に異常を起したのではないかと疑っているらしい、探るような光がうかんでいた。

「これが、空を飛ぶというのか？」

矢野が、たずねた。

「はい、理論的に必ず飛ぶのです。問題は動力です。その点について私は門外漢ですが、軍から専門家に依頼していただければ、解決するはずです」

忠八は、張りのある声で言った。

ふと、忠八は物悲しい気持になった。矢野の顔には、薄笑いの表情が漂っている。自分の描いた玉虫型飛行器の設計図をながめる矢野の眼には、可笑しそうな光すらうかんでいる。

無理もない、と忠八は思った。人を乗せて空を飛ぶなどということは常識的に考えられぬことで、突然、設計図をしめされても、矢野がそれを信じないのはむしろ当然と言える。

しかし……、と忠八は自らを励ました。五年間にわたって研究をつづけた末、ようやく得た飛行原理についてはゆるぎない確信をいだいているし、設計図に描かれた飛行器も、動力の問題さえ解決されれば、必ず人間をのせて空を飛ぶことができる。第三者の理解を得ることは初めから無理なことであり、それ故に狂人呼ばわりされることを恐れて、公表することも避けてきた。が、いつまでも個人的な趣味としてかくしつづけるべきではなく、国のために貢献するものとしてその実現に全力をかたむけなければならぬ、と思った。

「突然のことで、御信用いただけぬのはごもっともであります。しかし、私は、烏型模型飛行器を試作し、それを丸亀練兵場で飛ばすことに成功したのであります」

忠八は、甲高い声で言うと、飛行に成功した折のことを熱っぽい口調で述べた。

矢野は、黙ってきいていたが、その顔にはいつの間にか笑いの表情が消えていた。

「本当に飛んだのか」

矢野が、顔をあげた。

「そうであります。飛んだのであります。何度も飛んだのであります。家内にもみせました。家内は驚き、手をたたいて私と走りました」

忠八は、胸が熱くなるのを感じた。

矢野が、設計図に視線を落した。

「玉虫型飛行器は、空中で自由に方向転換できるよう設計してあります。動力の問題さえ解決できれば、人をのせて空を飛ぶのです」

忠八は、自分の眼に涙がにじみ出てくるのを意識した。

「果して、飛ぶかな」

矢野が、つぶやいた。

「飛びます」

忠八は、即座に答えた。

矢野は頭をかしげ、

「軽気球は人をのせて空に上昇するが、鳥のように飛ぶ器械が発明されたことなどきいたこともない。文明の進んでいる西洋でも出来ぬものが、日本人の手で作れるはずはない」

と、思案するように言った。

「村田銃はいかがでしょう。村田経芳殿は日本人でありながら、世界一流の小銃を発明しました。日本人でも、世界に先がけて空を飛ぶ器械を作り出すことも皆無とは言えません」

忠八は、力をこめて言った。

矢野は、かすかにうなずいた。忠八の口にした村田銃という言葉に、かれは忠八の飛行器研究を無視することはできないと気づいたようだった。かれは、あらためて設計図を見つめていたが、やがて顔をあげると、

「もしも、これが飛んだら、たしかに作戦上大きな戦力になるとは思うが……」

と、つぶやくように言った。

忠八は、ようやく矢野が自分の研究を理解しようという気持になってきているらしいことを感じた。

矢野は、煙草をとり出すと火をつけ、しばらく思案するように黙っていたが、

「とりあえず上申書を出してみるか」

と、言った。

「お願いします」

忠八は、深く頭をさげた。妻以外に初めて自分の飛行器研究について理解者を得たことが嬉しかった。

「どの筋に上申書を提出したらよろしいものでしょうか」

忠八は、眼に光るものをにじませながらたずねた。

「陸軍省に送ると言っても、上申書がどこかにまぎれこんでしまうおそれがある。それよりも、私が柴田病院長にお願いし、大島旅団長閣下にお渡ししていただくようにしてみよう」

矢野は、煙草を消した。

「ぜひ、よろしくお願いいたします」

忠八は、頭をさげると、設計図を手に幕舎の外に出た。

かれは、自分の天幕にもどると、すぐに上申書の作成にとりかかった。まず、かれは、表題を「軍用飛行器考案之儀ニ付上申」として筆を進めた。

「去ル明治二十二年十一月、香川県三豊郡財田村付近ニ於ケル歩兵第十旅団連隊対抗演習ノ際」という書き出しで、縦ノ木峠で烏が飛ぶ姿を見て、翼をやや上向きにしていることに注目し、さらに竹トンボ、凧などを観察した末、飛行原理をつかむことができた、と述べた。また、烏が方向を変える時、尾や翼を傾けることにも気づき「自由ニ上下左右ニ運転スルコト」のできる飛行器を完成させる自信をいだくようになった経過を説明した。その結果、「軽気球ノ如キ複雑不便ナルモノ」よりも「有益ノ軍用器ヲ創造センコト」を志し、それ以後「公務ノ余暇大ニ考究ヲ極メ」二十四年四月に烏型模型飛行器を完成、飛ばせることに成功したことを記した。

さらに、初め紙、竹などで模型を試作したが、人間を乗せるには一層堅固な構造にしなければならぬと考え、鉄線や布などを使い、さらにゴム動力をやめてゼンマイを採用して試作しようと企てた。そのような折りに出征を命じられ、研究が中断したことも書き記した。

忠八は、さらに筆を進めた。

日清戦争に出征してからはひたすら第一野戦病院付の一等調剤手として軍務にはげんできたが、戦争が終り、無事に日本へ帰ることができた折には、中断していた飛行器の完成を目ざして努力するつもりだ、と率直に述べた。が、最近になって飛行器が軍用機として有益だと気づき、自分の研究を早目に公表すべきだと考え直したいきさつを説明した。ただし、自分は、設計することはできても、飛行器を作る力がないので、「実用ノ大物ヲ製造スル」のは専門家の手を借りなければならず、「茲《ここ》ニ今日マデ考案シテ書セル略図並ニ説明ヲ付シ上申仕候」と、上申の趣旨を記した。

最後に、この飛行器研究を御採用の上、専門家に命じて完成していただきたい、と結び、

明治二十七年八月十九日

第一野戦病院付

陸軍一等調剤手

二宮忠八

混成旅団長大島義昌殿

と書きとめ、捺印した。

さらに、設計図とともに、玉虫型飛行器の説明書も書き上げた。構造は鋼鉄の細い線を使い、翼、胴体は布またはゴム引きのカナキンを張り、三個の車輪をとりつける。動力は、自転車と同じように、乗る者がペダルをふんでプロペラを回転させれば、「暫《しば》ク地上ヲ走リテ自然ニ飛揚ス」と、記した。ただし、動力の点は、人力では限界があるので専門家の研究に期待すると述べ、最後に、

「……此ノ図案ノ如キ飛行器ヲ世ニ公ニシ軍用ノ要具トナスコトヲ望ンデ止マザル所ナリ」

と、強調した。

忠八は、それらの書類を大きな紙袋に入れると、天幕を出た。五年間、熱心に研究をつづけた成果が、公に認められるかどうかの岐路だと思うと、体のふるえるような緊張を感じた。

かれは、矢野の幕舎を訪れた。矢野は書類に眼を通すと、

「柴田院長には申し上げてある。院長は、熱心に話をきいて下さり、そのような研究なら大島閣下に上申書を渡してやる、と仰言られた。院長のもとに行って、お渡ししてこい」

と、言った。

忠八は、礼を言うと、第一野戦病院院長柴田勝央二等軍医正の幕舎におもむいた。

ランプの灯の下で書き物をしていた柴田院長は、顔をあげると、

「二宮か」

と言って、頬をゆるめた。その表情に、柴田が自分の研究に好意をいだいていることを感じた。

「上申書を持って参りました」

忠八は、言った。

「見せてみろ」

柴田が、言った。

忠八は、上申書と飛行器設計図、説明書の入った紙袋を柴田にさし出した。

柴田は、紙袋の中から書類を取り出すと机の上にひろげた。

「飛行器か」

柴田が、つぶやいた。

「はい、空を飛ぶ器械ということで飛行器と名づけました」

忠八は、姿勢を正して答えた。

柴田は、熱心に上申書を読んでいたが、ことに飛行器の設計図と説明書には強い興味をそそられたらしく、視線を据えていた。

しばらくすると、かれは顔をあげ、

「飛ぶのだな」

と、言った。

「はい、理論的に必ず飛ぶはずです」

忠八の言葉に、柴田はうなずいた。

「矢野薬剤官から模型が飛んだ話をきいた。お前がこの上申書を差し出す意味は、設計は出来ているが、実際に作るには専門家の手が欲しいということと、動力の点も専門家の研究に期待するという二点だな？」

柴田が、念を押すように言った。

「その通りであります」

忠八は、張りのある声で言った。

「よろしい。大島旅団長閣下に上申書をお渡ししよう。衆知をあつめてお国に御奉公することが必要なのだ。早速《さっそく》、閣下のもとに持って行く」

柴田は、書類をまとめて袋に入れると、立ち上った。

忠八は、柴田の好意に感激し、

「ありがとうございます」

と言って、頭をさげた。

柴田が幕舎の外に出て、星明りのひろがった草地の上を司令部の家の方に歩いてゆく。

忠八は、柴田の姿が闇の中に消えてゆくのを見送っていた。

その夜、忠八は眠りにつくことができなかった。

今まで第三者に内密にしながらつづけてきた研究に、柴田院長、矢野薬剤官は理解をしめしてくれたが、大島旅団長が採用してくれるとはかぎらない。空を飛ぶなどということは夢にすぎず、それが軍用に適していると考えてくれるかどうか疑問であった。それに、平壌に集結している清国の大軍との決戦は眼前に迫っていて、そのような時に、夢物語のような話をまともに受けてくれそうには思えず、一笑に付して却下されるおそれがある。それどころか、軍務に精励すべき身でありながら、そのような上申書を提出したことを激しくなじられるかも知れない。

忠八は、落着いていられず天幕の外に出ると付近を歩きまわった。空には、一面に星が散っていた。

忠八は、明け方になって少しまどろんだ。天幕の外に朝の陽光がひろがり、かれは部下たちと整列し、矢野薬剤官の点呼をうけた。雑草は露をふくみ、まばゆく輝いていた。

矢野は、旅団司令部からの伝達事項を全員に伝えた。清国軍は、朝鮮に一万名以上の兵力の集結を終えているという。大島混成旅団の兵力ではとうてい対決できぬので、大本営は、大島混成旅団の原隊である第五師団に動員令を発し、すでに師団長野津道貫中将が師団兵力をひきいて釜山に上陸、二日前に京城に到着し、他の部隊も元山に上陸して京城方面にむかっているという。

ように……」

「決戦は、目前に迫っている。全員英気を養い、お国のために全力をあげて任務を果すように……」

と、矢野は訓示した。

解散後、矢野は、忠八に朝鮮上陸の第五師団が京城までの悪路に悩み、兵器、糧食その他の輸送も思うにまかせぬことを伝えた。矢野の暗い表情に、忠八は、今後の戦局が決して楽観を許さぬものであることを知った。

矢野も知らなかったが、清国軍の兵力は強大なものにふくれ上り、さらに兵力を増強中であった。大本営は、それと対決するには第五師団のみでは心もとなく、八月四日、新たに名古屋の第三師団にも動員令を発していた。

大本営が最も危惧したのは、第三師団の増援部隊を輸送する船団が清国海軍の襲撃をうけ撃沈されることであった。清国海軍は、日本海軍よりもはるかに強力な艦隊を保有していた。清国海軍は四艦隊によって編成され、それらはすべて西洋式軍艦で構成されていた。ことに北洋艦隊は最精鋭の艦隊で、戦艦に「定遠《ていえん》」「鎮遠《ちんえん》」「経遠」「来遠」「致遠」「靖遠《せいえん》」「済遠」「平遠」「超勇」「揚威」の十隻、それを補助する艦隊は「泰安」以下十隻であった。他の三艦隊を合わせると、清国海軍は軍艦七十二隻、水雷艇、旧式砲艦数十隻という大海上兵力であった。ことに戦艦の中でも「定遠」「鎮遠」は、ともに七、五三〇トンの甲鉄艦で、世界の最精鋭戦艦に劣らぬ攻撃力と防禦の強さを誇っていた。

これに対して、日本海軍は、二等戦艦「扶桑《ふそう》」、海防艦「厳島《いつくしま》」「松島」「橋立」、巡洋艦「吉野」「浪速」「高千穂」を主力に軍艦三十一隻、水雷艇二十四隻で、清国海軍に対してはるかに劣勢であった。第三師団は、愛知県豊橋と名古屋から乗船し、宇品をへて船団を組み朝鮮に渡ることになっていたが、その兵員輸送は危険にみちた賭けであった。

第一野戦病院の置かれた京城付近は、緊迫の度を加えていた。大島混成旅団は到着した野津師団長の隷下《れいか》に入り、増援部隊が続々と京城付近に集結した。かれら将兵の顔には、悪路をおかして進んできた疲労の色が濃かった。馬匹の往来もしきりで、時折り偵察騎馬らしく土埃をあげて司令部方向に走ってゆく騎兵もいた。

その日、調剤専用の天幕内にいた忠八は、柴田院長のもとにくるようにという報せをうけた。かれは、上申書のことだ、と直感した。前夜、柴田を通じて大島旅団長に飛行器採用願いの上申書を提出したばかりなのに、早くもその答が柴田のもとにもたらされたのだとすれば、大島旅団長がただちに採用してくれたのか、それとも一瞥《いちべつ》しただけで却下されたか、いずれかにちがいない、と思った。

忠八は、後事を部下にまかせると、あわただしく天幕の外に出た。その日も暑熱がはげしく、雑草におおわれた大地には陽炎《かげろう》が立ち昇っていた。

かれは小走りに院長の幕舎の外に行くと、首筋の汗をぬぐい、幕舎の中に入った。敬礼をしたかれは、不吉な予感におそわれた。柴田の前の机には、前夜提出した書類の入った紙袋が置かれ、柴田の表情も暗かった。

「残念だが、却下された」

柴田は、机の上で両掌を組み合わせながら言った。

忠八は、放心したような眼を柴田に向けた。なぜだろう？　と思った。飛行器が実際に作製されれば、軍にとって大きな戦力になることはまちがいない。それを却下する気持が理解できかねた。

「上申書は、参謀の長岡外史少佐が眼を通された。今日司令部へ行くと却下すると言われ、書類も返された」

柴田は、気の毒そうな眼を忠八に向けた。

「なぜ、却下されたのでありますか」

忠八の顔には、血の色が失われていた。

「長岡参謀が言われるには、飛ぶかどうかわからぬものを採用などできぬ、と言うのだ。今は、大決戦を目前に軍務多忙の折で、このようなものに神経をさきたくない、とも言っておられた」

柴田の言葉に、忠八は口をつぐんだ。自分の発明が遊びごとのように軽視されたことが残念だった。

「私は、重ねて長岡参謀にお願いした。せめてこの上申書を陸軍省に送っていただけぬかと……」

「参謀殿は、どのように言われました」

忠八は、柴田の顔を見つめた。陸軍省に送られれば、自分の研究を支持してくれる者がいそうに思えた。

「軍務多忙、と重ねて言われた。そのような煩わしいことはできぬ、とも言われた」

柴田は、大きく息をついた。

忠八は、失望感におそわれた。五年間にわたって営々とすすめてきた飛行器研究も、司令部参謀長岡外史少佐には全く無意味なものとしてしか感じられぬらしい。

「気の毒だが、上申書は返す。長岡参謀は、飛行器研究はあくまで個人の研究としてつづけるべきだ、と言っていた。落胆せぬように……」

柴田は同情するような眼をして、紙袋を忠八の前につき出した。

忠八は、受け取ると、

「いろいろ御配慮いただき、感謝申し上げます。残念ですが、戦争が勝利に終り無事日本に帰ることができましたら、個人的に研究を再開します」

と言って、深く頭をさげた。

忠八は、院長の幕舎の外に出た。一瞬、めまいを感じ、足をとめた。陽炎《かげろう》の立ち昇る草地のまばゆい明るさに射すくめられ、眼を閉じたまま立ちつくしていた。物悲しい孤独感にとらわれた。上申書を提出したことが悔まれた。かれの感情は、複雑だった。先駆者は常に悲劇的であるというが、自分も例外ではないらしい、と思った。飛行器の設計図と説明書を読めば、それが飛ぶ可能性をそなえていることがわかるはずなのに、冷たく却下した長岡参謀の態度が腹立たしかった。長岡は、陸軍大学校第一期の卒業生で、頭脳も優秀であるはずなのに少しの理解もしめそうとしないことが不満だった。

かれは、自分の天幕の方に歩き出した。体の感覚がうしなわれ、足はよろめいた。

天幕に入ると、書類の入った紙袋を私物袋に突き入れ、椅子代りに使っている木箱に腰をおろした。悲哀感が、胸にひろがった。飛行器研究をつづけてきたことが、愚かしく思えてならなかった。寸暇を惜しんで研究に没頭してきたが、第三者からみれば子供の遊びに似た他愛ないものにみえるらしい。自分の生き甲斐とも思ってつづけてきた研究が、軽蔑の対象にもなっている。その研究には多くの時間と金銭をついやしてきたが、それによって薬学の勉強がどれほどさまたげられたか知れない。薬剤師を志す自分にとって、飛行器研究は大きな障害になっている。

忠八は、深く息をついた。空を飛ぶ器械を完成することを夢み、それに専念してきた五年間が、むだな歳月に思えた。

「飛行器研究は、おれの一生をあやまらせている」

かれは、胸の中でつぶやいた。

頭を垂れたかれに、部下が気づかわしげな眼を向けている。風が出てきたのか、天幕の布が音を立ててはためいていた。

七

忠八は、飛行器採用願いの上申書が却下されたのは、長岡参謀が口にしたように「軍務多忙」が原因なのだ、と思った。日本の存亡をかけた決戦が目前にせまっている時だけに、旅団長を補佐する長岡の頭には作戦計画だけしかなく、忠八の上申書を検討するゆとりはないにちがいなかった。

そのあらわれとして、大島混成旅団は、忠八の上申書が司令部で却下された翌二十一日、早くも行動を起していた。第五師団長野津道貫中将の指令によるもので、駐屯地であった龍山を出発、二十四日には開城に進出した。むろん、忠八の属する第一野戦病院も旅団兵力とともに移動した。また、他の部隊も野津師団長の命令で、平壌方向にむかって移動を開始し、続々と龍山とその付近に集結していた。

野津師団長は、清国軍の集結する平壌攻撃のため全軍をさらに前進させることを決意した。まず、八月二十五日に、大島混成旅団が南川店に進出した。炎熱の中の移動で、忠八たちは大きな苦痛を味わわされた。路はひどい悪路で、樹木はなく休憩時も日陰に入って休むこともできない。兵力は、約三千六百であった。

また、第三師団の陸軍少将大迫尚敏《おおさこなおはる》少将指揮の混成第八旅団は、日本海側の元山に上陸し、元山支隊として平壌方向にむかうよう指示された。約四千七百の兵力であった。さらに陸軍少将立見尚文少将を長とする約三千六百の朔寧《さくねい》支隊も、八月二十九日朔寧を出発し、平壌方向の新渓に進出し、また野津中将直率の師団主力約五千四百も開城付近に集結していた。

野津師団長は、全軍を平壌攻撃の要所に配置したが、大本営では、九月一日、朝鮮に派遣した第五、第三両師団に予備砲廠、第三、第六野戦電信隊を加えて第一軍とし、軍司令官に陸軍大将山県有朋、参謀長に陸軍少将小川又次、参謀副長に歩兵少佐田村怡与《いよ》造《ぞう》を任命した。

山県司令官以下司令部員は、九月四日東京を出発、翌日、広島に入った。その地で、日本内地で待機中の第三師団の残留部隊、第三野戦電信隊をおさめ、宇品港から乗船した。船団は三十八隻で構成され、途中、門司港で第六野戦電信隊の将兵をのせ、軍艦十数隻の護衛のもとに対馬海峡を渡り、九月十二日に無事仁川に上陸した。これによって、野津第五師団長は、後方の憂いなく平壌攻撃に全力を傾けることが可能になった。総攻撃は、九月十五日と定められた。

大島混成旅団は、左翼隊として前進、九月六日、瑞興をすぎて黄州に約二キロの地点まで進出した。その地点で、初めて約二十騎の清国騎兵隊と遭遇、先頭を進んでいた第三中隊はこれと交戦し、一騎を倒し他を潰走させて黄州城に入った。

旅団主力もその日のうちに黄州に入り、忠八の属する第一野戦病院もそれに従った。忠八は、先頭部隊が敵騎兵隊と接触し交戦したことを耳にし、いよいよ敵の大軍との会戦が迫ったことを知った。

忠八は、その後、矢野薬剤官から飛行器採用の上申書が却下された折のことをあらためてきいた。柴田第一野戦病院長は、忠八が落胆することを恐れて穏便に上申書が返却されたと伝えたが、実際は、かなり険悪な空気であったという。大島旅団長はほとんど無視に近い態度をとり、参謀の長岡少佐は、上申書に素速く眼を通すと、

「夢物語はたくさんだ。軍務多忙の折にこのようなものを……」

と言って、腹立たしげに顔をそむけたという。

忠八は、その話を矢野からきいて一層憂鬱になった。長岡は、「軍務多忙の折に……」と言ったというが、たしかに戦場では実用になるかならぬかわからぬ飛行器の上申書をじっくり検討するゆとりはないのだろう。日本軍は、きわめて有利に戦闘をすすめてきてはいたが、陸海軍とも清国の主力との戦闘はなく、戦争は依然として緒戦の域を脱していない。

忠八には、そうした事情が実感として理解できなかった。かれの内部には、飛行器さえあれば、戦争に有効なはたらきをするはずだという考えが、かたくなに頭にこびりついていた。それは、基本的に正しいことなのだが、第一線部隊の長である大島旅団長と

長岡参謀には、前面の敵との戦闘が頭のすべてを占めていて、空を飛ぶ器械の話など、わずらわしいたわごとのようにしか感じられなかったのだ。

　忠八も平壌方面への部隊進出にしたがって行動しているうちに、長岡参謀の口にした「軍務多忙の折に……」という言葉も理解できるようになった。大会戦を目前に繁忙をきわめた時に、上申書を提出したことが適当でなかったことにも気づいた。しかし、長岡参謀が「夢物語はたくさんだ」といった言葉は、納得できなかった。情熱をかたむけ、十分な成果をしめしている自分の研究を夢物語と表現し、「たくさんだ」と吐き捨てるように言った言葉は、堪えがたいものに思えた。

　かれは、暗い表情で黙々と軍務にはげみ、九月十日、旅団とともに黄州から中和に進出したが、騎兵小隊が約二十騎の敵騎兵隊と交戦し撃退したことを耳にした。その戦闘で銃撃をうけ重傷を負った騎兵一名が野戦病院にはこばれてきた。

　騎兵小隊長平城盛次少尉は、前方に清国の大軍が布陣していることを旅団司令部に報告していた。

　大島混成旅団は、九月十二日、いよいよ敵の主力が展開する堅固な陣地に進撃を開始した。

　その間、他の諸隊は、野津第五師団長の作戦計画にしたがって、攻撃開始地点に急いでいた。立見少将指揮の朔寧支隊約三千六百の将兵は、険しい山路を進んだ。暑熱はきびしく、重装備をした兵たちは山越えに苦しみ、日射病で倒れるものも多かった。朔寧支隊は、九月五日、ようやく新渓につき、その地で前進準備をととのえ、谷山付近で清国軍と交戦、十三日には成川で清国軍歩兵、騎兵約二千と銃撃戦をおこない、これを撃退して進撃した。

また、大迫中将指揮の元山支隊約四千七百は、九月一日に元山を出発したが、道は険悪で、しかも豪雨で泥濘に化し、四日に辛うじて陽徳にたどりついた。そして、八日に成川に到着、十一日には敵の大軍が集結する平壌を望む大同江の河岸に達した。翌日、雨で増水し濁流となった大同江を渡り、その日の夕方、朔寧支隊との合流に成功した。

また、師団主力は、黄州をへて大同江の河岸に達した。野津師団長のもとには、平壌の敵兵力約一万五千、その後、三、四万の兵力が増強されたという説があるとの情報がもたらされていた。

師団主力の渡河は困難が予想され、川は潮の影響をうけて干満の差がはなはだしく、干潮の折には激流になる。その上、渡河のため集めた舟は老朽していて、大軍の渡河は不可能に近かった。が、工兵隊の不眠不休の努力によって十二日夜から続々と渡河を開始した。忠八の属す第一野戦病院は、九月十三日、船橋里の背後の山中で天幕を張った。

その日、大島混成旅団は正面から攻撃を開始した。

忠八たちは、その方面から銃声が連続的に起るのを耳にしていたが、午後四時頃になると砲声がいんいんととどろいてきた。旅団に属す砲兵隊の二十門の山砲が一斉に発砲をはじめたのである。翌日になると、前進する各隊は敵と随所で交戦しているらしく、銃砲撃の音が絶えまなくきこえてきていた。

忠八は、上申書を却下されたことも忘れ、送られてくる負傷者の治療に専念していた。

九月十四日夜、平壌攻撃の態勢はととのえられた。翌十五日を総攻撃の日と定めていた野津師団長の作戦計画は、予想通り準備を完了したのである。が、その予定配置につくまでの各隊の苦労は尋常ではなく、悪路を急ぎ大同江の濁流を渡り、さらに食糧不足にもなやんでいた。師団主力、大島混成旅団、朔寧支隊、元山支隊は平壌を包囲したが、各隊の所有する糧食はわずかに携帯口糧二日分で、米等の主食は大島混成旅団が二日分持っているだけで、他は皆無であった。各隊は、飢餓寸前の状態にあった。

平壌の包囲態勢をかためた第五師団は、飢えた男たちの集団と言ってよかった。総指揮官である野津第五師団長は、元山に食糧を集積して、前進する各隊に送る予定をたてていた。が、元山から平壌までは半島を横切って五十里（二〇〇キロ）もあり、道路は険悪であった。その上、日本から送りこんだ軍夫たちは過度の労働で倒れ後送される者が多く、運搬する牛のほとんどが死亡し、食糧輸送は不可能になっていた。そのため朝鮮で人夫と馬を雇い入れようとしたが、戦争を恐れた朝鮮人は姿をかくし、運搬に応じてくれる者はいなかった。

やむを得ず、前進する途中で農家から食糧を買い入れようとしたが、わずかにみえる農家でも、人々は食糧その他を持ち避難してしまっていて、目的を果すことはできなかった。包囲した日本軍は、わずかに持ってきた食糧を細々と食べていたが、主食はつき、携帯口糧である梅干や味噌を口にするだけであった。

総攻撃を翌日にひかえて、各隊はそれぞれ武器の点検をおこなった。その夜は仲秋の名月で、大同江は月光にかがやいていた。

翌十五日、夜明け前から総攻撃が開始された。

大島混成旅団は、敵をひきつけておく任務をあたえられていたので、他の隊よりも早く行動を起した。旅団の各隊は、敵の砲撃を浴びながら前進し、一部は午前四時二十分に敵の陣地に接近、激しい戦闘を展開した。敵の陣地は予想以上に堅固で、各隊は銃火にさらされ、釘づけになった。各隊は、正面から攻撃を反復したが、敵の抵抗は頑強だった。それでも将兵は執拗に前進することに努めたが、機関砲、連発銃の銃弾を浴び、また砲弾もいたるところに落下して、兵たちはつぎつぎに倒れていった。大島旅団長は、苦戦におちいったことを知り、両翼に兵力を分けて攻撃させた。戦闘は激烈をきわめ、各隊の死傷者は増した。

戦況は不利で、旅団長は砲兵第五中隊を最前線に進出することを命じた。それに従って砲兵中隊は前進し、砲列をしいて砲撃を開始したが、敵は砲兵中隊に猛烈な射撃をおこない、たちまち中隊長山本忠知大尉以下二十四名が戦死、または重傷を負った。そのため、砲兵中隊は旧位置に退いた。大島混成旅団は、苦戦におちいった。

午前五時三十五分頃、大島混成旅団の右翼隊の左方で戦闘をおこなっていた部隊に、激しい動揺がおこった。敵の銃砲撃がはげしく、そのままでは全滅するという恐怖が兵たちをとらえ、総退却しようとする空気がひろがった。あたりには、戦死者がころがり、負傷者が呻いていた。そのため、一小隊が急派され、辛うじて退却をおしとどめた。

堅固な陣地をしく長城里方面の戦況も、きわめて不利で、大島旅団長は一中隊を増派したが、日本軍はいたずらに銃砲撃を浴びるだけだった。

午前六時二十分、大島旅団長は、戦況をばんかいするため参謀長岡外史少佐を中央隊の戦線に派遣した。長岡は、その方面で戦闘中の四個中隊に敵陣への突撃を命じた。それにしたがって、全員、かん声をあげて突進し、猛烈な射撃を浴びながら陣地の外壕に達した。が、陣地の壁が高くのぼることができず、包囲攻撃をうけて将校以下多くの兵が戦死し、やむなく退却した。この突撃の失敗で、旅団司令部の空気はさらに暗いものになった。

しかし、大島混成旅団以外の各部隊は、有利な戦いをすすめていた。立見尚文少将指揮の約三千六百の朔寧支隊は、側面から平壌への攻撃を開始していた。その方面の敵の抵抗も強力で、激戦が繰り返された。午前六時を過ぎた頃、大隊長富田春壁少佐は、敵陣の右翼に動揺がおこっているのに気づき、その個所を突破しようと決意した。かれは、ラッパ卒に突撃ラッパを吹くよう命じた。隊員は銃に剣をつけ、一斉に突撃した。

それを知った左翼陣地を攻撃中の第二十一連隊第二大隊の大隊長山口圭蔵少佐も全軍に突撃を命じ、この両大隊の突撃によって平壌側面の金城鉄壁といわれた牡丹台《ぼたんだい》の清国軍陣地が日本軍の手中に落ちた。

元山支隊の戦闘も、有利な展開をしめしていた。直接指揮にあたっていた佐藤正大佐は、朔寧支隊の前進に呼応して行動をおこし、激しい敵の抵抗に屈することもなく全軍を前進させた。そして、午前七時頃には平壌北方一帯の陣地を攻略、平壌の城塞の一方の門である玄武門《げんぶもん》にせまった。

平壌の城壁の高さは約一〇メートルで、玄武門の付近は一二メートルもあり、その上から清国兵は連続的に銃撃を浴びせかけてきていた。むろん、門はかたくとざされ、それを突破しなければ城内に入ることはできなかった。

元山支隊の門司和太郎少佐は、三村幾太郎中尉に一小隊をひきいて突撃することを命じた。三村は、十六名の決死隊とともに走り、城壁の下にたどりついた。清国兵は、城壁の上から激しい銃撃をつづけてきていたが、決死隊は城壁をよじのぼった。その中に一等卒原田重吉もまじっていて、城内にとびおり、玄武門の扉をひらくことに成功した。それによって、三村中尉は小隊とともに城内になだれこんだ。

この原田一等卒の行為が、後に「原田重吉玄武門破り」として有名になり、錦絵《にしきえ》に描かれ、歌舞伎座でも上演された。戦後、原田は武功によって金鵄勲章《きんしくんしょう》をさずけられ、英雄視された。かれは人々の賞讃につつまれ、いつしか酒色にしたしむようになり、やがて武知元良一座という地方回りの芝居に加わり、「玄武門」という芝居で城壁を越え門をひらく実演をしてみせた。

その行為は、新聞に「玄武門の勇士原田重吉が、田舎回りの役者に」という見出しのもとに記事になり、一般人の眉をひそめさせた。その後、かれは賭博で逮捕されたこともあった。

そうしたかれをとりまく空気の中で、最初に城壁を乗りこえたのは原田ひとりではなく、その前に城内にとびおりた者がいるということが新聞に報道された。記事では、その氏名がわからぬと記されていたが、後に村松秋太郎という兵卒であることが判明した。添田知道著「演歌の明治大正史」によると、原田の「玄武門破り」は動かしがたい戦争美談になっているので、陸軍省はその美談がそこなわれることを恐れ、警察署を通じて村松に戦場での話を口にすることをかたく禁じた。村松は、家業の書画骨董商をついでいたが、軍と警察を恐れ、戦争の話についてはかたく口をつぐみ、無口な男として一生を終ったという。

いずれにしても玄武門を突破したことは、戦局の進展をうながした。各隊は、続々と玄武門に入り、守備をかためた。しかし、午前十一時頃、不意に敵の歩兵約二百が馬に乗った指揮官を先頭に突撃してきた。日本の砲兵隊は、これを砲撃、日清両国軍の間ではげしい白兵戦がおこなわれた。そのうちに、馬上にあって清国兵を指揮していた将軍らしき男が、砲弾によって即死し、それを知った清国兵は退却した。戦死した指揮官は、北方陣地を守る敵部隊の最高指揮者である左宝貴将軍であった。

元山支隊が平壌の要害である玄武門を突破し、それを完全に占領したころ、忠八の属す大島混成旅団は、最後の危機に直面していた。

正面の清国軍はきわめて優勢で、旅団兵力は大損害をこうむっていた。戦況を有利にするため突撃が繰り返されたが、敵陣から猛烈な銃砲撃をあび、その決死的攻撃もことごとく失敗し、犠牲が増すだけであった。旅団の各隊では、すべての弾薬をうちつくし、銃に剣をつけて敵が突撃してくるのを待つばかりであった。それに、食糧と飲料水も尽きて、全員が朝食をとることもできず、隊員の体の衰弱は限界に達していた。しかも、敵の砲火はさらに激しさを増し、全滅の危機はせまった。

大島混成旅団は、その場に釘づけになり、師団主力、元山支隊、朔寧支隊との連絡もとれず孤立していた。

しきりに師団主力が配置された方向で銃砲声がきこえてきていたが、戦況は全く不明であった。そのうちに、師団主力のいる方面をはじめ元山支隊、朔寧支隊が攻撃している方面からの銃砲声が急に少なくなり、戦闘が終ったのかも知れぬ、と想像された。

旅団司令部では、不吉な推測が交されるようになった。師団主力、元山支隊、朔寧支隊の平壌攻撃は失敗に終り、日本軍は大打撃をこうむって退却したのではないか、というのだ。旅団長は、その真相があきらかでないことに苦しみ、最後の決断をくだした。旅団は、敵の主力をひきつけておくという任務を十分に果したので、戦闘を停止してもよい、と考えた。また、このまま戦場にとどまれば、清国軍の大部隊に包囲され全滅の憂目にあうことは必至なので、思いきって退却すべきであると判断した。

ただし、敵前で退却すれば、清国軍が一斉に攻撃し、大損害をこうむることが予想され、大島は、参謀長岡外史少佐に各隊長の意見を求めるよう命じた。長岡は、戦場を走って意見をきいてまわったが、各隊長は旅団長の意見に賛成し、整然と退却すると答えた。

これによって、旅団長は、各隊に総退却を命じた。各隊では、まず戦死者の処理から手をつけた。後方に運ぶことは不可能なので、遺髪と認識標をとり、遺体を土中に埋めた。ついで、負傷者を後送し、ぞくぞくと退却をはじめた。

その頃、旅団司令部に師団主力、元山支隊、朔寧支隊が玄武門を占領し、平壌の城内の一郭を確保したという連絡がつたえられた。旅団司令部には歓声があがり、すぐに伝令が出されて退却しかけていた一部の隊に手旗で、

「元へ帰レ」

という信号を送った。

大島混成旅団をのぞく師団主力、元山支隊、朔寧支隊は、清国軍と一進一退の激戦をつづけていた。清国軍は、依然として他の城壁から猛射を繰り返し、砲撃も絶え間なくつづけられていた。日本軍は空腹に苦しんでいたが、玄武門を死守していた。

夜明けから戦闘が一斉にくりひろげられたが、午後になると戦線も膠着《こうちゃく》状態になって銃砲声も衰え、場所によっては戦闘も停止されていた。師団長野津道貫中将は、全戦局

を考慮した結果、この日の攻撃を中止し、翌日の夜明けとともに再び総攻撃をおこなうべきだと判断した。

午後二時三十分頃になると、清国軍の砲撃もまばらになり、朔寧支隊長立見少将も砲撃を中止させ、戦場に砲声は絶えた。時折り銃声が起るだけで、静寂がひろがった。朔寧支隊長は、その日の行動を中止し、午後四時頃、各隊にこの地で露営することを命じた。陽が、西に傾いた。

午後四時四十分頃、朔寧支隊の山口大隊が、向い合っている敵に意外な現象が起っているのに気づいた。前面の城壁の上から清国軍がさかんに銃撃をつづけていたが、突然射撃をやめると、城の上に立てられていた将旗がおろされ、代りに降伏の意をしめす白旗があげられた。それがきっかけで、城門や城壁その他にも白旗がつぎつぎにかかげられるのが見えた。

大隊長山口圭蔵少佐は、ただちに射撃を中止させ、城壁上の清国兵に、

「軍使ヲ送レ」

と、手まねでしめした。

しかし、清国兵たちは、ただそちらから来いと言うように手まねきをするだけであった。その応答を両方で繰り返しているうちに午後五時頃、激しい雨が降りはじめ雷鳴もとどろいてその交渉は中断した。

やがて、雷雨もおとろえたので、山口大隊長は、山中次郎少尉に一小隊をひきいて城

門の一つである穹隆門《きゆうりゆうもん》に赴き、清国軍に開城するよう交渉を命じた。山中少尉は、清国語通訳を同行させて雨上りの地を穹隆門に進んだ。それに応じて、城壁にも清国軍将校が姿をあらわした。

山中は通訳を仲介に、

「タダチニ開城セヨ」

と、告げた。

しかし、清国軍将校は、

「明朝、開城ス」

という答えを繰り返すだけであった。

そのことは、ただちに支隊長立見尚文少将のもとに報告された。立見は、ただちに旅団副官桂真澄大尉に穹隆門へ急行して、開城の談判をすることを命じた。桂大尉は、幕舎の外に走り出ていった。

桂大尉が穹隆門の下に行くと、山中次郎少尉が城壁の上の清国軍将校と談判をつづけていた。桂大尉は少し清国語も話せるので、清国軍将校に、

「タダチニ開門セヨ」

と、告げた。

しかし、清国軍将校は、

「スデニ日モ没ショウトシテイル。ソレニ、大雨デ城内モ泥濘ニ化シテイル。明朝、再

ビ交渉ショウ」

と、城壁の上から言うだけで、穹隆門を開けようとしない。

桂大尉は、

「タダチニ門ヲ開キ降伏シナケレバ、白旗ヲカカゲタ意味ハナイ。ワガ軍ハ攻撃ヲ再開スル」

と、甲高《かんだか》い声で言った。

清国軍将校は、その強い語調に口をつぐんでいたが、

「門ノ鍵ヲ持ッテクルカラ、シバラク待ッテ欲シイ」

と言って、城壁の上から姿を消した。

その頃、立見支隊長は、各隊をひきいて入城する準備をととのえていたが、たまたま杉山正行少尉が野津師団長の伝達書を手にして幕舎に訪れてきた。その伝達書には、
一、(師団主力は本日の攻撃を中止し)明朝未明ニ全力ヲ挙《あ》ゲ……攻撃ヲ試ミントス
とあり、立見支隊もそれに応じて明朝攻撃せよと記されていた。

立見支隊長は、杉山少尉に了承したことを伝え、さらに敵が白旗をかかげたのでこれから入城することを野津師団長に伝えるよう依頼し、少尉を師団長のもとに帰させた。

立見支隊長は、元山支隊にも伝令を送って共に入城するようながし、自ら支隊をひきいて玄武門から穹隆門にむかった。が、日はすでに没し、玄武門と穹隆門との間の道はせまく、城壁の上から一斉射撃をうければ大損害をこうむることはまちがいないので、

兵をその場にとどめた。さらに、立見は、清国軍が待伏せ攻撃をするため罠をしかけたのかも知れぬと疑い、支隊を急いで玄武門に後退させ、桂大尉に談判をつづけさせた。桂は、一人で城内に入り談判したいと言ったが、清国軍将校は、

「スデニ日ハ没シタ。明朝、開城スル」

と、繰り返すだけであった。

桂は、午後八時まで交渉をつづけたが要領を得ず、やむなく司令部にもどった。

立見支隊長は、午後九時各隊に対して、
一、敵ハ本日降意ヲ表シ明日ヲ以テ城ヲ明渡スヲ約セリ
として、明早朝の攻撃にそなえて準備を十分にととのえ、命令を待つようにと命じた。

立見、大迫両支隊は、警戒を厳にして野営した。その夜、敵の一大隊がラッパを吹いて前進してきて、日本軍との間に小規模の銃撃戦がおこなわれた。各隊は、緊張して夜をすごした。

穹隆門を中心とした城壁に白旗がかかげられ、立見支隊が開城談判をおこなったということは、ただちに第五師団長野津道貫中将のもとにつたえられた。野津は、その報告を受けると、清国軍の策略ではないかと疑った。清国軍は白旗をかかげて降伏の意をしめし、日本軍の攻撃を中止させ、夜の間に逃走する企てをもっているにちがいない、と考えた。その推測を裏づけるように、雨上りのおぼろ月夜の下をひそかに逃げてゆく清国兵の小集団の姿がいくつも見られ、その度に日本軍は銃撃を浴びせていた。

野津は、翌十六日の夜明けを待たず平壌の城内に突入すべきことを各隊に命じた。十六日午前零時、日本軍は総攻撃を開始した。敵の抵抗はほとんどなく、師団主力の尖兵が午前一時十分頃、文陽関の城門内に突入、それにつづいて午前三時三十分、日本軍は四方から城内になだれこんだ。各隊は、ラッパを吹いて平壌占領を伝え、城外で戦況を見守っていた野津師団長は、ラッパの音で城が日本軍の手に入ったことを知った。

午前四時三十分、平壌の陥落が師団長に報告され、野津は司令部員とともに午前七時平壌城に入り、司令部を設けた。予測通り、清国軍は夜の間に北方に脱走していた。城内に残っていたのは逃れることのできぬ重傷病兵と、逃げおくれてさ迷っていた兵たちだけであった。野津は、城外で配置についていた全軍に入城を命じた。

大打撃をうけていた大島混成旅団にも、その命令がつたえられた。大島旅団長は、午前八時に出発を命じ、夕刻までにことごとく入城することができた。

平壌の戦闘に参加した日本軍の兵力は約一万二千、山砲四十四門、清国軍の兵力は約一万五千、山砲二十八、野砲四、機関砲六門で、ほぼ伯仲していた。両軍の損害は、日本軍の戦死者百八十名、負傷者五百六名、行方不明十二名、清国軍の戦死者約一千余名、日本軍に捕われた者六百余名であった。日本軍が押収した兵器は、野砲四、山砲二十五、機関砲六門、砲弾約九百発、小銃千百六十挺、小銃弾五十六万発であった。

日本軍は、それまで野営をつづけてきたが、その夜から城内の建物に分宿した。将兵は大いに喜んだが、さらにかれらを喜ばせたのは久しぶりに口にする米飯であった。城内の倉庫には、清国軍の貯蔵米が残されていた。それは二千九百余石という驚くほどの量で、それは全軍の一カ月間の食糧に相当する量であった。

平壌の戦いの勝利は、その日の深夜、電報で大本営に伝えられた。前日の十五日に広島に進出していた大本営は、その勝報に沸き立った。

翌九月十七日、天皇は第五師団長野津道貫中将に対し、

「朕《ちん》　本営ヲ進ムルノ初メニ当リ　我軍大ニ平壌ニ捷《か》ツノ報ニ接シ　深ク忠良勇武ナル将校下士卒ノ勤労ヲ察シ　速《すみやか》ニ特偉ノ功績ヲ奏セシヲ嘉ス」

という勅語を発した。師団兵力は勝利を喜び、次の戦闘にそなえた。

平壌戦で、敵の主力をひきつける役目を果した大島混成旅団は、師団の中で最もはげしい損害をうけていた。旅団長が退却を決意し、事実敵陣から遠く退いた部隊もいた大島旅団は、日本軍の勝利をうながした犠牲であった。師団の戦死者総数は百八十名で、その中の百三十名が大島混成旅団の将兵たちで、将校も第二大隊長田上覚少佐以下六名が戦死していた。負傷者の数もおびただしく、その中には旅団長大島義昌少将、歩兵十一連隊長西島助義中佐、第一大隊長森祇敬少佐、第三大隊長永田亀少佐ら将校十七名がまじり、旅団の戦闘がいかに苦戦であったかがうかがえる。

第一野戦病院は、船橋里背後の山かげに設けられていた。が、九月十五日早朝からの総攻撃が開始されると、病院の天幕の付近にも砲撃が落下し、薬剤部の天幕は至近弾で

裂けた。そのため約半里（二キロ）後方の坡場洞に移し、そこに天幕を張った。

大島混成旅団が苦戦におちいるにともなって、負傷者が続々と野戦病院の天幕にはこびこまれてきた。手、足の吹きとんだ将兵、内臓の露出した者、顔がつぶれた兵などさまざまで、かれらのうわごとや呻き声が充満した。傷口が化膿した者も多く、天幕に収容された時にはすでに息絶えている将兵もいた。

各天幕の中は、惨憺とした情景を呈していた。忠八たちは、前日から夜も眠るひまもなく傷者の治療にあたった。砲声と銃声が絶え間なくとどろき、砲弾の土煙がしばしばまきあがっていた。

負傷者は続々と運びこまれ、持ってきていた薬品その他ホウタイ等の材料がたちまちなくなってしまった。

忠八のもとに、矢野薬剤官がやってきた。医薬品の責任者として第一野戦病院付となっている矢野の顔は、青ざめていた。

「医薬品材料が絶えた。このままでは多くの者が死ぬ。中和に第二野戦病院が進出してきているはずだ。そこから、医薬品を持ってこなければならぬ」

矢野は、忠八の顔を見つめた。

「二宮。お前は一睡もせず働きつづけで疲れきっていることはよくわかっている。それを承知でこのようなことを命令するのは辛いが、お前以外に第二野戦病院から必要な医薬品材料をもらいうけて帰れる者はいない。この大役を引受けてくれぬか」

矢野は、言った。

「承知いたしました」

忠八は、即座に答えた。

「もしかすると、第二野戦病院にも必要な物がないかも知れぬ。その折には、それに転用できるものを探し出して持って来てくれ」

矢野の顔には、深い疲労の色がにじみ出ていた。

忠八は了承し、必要な医薬品材料を書きとめた。

「戦況は、いかがです？」

忠八は、矢野にたずねた。

「思わしくない。弾薬もつきて兵たちは銃に着剣し、敵が攻めてくるのをじっと待っているだけだ。旅団長をはじめ、みな死を覚悟しているようだ。他の師団主力、元山、朔寧支隊との連絡も断たれている。将校の一人が言っていたが、正午すぎから砲声が急に少なくなってきている。師団主力や支隊も苦戦しているのではないか、と言っていた」

矢野は、暗い表情をした。

たしかに、絶え間なくつづいていた砲声は散発的になり、銃声も時折りきこえてくるにすぎない。もしかすると、師団主力や支隊は敵に圧倒され、敗走しているのかも知れなかった。忠八は、激しい不安にかられながらも出発準備をはじめた。

忠八は、屈強な輸卒三名に駄馬三頭を用意させた。

「無事、帰還を祈っておる」

　矢野は、言った。

　忠八は挙手し、輸卒たちと馬をひいて出発した。薬品材料が絶えたことは、多くの負傷者を死におとしいれる。一刻も早くそれらを持ち帰らねばならなかった。

　かれは、馬をひく輸卒たちと走った。炎熱の地には陽炎が立ちのぼり、熱い陽光がふりそそいでいる。体はたちまち汗に濡れ、軍服にもにじみ出てきた。野戦病院の傷者治療で一睡もできず、その上、食物らしいものも口にしていない。呼吸が苦しく、体の感覚は麻痺していた。

　中和までは十里（四〇キロ）以上もあったが、かれらは休むこともせず赤土の道を急いだ。忠八の頭には、薬品材料を負傷者の呻吟する第一野戦病院の天幕に少しでも早く運び入れることしかなかった。第二野戦病院が中和に進出してきているという情報は、確実なものではなかった。悪路と酷暑で、移動が予定通りおこなわれていないことも十分に予想された。

　日没寸前、忠八たちは、ようやく中和にたどりついた。第二野戦病院が到着していないのではないか、と不安に襲われていたが、幸いにもその地で天幕を張り、開院していた。

　忠八たちは、天幕の前におもむいた。輸卒たちは、土の上にくずれるように膝をつき、肩をあえがせていた。忠八は、足をひきずり薬剤部の天幕の中に入った。そこには、親しい上官の国友薬剤官がいた。

国友は、忠八の突然の訪れと、疲労しきった姿に驚いたらしく、

「どうした」

と、声をかけて立ってきた。

忠八は、辛うじて姿勢を正すと、大島混成旅団は苦戦中で、負傷者が続々と第一野戦病院の天幕内に運びこまれ、ついに薬品その他がつきてしまったことを報告した。

「矢野薬剤官殿の御命令で、薬品などをいただきに参りました。傷ついた者たちは、私がそれを持ち帰るのを待っております。なにとぞ、おゆずり下さるようお願いいたします」

忠八は、懇願した。かれの顔も軍服も泥だらけで唇は白く乾いていた。立っているのがやっとであった。

国友は、部下に水を運ばせて忠八に飲ませ、忠八とともに幕舎の外に出ると病院長のもとに連れていった。院長は、軍医たちと打合せ中であった。

忠八は、第一野戦病院から派遣されてきたことを告げ、状況を詳細に説明した。院長たちは、忠八の顔を見つめていた。

第二野戦病院には定められた量の薬品材料しかなく、他の病院にゆずるゆとりはなかった。しかし、院長は軍医たちと協議し、緊急の場合であるので必要量の薬品などをわけることを快諾した。

忠八は、深く頭をさげた。

国友薬剤官が休養をとるようすすめてくれたが、忠八はただちに帰路につきたいと答え、譲られた薬品材料を三頭の駄馬の背にくくりつけた。すでに夜になっていたが、月がのぼり明るかった。

忠八は、国友薬剤官に礼を言って第二野戦病院の置かれた中和を出発した。かれは、馬をひく輪卒と道を急いだ。二昼夜一睡もせぬので、激しい眠気がおそってきた。歩きながら時折り眠っている自分に気づく。膝頭が崩折れることもあった。

半ば近くまで歩いた時、輪卒が、

「一等調剤手殿」

と、とぎれがちの声をかけてきた。

忠八は、返事をする力もなく、大柄な体をした輪卒の顔に眼を向けた。

「申し訳ありません。少し休ませて下さい」

輪卒は、言った。

忠八は、道を急ぎたかった。が、輪卒の言葉が無理もないことを十分に知っていた。かれらの力は、すでに限界を越えているはずだった。

「よし。少し休んでゆこう」

忠八は、答えた。

輪卒たちは、手綱を腕に巻きつけるとその場に腰をおろし、仰向けになった。と同時に荒い寝息を立てはじめた。

忠八も体を横にしたかったが、そのまま長い間眠ってしまいそうな不安におそわれた。第一野戦病院では薬品の到着を待っているはずで、一刻も早くとどけねばならなかった。

かれは、眠気を追いはらうようにその付近を歩きまわった。月光は一層冴え、眠りこけている輪卒たちの顔を青白く浮び上らせている。荒涼とした大地は、霜がおりたように白かった。馬は、地面に影を落して頭を垂れていた。

砲声は絶え、深い静寂の中に銃声が時折りきこえてくるだけであった。

三十分ほどしてから、忠八は輪卒たちをゆり起した。輪卒たちは立ち上ると、馬をひいて歩き出した。月が中天近くにのぼり、人馬の影は太く短くなっていた。

空が青みをおび、月と星の光がうすれはじめた。忠八たちは、黙々と歩いた。夜が、明けてきた。淡い朝霧の流れる中に、第一野戦病院の天幕の群れがみえてきた。忠八は、輪卒たちと矢野薬剤官の起居する幕舎に近づいていった。

忠八の運びこんだ薬品材料は、第一野戦病院の軍医たちを喜ばせた。すでに薬品類は皆無になっていて、消毒薬もないので手術もできず、そのまま死亡した兵もいた。軍医たちは、三頭の駄馬に積まれた荷をあわただしくとかせると、薬品を手に傷者のあふれた天幕の中に入っていった。

矢野薬剤官は、忠八が予想よりはるかに早く帰ってきたことをたたえ、三人の輪卒の労をねぎらった。そして、部下に粥《かゆ》を持ってこさせると忠八たちにすすめた。

柴田病院長からも使いがきて、忠八は矢野とともに院長幕舎におもむいた。柴田は、

「御苦労であった」

と言って、忠八に休養をとるよう命じた。

すでに平壌は開城されていたが、大島混成旅団司令部から野戦病院への連絡はいちじるしくおくれていた。そうした事情で野戦病院では旅団が壊滅寸前にあると考えられていた。そうした空気を反映して、野戦病院に勤務する者たちの表情は前日の午後出発した時とは一変し、休息をとる雰囲気などはなかった。

大島混成旅団は、有力な敵の反撃をうけて戦力は極度に低下し、大打撃をこうむっているという。それに、銃弾は尽きて、旅団の戦闘は白兵戦しかなく、優勢な火力をもつ敵が総攻撃をおこなえば、旅団が全滅することは疑う余地がないというのだ。

忠八は、戦況に顔色を変えた。さらに、矢野がもらした言葉に忠八は体が凍りついたような恐怖におそわれた。潰滅状態になっているのは大島混成旅団だけではなく、他の戦線に展開した師団主力、元山支隊、朔寧支隊にも共通しているらしいという。前日の午後から銃砲声がおとろえていたが、夜になると砲声は絶え、あたかも戦闘が終っているかのようにも想像された。

忠八は、呆然とした。それまでしきりに清国軍兵力の強大さが伝えられていたが、その推測通り日本軍は惨めな敗北を味わわされたことを知った。

「やがて、この野戦病院も後退しなければならなくなる。多くの負傷者を運ぶことが果

して出来るだろうか」

矢野は、顔をゆがめた。

それが不可能であることは、忠八にもわかった。傷者は置き去りにされ、敵に殺されるか、自決するか、いずれにしても死をまぬがれることはできないだろう。敗戦の惨めさが胸にひろがり、その時が目前に迫っていることを感じた。

第一野戦病院には沈鬱な空気が重苦しくひろがっていたが、午前七時すぎ、大島混成旅団司令部から伝令が到着、その連絡によって空気は一変した。

平壌城にたてこもる清国軍は前日の夕方、白旗をかかげて降伏の意をしめし、その日の夜明け前から朔寧支隊を先頭に日本軍は続々と平壌の城内になだれこみ、大島旅団長も各隊に平壌の城内に進発することを命じたという。なお、第一野戦病院のみは、現状位置にそのままとどまり、負傷者の治療に専念するよう指示されていた。

その朗報に、野戦病院の天幕の群れからどよめきが起った。看護卒や輸卒が天幕からとび出し、両手をあげて歓声をあげた。

忠八は、矢野薬剤官や部下たちと祝いの言葉を述べ合った。天幕に収容されている負傷者たちの顔も、明るかった。

その日の午前十一時、旅団の各隊は平壌にむかい、正午頃から続々と城内に入った。それにともなって、旅団長命令で第一野戦病院も平壌の城内に入ることになった。

多くの輸卒が到着し、天幕がたたまれ、薬品材料その他が駄馬や輸卒の背に負われた。

そして、負傷者はそれぞれ担架にのせられ、坡場洞を出発した。長い列が組まれ、泥濘に化した道を進んでいった。

列が城門をくぐったのは日が傾きはじめた頃で、城内の民家が野戦病院にあてられた。天幕に収容されていた負傷者の顔には、安堵の色が濃くうかんでいた。病院付の者や負傷者を喜ばせたのは、食糧の配布であった。それまでは食糧の欠乏によって辛うじて重湯《おもゆ》程度しか口にできなかったが、清国軍が城内の貯蔵庫に残していった多量の米と雑穀が各隊に配られた。

平壌を占領した第五師団は、城壁と城門に多数の兵を配置し、警戒を厳にして敵の反撃にそなえさせていた。

忠八は、坡場洞から平壌の城門にたどりつくまで多くの死体を眼にした。死屍累々という言葉そのままに敗走した清国兵の遺体が至る所にころがっている。それらの中には、激しい暑熱にあぶられてすでに腐爛しふくれ上っているものも多い。それらの放置された死体におびただしい蝿がむらがっていた。忠八は、肌寒さを感じた。地獄だ、とかれは鼻を掌でおおいながら胸の中でつぶやいた。

日本軍は平壌攻略を果したが、翌九月十七日、海上では日本の勝敗の岐路とも言える戦闘がくりひろげられていた。前日の夕方、平壌に近い大同江の河口に集結していた日本の主力艦隊は、出撃準備をととのえていた。艦隊は、本隊、第一遊撃隊、補助艦で構成されていた。本隊は、連合艦隊司令長官伊東祐亨《ゆうこう》中将坐乗の旗艦「松島」(四、二七八トン)をはじめ「厳島」「橋立」(いずれも四、二七八トン)「千代田」(二、四三九トン)「扶桑」(三、七七七トン)「比叡」(二、二八四トン)の六隻、第一遊撃隊は「吉野」(四、二二五トン)を旗艦に「秋津洲」(三、一七二トン)「高千穂」「浪速」(いずれも三、七〇九トン)の四隻、補助艦として武装商船「赤城」「西京丸」(いずれも二、九〇〇トン)が付随していた。

まず第一遊撃隊のスクリューが回転し、ついで本隊、補助艦が大同江河口をはなれた。出撃の目的は、偵察行動であった。

清国艦隊は、豊島沖海戦後、姿を消していた。その海上兵力は強大で日本海軍の規模をはるかに上まわっていた。日本側は、朝鮮に陸軍兵力を輸送していたが、その度に清国海軍の来襲におびえていた。平壌を陥落させた日本陸軍は、鴨緑江《おうりよっこう》河畔に集結中の清国軍主力との決戦を企て、北進する準備をととのえていたが、難問は食糧、弾薬の輸送であった。陸路の状態はきわめて悪く、輸送は至難であり、船舶による方がはるかに望ましかったが、途中で清国艦隊に襲われ、撃沈されるおそれが多分にあった。清国艦隊の存在は、全作戦に重大な影響をあたえていて、大本営はその戦力を少しでも撃破し、制海権を獲得しなければならぬ、と判断していた。そうした大本営の方針にもとづいて、日本の主力艦隊は索敵をかねて敵艦隊との決戦を覚悟で黄海《こうかい》に出撃したのだ。

十隻の軍艦と二隻の武装商船は、黒煙を吐きながら西進した。日が没し、雨が落ちてきた。西南の風が強く、波は高かった。夜半になると雨がやみ、風も弱まった。

翌十七日早朝、海洋島付近に達した。空は晴れ、風波は全くやんでいた。その付近にいると予想されていた敵艦の姿はなく、艦隊は大きく北東に変針し、敵を求めて大孤山沖に向った。海は凪《な》ぎ、空は一片の雲もなく明るい陽光にかがやいていた。艦隊は、第一遊撃隊を先頭に、本隊がそれにつづき、「西京丸」「赤城」が本隊の右側に配され、単縦陣形で進んでいた。

午前十時十五分、大孤山沖にさしかかった遊撃隊の諸艦は、はるか東北東に黒煙を認めた。それはあきらかに三隻以上の軍艦から吐かれるもので、敵艦と察した遊撃隊旗艦「吉野」から本隊旗艦「松島」に、

「敵ノ軍艦三隻以上、東北東ニ見ユ」

との信号が発せられた。

「敵艦見ユ」の報告をうけた連合艦隊司令長官伊東祐亨中将は、敵艦に向って進むことを全艦艇に命じた。

水平線上に立ち昇る黒煙は次第に数を増し、午前十一時四十分、敵国軍艦十隻が確認され、しかもそれらが日本艦隊に向って直進してきていることがあきらかになった。それは、水師提督丁汝昌のひきいる清国海軍最強力の北洋艦隊で、東洋一を誇る「定遠」「鎮遠」（いずれも七、五三〇トン）の二大甲鉄艦を中心とした艦隊であった。さらに、鴨緑江の河口にあった装甲砲艦「平遠」（二、一〇〇トン）、水雷砲艦「広丙」と水雷艇

二隻も加わっていた。

日清両艦隊の距離は短縮し、午後零時五分、伊東司令長官は、旗艦「松島」に戦闘旗をかかげさせ、

「合戦準備」

を下令した。

午後零時五十分、五、八〇〇メートルの距離に接近した時、「定遠」が第一遊撃隊にむかって初弾を発砲したが、日本艦隊はそれに応じなかった。距離三、〇〇〇メートルに達し、初めて第一遊撃隊の諸艦が発砲、それをきっかけに日清両国艦隊の間で激烈な砲戦が開始された。

第一遊撃隊は快速を利して敵艦隊の左側に回り、また本隊は直進してくる敵主力に猛射を浴びせかけながらその前面を通過した。その間、速力の劣っている「扶桑」「比叡」は敵艦の接近をうけ、ことに「比叡」はやむなく敵艦隊の列陣の中央突破をはかった。そのため包囲攻撃をうけ、後甲板の後部を撃破され、また火災も起った。が、辛うじて敵中を脱出し、本隊にのがれた。また、武装商船「赤城」も速力がおそく本隊におくれ、敵に包囲された。砲弾が船体に命中し、艦長坂元八郎太少佐は戦死した。が、「赤城」の一弾が追撃してきた敵艦の中の「来遠」に命中して火災を起させたため、他の敵艦が「来遠」を救助しているすきに追撃をふりきって辛うじて脱出することができた。また、「西京丸」も水雷艇の襲撃をうけて沈没の危機におちいったが、これも脱出に成功した。

その間、日本艦隊の砲撃によって、清国艦隊旗艦「定遠」の舵機室が破壊され、さらに信号旗、信号装置もすべて焼失、破損し、艦隊の指揮をとる機能を失った。そのため、清国艦隊の陣形はくずれ、各艦が個別に行動するようになった。

日本艦隊は、整然とした陣形をたもち、機敏に動いた。その作戦行動はすぐれ、清国軍艦に的確な砲撃を繰り返した。まず、「超勇」「揚威」（いずれも一、三五〇トン）の二艦に大火災を発生させ、「超勇」を撃沈、「揚威」は大鹿島方向にのがれようとしたが、浅瀬に擱坐《かくざ》した。海上には砲煙と煙突から吐かれる黒煙が濃くたちこめ、砲声が絶え間なくとどろきつづけていた。

海戦は、激烈をきわめた。「吉野」を旗艦とする第一遊撃隊の四艦は、主として「致遠」「経遠」「来遠」「靖遠」等と砲戦を交した。第一遊撃隊は有利に戦闘を展開し、「致遠」の右舷水線下に砲弾を命中させて撃沈、「経遠」「来遠」「平遠」にも火災を発生させ、午後三時ごろには「済遠」が戦場離脱をはかり、他の清国軍艦も潰走した。遊撃隊は、これを追撃し、「経遠」をとらえて猛砲撃をくわえ、撃沈した。

清国軍艦は散りぢりになり、旗艦「定遠」と姉妹艦「鎮遠」の二艦のみが残り、「松島」を旗艦とする連合艦隊の本隊六隻と砲戦をつづけていた。東洋一の巨艦である甲鉄艦「定遠」「鎮遠」の戦力は、予想以上の攻撃力とかたい防禦をしめした。両艦はたがいに連繋行動をとり、日本艦隊に猛烈な砲火を浴びせかけてきた。「定遠」「鎮遠」が三〇サンチ砲四門を所有しているのに比べて、「松島」「厳島」「橋立」はそれぞれ三二サンチ砲一門ずつを装備しているだけであった。

しかし、本隊は善戦し、「定遠」「鎮遠」にしばしば火災を発生させ、その上部構造をことごとく破壊した。が、「鎮遠」の放った砲弾が旗艦「松島」の前部砲台を破壊し、それにつづいて火災も発生したが、「松島」では消火につとめ大事に至らなかった。

日没が迫り、伊東司令長官は、水雷艇をひきいていなかったので夜戦は不利と判断し、戦闘中止を下令した。その間に「定遠」「鎮遠」は旅順方向に去っていった。

伊東司令長官は、第一遊撃隊を呼びもどし、翌朝、追撃に移ったが、清国軍艦は遠くのがれて発見できず、やむなく根拠地に帰還した。……この海戦は、黄海海戦と称された。

海戦は、日本艦隊の勝利に終った。日本艦隊は清国軍艦五艦を撃沈、「定遠」をはじめ他の諸艦にも大損傷をあたえた。日本側は「松島」「赤城」「比叡」に損害をこうむったが一隻も失わず、死者も清国側約七百名にくらべて百十五名にとどまった。この海戦によって、黄海と朝鮮周辺の制海権は完全に日本側に帰した。その後、清国軍艦は再び現われることなく、日本の輸送船は自由に航行し、兵員、軍需物資の輸送も円滑になって陸軍の作戦もきわめて有利になった。

黄海海戦の勝利は野津師団にもつたえられ、平壌の城内にいる師団の将兵は沸き立った。

そうした中で、忠八は体の変調に顔をしかめていた。下腹部がうずくように痛み、便所に通うことが多くなった。そのうちに腹部の痛みが増し、下痢ははげしくなった。大腸カタルかと思っていたが、便に血液がまじりはじめ、赤痢の疑いがきわめて濃厚になった。

負傷者の治療に眠る時間も惜しんで働いている軍医に診断を乞うことはためらわれたが、赤痢は伝染病で他の者に感染すれば全軍の戦力の低下をうながすので、軍医のもとに赴いた。診断の結果は忠八の恐れていた通り赤痢で、かれは一室を隔離病室として収容された。

軍医の指示で、忠八はヒマシ油を飲んだ。ヒマシ油は唐ゴマの実から採取した粘り気のある油で、最も有効な下剤と言われていた。臭気が強く飲むのが辛かったが、かれは嘔吐をこらえて飲みくだした。一等調剤手である忠八は、赤痢の薬としてヒマシ油以外にゲンノショウコが有効であることを知っていたので、看護卒にゲンノショウコ五匁を三合の水で二合に煎《せん》じさせた。そして、それを一日三回にわけて飲むことを繰り返した。また、便が赤痢菌の伝染源であるので、消毒のためその上に石灰をまかせ、さらに看護卒自身に焼酎か酢で絶えず手をふくことを命じた。

そうした処置もむなしく、かれの症状は悪化するばかりであった。便通は日に数十回にも及ぶようになり、意識もかすむ。肉づきは落ち、体は衰弱した。便通を終えて辛うじて藁《わら》ぶとんに身を横たえると、すぐに下腹が痛み、また便通のためふとんの外に這い出なければならない。そのようなことが繰り返され、衰弱はさらに深まった。

残暑がやわらぎはじめたが、かれの容体はさらに悪化した。往診してくれる軍医の表情に、忠八は自分が危篤におちいっていることに気づいた。熱も高く、呼吸は荒かった。死が迫っていることを知ったかれは、戦死ならばやむを得ないが病死することは堪えがたい、と思った。祖国に残してきた妻の寿世と、ひと目でも会いたかった。若い妻を未亡人にしてしまうのかと思うと、胸がしめつけられるような悲しさを感じた。

かれが危篤におちいったことを耳にしたらしく、上官の矢野薬剤官が沈鬱な表情で部屋に入ってくると、枕もとに腰をおろした。

「どうだ、二宮」

矢野は、変貌した忠八の顔を痛々しげに見つめた。

「残念です。思いがけぬ病にとりつかれました。戦死ならまだしも、病で死ぬと思うと死ぬにも死にきれません」

忠八は、かすれた声で言った。

矢野は、口をつぐんだまま忠八の顔に視線を据えていた。戦場の粗末な部屋で治療らしきものも受けず死を迎えねばならぬ忠八が哀れでならぬようであった。

九月二十五日、第一軍司令官山県有朋大将は陥落した平壌に到着、その日は、第三師団長桂太郎中将が師団主力をひきいて城内に入っていた。これによって、第三、第五師団の第一軍の全兵力が集結を終えたのである。忠八の属す大島混成旅団も第一軍の指揮下に入り、再構成されていた。

清国の大軍は鴨緑江方面に集結中との情報がしきりであったので、山県軍司令官は全軍をひきいて北への進撃を開始する意図をいだいていた。それは近々のうちに実行に移されるはずで、北進命令が発せられれば、当然野戦病院も前進する。危篤におちいった忠八は、そのまま他の重傷病患者とともに平壌に取り残されるのだ。

軍とともに平壌を去る矢野は、忠八の臨終に立ち合うこともできぬと思ったらしく、しばらくためらっていたが、

「二宮、お前の病は重い。あくまでも生きるという信念を持ちつづけねばならぬが、万が一ということもある。もしも、言い残しておきたいことがあったら、言え。必ずお前の家族につたえてやる」

と、言った。

忠八は、矢野に感謝の眼を向けた。死を覚悟していただけに、だれかに遺言しておきたかった。妻の寿世の行末が思われたが、気性のしっかりした妻は強く生きてゆくにちがいなく、故郷八幡浜町に住む老母の面倒もみてくれそうに思えた。

心残りは、ただ一つだけであった。

「遺言したいことがあります」

忠八の声は弱々しかったが、眼にすがりつくような光がうかんでいた。

「どのようなことだ。必ず希望をかなえてやる」

矢野は、眼をうるませながら忠八の言葉を書きとめるため筆記道具をとり出した。

忠八は、息をととのえるように眼を閉じていたが、矢野に視線を据えると、

「飛行器のことです」

と、言った。

矢野は、深くうなずき、紙にその旨を書きとめた。

「飛行器の採用願いが却下され、残念でなりません。私の設計通りに飛行器を制作すれば、必ず地上滑走して飛び上るのです」

忠八は、息苦しくなって再び眼を閉じ、胸をあえがせた。その痩せおとろえた顔には、自分の提出した上申書が素気なく却下された苛立ちがうかんでいた。

「必ず、飛行器は空を飛ぶのです」

忠八は、再びつぶやくように言った。

忠八の眼に、涙がうかび出た。

「上申書は却下されましたが、飛行器は将来必ず軍用に役立つはずです。私は、このまま自分の研究が埋れては、死ぬにも死にきれません。先日却下されました上申書は、私物袋の中に入っております。なにとぞ、再び提出していただきたく思います」

かれは、とぎれがちの声で言った。

矢野はうなずくと、

「必ず機会をみて上申書を提出し、採用してもらうよう努力する」

と、答えた。

「お願いします。これで安心して死んでゆけます」

忠八は、眼を閉じた。

矢野は、忠八の青白い顔を見つめていたが、やがて無言で部屋を出て行った。

忠八は、食物を口にすることもできず絶え間なく起る下腹部の痛みに堪えていた。かれは、時折りうつろな眼をひらいて天井を見上げているだけであった。

平壌の城内には、あわただしい空気がひろがっていた。第一軍司令官山県有朋大将は、清国の大軍が集結する鴨緑江に向って進発する決意をかため、偵察のため騎兵隊と参謀大迫尚道少佐を鴨緑江方面に放った。また、第五師団に前進を命じ、師団長野津中将は師団を二梯団《ていだん》にわけ、まず立見少将指揮の第一梯団を先発させた。

前進した立見少将は、重大な意見具申を野津師団長のもとにもたらし、それはただちに第一軍司令官山県大将のもとにもつたえられた。それは食糧についてのことで、立見梯団が進んでいった付近の農家は清国兵の掠奪をうけて荒れ果て、食糧を徴発することができないという。平壌攻略戦で日本軍は食糧欠乏にくるしんだが、鴨緑江までの地域は荒地にひとしく、全軍が前進すれば飢えの危機にさらされることはあきらかだというのだ。

山県軍司令官は、糧食を輸送する方法について苦慮し、軍兵站部参謀の長岡外史少佐に食糧庫を設けるため定州付近の偵察を命じたりした。が、黄海海戦で制海権が日本側に帰し、食糧の海上輸送も可能になったことがあきらかになり、司令部は愁眉《しゅうび》をひらいた。その間、清国の大軍が日を追うて大増強されているという情報がしきりにつたえられ、山県は、これ以上平壌にとどまることはできないと判断し、十月一日、全軍に対し前進を命令した。

翌々日から、まず第三師団第一梯団が前進を開始した。それにつづいて第二梯団も平壌を出発した。忠八は、かすれた意識の中で兵たちがつらなって道路を歩いてゆく足音をきいていた。砲車の車輪の音、馬のいななきもきこえる。かれは、上官、同僚、部下との別れが迫ったことを知った。

十月五日には野戦病院の前進準備もあわただしくはじめられた。かれは、悲しげな眼をして騒然としたあたりの気配をうかがっていた。

その夜、矢野薬剤官が忠八の部下たちを連れて病室に入ってきた。部下たちは、忠八がすっかり面変りしているのに驚いたらしく、表情をこわばらせていた。

「二宮。残念だが、われわれは明朝この地をはなれ、北進することになった。軍医と看護卒の一部が残る。一日も早く病気が回復することを祈っている」

矢野は、辛そうに言った。

忠八は、うなずいた。共に行動し朝鮮にまでやってきて苦労した矢野や部下たちと別れるのが悲しく、一人取り残されることが心細かった。死は目前に迫り、未知の者にみとられて死ぬのかと思うと、堪えがたい悲しみに襲われた。

「御武運を祈っています」

忠八は、ようやくそれだけを口にした。

部下たちは、無言で頭を垂れていた。

「みなも、元気で……」

忠八は、胸に熱いものがつきあげるのを感じた。

部下たちの眼には、一様に光るものが湧いていた。

「それでは……」

矢野が言うと、かれらは連れ立って部屋の外に出て行った。虫の鳴き声が、しきりだった。ランプの灯が、ぼんやりと忠八の痩せおとろえた顔を浮びあがらせていた。

翌十月六日、人馬の出発する物音がつづいた。第一野戦病院付の者たちは、駄馬の群に天幕、薬品機材、食糧などをくくりつけて前線へむかっていったのだ。

忠八が生きつづけていることは、奇蹟に近かった。下痢は相変らず日に六、七十回もつづいていて、食物もほとんど口にできない。軍医は、忠八が生きていることをいぶかしんでいるらしく、かれを見つめていることが多かった。忠八は、軍医の指示通りヒマシ油を飲みゲンノショウコを煎じたものを飲んでいたが、効果は全くみられなかった。軍医は、コンニャクを温めたものを下腹部にあてるよう看護卒に指示したり、薬品をあたえてくれたりしていた。

十月十日夜、忠八は不意に嘔吐した。それにともなって下腹部に今まで経験したことのない激痛を感じた。かれは、呻いた。最後の時がやってきたことを知った。激しい嘔吐はつづいたが、黄色い粘液状の水が出るだけで、今にも咽喉がつまるような呼吸困難に襲われた。断末魔の苦しみとはこのようなものを言うのだ、とかれは思った。

激しい呻き声を耳にしたらしく、若い看護卒が部屋に入ってきた。かれは、忠八の顔色をみると、すぐに走り出ていった。

間もなく軍医が部屋にあわただしく入ってきた。

「どうした、二宮」

軍医は、聴診器を忠八の胸に押しあてた。

「苦しい」

忠八は、かすかに答えた。

下腹部が切り裂かれるような痛みに襲われ、執拗な嘔吐感に意識もうすれかけていた。軍医は、あわただしく部屋を出て行くと注射器を手にして引返してきた。そして、骨と皮になった忠八の腕にカンフル注射をした。

「上申書を……」

忠八は、声をふりしぼって言った。

「ジョウシンショ?」

軍医が、いぶかしそうな眼をした。

「矢野薬剤官殿に、私物袋を渡して下さい」

忠八は、懇願するように言葉を句切らせて言った。

「わかった。お前の私物袋を矢野に渡せばいいのだな。ジョウシンショとはなんだ？」

軍医は、たずねた。

「それは、私物袋の中に入っています」

忠八は、答えた。

「そうか、ジョウシンショの入っている私物袋を渡せばいいのだな」

軍医の言葉に、忠八はうなずいた。

「必ず渡してやる。安心しろ」

「はい」

忠八は、答えた。

深い安堵が胸にひろがり、同時に意識が急速にうすれてゆくのを感じた。

忠八は、さまざまな夢をみていた。しばしば訪れてくるのは、凧の夢であった。雲一片もない空に浮ぶ凧。千石船を模した凧が白い波頭を舳でわけながら進むように舞っている。ダルマ凧の眼は、左右が金色に光ったり赤色に変ったりする。凧の凧からは、青空にこまかい紙吹雪が散った。いつの間にか、かれは夢の中で飛行器に乗って空を飛んでいた。眼下に故郷の八幡浜町の家並がひろがり海の輝きがみえる。飛行器のプロペラが音を立てて回転していた。

かれが意識を取りもどしたのは、翌日の夜明けであった。空気が冷え、窓がかすかに明るんでいた。部屋の隅に、看護卒が坐ったまま粗壁に身をもたせかけて眠っていた。まだ死んではいない、と忠八は夢うつつに思った。昏睡状態に入ったのに、再び眼を開くことができたのが意外であった。

ふと、かれは、自分の体が今までとは異なっていることに気づいた。すさまじい下腹部の痛みはいつの間にか消え、嘔吐感もなくなっている。まだ夢を見ているのだろう、とかれは思った。不思議なことに気分が爽快で、腹部のしこりもなくなっていた。

忠八は、いぶかしそうに部屋の中を見まわした。関節がすべてはずれでもしたような深い疲労感が全身にひろがっているが、それまで半月近くも体を押しつつんできていた重苦しさは消えている。

かれは、腹部に弱々しく手をふれてみた。腹痛はなく、押してみても同じであった。死の直前になったので感覚が麻痺してしまっているのかも知れぬ、とかれは思った。窓の外が明るさを増してきていた。

看護卒が眼をさまし、忠八に近づいてきた。かれは、忠八が眼を開いていることに驚いたらしく、無言で外に出ていった。

三十分ほどすると、軍医が看護卒をともなって部屋に入ってきた。

「どうだ、気分は?」

軍医は、気づかわしげにたずねた。

「なぜかわかりませんが、いい気分です」

忠八は、かすれた低い声で答えた。

「腹痛は？」

軍医は、聴診器をとり出すと胸にあて、さらに腹部に移動させた。

「ほとんど感じません」

忠八は、深く息をすった。

「便通は？」

「まだ一度も……」

忠八の言葉に、軍医は表情をやわらげた。

「きいたらしいな」

軍医は、つぶやくように言った。

「なにがです？」

忠八は、軍医を見上げた。

「実を言うと、お前の命も長くはない、と思った。それなら一つの賭けをしてみようと考え、昨夜、麻黄の粉末を多量にお前に飲ませたのだ。夜半になって、お前が腹部の激痛におそわれ、嘔吐を繰り返したのもそのためだ。おれは心配だったが、荒療治が効を奏したらしい」

軍医は、眼を輝かせた。

忠八は、昨夜の腹痛と嘔吐の現象をようやく理解することができた。

その日、今まで日に六、七十回もあった便通が、夜まで三回しかなかった。翌日も四回で、かれは、このまま経過すれば生きられるかも知れぬという望みをいだくようになった。

食欲もわずかながら出てきて、重湯を口に流しこむことができた。体の状態も日増しに好転し、梅干で重湯をとるようになった。軍医は、

「もう心配はいらぬ。ただし、食事には気をつけろ。油断してかたいものなど食べると、一度に悪化し、死ぬ」

と、注意してくれた。

かれは、忠実に軍医の言葉を守った。

十月十六日、忠八のもとに軍医の配慮による指示がつたえられた。軍医が部屋に入ってくると、

「お前を一応内地に送還させる許可をもらった。内地の病院で十分養生し、健康をとりもどした時には再び戦場に来て軍務にはげんでもらう。明日、内地に送還される負傷者たちがいるから、一緒に出発してもらう。準備をととのえておけ」

と言うと、部屋を出て行った。

忠八は、嬉しかった。粗末な民家の一室で病臥しているよりも、内地にもどり本格的な治療をうけることによって健康をとりもどしたかった。

かれは、依然として重病人であった。下痢は回数が減っているがつづいていて、食物

も重湯に梅干以外はとることを許されていなかった。

　翌日、担架が部屋に運びこまれ、かれはその上にのせられた。かれは、飛行器採用上申書の入っている私物袋を胸の上に抱いていた。

　負傷者をのせた担架とともに忠八の担架も平壌を出発した。城門を出た担架の列は、大同江の船着場にむかってうごいてゆく。城壁には至る所に砲弾の当った個所がみられ、道の両側にも砲弾の落下したくぼみが多く、平壌攻防戦がいかに激しいものであったかをしめしていた。

　担架が船に運び入れられた。忠八は伝染病患者なので、他の負傷者からはなれた蓆《むしろ》の上に身を横たえた。かれは、うつらうつらと時間を過した。身を起すのは、看護卒が持ってきてくれる重湯をすする時と、用を足す時だけであった。

　船が外洋に出たらしく、動揺が増した。暗い船底に病臥したかれには時間の経過がわからず、わずかに看護卒が重湯を持ってきてくれることで朝、正午、夕方の区別がつくだけであった。

　四日目に船の動揺がやみ、かれは船が港に入ったことを知った。やがて、機関の音もやみ、船は停止した。しばらくすると、看護卒が担架を手にやってきて忠八をのせた。

「どこに着いたのだ」

　かれがたずねると、看護卒が、

「馬関《ばかん》（下関）です」

と、答えた。

担架が、甲板上に出た。忠八は、頭をもたげて港をながめた。内地にもどってきたという実感が胸に迫った。出征の途中輸送船が下関にも寄港したが、その折り濃い緑におおわれていた山々は、秋色におおわれている。港内には、軍用船らしい多くの船にまじって、小型軍艦の姿もみえた。

担架で桟橋におろされた忠八は、再び他の汽船に乗せられた。

船は一夜碇泊し、翌早朝、桟橋をはなれた。かれは、ランプのともる船底で身を横たえていた。起き上る力はなく、用を足す折も這ってゆかねばならなかった。

翌朝、船は宇品港に入った。港には、戦地にむかう兵や軍用品の積出しをおこなう基地らしいあわただしい活気がみちていた。

忠八は、他の負傷者とともに担架にのせられて道を進んだ。時折り町の者が近づいてくると、

「ごくろうさまでございました」

と、温かい言葉をかけてくる。涙ぐんでいる者が多かった。

家々には国旗がかかげられ、馬に乗った将校が従卒とともに過ぎたりした。

担架の列は、広島市内に入り、陸軍広島予備病院の前でとまった。そこで伝染病患者である忠八だけが分離され、第一分院の隔離病室に収容された。部屋は清潔で、かれは病衣に着がえ、ベッドに身を横たえた。明るい陽光が部屋にあふれていた。

すぐに軍医がやってきて、診断してくれた。赤痢はかなり治癒していると言われ、その日から粥と野菜スープをとることが許された。各種の注射もうたれ、忠八は本格的な治療をうけるようになった。

翌日、思いがけぬ人物が部屋に入ってきた。それは丸亀衛戍病院付であった頃の上官である渥美薬剤官であった。

「入院者名簿を繰っていたら、お前の名があったので驚いた。苦労したな」

と、渥美は言った。渥美は、広島予備病院に転属となり、病院の薬剤主任になっていた。

渥美は、内地に後送されるまでの経過をたずね、忠八の言葉に深くうなずいていた。

「ところで、寿世さんにここに来ていることを報せたか」

渥美は、問うた。

「いえ」

忠八は、答えた。渥美は、忠八が寿世と挙式した時の披露宴に主賓として出席した関係で、妻のことを気づかってくれているのだ。

「早く報せてやれ、喜ぶぞ」

渥美は、やわらいだ眼をして言った。

忠八は、その日、簡単に内地へ後送されたことを手紙に書き、寿世に送った。その中で、いずれ連絡するからそれまでは訪れてくることをせぬようにと記した。

食事が粥になったため、忠八は日増しに元気になっていった。下痢は完全にとまり、腹部のしこりも消えていた。便の検査の結果、無菌であることがたしかめられ、入院後一週間目で平病舎に移された。

忠八は、新聞、雑誌を読むことも許された。紙面にはさまざまな戦争美談が紹介され、それにともなって多くの軍歌が作られ愛唱されていることも知った。

それらの戦争美談の中で最も有名になっていた兵士は、玄武門破りをした原田重吉一等卒とラッパ卒の白神源次郎であった。

白神二等卒は岡山県浅口郡船穂村出身で、日清戦争で出征し、最初の戦いである朝鮮の成歓での戦いで戦死していた。白神は、かれの属する第五師団歩兵第二十一連隊第九中隊が突撃する折に、突撃ラッパを吹いて走っていったが、その途中、敵弾を胸部にうけた。が、かれはそれにも屈せず銃を杖に体を支えてラッパを吹く姿勢をとった。それもわずかな間のことで倒れ、絶命した。

この話はすぐ内地に伝えられ、全国民を感動させた。かれは、原田一等卒とともに英雄的存在となり、「勇敢なラッパ卒」として錦絵にえがかれた。また、かれの哀切きわまりない行為を近衛軍楽隊楽手の菊間義清が「喇叭《らっぱ》手《しゅ》の最後」という題の歌詞にまとめ、同じ楽手の萩野理喜治の協力で作曲し、それが大評判になって全国にひろまっていた。それは、「渡るに易き安城の　名はいたづらのものなるか」という歌詞にはじまり、「このとき一人の喇叭手は　取り佩《は》く太刀《たち》の束の間も　進め進めと吹きしきる　進軍ラッパの凄まじさ」とつづき、被弾した状況が歌われ、

「弾丸のんど（咽喉）を貫けど
熱血気管に溢るれど
ラッパ放たず握りつめ　左手《ゆんで》に杖つく村田銃
玉とその身は砕けても　霊魂天地を駈けめぐり
なほ敵軍を破るらん　あな勇ましのラッパ手よ」

この歌は、後に「喇叭の響」と改題され、大流行した。

また、歌人佐佐木信綱も白神源次郎に捧ぐ……として短歌を発表、著名な文学博士外山正一も「我は喇叭手なり」と題する軍歌を作詞したりした。白神ラッパ卒の行為は小学校高学年向けの教科書にものり、かれの名はさらにたかまった。

忠八は、戦場でも白神ラッパ卒の名を耳にしていただけに、新聞、雑誌に紹介されたかれの記事を興味深く読み、他の傷病兵の見舞客が持参した錦絵も眼にした。

忠八は全国の人々と同じように、白神源次郎を「勇敢なラッパ卒」と信じたが、これには後日譚がある。白神ラッパ卒の生地である岡山県浅口郡船穂村では、村の名誉として盛大な村葬をおこなった。また、陸軍省ではその軍功に対して二階級特進の上等兵に進級する旨をつたえ、金鵄勲章も下賜《かし》した。白神家では大きな墓をたて、村では村議会の決議のもとに記念碑を建立する計画が決定した。白神家には全国から賛美と追悼のお

びただしい手紙が舞いこみ船穂村の名は、全国的に有名になっていた。

翌明治二十八年三月三十日に日清両国間で休戦が決定し、五月十三日には講和条約が公布された。船穂村では白神ラッパ卒が唯一の戦死者であったので、村人はこぞってその墓前に香華《こうげ》をささげた。しかし、それから半月後、新聞に意外な記事がのせられた。それは、広島の第五師団から発表されたものらしく、

「……諸調査の結果、（勇敢なラッパ卒は）白神源次郎にあらずして木口小平喇叭卒なること判明」

というものであった。

この記事は、大きな反響をまきおこした。木口小平二等卒は、白神家のある船穂村を流れる高梁《たかはし》川の上流の岡山県川上郡成羽村出身で、日清戦争に出征し、成歓で戦死していた。白神と木口は、余りにも境遇が似ていた。出身県、所属大隊、戦死地、階級がすべて同じで、共にラッパ卒であった。そのことが、二人を混同させた原因になったようだった。

白神の故郷である船穂村の人々は呆然とし、それとは対照的に木口の出身地である成羽村の人々は沸き立った。しかし、白神源次郎の名は全国の人々の頭に刻みつけられていたので、木口小平が「勇敢なラッパ卒」であると訂正されてからも白神ラッパ卒の名は人々の脳裡からはなれなかった。殊に船穂村の者たちは白神を「勇敢なラッパ卒」と信じて疑わず、翌明治二十九年十二月には大きな記念碑を建て、除幕式で人々は、軍歌

「喇叭の響」を声を和して歌った。その後、上官の証言も新聞に報道され「勇敢なラッパ卒」は木口小平二等卒に確定した形になったが、それでも白神がラッパ卒だという主張も残され、現在に及んでいる。
　木口の郷里でも、陸軍少将明石元二郎の筆になる「陸軍喇叭手木口小平碑」が建てられ、その命日には小学生たちが「喇叭の響」を合唱した。やがて、木口の死は小学校の国定教科書にものせられた。戦前の「修身巻一」には、
　キグチコヘイハ　イサマシク　イクサニデマシタ。テキノ　タマニ　アタリマシタガ
シンデモ　ラッパヲクチカラ　ハナシマセンデシタ
と記されている。
　忠八は、赤痢も快方にむかい、平病舎で養生につとめていた。かれは依然として第一野戦病院付になっていたが、病兵として内地に後送されたため、その任が解かれ、十月二十二日、かれの入院している広島陸軍予備病院付になった。
　病院暮しはのんびりしていたが、かれは、戦場で別れた戦友のことが気がかりでならなかった。新たに編成された第一軍は、平壌を続々と出発し、北へとむかっていった。北方には鴨緑江が横たわり、その対岸に清国の大軍が集結し、日本軍を迎え撃とうと着々と戦備をととのえているはずだった。その大軍に、山県有朋陸軍大将を軍司令官とした第一軍は進発していったのである。

その頃、広島の市内はあわただしい空気にみちていた。多くの将兵や軍馬が入りこみ、宇品《うじな》港にむかってゆく。それは、新たに大本営によって編成された第二軍の将兵たちであった。第二軍は、陸軍大将大山巌《いわお》を軍司令官に第一師団（長、陸軍中将山地元治）と混成第十二旅団（長、陸軍少将長谷川好道）から成っていた。

大本営が第二軍にあたえた命令は、清国最大の軍港である旅順港一帯を占領することにあった。まず、長谷川混成旅団が先発し、ついで軍司令部と第一師団が広島に入り、宇品から乗船した。たまたま広島で議会が開かれていたので、貴・衆両院議員たちが整列して乗船する第一軍の主力部隊を見送った。第一師団は、歩兵第一旅団（長、陸軍少将乃木《のぎ》希典《まれすけ》）と歩兵第二旅団（長、陸軍少将西寛二郎）で編成されていた。

第二軍は、官民のさかんな見送りをうけて輸送船団を組み、艦隊の護衛のもとに宇品港を出発していった。

病兵である忠八は、鴨緑江沿岸の敵の大軍にむかって進んでいった第一軍と、旅順半島攻略を目ざす第二軍の動きを大きな不安のもとに見守っていた。

忠八の病状は順調な恢復をしめし、十一月五日には全快と診断され、病院を退院した。その間、松山にいた寿世からの手紙も来て連絡がとれ、忠八は寿世に広島へ来るようにという手紙を送った。忠八は、自宅療養を許されたので、広島市内の白鳥町に借家を見つけ、そこに落着いた。

かれは、自炊してぼんやり日を過していたが、移転して六日目の夕刻近く、玄関で女の案内を乞う声がした。縁先に坐って夕空を流れる雲をながめていたかれは、立ち上ると玄関に出てみた。たたきに、信玄袋を手にした女が立っていた。

「寿世」

かれは、呻くように言った。

寿世のかれを見上げる眼は、うるんでいた。忠八の無事な姿に、声も出ないようであった。

「お体の方は、もうよろしいのですか。だいぶ痩せましたし、顔色も悪いではありませんか」

寿世は、気づかわしげに忠八の顔を見つめた。

「病気はすっかり治った。朝鮮では、死ぬと思ったが、幸いにも一命をとりとめた。全快はしたが、体力をつけねばならない。自宅で療養し、少しでも早く健康になって病院に勤務しなければならない」

忠八は、言った。

早速、寿世はたすきをかけて働きはじめた。食事にも気をつかい、栄養価の高い料理をととのえた。かれは、ランプの灯の下で寿世と小さな卓袱台《ちゃぶだい》をはさんで坐った。戦場のことを思うと、夢のようであった。

新婚時代にもどったような日々がつづいた。寿世の真剣な努力で、かれの体は日増しに元気をとりもどし、十日後には体に十分な自信を持つまでになった。かれは、陸軍予備病院に行くと診断をうけ、軍務に服すまでに恢復したことが認められた。

翌朝、かれは軍服を着用し、妻に見送られて病院におもむき、薬剤主任の渥美薬剤官に挨拶をした。

「お前がおれを補佐してくれることは、まことに心強い」

渥美は、眼を輝かせた。

忠八は、その日から渥美の補佐役として病院の職務にはげんだ。

気温は低下し、樹々は枯れた。

その月の下旬、清国海軍の基地であり、東洋最大の要塞でもあった旅順港の陥落がつたえられ、大本営のおかれた広島市内は喜びにつつまれた。神社には戦勝を祝う人々の群がつづき、各家々には国旗がかかげられ、市民の列が万歳を叫びながら町々を縫った。忠八の家でも、寿世が赤飯を炊いて祝った。かれの体はすっかり常態にもどり、顔色もよくなった。

忠八は、妻と生活をつづけながらも、戦場で軍務にはげむ戦友たちのことを思った。かれらは、きびしい野戦の生活に堪えながら、傷病兵の治療、看護に夜も眠るひまもなくはげんでいるにちがいなかった。そうした戦友たちと比べて、自分は内地の病院に勤務し、家にもどれば妻の温かい扱いをうける身になっている。かれは、戦友たちの苦労を思うと、自分の生活が罪深いものに感じられた。

かれは、健康をとりもどせば再び戦場に派遣される身であった。その命令がいつ出るかわからず、妻とともに広島で生活できるのも時間の問題であった。

かれは、内地勤務になっているが、常に戦場にいるような気持でなくてはならぬ、と思った。そのためには、妻と生活しているべきではないと反省した。

「寿世」

かれは、縫い物をしている妻に声をかけた。

寿世が、顔をあげた。

かれは、きびしい表情で自分の考えを述べた。いつ戦地にむかうかわからぬ体であるので、一人で生活したい、と言った。

「東京に行って欲しい。松山衛戍病院時代に河野豊茂という軍医殿がおられたことをお前も知っているだろう。河野軍医殿は東京に転任になり、御家族とともに移られている。信頼すべき人で、奥様も立派な方だ。私が手紙を出してお願いしてみるが、河野軍医殿のもとに行って働かせてもらっては……と思う。どうだ？」

忠八は、妻の表情をうかがった。

「お言葉通りにいたします」

寿世は、即座に答えた。

その夜、忠八はすぐに河野豊茂宛に手紙を書いた。寿世を松山に帰すことも考えられたが、この機会に東京に出て、他家で働くことが後学のためになるだろう、と思った。

しばらくすると、河野から返事がきた。忠八の戦場での労をねぎらう文章につづいて、喜んで寿世を引取ると記されていた。あわただしく出発の準備がととのえられ、かれは寿世とともに家を出ると広島駅に行った。

列車は、客車、貨車の連結した七輛編成で、すでに機関車の煙突から淡い煙が吐かれていた。寿世は、客車に乗った。汽笛がひびき、列車が動きはじめた。忠八は、フォームに立って、窓から顔を突き出している寿世が遠ざかるのを見つめていた。

相つぐ勝報に、全国各地で戦勝祝賀大会がもよおされ、東京市では日比谷ケ原に各区の団体が旗をかかげて参集し、二重橋前広場にむかい、万歳を連呼した。さらに、かれらは列をくんで祝賀会場の上野公園に向った。銀座、日本橋、浅草、神田、下谷等の大通りには国旗がつらなり、人力車はホロに小旗をつけて往き交う。商店は雇人に外出を許し、かれらも婦人、子供たちとともに上野公園へ続々と集った。祝賀会場では、一斉に国旗がふられ、万歳の声が上野台地にとどろいた。

芝居も戦争劇がさかんで、歌舞伎は新作をつぎつぎに上演し、川上音二郎一座は高田実一座とともに皇太子殿下の前で戦場を舞台にした劇を演じたりした。広島でも同様の催しがあり、大本営が置かれた地であるだけに、市民の喜びもきわ立っていた。軍に協力する気持はきわめて強く、傷病兵の収容されている予備病院には、連日、多くの人々が慰問の品々や手紙を持ってきていた。

全国的に、軍歌が大流行していた。明治十九年に山田美妙斎の発表した歌が、日清戦争の開始とともに評判を呼び、

「敵は幾万ありとても、すべて烏合《うごう》の勢《せい》なるぞ（後略）」

と、人々は歌った。また、加藤義清は、その年の十月に「婦人従軍歌」を発表し、奥好義《よしいさ》の作曲を得て、たちまち全国にひろがり、

「火筒《ほづつ》の響き遠ざかる　跡には虫も声たてず、吹きたつ風はなまぐさく、くれない染めし草の色」

にはじまる歌が人々の共感を呼んだ。このほか多数の軍歌がうまれ、戦勝気分を一層たかめた。

また煙草には凱旋煙草、無敵煙草などの名称がつけられて売られ、婦人の髪かざりに勝利掛などが流行し、大勝利という名の石鹼も店頭にあらわれた。子供の遊び道具にも、行軍将棋が流行した。それは、後に軍人将棋に改められたが、戦場の戦闘に模したものであった。

そうした中で、忠八は、病院勤務にはげんでいた。かれは、一等薬剤手として渥美薬剤主任のもとで予備病院の薬品責任者の任をあたえられていた。

連戦連勝の戦局ではあったが、戦場からは多くの傷病兵が内地に還送されてきていた。かれらは、病院船に乗せられ、日本赤十字社員の救護をうけながら玄界灘を渡り宇品港に上陸する。宇品港では、宇品患者集合所で点検をうけ、或る者は担架に乗り、軽症者は杖をついて徒歩で広島予備病院にたどりつく。そのような後送によって、入院者が激増し、病院の施設では収容しきれなくなり、分院を作り、さらに分院をつぎ足してかれ

らを迎え入れることにつとめていた。

陸軍広島予備病院は、大混雑を呈していた。後送されてくる傷病兵は、建て増しされた病舎にぞくぞくと収容されたが、軍医、薬剤手の不足が表面化した。そうした事情から、陸軍省では予備・後備の者を動員したが、それでも足らず、ついには民間の医師、薬剤師まで雇い入れた。忠八たちは、朝から夜おそくまで軍務につとめた。

大本営では、厳冬の季節に入ったので積極的な作戦はおこなわず、第一線部隊を冬営させていた。


明治二十八年が、明けた。

軍都である広島の正月は、にぎやかだった。国旗が軒につらなり、神社仏閣への戦勝祈願の市民が晴衣姿でつづく。かれらの表情は、明るかった。

忠八は、元日も朝から勤務につき、休息をとる余裕もなく働きつづけた。

陸軍広島予備病院では、治療以外に戦時病院の中心的存在として多くの重要な仕事を担当していた。殊に忠八の属する薬剤部は、多忙をきわめていた。薬品を購入し、病院内に配布するが、それ以外に戦場と宇品港の間を往復する病院船や、傷病兵の転地療養所にも渡してやらなければならない。また、大本営衛生部の要求で、戦場に送る薬品その他滋養品、ホウタイ類の調達にもつとめていた。これらを処理するにはかなりの人数が必要で、いつの間にか薬剤部員は二百三十名を越え、忠八は、渥美薬剤官の補佐としてかれらを指揮していた。

かれは、部下とともに業務にはげんでいたが、前年の秋頃から思わぬことにわずらわされるようになっていた。それは、薬品を売る商人たちの訪れであった。大本営が置かれた広島の商況は活気を呈し、多くの商人が入りこみ、忠八の勤務する病院にも薬種商たちがしばしばやってくるようになった。陸軍広島予備病院では多くの傷病兵を治療し、殊に薬剤部ではその要求をみたすとともに他の部門へも配布するので、大量の薬品、ホウタイ等を購入していた。それを知った薬種問屋が、薬品の売りつけに姿をあらわすのだ。

それら各地の商人たちは、必ずその地の政治家たちの紹介状を手にし、売り込みをはかってくる。かれらと応接するのは薬品係の忠八で、名士の紹介状をもっているので会わぬわけにはゆかず、多くの時間をさかれた。

商人たちは、薬品を並べて懇願し、ひそかに取引に尽力してくれれば、金品等の謝礼を渡すことをほのめかす。商家に生れた忠八は、かれらの熱意が理解できぬわけではなかったが、賄賂《わいろ》を贈ろうとしてまで運動するかれらの気持が腹立たしく、素気なく帰させた。それでも、かれらは屈せず忠八の借家にやってくる。忠八は連日夜おそく帰るが、家の前で提灯を手に人力車を待たせて立っている商人の姿をみると、気分が重くなった。忠八は、声を荒げてかれらの差し出す贈物に手もふれず、戸を音高くしめるのが常であった。

かれは、薬品の購入についてはすべて渥美薬剤主任の指示を仰ぎ、薬種商の売り込み運動が激しいことも詳細に報告していた。薬品類は、それまで予備病院に納品をつづけてきていた広島市内の誠実な薬種商以外から購入することはしなかった。

戦場での激闘はつづき、傷つき病いを得た将兵は、続々と病院船で宇品港に送られ、広島予備病院に収容されていた。戦局は日本側が優勢で、威《い》海衛《かいえい》軍港をめぐる攻防戦で日本海軍は清国海軍に致命的な打撃をあたえていた。

戦傷病兵の激増で広島予備病院の存在はきわめて重要なものになり、薬剤部には大本営衛生部から薬剤監平山増之助医学博士が毎日来院してきていた。

そのうちに、戦場へ送る薬品類の調達が重視され、薬剤部の総監督として陸軍省から薬剤監岡田謙吉が赴任してきた。

忠八は、薬剤部主任渥美薬剤官とともに多忙な勤務をつづけていた。が、岡田は、慢性の腎臓病で十分に仕事をすることができず、三カ月ほどで引退し帰郷した。その後任として溝口恒輔薬剤監が着任した。

忠八は、溝口、渥美の指示を仰ぎながら薬品材料、滋養食品の調達と供給にはげんだ。

八

その後、戦局は日本側が圧倒的に優勢で、敗戦を認めた清国側から講和条約の締結を求める気運がきざした。

忠八は、清国の講和使節李鴻章《りこうしよう》が三月十九日、黄龍旗をひるがえした二隻の汽船で馬関に入港、宿舎である引接寺《いんじようじ》に入ったことを新聞で知った。

翌二十日、両国全権は春帆楼で第一回の会合を開いた。日本側の全権は伊藤博文首相、陸奥《むつ》宗光外相、随員として内閣書記官長伊東巳代治らが列席していた。

日本側は、清国側に強い警戒心をいだいていた。清国は、大国の体面上、日本に和を乞うことを恥じ、自然な停戦を望む気配が濃厚だった。それを裏づけるように、清国の新聞北清日日には「東洋求和」という題の絵が添えられた奇怪な記事がのせられ、それが日本の新聞にも紹介されていた。

内容は、戦勝国日本が敗戦国清国に逆に和を乞うというもので、その絵には、李鴻章以下高官が列席した前に日本使節が進み出て、贈物をささげ、平身低頭して休戦を懇願している様子がえがかれていた。日本国民はその記事と絵に激しい怒りを感じ、伊藤、陸奥両全権らも、清国側の態度に不信感をいだいていた。

その日の会合で、李は、有利な条件を得ようとして即時休戦を主張、日本側全権は、「日本軍は、山海関《さんかいかん》、大沽《タークー》、天津《テンシン》を占領する予定であるので、その後に休戦に応じる」と反論した。

その三地区の占領は、清国の首府北京の死命を制することになるので李は応ぜず、三日後の二十四日にひらかれた会合で、休戦問題をタナ上げにして、講和談判に入ることが決定した。

李鴻章は、その日の談判を終え、春帆楼の玄関先から輿《こし》に乗り門前の石段をくだって宿舎の引接寺にもどっていった。

その途中、思いがけぬ出来事が起った。沿道には多くの憲兵、警察官が警戒に当り、清国全権一行を眼にしようとおびただしい人々がむらがっていたが、李ののった輿が、阿弥陀町を西に進み引接寺への角を曲った時、一人の男が飛び出してきて輿をかついでいる者の肩をつかみ、輿がとまると同時に短銃で李を射った。

ただちに阿部憲兵上等兵と新条警部が走り寄り、男をとらえて路上に組み伏せた。男は群馬県邑楽《おうら》郡大島村生れ二十六歳の小山録之助で、五連発短銃を持っていた。

弾丸は李全権の左眼の下に当って鼻の横から頬にぬけていた。かれは、ただちに引接寺にはこびこまれた。随員たちは、清国汽船「公義号」に引返すべきだと主張したが、そのまま引接寺で治療する方がいいという声が高く、李はとどまった。

治療の結果、李の生命には別条がないことが判明した。

小山録之助は、厳重な取調べをうけた。

録之助の生家は、村内の財産家で、父幸八郎は、県会議員をしたこともある名士であった。録之助は長男で、上京し三田慶応義塾に入学したが放蕩に明け暮れしてすぐに退学し、父にも見かぎられ廃嫡《はいちゃく》された。かれは放浪をつづけ、壮士講談師伊藤痴遊の門人となって痴狂という名をあたえられたりしたが長続きせず、その後、壮士と称して暮していた。かれは警察の取調べで半狂乱になっていたが、戦争継続論者で講和使節李鴻章を殺せば、戦争がつづくと思い凶行に及んだと答えた。

李は、馬関要塞の軍医の治療をうけ、また翌二十五日には陸軍軍医総監石黒忠悳ら日本医学を代表する医師たちの見舞をうけた。診断の結果、全治二週間であると判定された。また、日本側全権伊藤博文首相、陸奥宗光外相もねんごろに李全権を見舞った。

下関は、その事件で騒然となった。広島の大本営にあった天皇は、不祥事の起ったことを憂え、「わが国は清国と交戦中であるが、清国が使節を派遣し、礼儀をもって両国が平和会議をはじめたのに、清国使節に凶徒が危害を加えたことは、まことに残念でならない。このような犯人は、法のもとに厳罰に処すべきである。関係者たちは、このような暴挙を徹底的に防ぎ、国の名誉をそこなわぬよう努めよ」

という趣旨の勅語を発し、中村侍従武官を勅使として派遣し、李全権を慰問させた。

また、天皇は、李全権の主張した即時休戦を受諾するよう指示し、それにもとづいて、陸奥全権が李を病床にたずね、二十一日間の休戦をつたえた。

小山録之助の裁判は、国際的配慮のもとに凶行のおこなわれた翌々日に早くも予審がおこなわれ、三月三十日に鶴岡琢郎裁判長によって無期徒刑の判決が言い渡された。

李全権の経過は順調で、傷も癒えた。

四月十日、講和談判が再開された。その日李全権は、白い服を着、眼鏡をかけ、傷をうけた個所に膏薬《こうやく》をはって輿に乗り、引接寺を出ると山路をたどって春帆楼に入った。

その後、談判がつづけられ、両国全権の間に激しい応酬が交された。日本側は、外務省電信課長佐藤愛麿《よしまろ》が李全権と清国との間に交される暗号電文の解読に成功していたので、清国側の意図をすべて正確につかんでいた。その情報をもとに、日本全権は要求を強く主張、四月十七日に講和条約が締結された。

条約の内容は、朝鮮の独立、遼東半島、台湾全島、澎湖《ほうこ》列島を日本に割譲し、賠償金二億両、重慶をはじめ四市を開くなどであった。これによって日清戦争は、終った。

李全権一行は、十七日午後三時三十分、「公義号」「礼容号」に分乗して下関を出港、祖国に去っていった。

講和条約締結の任を果した日本側全権伊藤博文首相と陸奥宗光外相ら一行は、軍艦「八重山」に乗って下関を発し、四月十八日午後四時広島県宇品港に到着した。港内にあった汽船は、船を華やかに飾りつけて祝意をしめした。

伊藤首相らが小蒸汽船に乗り移ると、「八重山」から十九発の礼砲が放たれた。小蒸汽船が桟橋についた。桟橋では、楽隊が整列して国歌を奏し、山県有朋陸相、黒田清隆枢相、西郷従道海相、松方正義蔵相、徳大寺実則《さねつね》侍従長、大本営文武官、鍋島広島県知事ら多数が出迎えた。

桟橋を進んだ伊藤首相らは、歓迎アーチをくぐり、仮小屋の中に入った。そこには、高官の夫人たちが接待役としてひかえ、天皇から贈られたシャンパンがあけられて祝杯をあげた。そこで短時間、歓談後、伊藤と陸奥は宮内省さしまわしの馬車に乗った。天皇に条約締結の報告をするため大本営に向ったのである。

宇品港から広島の大本営までの距離は一里半（六キロ）で、馬車は、警護の騎馬隊に守られて進んだ。沿道には、人の群がひしめいていた。広島市内と近在の町村の代表者たちが、正装してつらなり、男女学校生徒たちも整列している。一般の人々も、その後にむらがっていた。

かれらは、国旗以外に「歓迎」「万歳」などの文字を記したさまざまな幟を立て、馬車が近づくと、万歳を叫ぶ。さらに御幸橋には、華やかなアーチが建てられ、「祝大勲」という文字が大書されていた。馬車がアーチの下をくぐると同時に、花火が打ち揚げられ、沿道を埋めた人々の間から歓声がおこった。馬車は、旗の列の中を大本営に進んでいった。

陸軍予備病院にも、市内のどよめきが伝わってきていた。病院では講和条約締結を祝って傷病兵に赤飯が支給され、病院付の軍医、薬剤手らは簡単な祝杯をあげた。

その夜、忠八は渥美薬剤官の部屋に招かれた。

「講和条約がむすばれたが、今後どのようなことが起るかわからない。万が一戦争が再発したとしても、お前はこの病院にいてもらう」

渥美は、言った。

「戦場に行くことはないと言われるのですか」

「そうだ。お前がこの病院にいてくれなくては、薬品の調達、配布が円滑にはこばぬのだ。溝口薬剤監殿は、いかなる戦地からの要求があっても二宮ははなさぬと言っておられた」

渥美は、淀みない口調で言った。そして、急に表情をやわらげると、

「寿世さんを東京から呼んでやったらどうだ」

と、忠八の顔をのぞきこむように見つめた。

その夜、忠八は、東京の河野豊茂軍医のもとで働いている妻に手紙を書いた。渥美薬剤官から再び自分が戦場におもむくことがないと言われたことを伝え、広島に落着くことにしたと記した。家を探すので、それがきまり次第広島へくるようにと書き添えた。

翌日、かれは人に頼んで借家探しをしてもらった。が、広島に大本営が置かれている関係で、借家住いをしている文武官が多く、空家は皆無で、家は見つからなかった。かれは、苛立って督促したが、依頼した男は頭をふるだけだった。

伊藤、陸奥両全権が天皇に講和条約締結を奏上してから四日後の四月二十二日、市内に号外の鈴の音が流れた。戦争も終結したので、二十七日に大本営が広島から京都に移されるという宮内省告示があったのである。二十六日の朝、皇后が列車で広島をはなれ、天皇も翌朝京都へむかった。それにつれて、大本営所属の文武官が続々と広島から京都へ移動していった。

借家が見つかったのは、二日後であった。市内の上柳町にある岩本久保太の持家で、案内された忠八はその家が気に入り借りることにきめた。

かれは、寿世へ手紙を書き、また寿世の兄である大木充に松山に置いてある家財一切を船便で送ってくれるよう依頼状を出した。

五月に入って間もない休日に、忠八は広島駅へ寿世を迎えに行った。列車をおりてきた寿世の顔には、夜行列車の旅の疲れが濃くにじみ出ていた。

かれは、寿世の手にした信玄袋を持とうとしたが、

「私が持って行きます。人がおかしがります」

と、寿世は言った。

「人の眼などどうでもいい。私の方が体力があるし、お前は疲れている」

かれは、強引に信玄袋を手にすると歩き出した。

「お国の大勝、おめでとう存じます」

寿世が、言った。

「まことにめでたい。しかし、外国がなにか言いはじめていて、これからひと波乱あるかも知れぬ」

かれは、国旗のつらなる家並に眼を向けながらつぶやくように言った。

新聞には、

「欧州某々国の強圧来らんとす」

という大きな見出しのもとに、ドイツ、フランス、ロシア三国が日清講和条約にからんで自国の権益を増大するため日本政府に対して強い圧力を加えてきている、という記事がのせられていた。

その憶測記事は、事実であった。それは、講和条約が締結されてから七日目の四月二十三日、東京駐在のロシア、ドイツ、フランス三国の公使が連れ立って外務次官林董《ただす》を訪れたことにはじまった。

公使たちは、

「日本が講和条約によって遼東半島を清国から割譲することを定めたのは、東洋の永久平和を乱すものであり、放棄すべきである」

と、要求した。世に三国干渉と言われる。

日本の圧勝は、欧米列強にとって予想外のことで、殊にロシアの驚きは大きかった。ロシアはシベリア鉄道の建設をはじめていて、遼東半島が将来ロシアの東洋進出に重要な意味をもつと考えていた。ロシアは、日清講和条約によって遼東半島が日本の領土になることが決定したことを知ると、ただちにドイツ、フランスに積極的に働きかけ、三国が共同して日本に圧力をかけることにきめたのである。そして、日本に要求をのませるため、武力による示威運動をおこした。ロシアは、日本各港に碇泊していたロシア軍艦に二十四時間以内に出港することを命じ、予備兵五万をウラジオストックに集結させた。また、ドイツも東洋地域の海上兵力の増派を発表したりした。

二日後の二十五日、日本政府と軍首脳は御前会議をひらき、伊藤博文首相の提出した三つの案について協議した。

第一、戦争を覚悟で三国干渉を拒絶する。

第二、列国会議をひらいてその問題を処理する。

第三、ロシア、ドイツ、フランスの要求を承諾し、遼東半島を清国に返還する。

この三案について、討論が繰り返された。

第一案は、日本の滅亡にもつながるという意見が支配的で、採択することは不可能であった。精鋭部隊は清国の戦場に派遣されていて、国内に兵力は乏しかった。また、兵員は疲労し軍需品は欠乏していて、殊に連合艦隊は三国のみならずロシア艦隊に比べてはるかに劣勢であり、もし武力衝突が起れば惨敗することはあきらかであった。また第三案は余りにも屈辱的であるので、結局、第二案を採択することになり、会議を終えた。

伊藤は、当時舞了で病臥していた陸奥外相を訪れ、会議の結果を報告し、意見を乞うた。陸奥は、列国会議を開くことは至難であり、もし開くことができたとしても、遼東半島以外の問題も討議の対象になり、一層日本に不利な結果を招くおそれがあると指摘して、反対した。

伊藤は、五月四日、京都で閣僚と樺山《かばやま》海軍軍令部長をまじえて御前会議をひらいた。その席上、陸奥外相の意見が紹介され、討議の末、やむなく三国の要求を全面的にのむことに決定し、翌五日の早暁、その旨が電報で三国に伝えられた。

このような政府のひそかな動きは、むろん新聞記者にかぎとられていた。それは、国家として大きな屈辱であり、新聞は一斉に三国の横暴に対する激しい憤りをしめした。新聞紙上に三国干渉に関する記事が大々的に掲載されはじめたが、それに対して政府は治安を乱すものとして強硬な抑圧策に出た。政府は三国干渉を記事にした新聞をただちに発行停止にし、四月下旬から五月にかけて処分をうける新聞が続出した。

徳富蘇峰が社長をしている「国民新聞」は、「何事か？　新聞の弾圧頻々」という見出しで、「愛媛新報」、栃木県内紙の「関東」、「福島新聞」「山形日報」「高知毎日新聞」がそれぞれ発行停止を命じられたことを報じた。それ以外に「二六新報」は三回にわたって、また政府系新聞と言われていた「東京日日新聞」ですら三日間の停刊処分をうけた。

このようなきびしい報道規制がとられたが、国民は三国が日本に強力な武力を背景に圧力をかけていることを知った。国民の感情は、複雑だった。日本が勝利を得て、清国との講和条約によって領有が決定した遼東半島を、ヨーロッパの列強三国が返還を強要することは不当に思えた。その反面、三国殊《こと》にロシアが強大な艦隊を日本に派遣して攻撃してくるという説が流れ、国民は激しい恐怖にもおそわれていた。国内の要地が砲撃されても、日本海軍にはそれに対抗する力がないことを人々は知っていた。

そうした中で、天皇は国民の感情をしずめるため、五月十日、詔勅を発表した。その中で、天皇はロシア、ドイツ、フランスを友好国であるとして、その忠言をいれて遼東半島を返還した、と述べた。

勅語が発せられたが、国民の感情は大きく揺れ動いていた。東洋の植民地化をねらう列強三国の強圧に屈しなければならなかったことを憤り、或る者は政府の弱腰を非難した。そして、各地で遼東半島還付の屈辱外交を責める演説会が、多数の聴衆を集めて開かれたが、講師が演説をはじめると会場に派遣されていた官憲がただちに中止を命じた。そのうちに、武力の乏しい日本が欧州列強の要求に屈するのはやむを得ないという考え方もひろまり、今後列強の圧力をはね返す軍備をもつまで、堪えねばならぬという声がたかまった。新聞は、論説で「臥薪嘗胆《がしんしょうたん》」すべきだと説き、その言葉が国民の間に流行した。

戦争の終結によって、戦場にあった部隊が続々と内地に帰還してくるようになった。まず征清大総督小松宮彰仁親王が五月十八日旅順を発し、宇品港に上陸後、列車で五月二十二日京都に凱旋した。それにつづいて各軍司令部、各軍隊も続々と戦場から宇品港に到着、広島から列車で原隊所在地へもどっていった。

広島市内では、これら凱旋将兵を市民が旗をふり万歳を連呼して出迎えた。それらにまじって多くの傷病兵も、陸軍予備病院に送りこまれてきた。

忠八は、寿世と新しい生活をはじめた。松山に残しておいた家財もとどいて、忠八はようやく落着きをとりもどした。

広島に大本営が置かれて以来、多くの薬学の権威の訪れがあった。代表的な学者は、丹波敬三、下山順一郎の両博士であった。丹波と下山は、明治十一年東京大学医学部製薬学科本科の第一回卒業生で、共にドイツに留学、明治二十年には帝国大学医科大学に新設された薬学科の教授に就任していた。

かれらは、大本営の要請によって陸軍予備病院にやってきて、薬剤監溝口恒輔と打ち合わせをし、忠八も薬品係として渥美薬剤官とともに会議に同席した。その他、福原有信、高橋秀松博士らも病院に訪れてきて、忠八は日本の代表的薬学者に接する機会に恵まれた。

講和条約がむすばれ戦争は終結したが、戦後処理は残されていた。日本は、条約によって清国から台湾を領有することが決定していたが、清国の湖広総督張之洞らはこれに反対し、五月二十五日に共和政府を樹立、台湾の独立を宣言した。張らは、唐景崧《とうけいすう》を大統領に任命し、国旗を制定し独立国家としての態勢を整えた。正規軍は約五万で、島民から多くの男子を兵とし、日本に対して徹底抗戦の構えをしめしていた。

日本政府は、台湾平定のため近衛師団（長、陸軍中将北白川宮能久親王）に征討を命じ、師団は五月二十九日に台湾のサンチャオに上陸した。近衛師団は、六月二日から進撃を開始し、敵の抵抗を排除しながら進み、六月三日に基隆、七日には台北を占領し、二十二日に台北で台湾総督府の開庁式をおこなった。初代総督は、海軍大将樺山資紀であった。

八月二十日、日本軍は台湾南部に上陸作戦をおこない、翌日台南をおとし入れ、二十九日には安平も占領して、ここに全島を平定することができた。日本軍の死傷者は約七百にすぎなかったが、病気におかされて死亡、または内地送還された者は二万以上にも及んだ。殊にマラリアにかかった者は一万五百十一人にも達した。

近衛師団長北白川宮能久親王も風土病にかかったが、轎《きょう》に乗って指揮をとっているうちに病勢が悪化、十月二十八日に台南で死去したと発表された。この死について台湾人の史明が著した「台湾人四百年史」には、北白川師団長の死因は風土病によるものではなく、草むらにひそんでいた台湾人ゲリラに襲撃されて重傷を負い、それが死につながったという説を紹介している。

台湾平定によって、戦火は全くやんだ。が、日本最大の規模をもつ広島陸軍予備病院には、続々と傷病兵が送りこまれていた。

広島の第五師団が宇品港に凱旋してきた。

忠八は、自分が所属していた第一野戦病院の者たちも帰還したことを知り、やがて訪れてきた上官や部下たちと再会を喜び合った。

第五師団の帰着によって野戦病院は解体され、その構成員によって広島衛戍病院が復活し、忠八も七月十八日付で衛戍病院兼務になった。かれは、時折り似島《にのしま》に設けられる予定の消毒所建設のために出張し、指導に当った。

その年の十一月十八日、忠八に従軍記章が下賜され、十二月三十日には日清戦争の功により六十円が支給された。

明治二十九年を迎え、かれは三十一歳になった。病院の収容者も、徐々に快方にむかって帰郷する者がつづき、ようやく平静さをとりもどした。

かれは、溝口薬剤監の命をうけて三月二十三日治療器械視察のため仙台衛戍病院に出張した。かれにとって、むろん東北地方は初めて足をふみ入れる地で、帰途、東京にも立ち寄り、首都の活況を眼にした。

一週間の短い旅を終えて広島にもどったかれは、徹夜することもなくなり、定時に通勤し、定時に帰ることができるようになっていた。

或る日、かれは、行李の中から飛行器の資料を取り出し、部屋の中にひろげた。また、丁重に荷造りされた玉虫型飛行器の模型もとり出した。久しぶりに眼にするそれらのものがなつかしく思われたが、戦場で提出した採用上申書が素気なく突き返された屈辱が重苦しくよみがえった。

今に必ず空を飛ぶ飛行器を完成し、見返してやる、とかれは思った。丸亀練兵場でプロペラを回転させながら飛んだ烏型模型器の姿も思い起された。その飛行原理を基礎に設計した玉虫型飛行器は、まちがいなく人間をのせて飛ぶことができるはずであった。

　内地に後送されて病院の激務に日をすごす間も、飛行器完成のことは頭からはなれなかった。夜、ふとんに入ってからも、闇の中で考えていることが多かった。翼、胴体、尾翼の形をあれこれ検討し、メモをとりつづけた。かれは、結局、飛行器が人間を乗せて空を飛ぶ基本は、ただ一つ残された問題を解決する方法しかないことに思い当っていた。それは、動力の問題であった。

　忠八は、未解決であった動力についてようやく光明らしいものを見出していた。

　烏型模型器では、聴診器のゴム管を細く裂いたものを使用してプロペラを回転させることができたが、むろん玉虫型飛行器に適用できるものではなかった。玉虫型飛行器は人間を乗せて飛ぶことを目的としていて、ゴムのようなものでプロペラを回転させても離陸するどころか、地上滑走させる力もない。かれは、町の中でみた自転車に眼をとめ、それに似たものをとりつけ、脚力の強い人間にペダルをふませれば離陸は可能か、とも思った。

　動力の問題は、その線でとどまっていたが、かれは、人力には限界があり、たとえ離陸させることができたとしても、地上からわずかに浮き上るだけで、飛行距離もきわめて短いものになるにちがいない、と思った。科学が日増しに進歩している時代に、人力などに頼ることは愚かしい、とも思った。船や汽車は、蒸気機関で走る。そのことにも気持が動いたが、蒸気機関はきわめて重く、そのようなものをのせるわけにはいかない。かれは軽量で、しかも馬力の強い動力でなくては飛行器には不向きだと考えていた。

かれはあれこれと思案していたが、前年の三月に切り抜いておいた新聞記事をあらためて読み返してみた。それは、

「石油発動機初めて据付られ参観人で賑ふ」

という見出しの記事であった。

かれは、記事の活字を眼で追った。それは、左のような内容であった。

日本に石油発動機というものが輸入されたが、それはドイツのゲルハート・エンド・ユームス発動機製作所が発明・製造したもので、石油の力で発動運転される原動力器は、単複シリンダー共一馬力から十六馬力の種類がある。石油二升二合を入れると、一馬力の力で十時間動きつづける経済的な発動機で、東京の日本橋呉服町にある中野商店でこれを買い入れて据えつけ、金、銀のモールを製造する動力として使っている。効果はきわめてよく、好成績をあげている。この発動機は、破裂したり火災が起るおそれもなく、悪臭を発したり黒煙を出すこともない。さらにこの機械は小型なのでせまい場所に据付けることができ、煙突も必要ない。そうした数多くの利点があるので、有志の参観がつづいているという。

忠八は、それまで石油発動機という名称を耳にしたことはなかった。石油はランプに使うものと思いこんでいたのに、それが効果的な動力源になるなどとは想像もしていな

かった。

かれは、あらためて石油について関心をいだき、発動機に強い興味をもった。かれは、石油についての文献をあさった。

石油のことが初めて記録されたのは、「日本書紀」である。

天智天皇七年（六六八）のくだりに、「越國獻燃土與燃水」とある。越国とは越後（新潟県）で、燃土は石炭、燃水とは石油のことである。さらに、「和訓栞」によると、石油は臭水《くさみず》といわれ、黒川村の十間四方の池に臭水がうかんでいることが記されている。が、それは灯火などに使うことなく、神秘的なものとして扱われているにすぎなかった。

江戸時代に入ると、正保元年（一六四四）に真柄仁兵衛という男が、越後の蒲原《かんばら》郡柄目木村で石油が出ることを確認した。かれは、二年後に南蒲原郡妙法寺村の庄右衛門という旧家の敷地内で、地中から異様なガスが出ているのを見出した。かれは、試みにそれに火を近づけたところがさかんに燃えはじめたので、大いに喜んだ。そして、その湧出孔のところに臼をかぶせ、臼に穴をうがって竹筒を突き入れ、筒から出るガスに点火した。その火の明るさは、三百目ローソクと同じ程度であったという。

幕末になると、石油の存在が外国人の口からひろくつたわった。岸田吟香は、医師ヘボンに師事して辞書の編纂にしたがっていたが、ヘボンに越後の臭水のことを話した。ヘボンは、それは石油かも知れぬと言い、岸田はすぐに越後から取り寄せ、鑑定を求めるためアメリカへ送った。その結果、それはペンシルバニア産のものよりも上質の石油であることがあきらかにされた。ついで、越後の人である石坂周造が、新潟県の石油について鋭意研究し、明治六年、油井を開く機械をアメリカから買い入れ、石油採取に着手した。

また、翌五年には、政府がアメリカ人ライマンを雇い入れ、全国の油田を調査させた。かれは、六年十月、遠州（静岡県）相良《さがら》町近くに機械を据付けて、石油を採取した。その月の十六日に一石余、翌日二石余の出量をみた。

その頃にはアメリカのスタンダード社から石油が輸入されるようになり、明治七年にはランプも輸入されて灯火油として普及していった。しかし、木造家屋ばかりの日本では使用をあやまって火災事故が続発し、足立徳基が発火性の少ない安全火止石油と称するものを売り出したりした。石油は灯火用とされていたが、石油発動機はすでに明治十七年に初輸入されていた。忠八は、そのことに気づいてはいなかった。

初めて日本に輸入された石油発動機はイギリス製で、購入したのは東京職工学校（東京工業大学）であった。それは研究用として学生に展示されただけで、新聞記事にもならず、忠八が知るはずもなかった。

しかし、ドイツ製発動機の記事が掲載された翌月一日、京都で開かれた第四回内国勧業博覧会を報ずる記事の中で、発動機が展示されたことに気づいた。それは、東京職工学校でイギリス製発動機を参考に試作したもので、その発動機が勢いよく動く情景を眼にした観衆が驚嘆したと書かれていた。

忠八はそのような強い動力こそ飛行器にふさわしいものと考え、石油発動機に関する新聞報道に注意をはらっていたが、その年の一月下旬、思いがけぬ記事を眼にした。そこには、「オートバイ試乗、石油発動自転車」という見出しで、

「猟銃家を以て有名なる十文字信介氏は、此回《この》石油発動自転車を輸入して、過日丸の内にて其の試乗を為《な》したり。同自転車は、石油三合の火力を以て、一時間六十哩《マイル》を走るよしにて、殆《ほと》んど汽車に二倍するの速力あるもののよし。其の軍事伝令、郵便駅伝等に用ゐて至大の効を奏すべきものなり。其価五百圓」

と、記されていた。

忠八は、一瞬放心状態になった。かれは、かなり前から玉虫型飛行器の動力として自転車を考えていたが、それに似たものをとりつけることを思いついた最大の原因は、軽量で飛行器の負担とならぬことが好ましいと思ったからであった。が、最大の難点は、人力にたよらねばならぬことで、そのような弱い動力では人間をのせた飛行器を飛ばせることは不可能にちがいなかった。かれは、自転車を完全にあきらめていたが、その記事を見て、これこそ自分が探し求めていた動力だ、と直感した。関心をいだいていた石油発動機と、最初に思いついた自転車とがむすびついたことが、かれには神の啓示のようにすら感じられた。

五百円という金額に、かれは呆然とした。巡査の月給は最低九円、平均十二円ほどで、住込み女中は一年間働いても十二、三円である。五百円という額は、庶民に縁のない大

金であった。

かれは、石油発動自転車を入手し、その重量からおしはかって飛行器設計をやり直せば、人間を乗せて飛ぶことは十分に可能だ、と思った。と同時に、下士官待遇の陸軍一等薬剤手の身分では、そのような高価なものを入手できるはずがないことをはっきりと知った。

かれは、石油発動機の出品された第四回内国勧業博覧会の新聞記事を読みあさったが、石油による動力以外に電気が動力として使われていることも知り、強い興味をいだいた。京都では、博覧会を見物する客をはこぶため、七条停車場前から会場前まで運転する路面電車を走らせた。それについては、新聞には、

「……非常の乗客にて、速力は同線路間の下リ二十五分、上リ二十八分を要せしが、珍しき事とて、線路には数万の老幼男女群集して見物するもの山の如く、同鉄道の運転成績は上首尾なり」

と、報じていた。

電車が人々の前に初めて姿をみせたのは、明治二十三年であった。その年の三月に東京上野でひらかれた第三回内国勧業博覧会で、約四四〇メートルの線路を敷き、電車を走らせたのである。

日本で初めて電車が営業運転された地は、京都であった。明治二十八年一月三十一日、京都の七条から伏見油掛間六、四〇〇メートルの路線で開業したのである。乗客の定員

は十六名、ポール一本、二十五馬力の電車で、時速八キロであった。運転台はむき出しになっていたので、運転士は雨の日は蓑《みの》を着て運転した。また、雪の日には、真綿の腹がけをし、手袋をつけて運転したが、一往復してもどると手足がこごえ、運転中止になることもあった。

運転士のわきには助手の少年が一人乗っていて、停留所近くになると飛び降りて信号手の役目をし、電車が動き出すと飛び乗ることを繰り返した。また、夜間には、少年が細長い提灯を手にして、それを電車の前方にのばし、路面を照らした。

忠八は、新時代の動力に石油と電気が使われていることを知り、それらを飛行器の動力として利用すべきだ、と思った。しかし、かれは、それらの動力を自分の力で入手することは、到底不可能であることを知っていた。まず、経済力の乏しい自分には、それらは余りにも高価すぎて手がとどかない。それに、そうした分野の知識は全くなく、たとえ飛行器に利用しようと思っても、手がかりすらつかめなかった。

かれは、軍の力を借りねばならぬ、と思った。もしも、自分の研究を軍が採用してくれれば、動力関係の専門家が研究に加わるだろうし、あらゆる部門の知識が結集され、試作への段階を確実に進むにちがいなかった。

三国干渉問題後、軍備強化の気運がたかまっていて、自分の研究も大きな関心を招くはずだった。軍が採用してくれれば、自分の考案した飛行器の模型は、強力な動力を得て人間をのせた実機として滑走、離陸し、空を飛ぶだろう。

軍の協力を得なければ、と、かれは思った。が、戦場で飛行器採用上申書を素気なく返された折の屈辱感がよみがえってきた。

上申書を却下した参謀長岡外史少佐は、

「戦争でも終り帰国したら、個人の研究としてつづければよいではないか」

と言ったというが、長岡の言葉通り、個人として研究をつづけ、人をのせて飛ぶ飛行器を作りたいのは山々だが、動力の点について個人の力ではどうにもならないことはあきらかだった。軍が積極的に協力の手をさしのべてくれなければ、飛行器の完成はおぼつかない。

恥をしのんで、再び上申書を提出してみようか、とかれは思った。大島混成旅団は凱旋していて、旅団長の大島も広島にもどってきている。大島は、日清戦争の輝かしい武功をみとめられて従四位勲二等を授けられ、前年の二十八年八月には男爵の爵位もさずけられている。

戦場で上申書は却下されたが、今はちがう、と忠八は思った。戦争は終結し、陸海軍は戦争の疲れをいやして新たに軍備を強化する第一歩を踏み出している。軍は、新しい文明の利器を積極的に導入し、空への関心も深く、いち早く軽気球を軍用として採用もしている。もしも、自分の研究によって人間をのせて空を飛ぶ飛行器が完成する可能性があることを知れば、まちがいなく採用してくれるにちがいない、と思った。

かれは、大島に直接会って自分の悲願をうったえ、上申書を提出しようと決心した。

男爵にもなっている大島が支持者になってくれれば、陸軍省も動き、それによって飛行器の完成もまちがいなく実現するはずだった。

忠八は、大島に接近する方法について思いめぐらせた。下士官待遇の一等薬剤手が少将に会って話をすることなど出来るはずもなく、有力な仲介者が必要だった。かれの頭に、一人の人物がうかび上った。軍医部長の草刈義哉であった。

草刈は松山連隊の軍医であったことがあり、その頃、同じ連隊の衛戍病院に勤務していた忠八も眼をかけてもらっていた。広島第五師団が輝かしい軍功をあげて凱旋してきた後、忠八は草刈が師団の軍医部長として赴任してきたことを知り、早速挨拶に行った。草刈も、忠八との再会を喜び、その後、しばしば顔を合わせていた。

その間、忠八は、草刈が戦場で負傷した大島義昌少将の治療にあたったことも知っていた。傷はすでに癒えて、大島は元気に軍務に従事していた。忠八は、大島に接近するには草刈の仲介を得るのが最も効果があると思った。

忠八は、設計図と説明書をたずさえて病院に出勤すると、昼の休憩時間に軍医部長室に行った。

「よく来たな、元気か」

草刈は、昼食後のお茶を飲みながら上機嫌に迎えてくれた。

「お願いがあります」

忠八は、草刈の机の前に立つと、飛行器研究の経過と、新しい動力を利用すれば人間をのせて空を飛ぶ器械を完成させることは十分に可能であると述べた。

草刈は、呆気にとられたように忠八の顔を見つめ、忠八が机にひろげた設計図と説明書に視線を据えた。

「この模型器は、丸亀連隊の練兵場で空を飛びました。いつでも飛ばせて御覧に入れます」

忠八は、図に描かれた烏型模型器を指した。

「空を飛ぶ器械か」

草刈は、つぶやくと煙草に火をつけた。

「私個人の力では、これでぎりぎりです。これ以上推し進めるには、陸軍で御採用いただけなければ不可能です」

忠八は言うと、大島少将に直接会って上申書を提出したいので、仲介をして欲しいと頼んだ。

草刈は、しばらく黙っていたが、

「すると、お前は、一度大島閣下に上申書を提出し、却下されているわけだな」

と、言った。

「そうであります。軍務多忙の折に……と申されて。それも、当り前のことで、私も恥じ入っております。ちょうど平壌戦のはじまる直前で、行動を起す準備に大わらわの時でした。上申書を提出いたしましたが、それを検討して下さる時間的余裕はなかったはずです。しかし、今はちがいます。大島閣下は必ずじっくりと眼を通し、検討して下さるはずだと思っております」

忠八は、よどみない口調で言った。その顔には、真剣な表情がうかんでいた。

その夜、家に帰った忠八は、寿世に草刈軍医部長に会って大島少将と引合わせてもらうように懇願したことを伝えた。

「御承知下さったのですか」

寿世が、気づかわしげにたずねた。

「とりあえず、大島閣下にその旨をつたえると言って下さった」

「閣下はお会い下さるでしょうか」

日清戦争で多くの激戦に参加し武勲をあげた大島混成旅団の名を知っている寿世は、旅団長であった大島少将が一介の陸軍薬剤手に過ぎない夫に会ってくれるとは信じられないようであった。

「それはわからぬ。むろん草刈部長殿は、私が上申書の再提出を望んでいることを閣下に申し上げて下さるはずだ。戦争も終ったし、あらためて検討して下さるとは思うのだが……」

忠八の声には、自信のない弱々しいひびきがあった。

かれは、草刈からの返事を待った。落着かない日々が、過ぎた。

大島が一度却下した上申書に、再び眼を通してくれる確率は少ないようにも思えた。

一般の人々と同じように、大島も空を飛ぶ器械などというものは、夢物語にしか思えないかも知れない。日本よりはるかに科学の進歩した欧米諸国でも、そのような器械が発明された話はなく、忠八がそれを作り上げようとしていることが、狂気沙汰としか受けとられないようにも思える。

ただ一つの期待は、大島が前に提出した上申書を眼にしたことがないかも知れぬ、ということであった。上申書は、参謀の長岡外史少佐から返却されたが、提出した上申書は長岡のところでとめられ、大島の眼にふれていないとも想像される。当時は、平壌に陣をしく清国の大軍に行動を起す寸前で、作戦準備に寸暇を惜しんでいた大島の多忙を察して、長岡が自分一存で処理した公算も大きい。

もし、そうだとすれば、却下されたことは傷にならず、大島は新鮮な眼で上申書を見てくれるようにも思えた。

帰宅すると、忠八の暗い表情にすべてを察するらしく、

「今に、必ずいい報せが参りますよ」

と、寿世は慰めるように言った。

忠八は、予備病院の薬剤室で勤務をつづけながら、大島が自分のために時間をさいてくれるはずはない、と絶望的な気持もいだきはじめていた。もしかすると、草刈は、一等薬剤手にすぎない自分を大島に会わせることをためらっているのかも知れないとも思えた。

梅雨が早めにやってきて、連日、雨が降るようになった。

草刈に依頼してから十日目、軍医部長室付の若い看護手が薬剤室に入ってくると、忠八の前に姿勢を正して立った。看護手は、

「軍医部長殿がお呼びであります。すぐに来いとのことであります」

と、言った。

草刈軍医部長室付の看護手が呼びに来たのは、大島少将と会うことを依頼した件にちがいなかった。おそらく草刈は、その仲介が効を奏さなかったことを伝えるのだろう、と思った。

「よし、すぐに行く」

忠八は、看護手に言った。

かれは、渥美薬剤官のもとに行くと、軍医部長室に行く許可を得、雨合羽をはおって予備病院を出た。雨は、前夜から降りつづいていて、院内の敷地をふちどる樹木の緑が眼にしみた。

かれは、衛戍病院に行くと、廊下を進み、軍医部長室のドアをノックした。

「入れ」

かれは、ドアを押した。窓ガラスに樹葉がひろがり、部屋の中は淡緑色に染っているようにみえる。机の上の書類に眼を通していた草刈部長が顔をあげた。

忠八は机の前に進むと、敬礼した。

「先日の件だが……」

草刈が、机に両腕をのせた。

忠八は、体をかたくした。草刈の表情からは、どのような答えがその口からもれるのか判断はつかない。さりげなくことわられるのだろう、という予感がした。

「今朝、大島閣下のお体を診《み》せていただいたが、その折に、お前がお眼にかかりたいと言っていることを、お伝えした」

忠八は、草刈の口の動きを見つめた。

「閣下は御多忙でな。だが、幸い今日、正午すぎに少し時間がおあきになると仰言られた。午後一時に閣下の官舎に行け。お会いして下さるそうだ」

草刈は、淡々とした口調で言った。

忠八は、自分の耳を疑った。大島少将が、一介の薬剤手にすぎぬ自分と会ってくれることが信じがたかった。

「本当でありますか」

忠八は、思わず声をあげた。

「お前が上申書を提出したことを、閣下は思い出されてな。平壌攻略作戦で頭を痛めていた頃だ、と笑っておられた」

草刈は、初めて頰をゆるめた。

「ありがとうございます。御仲介いただいた御恩は一生忘れません」

忠八は、声をふるわせて言うと、頭をさげた。

草刈は、うなずくと、

「午後一時に、閣下の官舎だ。いいな」

と、念を押すように言った。

「わかりました。その時刻に参上いたします」

忠八は、再び頭を深くさげた。

かれは、ドアの傍に行くと敬礼し、廊下に出た。

雨の中に出た忠八は、足をはずませるように歩いた。大島少将は、自分が戦場で飛行器採用願いの上申書を提出したことを記憶していて、その上で会うという。それは自分に好意をいだいてくれる証拠で、上申書を採択してくれる可能性が大きく、長年の悲願がかなえられる時がやってきたと思った。軍は、先進国の軍備に追いつこうとして積極的に欧米の科学知識を導入し、兵力の強化を推進している。陸軍は、新式砲を欧米から輸入して国産化にはげみ、海軍も、日清戦争後、甲鉄戦艦（三笠、敷島《しきしま》、朝日、初瀬）をはじめ一等巡洋艦六、二等巡洋艦三、三等巡洋艦二など合計九十四隻の大規模な建艦計画を立て、外国に発注もしている。そうした空気の中で、大島少将は、忠八の研究を迎え入れようという心境になっているのかも知れなかった。

かれは、予備病院にもどると、渥美薬剤官の前に立った。そして、草刈軍医部長の斡旋で大島少将に午後一時から会うことができるようになったので、その時刻に勤務から

はなれさせていただきたいと、頼んだ。その目的が飛行器採用を乞うものであることを知ると、渥美は、

「まだ、研究をつづけていたのか」

と、呆れたように言いながらも許可してくれた。

忠八は、昼食を早めにすますと、上申書を手に病院を出た。雨脚は細くなっていて、広島の家並がかすんでみえた。

かれは、道をたどった。不安はあったが、面会を許してくれたことは、大いに望みがある、という期待に胸もはずんでいた。

官舎の前に立つと、かれは息を深く吸いこんだ。時刻は、午後一時十分前で、かれは雨の中に立っていた。

午後一時きっかりに、玄関に立つと案内を乞うた。従兵が出てきて、忠八が姓名を告げると、待っていたらしく、

「おあがり下さい」

と、言った。

忠八は、雨合羽を玄関の隅に置き、靴をぬいだ。

廊下を渡ってゆくと、ガラス戸越しに庭の樹木が雨に濡れ、緑の色が濃く冴えているのが眼に映じた。応接室に入った忠八は、従兵に椅子をすすめられたが、立っていた。家の中は、森閑としていた。

胸の動悸が、たかまった。将官に身近に会う畏《おそ》れと、白分の長年の悲願がかなえられる興奮に、膝頭が今にもくず折れそうであった。

廊下に足音がし、近づいてきた。かれは、体をかたくした。

ドアが開き、和服姿の大島義昌少将が姿をあらわした。忠八は、姓名を口にし、敬礼した。大島は軽くうなずくと、椅子に腰をおろした。

忠八は、直立不動の姿勢で部屋の隅に立っていた。大島は、嘉永三年長州藩士の長男として生れ、明治四年大阪青年学校（後の士官学校）を卒業、大阪鎮台歩兵第八連隊第一大隊長として西南戦争に出陣した。その後、士官学校次長、東京鎮台参謀長等の要職を歴任し、混成旅団長として日清戦争に出征、全軍の中心として武功をあげたのである。

そうした輝かしい経歴をもつ将官の前に立っているのかと思うと、忠八は体がふるえるのを感じた。

「草刈から話はきいた。上申したいことがあるそうだな」

大島が、たずねた。

忠八は、はい、と答えた。

「どのようなことか」

大島が、忠八に視線を据えた。

忠八は、進み出ると、上申書を差し出し、再び部屋の隅にもどった。人島は、書類をひらきながら、

「趣旨を説明せよ」

と、言った。

忠八は、息を深く吸いこむと口を動かした。鳥型模型器を飛ばすことに成功した後、人間を乗せて飛ぶことのできる飛行器の研究に没頭し、ようやく設計を終え、大きな模型器を作りあげることができたことをうわずった声で説明した。

「残された難問は、動力であります」

かれは、そこで息をつくと、言葉をつづけ、プロペラを回転させる動力としてはペダルをふんで進ませる自転車のようなものを考えたが、それよりも石油か電気を用いた動力が好ましいと思うようになったことを告げた。

「新聞によりますと、東京では石油発動自転車の試乗がおこなわれて好成績をあげ、また、電車も走るようになっております。私の考えでは、石油発動機が飛行器に最も適した動力だと思っております」

忠八は、ふるえをおびた声で言った。

大島は、無言で書類をくっていた。

「そこで、お願いしたいことがございます」

忠八は、大島の顔を見つめた。

「私の飛行器研究も、個人の力では限界に達しました。石油発動自転車は価格が五百円もいたしますし、とうてい私ごとき者の手には負えません。経済的なことだけではなく、私には発動機に対する知識がなく、それをどのように飛行器に備えつけてよいものやら、見当もつきません。ぜひ、その道の専門家の積極的な協力が必要なのです。第一、私は、石油の発動機を見たこともないのであります」

忠八は、あえぐように言い、熱っぽい口調で説明をつづけた。

「非才ではありますが、私は、長年、鳥類、昆虫類さらに凧、竹トンボなどを観察研究してまいり、その結果、玉虫型飛行器を考案いたしました。動力の問題も石油発動機を据えつければ解決いたすはずで、必ず飛行器は空を飛ぶことができると確信しております。なにとぞ閣下のお力添えをいただきまして、私の研究をわが陸軍で御採用下されるようお願いいたす次第であります。むろん、私欲のためにこのようなお願いをいたすわけではありません。人を乗せて空を飛ぶ器械が、少しでも軍の利益になれば幸いだ、と思っているだけであります」

かれは、書類から眼をあげた大島少将に懇願するように深く頭をさげた。

大島は、再び玉虫型飛行器の飛翔予想図に視線を落した。

長い沈黙が、つづいた。雨が勢いを強めたのか、庭樹に当る雨音が急にしてきた。

忠八は、大島の表情をうかがった。

やがて大島は書類を閉じ、忠八に眼を向けた。忠八は、大島の顔に視線を据えた。

大島が、口を開いた。

「趣旨はよくわかったが、お前は、これに乗って空を飛んだことがあるのか」

大島は、おだやかな表情で言った。

「いえ、ございません」

忠八は、答えた。

大島の言葉が、意外であった。忠八は、石油発動機を備えつければ、飛行器は人を乗せて飛ぶことができるはずだと説明し、上申書にもそのことが記されている。自分が乗って飛ぶことは、将来飛行器が完成した折のことで、それを実現させようとして研究をつづけてきたのだ。

「出来るかどうか、まだ未定なのだな」

大島の顔に、微笑がうかんだ。

「出来るはずなのです」

忠八は、うろたえ気味に答えた。

「はずでは、困るのだ。私に協力して欲しいと言われても、いい加減なものでは採用に力をそえることはできぬ。お前が実際に乗って空を飛ぶことができたら、その時に話をきく」

大島は、無表情に答えた。

忠八は、立ちすくんだ。大島の言葉が、冷たいものに感じられた。

かれは進み出ると、大島の手から上申書を受け取り、敬礼すると、ドアの外に出た。

かれは、官舎の門を出た。むなしい絶望感が胸にひろがった。やはり、理解はしてくれなかったのだ、と思った。憤りが、つき上げてきた。参謀長岡外史少佐（当時）は戦場で上申書を提出した時、夢物語はごめんだと言って突き返したが、大島少将も愚かしい妄想だと思ったのだろう。

発明は、すべて夢想からはじまる。それを実現させるために考究し、やがてそれが具体的な形になって地上に出現する。汽船、汽車、電車、石油発動自転車なども、すべて夢物語から生れ、現実に人を乗せて走る乗物になっている。大島は、忠八が実際に飛行器に乗って空を飛ぶことができたら相談に乗ると言ったが、上申書の趣旨は、それを実現させるための協力に対する請願なのだ。忠八は、子供のように軽くあしらわれたことが口惜しかった。

かれは、自分と同じように空を飛ぶ器械を作り上げようとしている者が、世界中にいるかも知れない、と思った。陸上を汽車や電車が走り、海上をエンジンつきの船舶が航行する時代であることから考えて、今に空を飛ぶ乗物が必ず出現するにちがいなかった。日本国内はもとより世界各国でも空を飛ぶ器械が発明されたという話は、新聞にも報道されていないが、それは時間の問題で、だれかが近い将来、工夫に工夫を重ねてそのような器械を作り出し、世界の人々を驚嘆させるだろう、とかれは思った。

かれは、激しい苛立ちを感じながら雨の中を歩いていった。

忠八の推察通り、まだ諸外国では空を飛ぶ器械は発明されていなかった。が、空を飛ぶことは古くからの人類の夢であり、科学の発達にともなってそれを実現させようとする風潮は、異常なほどのたかまりをみせていた。

　軽気球による空への上昇の成功につづいて、自由に移動できる蒸気動力の飛行船が、イギリスのケイレーらによって研究が進められていた。かれらの関心はもっぱら飛行船に注がれ、新聞、雑誌には多くの乗客をのせた巨大な飛行船が大西洋を横断し、アルプスを超える想像図とともに、将来、そのような高性能をもつ飛行船が出現するにちがいないという予測記事がのせられ、人々の関心をよんでいた。人々は、空を遠くの地まで飛ぶことを空想し、熱狂していた。

　そうした中で、軽気球や飛行船のように大きな袋にガスをつめて上昇させることをせず、鳥のように単純な形と構造で空を自由に飛ぶことが可能であるはずだ、という考え方もひろまっていた。発明家たちは、その器械を自分の手で作り上げたいと激しい情熱をそそいでいたが、その先駆者であったのは、ドイツ人のオットーとグスターフのリリエンタール兄弟であった。

　かれらは、マルク・ブランデンブルグのアンクラムに住んでいたが、幼い時から飛ぶことを夢み、やがて忠八と同じように鳥の飛ぶ姿を熱心に観察し、研究するようになった。そして、コウノトリを参考に、多くの模型を作り、高所から放って滑空させようとしたが、失敗の連続であった。やがて、コウノトリのように翼にそりをつけた鳥形の凧をつくり、それを飛ばせてみることを思いつき、実験してみた。その模型機は、期待通り滑空した。

リリエンタール兄弟は、大いに喜び、さらに飛行理論の研究を進めた。兄のオットーは建築家、弟のグスタフは技師であった。

かれらは飛行理論についての論文を発表、各地を講演し、一八八九年（明治二十二年）には「飛行術の基盤としての鳥の飛翔」という書物を世に出した。それらによって、リリエンタール兄弟の名はたかまった。兄弟は、人間をのせて滑空できる器械を作り出そうと決心し、仕事場を建て、設計、製作を開始した。

一八九〇年（明治二十三年）、第一号機が完成した。それは、鳥と同じ形をしたもので、両側にひろい翼があり、尾もついている。人間が、胴の部分にあけられた空間に身を入れ、高い所から駈け足をして飛び出す仕かけになっていた。兄弟は、採砂場の高所から飛びおりてみたが、体が浮く程度にすぎず、機体の改良をかさね、訓練を熱心に繰り返した。その後、ベルリン郊外のリノヴ山を練習場にして訓練をつづけ、風を利用することも巧みになって、ついに三五〇メートルにも及ぶ滑空飛行に成功し、専門家を驚嘆させた。

さらにリリエンタール兄弟は、エンジンつきの飛行機を考えはじめていた。かれら兄弟が完成したのは滑空機（グライダー）で、走って高所から飛び出し、最長三五〇メートルの距離を滑空したにすぎない。それは、世界史上記念すべき出来事であったが、厳密な意味で飛んだとは言えなかった。人類が夢みてきたのは、鳥のように自力で進み、自由自在に方向を変えられることであった。滑空機は、風を利用しなければ進まない。それは飛ぶ器械とは言いがたく、その根本問題を解決するには動力をそなえつける以外になかった。

兄弟は、一八九三年（明治二十六年）、エンジンつきの滑空機を設計した。エンジンは、リリエンタールの経営する機械工場の技師フゴー・オイリッツであったが、出力二馬力のエンジンであったので滑空機を飛ばす力はなかった。

それにも屈せず、兄弟は改良設計を進め、二年後に、かれらの工場の技師シャウアーに新式エンジンを作らせた。そして、それに適した機体の設計、製作につとめた。兄弟は、まずエンジンを装着せずに機体だけを滑空させることを試みた。それが好成績をおさめた場合、初めてエンジンをとりつけて飛行実験をおこなうことに定めたのだ。

搭乗者は、兄のオットー・リリエンタールであった。新しい機体がリノヴ山にはこばれ、十分な整備を終えて、オットーが乗りこんだ。かなりの風が吹きつけていた。滑空試験がはじめられ、オットーは走って機体とともに高所から飛び出した。試験は繰り返され、その結果が記録されていった。

四度目の試験が、おこなわれ、オットーは走って空間に飛び出した。機体は滑空していったが、突風にあおられてたちまち傾き、安定を失ってかなりの高度から地上にたたきつけられ、大破した。

見守っていた者たちは、驚きの声をあげて、墜落地点に走り寄った。オットーは、脊椎を折り、呻《うめ》いていた。かれは、病院へ運ばれたが、その日のうちに死亡した。それは、一八九六年（明治二十九年）八月九日のことで、忠八が大島少将の官舎をたずね、上申書の受け取りを拒否された頃であった。

その後、オットーを失った弟のグスターフは、研究をつづけたが、努力はみのらなかった。かれは、動力で翼をはばたかせることに専念し、試作機も作り上げたが、二五〇メートル地上を進んだだけで、飛ぶことはなかった。

それでもかれは、巨大な鳥を作り上げることを夢み、私財を投じつづけた。かれは、老いてからも飛行機研究にとりつかれていたが、その製作中、心臓麻痺によって死亡した。八十三歳の高齢であった。

科学の進んだ欧米各国では、依然として巨大な袋にガスをつめて上昇する軽気球や飛行船の試作時代にあった。発明家は、ひそかに飛行機がだれかの手で出現する可能性があると予測していた。そうした中で、リリエンタール兄弟の作り上げたグライダーが滑空に成功したことは、世界的な話題になった。発明家たちは、争ってリリエンタール兄弟の発表した飛行理論についての論文と滑空機の設計図を手に入れ、熱心に研究に取りくんだ。むろん、かれらは東洋の一小国である日本で忠八がゴム紐を動力にプロペラを回転させ、模型器を飛ばせることに成功しているなどとは知らなかった。日本は、科学の面で全くの後進国であり、一日本人が独力でそのようなことを成しとげているなどとは想像もしていなかった。

また、忠八も欧米各国で多くの発明家が飛行機の研究に異常な情熱をかたむけ、その完成を競っていることは知らなかった。まして、自分の研究が世界の最先端をゆくものであるなどとは想像もしていなかった。欧米では、一般の人々が空を飛ぶことに強い関心をいだき、それが発明家たちの大きな刺激になっていたが、日本では、人々がわずかに紹介された軽気球の実演に驚きの眼をみはっただけで、空への関心など全くみられなかった。

大島少将が忠八の上申書をすげなく返却したのも、そうした日本人の空に対する無関心を代表したものでもあった。飛行器などは架空の妄想物で、空を飛ぶことを真剣に考えている忠八は、精神異常者に近いものとしてしか考えられていなかったのである。

忠八は、落胆した。自分個人の力としては、飛行器研究は限界に達し、これ以上は大きな組織の力を借りなければ一歩も前進しない。欧米から紹介された軽気球が、軍の命令で試作され実用に供されるようになっているが、飛行器も軍の協力を得る以外に完成するはずはなかった。

かれは、悶々として日を過した。長年積み重ねてきた研究だけに、それを放棄する気にはなれなかった。と言うよりは、その研究は自分がこの世に生をうけた意義であるようにも思え、たとえどのような障害があっても、自らの手で完成させたかった。

かれは、設計図を見つめながら、動力さえあたえれば必ず飛ぶ、と胸の中で繰り返していた。二度の却下にあったが、かれは、また上申書を提出してみようと思った。陸軍省に直接出そうかとも思ったが、広い省内で書類がまぎれてしまうおそれもあり、結局、自分の属する第五師団の最高責任者に提出するのが自然であることを知った。第五師団長は、山口素臣中将であった。

山口は、弘化三年、長州藩士の長男として生れた。長じて奇兵隊教導役として戊辰《ぼしん》戦争に参加、明治新政府の陸軍に属し、少佐の折に佐賀の乱、西南戦争に出征した。その後、熊本、東京、近衛師団の各参謀長を歴任、軍事視察のためアメリカ、ドイツにおもむいた。そして、日清戦争に出征、戦後、その功により男爵に推され、中将に昇進して第五師団長になっていた。

忠八が二度も却下された上申書を山口師団長に提出しようと考えたのは、山口が外遊の経歴の持主であるからであった。アメリカ、ドイツを視察した山口は、当然、視野もひろく、それら両国の新鋭兵器を視察してきたにちがいなく、忠八の研究にも理解をしめしてくれるはずだと思ったのである。

忠八は、紹介者として広島衛戍病院長平井英作が適当と考え、平井のもとにおもむいた。平井は、忠八の説明をきくと、上申書を山口師団長に渡してくれることを約束してくれた。

忠八は、朗報を待っていたが、一カ月後、期待は裏切られた。平井は、上申書が却下されたことを告げ書類を返却した。平井の話によると、返却理由についてなにも伝えなかったという。

忠八は、これまでだ、と思った。山口師団長に最後の望みをかけたが、それもむなしかったことを知ったかれは、これ以上軍にはたらきかけても、自分の考案物は絶対に採用されることがないことをはっきりとさとった。

しかし、かれは飛行器研究をあきらめることはできず、かえって居直ったような気持になった。かれは、すでに三十一歳になっていたが、これまでの半生は飛行器の研究のためにあったし、今後もそうあるべきだ、と思った。軍の高官は、すべて自分の考案物を妄想から生れたものとして冷淡に無視した。それがはっきりした以上、軍の力など借りず、自分の力だけで必ず完成させてみたい、と思った。

かれは、あらためて自分の境遇を見直した。日清戦争では、多くの従軍した者が勲章をさずけられ、功労金も下賜された。が、それはあくまでも一般の将兵たちに対してであって、野戦病院付として出征した忠八たちにはほとんど無縁のものであった。野戦病院に属した者たちは、負傷兵を運んで治療し、また薬品材料等の移送に夜も眠らず働きつづけた。戦死した者もいたし、過労や疫病で倒れた者も多かった。が、陸軍は直接銃をとって戦った者の功をみとめ、忠八たちの労に報いることは薄かった。忠八の場合も身を粉にして働き、赤痢にかかって後送されたが、わずかに従軍記章と六十円の功労金がさずけられただけであった。

忠八は、勲章にも功労金にも執着はなかったが、薬剤手や看護手が陸軍内で一段と低くみられていることが不満だった。もしかすると三度も上申書が却下されたのは、自分が下士官待遇の薬剤手であるためかも知れない、とひがんだ気持にもなった。

かれは、軍籍から身をひこうか、と思った。飛行器を独力で完成させるには、多額の金が必要だが、下士官の身ではどれほど節約してもそれに要する金を貯えることなど到底できない。かれは、松山衛戍病院の陸軍一等薬剤手として広島予備病院へ出張という形になっていたので手当もつき、貯えも増していたが、その額はとるに足りない。資力を得るためには、民間人として財産をたくわえる以外に考えられない。幸いその年に恩給年限に達していたので、軍籍をしりぞいても生活に困るおそれはなかった。

かれは、民間人として生きるためには薬剤師になることが最も望ましいと思った。その資格を得るための試験をうけ、また、東京か大阪の薬学校に入学することも考えた。

夏が、やってきた。

「いつまでも陸軍に籍を置く気はなくなった」

かれが寿世に言うと、寿世は、

「あなたのよろしいように……」

と、おだやかな表情で答えただけだった。

忠八は、故郷の八幡浜町に残してきた老母に定まった額の金額を送っていたが、寿世はそれを不快がるどころか、老人の喜びそうな品々を送っていた。老母は、兄の栄吉夫婦の家に寄食していた。

七月二十八日から二週間の夏期休暇があり、かれは広島から汽車に乗ると関西方面への旅行に出た。民間人としての見聞をひろめるためであった。

かれは、神戸で下車し、港のにぎわいを見てまわった。神戸港は、輸出額が全国の三五パーセント、輸入額が五〇パーセント以上にも達する大貿易港になっていた。忠八は、港に立って、船の荷の積みおろしをながめた。船からおろされる箱には機械類の名が記され、関西最大の工業に発展していた紡績業の原料であるおびただしい綿花も港に積み上げられ、馬車や大八車で倉庫に運びこまれていた。船積みされているのは、米、マッチ、茶などであった。

忠八は、港の活況に驚嘆した。日本の経済の力強い鼓動にふれたような感動をおぼえた。

かれは、それから京都、奈良におもむいた。暑熱にあえぎながら森閑とした古都のたたずまいに、気持の洗われるのを感じた。

かれは、大阪に出た。目的は、道修町《どしようまち》を見ることであった。

道修町は日本の薬業の中心地で、その発生は秀吉時代にさかのぼる。その後、江戸時代にも薬の町として隆盛をつづけ、明治に至っている。薬種商人として組合に登録している者は千人にも及び、大小の店が軒をつらねている。夏期の取引はさかんで、町は活況をきわめていた。せまい道を、大八車や馬車が荷を満載して往き交い、店にはひんぱんに人が出入りし、丁稚《でっち》たちが発送する薬品を入れた大きな瓶を藁で巻いたり、車に積んだりしている。忠八は、道から道へと歩いた。

道修町の薬業御三家といわれる大問屋は、武田長兵衛、田辺五兵衛、塩野義三郎がそれぞれ経営する問屋で、忠八は、それらの店の前にも立ったが、さすがに大問屋らしい規模であった。一見して輸入洋薬品を入れたものとわかるドラム罐、樽、ブリキ製の罐などがさかんに運びこまれ、輸入商らしい外国人が店内から出てきたりする。その傍を肥えた男をのせた人力車が走っていった。

薬の匂いにつつまれながら、かれは夕方まで町の中を飽きずに歩き、夜になってから宿にもどった。

かれは、自分の体が熱をおびているのを感じていた。今までふれたことのない町の活気であった。陸軍病院での生活とは対照的ないきいきとした生活に思われた。一個の人間として、そのような空気の中で生きてみたい、と思った。

病院で働いていることが愚かしくさえ感じられた。そこには安定した空気があるが、熱気は乏しい。いたずらに軍にとどまることは、井の中の蛙のように世間のことを知らずに一生をすごしてしまうおそれがある、とも思った。

翌朝、かれは汽車に乗って大阪をはなれ、広島へもどった。

かれは、予備病院に通って軍務にはげみながら、将来のことについてあれこれと考えた。軍籍に身を置いている間に薬剤師試験を受けて合格したいと思っていたが、その必要もないことを知った。

かれは、道修町の空気にふれてから商人になりたいと思うようになっていた。自分で店を経営するには資力も経験もないが、基礎のしっかりした問屋にでも入って実業を学びたかった。商人としてひろく薬品を扱うためには、薬剤師の資格をとることもない。また、東京か大阪の薬学校に入学しようとも思っていたが、すでに三十歳を越えた身では通学する年月が惜しくもあり、その希望も捨てた。むしろ、商人として必要な経理の知識を得るべきだ、と思った。薬品に対する知識は、軍に入ってから十年間にかなりひろいものになっていた。

九

翌明治三十年——

忠八は、勤務を終えた後、広島簿記学校に通学するようになった。依然として帳簿づけは江戸時代の方法が踏襲されていて、忠八も徴兵前につとめた商店で習いおぼえたが、今後は新しい経理の知識を身につけなければならぬと思った。

かれは、寿世との生活に満足していたが、結婚後六年もたつのに子に恵まれぬことに淋しさを感じていた。そのことを寿世も気にしていて、

「なぜ、子供が授からぬのでしょう」

と、涙ぐむことも多かった。

忠八は、その度に寿世を慰めていたが、妻の淋しさをまぎらすために養子をもらおうか、と思った。それも、生れて間もない嬰児が望ましく、寿世に実の子のように育てさせる方が母としての情も湧くにちがいなかった。

そのことを寿世に告げると、

「もう少し待って下さいませんか」

と、眉をしかめた。寿世にしてみれば、まだ二十五歳の若さで、妊娠する可能性も残され、ためらう気持が強いようだった。

「大袈裟《おおげさ》に考えなくてもよい。今後、子供が生れればそれはそれでよいではないか。子供が一人多くいると思えばよいのだ」

かれは、おだやかな表情で言った。

数日間、思いまどっていた寿世は、結局忠八の言葉に従うことになった。

忠八には、あてがあった。故郷八幡浜町にいる兄の千代松から妻のおりきが妊娠しているという便りがあった。千代松には、おみち、おちよという二人の女の子がいて、三人目の子が生れようとしている。忠八は、その子を養子として迎え入れたかった。かれは、早速千代松に手紙を書いた。生れる子がたとえ男であろうと女であろうと養子に欲しい、と記した。

返事は、なかなか来なかった。不意の申し出でに兄夫婦が困惑していることはあきらかだった。半月ほどして、手紙が送られてきた。承諾する旨の内容であった。

時折り雪が広島の町を白くおおい、やがて春の気配がおとずれた。

三月二十九日、家に電報が舞いこんだ。兄の千代松からのもので、女児出産をつたえていた。忠八は妻と相談し、静子と命名することにきめた。そして、千代松との間に手紙を往復し、女児を入籍させた。ただ、乳呑み子なので、当分の間、おりきが養育することになった。忠八は養女を得たことを喜んでいたが、かれには決断しなければならぬことが眼前に迫っていた。それは、下士官として勤続年限継続の出願期がやってきていたことであった。

忠八の徴兵期間は、明治二十年四月から三カ年であったが、その後軍籍にとどまり七年間をすごした。毎年、勤続年限継続を出願して、職業軍人としての道を歩いてきていた。かれには、軍籍にとどまる気持が失せていた。一般の兵科の下士官は、戦時中、特典によって将校に昇進したものもいたが、忠八のような衛生関係の下士官にはそのような恩恵はあたえられていなかった。つまり、一生軍籍にあっても下士官どまりの待遇で終るのだ。

そうした軍の自分たちに対する冷たい態度が、かれには堪えられず、出願時期がきても書類を提出しなかった。

上司の渥美薬剤官は、

「なぜ出願書を出さぬのだ」

と、問うた。

「軍にとどまる気はないからであります」

「とどまる気がない？　なにか不服があるのか」

「いつまで勤務しておりましても下士官どまりでは、私も考えてしまいます。民間人になって実業につくつもりでおります」

　忠八は、きっぱりした口調で答えた。

　渥美は、顔色を変えた。忠八は知識の豊かな一等薬剤手として、病院でなくてはならぬ存在になっていた。日清戦争後、広島陸軍予備病院の縮小にあたっても、忠八は、終結報告調査委員に任命され、多量の薬品材料を整理して東京の中央衛生材料廠に発送したりしていた。忠八が退くことは、広島の衛戍病院にとって大きな損失になる。

　渥美は、忠八の決意がかたいことに気づき、自分の力では翻意させることは無理と思ったらしく、軍医部長草刈義哉のもとにおもむいて報告した。

　草刈も驚き、渥美とともに衛戍病院長平井英作の部屋に行き、その旨を伝えた。平井は、ただちに忠八を部屋に招いた。忠八は、三人の上司が集っていることに体をかたくした。

「なぜ、お前を呼んだかわかるな」

　平井が、口を開いた。

「はい、わかります」

　忠八は、不動の姿勢で答えた。

　平井は、渥美の困惑と病院で忠八を必要としていることを好意のこもった口調で述べた。

「お前にやめられては困るのだ。勤続年限の継続書類を出せ」

　平井は、忠八の顔を見つめた。

「温かいお言葉、身にしみます。私のような者をそれまでお考えいただき、ありがたく存じます。しかし、私もいろいろ考えました末のことで、御温情にそむくことはまことに心苦しく思いますが、軍籍をはなれさせていただきたいのであります」

忠八は、顔をゆがめて言った。

「理由は、なんだ」

草刈軍医部長が、甲高い声をあげた。

「飛行器です」

忠八は、答えた。

「ヒコーキ？」

三人の顔に、いぶかしそうな表情がうかんだ。

「空を飛ぶ器械のことか？」

渥美が、言った。

「そうです」

「その器械と軍籍からはなれることと、どういう関係があるのだ」

草刈軍医部長が、釈然としない表情でたずねた。

忠八は、しばらく黙っていた。空を飛ぶなどということは、草刈たちにとっても夢想に近いもので、説明したところで理解してはくれぬだろう。が、理由を問われたかぎり、正直に答えなければならぬ、と思った。

忠八は、上申書が大島少将と山口中将にも却下されたことを口にした。

「それが口惜しいからやめると言うのか」

草刈が、言った。

「たしかに残念に思っております。しかし、軍籍をはなれる理由は基本的なことが原因です。私は、独力で飛行器を完成させようと決心いたしました。それには、かなりの資力が必要です。失礼ながら軍籍にとどまっていては、そのような金ができるはずもありません。私は、実業の世界に身を投じて金を貯え、それによって飛行器を作りあげたいのです」

忠八の声には、熱がこもっていた。

平井たちは、口をつぐんだ。かれらの顔には、忠八の飛行器に対する激しい情熱に畏怖を感じたような表情がうかび出ていた。

「それならば、もう一度、大島閣下か山口閣下に上申書を出したらどうだ。私も口添えする」

平井院長が、言った。

「そうしたらいい。軍が採用すれば、とどまる気になるのだな？　もしも、また却下されたら、思うようにしたらいい」

渥美が、さとすように言った。

「もう、よろしいのです。諦めました。私の考案を夢物語だ、と長岡参謀は言われましたが、そう思われても無理はないと気づくようにもなりました。私は、独力で飛行器を作り上げます」

　忠八は、眼をうるませた。

　平井たちは、口をつぐんだ。かれらの顔にも、これ以上採用願の上申書を提出しても受け入れられることはあるまいという表情がうかび出ていた。

「もう一度考え直して欲しい。いいな、二宮」

　渥美薬剤官が、沈黙に堪えきれぬように言った。

　忠八は、はい、と答えた。

　翌日、渥美は、

「どうだ、考えてみてくれたか？」

　と、たずねた。

「はい、考えてみましたが、気持は変りません。勤続年限の継続出願はいたしません」

　忠八は、答えた。

「そうか」

　渥美は、つぶやくように言った。

　しばらく黙っていた渥美が顔をあげると、

「私にも、お前をいつまでも引きとめておくことは好ましくないのではないかという気持がある。自由な場所に出て才能を発揮した方がいいのだろう。思う通りにしたらいい」

と、低い声で言った。

「わがままを言って申し訳ありません」

忠八は、頭をさげた。

かれは、気分が軽くなった。軍病院勤務もあと一年で、民間人として大阪の道修町ですごせるのかと思うと、胸がはずんだ。

平井病院長も草刈軍医部長も渥美から忠八の決意が変らないことを伝えきいたらしく、その後、呼びつけられることはなかった。むしろ、平井たちは、忠八を下士官として釘づけにさせることは酷と思っているのか、時折り会うと、

「元気か」

などと、おだやかな表情で声をかけてくれたりした。

五月十日、忠八は、勲八等瑞宝章《ずいほうしょう》を受けた。その勲章は下級のもので、かれは、友人に誘われてそれを軍服につけ写真にとったが、その時以外に胸につけることはしなかった。

夏が過ぎ、秋がやってきた。

かれは、つてを頼って就職口探しをはじめた。大阪に同じ薬剤手で退官した佐久間重太郎という友人がいた。忠八は、大阪方面で薬業につきたいのだが、心当りはないか、と手紙を書いた。東京にも江戸本町に薬種商が集っているが、かれは道修町のにぎわい

が忘れられず、大阪で身を立てたいと思った。

半月ほどすると、佐久間から返事があった。大阪衛戍病院の大前寛忠薬剤官を知っているが、大前は顔が広いので頼んでみてもいい、と言う。

忠八は、二日間の休暇を利用して大阪に赴いた。そして、佐久間と連れ立って大阪衛戍病院に大前薬剤官を訪れ、

「薬品を商う大きな店で働きたいのですが、探していただけないでしょうか」

と、懇願した。

大前は、忠八に好感をいだいたらしく、

「適当なところを探しておいてやろう」

と、言ってくれた。

忠八は、明るい気分で広島にもどった。

年が、明けた。

前年からはじめられた活動写真が大評判を呼んでいることが新聞記事になり、アメリカから泉筆（万年筆）が輸入されたことも報じられ、西欧文物の導入は果しなくつづけられていた。

正月が明けて間もなく、大前薬剤官から手紙が来た。大阪製薬株式会社の常務取締役である小磯吉人に就職の件を話しておいたから、大阪に来て会いに行くようにと書かれ、紹介状も同封されていた。

忠八は朗報を喜び、休暇を利用して夜行列車に乗り、大阪へ赴いた。大阪製薬株式会社は、大阪市東区伏見町三丁目二十九番屋敷（現在の中央区伏見町中橋筋角西入ル）にあった。かれは、会社に行くと小磯常務に面会を申し込んだ。

しばらく待たされた後、かれは、一室に案内された。

やがて、一人の男が部屋に入ってきた。小磯であった。忠八が大前薬剤官の紹介状を取り出すと、素早く眼を通し、忠八を入社させると言った。

「大前さんが、広島の衛戍病院にいる君の上司に問い合わせたところ、薬品の知識、経験も豊富で、人物も保証できるという回答があって、大前さんが積極的に推薦してきた。二、三の重役にも話をし、入社してもらうことになった」

と、言った。

忠八は、厚く礼を述べた。大阪製薬株式会社は、東京の大日本製薬会社についで前年に創立された会社であった。同社は、大阪の製薬事業を強く推し進める存在で、問屋にでも入れればと思っていた忠八には、願ってもない勤め口であった。

「軍籍は、いつはなれられますか」

小磯は、たずねた。

「四月下旬です」

忠八は、うわずった声で答えた。

「それでは、現役を退いたらすぐに大阪へ出て来て下さい。もっとも、軍をはなれるのですから挨拶まわりなどあるでしょうが……」

小磯は、おだやかな表情で言うと、椅子から腰をあげた。

忠八は、ドアの外に出ると再び小磯に礼を言った。小磯は、廊下を足早に去っていった。

忠八は、建物の外に出た。寒気はきびしく、冬の空は青く澄みきっていた。

明治維新後、日本古来の和漢薬以外に化学物質を主原料とした洋薬の輸入がさかんになった。

新政府は西洋医学の採用を決定し、明治八年には医師の資格試験である医術開業試験の課目をすべて西洋医学と定め、また医学校での授業も西洋医学に統一した。このような政府の方針にともなって、洋薬の輸入が積極的に推し進められたのである。

製薬業者は、それまでの和漢薬に洋薬をまぜて売薬として売り出した。仁丹、ロート目薬、龍角散、太田胃散、中将湯、浅田飴、六神丸などが登場する。

洋薬はすべて輸入にたよっていたが、外国人の悪徳輸入商が日本人の無智につけこんで悪質な薬品を売り、暴利をむさぼる者も多かった。そのため政府は、薬品の試験をおこなう司薬場をもうけた。これは明治十六年、衛生試験所と改称され、現在に及んでいる。

明治十年の夏、全国各地にコレラが流行した。発生源は、イギリス軍艦の乗組員であった。同艦は、コレラが大流行していたマカオに寄港後、長崎に入港した。上陸した乗組員から一般の人々にコレラが感染し、西南戦争の基地であった長崎に人の出入りが多かった関係でそのためコレラ菌が全国にばらまかれ、死者は、六千八百十七名にも達した。政府は、輸入した石炭酸で消毒することにつとめたが、たちまち品不足になり、価格が暴騰した。

このコレラ流行がきっかけとなって、政府は洋薬を国産化することを決意し、明治十六年、半官半民の大日本製薬会社が設立された。

東京とともに薬品業の中心地である大阪でも、会社創立の気運がたかまった。これは、政府の力を借りるものではなく、大阪道修町の有力な薬品問屋が協力し合い、明治二十一年、大阪薬品試験株式会社を興した。事業としては、医薬品の試験を目的としたものであった。

さらに、明治二十九年十二月二十三日には、大阪道修町の有力薬業家たちによって、大阪製薬株式会社が創立された。資本金一〇万円で、役員には、日野九郎兵衛、田辺五兵衛、塩野義三郎、小西久兵衛、武田長兵衛ら道修町の大商人が就任した。会社の設立目的は、製薬工場を開設して上質の医薬品を製造、販売することにあった。かれらは、農商務大臣榎本武揚《たけあき》に会社設立申請書を提出して許され、日本最大の新製薬工場の建設が進められていた。

忠八が、小磯吉人取締役から入社許可を得たのはその頃で、会社としては営業開始を前にすぐれた人材を求めていたのである。

広島にもどった忠八は、寿世に大阪製薬株式会社への入社が内定したことを伝えた。

「日本の製薬業の推進役になる大会社に入れる。幸運としか言いようがない」

かれは、興奮した。

現役を退いた後の生活をひそかに気づかっていた寿世は、かれの言葉をきいて喜び、赤飯をたいて祝った。

翌日の夜、忠八は、奥の部屋におかれていた大きな玉虫型飛行器の模型を解体した。飛行器製作の資金を得るため製薬業界に身を投じるが、その世界で身を立てるためには、会社の仕事に専心し、一時、飛行器の研究からはなれなければならぬ、と思った。かれにとっては辛いことであったが、それも飛行器を完成させるためのやむを得ない手段なのだ、と自らに言いきかせた。

模型は、解体された。寿世は、悲しげな眼をして黙っていた。かれは、屑屋を呼ぶと部品の金具類などを売り払った。

設計図があるのだからいつでも作り上げられる、とかれは自らを慰めるように胸の中でつぶやいた。

桜の花が咲き、散った。

四月二十日付で、かれは、現役を退いた。自分から希望したことではあったが、明治二十年以来十一年間をすごした軍隊だけに、感慨も深かった。退役と同時に、一等薬剤手である技倆証明書があたえられた。学歴もないかれにとって、それは軍隊生活で得た唯一の資格であった。

渥美薬剤官らは、送別会を開いてくれた。忠八は、今後も一層の親交をいただきたいと心をこめて挨拶した。

かれは、故郷の八幡浜町に帰ることを思いついた。寿世と結婚直後帰郷してから七年も帰っていず、軍籍をはなれた機会に母にも会い墓参もしたかった。それに、養女にした静子の発育を眼にしてみたかった。

かれは、寿世とともに旅仕度をととのえ、広島から船に乗った。

瀬戸内海を渡って丸亀に赴き、寿世の兄である大木充の家に泊った。大木は、忠八が軍籍をはなれたことに驚いたが、大阪製薬株式会社に入社が内定したことを知って祝いの小宴を張ってくれた。

二日後、船に乗り、伊予灘を進み、佐田岬をまわって三崎に入った。そこで船を乗りかえ、大久《おおく》、伊方、川之石に寄港して八幡浜町についた。

艀で岸にあがった忠八の眼には鮮やかな新緑の色がしみるようだった。潮の香のただよう空気には、なつかしい故郷の匂いがかぎとれた。かれは、寿世とともに町の中へ入っていった。

故郷の八幡浜町は、大きく変貌していた。町の海は江戸時代から埋立がおこなわれ、明治維新後は一層さかんに工事がすすめられていたが、故郷をはなれてから七年の間に、新・旧港船つき場と潮焼浜が、約七千坪も埋立てられていた。商況はさらに活気を呈しているらしく、商店の数がふえ、店がまえも大きくなっていた。

忠八は、往き交う馬車や大八車を避けながら三兄の栄吉の家にたどりついた。

母は、すっかり老いていた。忠八の不意の帰郷に口もきけぬらしく、這い寄ってくると忠八の体にしがみつき、涙を流した。

それから次兄の千代松の家にまわると、妻のおりきが奥の部屋から養女の静子を抱いてきた。色白で目鼻立ちの愛くるしい嬰児で、寿世はなれぬ手つきで嬉しそうにあやし、千代松夫婦に、

「大切なお子をいただくことになり、ありがとうございました」

と、何度も頭をさげていた。

千代松は、父の家をついで海産物を商っていたが、誠実な性格なので店の運営も順調であるようだった。

忠八は、会社勤めをすることを告げ、

「家が代々商家のせいか、実業の世界に入りたくなりました」

と、言って笑った。

かれは、寿世とともに墓参をし、町の中を歩いた。家並の上には、早くも五月節句の幟《のぼり》がひるがえっていた。

三日後、かれは、母や千代松夫婦に別れを告げた。軍籍をはなれた後、なるべく早く

大阪に出てくるよう小磯常務が言っていたし、いつまでも故郷にとどまることはできなかった。

翌朝、忠八夫婦は、千代松夫婦に見送られて船で八幡浜町をはなれた。静子は、あと一年ほどおりきに養育してもらうことになった。かれは、寿世とともに長い間甲板に立って遠ざかる故郷を見つめていた。

帰途、かれは讃岐の金刀比羅宮《こんぴらぐう》まで足をのばした。自分の生涯で、一つの大きな曲り角に立っているのを感じ、決意を新たにしたかった。かれにとって、これから進む道は未知の世界に通じていた。

かれは、社前に立つと、胸の中で祈願の言葉をつぶやいた。

「私は独力で飛行器を完成させる決心ですが、その製作準備金として一万円の資金を貯えさせて下さい」

それにつづいて、

「飛行器の完成に必要な発動機の製造工場と試乗場所をおあたえ下さい」

と、祈った。

会社勤めをするのも、すべて飛行器を作り上げるためなのだ、と、かれは社殿に視線を据《す》えながらつぶやいた。

広島にもどった忠八は、寿世に家財の荷造りを命じて一人で大阪に向った。

かれは、大阪製薬株式会社に行くと小磯常務に面会を申し込んだ。

一室に待っていると、小磯が入ってきた。忠八は、四月二十日に軍を退き、帰郷もしてすべて残務もすませたことを告げた。が、かれは、小磯の表情が暗いことに気づき、不安をいだいた。

「実は……」

小磯が、口をひらいた。

忠八は、小磯の顔に視線を据えた。

「困ったことになってね。あの後、君の入社について重役会で話をした。当然、みなも賛成すると思っていたが、驚いたことにほとんどの者が反対してな」

小磯の意外な言葉に、忠八は自分の耳を疑った。

「なぜでしょうか」

かれは、顔色を変えてたずねた。

「君が軍人だったからだ」

「それが、なぜ反対の理由になるのですか」

忠八は、うろたえた。

小磯は、困惑しきった表情で事情を説明した。前年の七月、本社を伏見町に新設して会社を発足させた後、政府機関である衛生試験所を退官した一人の男を社員として入社させた。が、男は、官僚気質そのままに、他の社員との協調性に欠け、元官吏であることを絶えず口にして上司の命令もきかず、会社ではその処置に手を焼いているという。

「その男は、私が紹介して入社させたので責任を感じている。今度、君を入社させようとしたが、役人の次は軍人か、と重役たちに顔をしかめられてね。十一年も軍籍にあったような男は、軍人気質が身にしみつき、権力をかさに着て社の空気を乱すにちがいなく、役人よりも始末に負えぬというのだ。そのようなわけで前言をひるがえすことになるが、入社は諦めてもらわなければならなくなった」

小磯は、気の毒そうに言った。

忠八は、呆然とした。

明治維新以来、新政府に任官した官吏は、旧士族出身者が多いだけに、政府の権力を背景に一般庶民に対して高圧的な態度をとる傾向がきわめて強い。軍人も例外ではなく官吏以上に権勢をほこり、殊に日清戦争で大勝利をおさめてからはその風潮がたかまっていた。大阪製薬株式会社は純然たる大阪の薬業界の有力商人が協力して創設した民間会社であり、社員は実業に専念しなければならぬのに、官吏あがりのその男が迷惑な存在になっていることは容易に想像できた。こうした実例があるだけに会社の重役たちが長年軍籍にあった忠八を危険視するのも当然にちがいなかった。

重役が自分の入社に反対しているのも無理はない、と忠八は思った。小磯の説明によって事情はよく理解できたが、諦めることはできなかった。大阪製薬株式会社は本格的な製薬販売を目的とした新興会社で、将来性はきわめて高い。そのような会社で、自分の才能を思う存分発揮してみたかった。

小磯は、入社を断念して欲しいと言ったが、大阪製薬に就職することは妻をはじめ肉親や先輩、友人にひろくつたえてしまっている。今になってひきさがるわけにはいかなかった。

かれは、会社の建物を出ると思案した。頼れるのは、大阪衛戍病院の大前寛忠薬剤官だけで、かれはその足で大前をたずねた。

大前は、忠八の話をきくと、

「お前は、陸軍省医務局の薬剤部長をしている溝口さんを知っているな」

と、言った。

日清戦争中、溝口恒輔は、忠八の勤務していた広島陸軍予備病院の薬剤監で、いわば上司であった。溝口は、その後、陸軍省の薬剤部長という要職についていた。

「たまたま溝口部長が、この病院に視察に来ておられる。大阪製薬の重役たちとも親交があるから、溝口部長に斡旋《あっせん》を依頼してみたらどうだ」

大前は、言った。

それは願ってもないことだ、と忠八は思った。広島で勤務していた頃、溝口とは毎日のように顔を合わせ、自分にも好意をもってくれていた。溝口が大阪に来ていることはかれにとって幸運だった。

かれは、早速、院内で溝口に会った。

「元気か」

溝口は、軍服の代りに和服を着ている忠八をいぶかしみながらも、なつかしそうに声をかけてきた。

忠八は、四月二十日付で現役を退いたことを告げ、

「ぜひ、お願いしたいことがあります」

と、言った。

かれは、それまでの経過を口にした。

「お前がおれに頼みたいというのは、反対している重役たちを説得して欲しいというのだな」

溝口は、かたい表情で言った。

「その通りであります。私は、十一年間軍籍にありましたが、生家は商家で、徴兵前に商人の家に奉公していたこともあります。商人としてやってゆく自信はあります。重役の方々が御懸念になるのは当然のことと思いますが、私の場合はそのおそれはないのです。ともかく入社させていただいて、もし不適であった場合は、いつでもクビにして下さって結構です。部長もお忙しいことは十分にわかっていますが、なにとぞお力をお貸し下さい。部長の御好意にそむくようなことは決していたしません」

忠八は、熱っぽい口調で言った。

「薬剤手は軍人にちがいないが、銃ももたぬ薬品取扱い者だ。薬剤手をそのような眼でみているのか」

溝口は、顔をしかめた。

「残念ですが……」

忠八は、息をついた。

「よろしい。それでは、今日にでも大阪製薬の重役にここへ来てもらおう。君も同席していたまえ」

溝口はうなずくと、すぐに使いの者を大阪製薬へさし向けた。

一時間ほどすると、一人の男が人力車に乗ってやってきた。溝口は、かれと面識があって、親しげに挨拶を交した。男は、大阪製薬株式会社の重役である宗田友治郎であった。

宗田は、どのような用件かわからず、忠八にいぶかしげな視線を向けていたが、溝口が話しはじめると、ようやく小磯常務が入社を斡旋しようとした人物であることに気づいたようであった。

溝口は、陸軍一等薬剤手であった忠八が軍に在職中、きわめて職務に忠実で、薬品知識もひろいことを力説した。

「薬剤手を頭のかたい軍人と思われては困る。考えをあらためていただかなくては……」

溝口は、張りのある声で言った。

しかし、宗田は、元官吏の男が社内で批判の対象になっている事情を口にし、十一年も軍籍に身を置いた忠八がその男と同じような態度をとるのではないかと危ぶむ者が多いのだ、と述べた。

「私は商人の子として生れ、徴兵前は薬種商の家で働いたこともあります。軍籍をはなれることを決意してから、広島の簿記学校に通い、一応帳簿づけの知識も身につけました」

忠八は、宗田に言った。

簿記学校に通ったという言葉に、宗田の気持は少し動いたようであった。

「もしも不適であるとお考えになられたら、即日退社を命じて下さい。それを条件に、ぜひ御社に入社させていただきたいのです」

忠八は、眼を光らせた。

宗田は黙っていたが、

「それでは、もう一度重役たちに話してみましょう。ただし、御希望通りにゆかぬかも知れませんが、その折にはあしからず」

と、言った。

それから宗田は、溝口に大阪製薬の現状をなごやかな口調で説明した。製薬工場の敷地として西成郡鷺洲村大字海老江《えびえ》に三千坪近い土地を購入し、工場建設がすすめられているという。

宗田は辞する時、忠八の泊っている旅館の住所と名前を紙片に書きとめ、再び人力車に乗って病院の門を出て行った。

「うまくゆくといいが……」

溝口は、礼を述べる忠八につぶやくように言った。

忠八は、病院を出た。すでに町には、まばゆい西日がひろがっていた。


忠八は、宿屋から一歩も外に出ず、大阪製薬株式会社からの通知を待った。が、翌日も翌々日も、なんの連絡もなかった。かれは、二階の部屋の手すりにもたれて郵便脚夫が近づくのを見つめていたが、かれらはそのまま宿屋の前を通り過ぎていった。

三日目の夕、風呂からあがってくると、畳の上に葉書が置かれていた。差出人は大阪製薬の重役宗田友治郎で、明日午前中に社へくるように、と書かれていた。短い文章であるので、素気なく入社をこばまれるにちがいない、と思った。

その夜は、眼が冴えて眠れなかった。入社すると信じこんでいる寿世のことが思われた。結婚する時、一生幸せにすると寿世の兄に誓ったが、その約束が果せるかどうか不安にもなった。もし入社できなかった場合には、祝宴まで開いてくれた上司の渥美薬剤官や友人にどのように説明すべきか、気が滅入るばかりだった。

かれは、夜明近くにまどろんだだけであった。

朝食をすませた後、宿屋を出ると伏見町の大阪製薬に行った。部屋で待っていると、宗田が入ってきた。

「これから用事があって出掛けるから、用件だけを手短に話す。反対する重役ばかりだったが、私が説得して一応入社してもらうことにきめた。資格は書記で、月給は最下級の十五円。ただし、君が申し出た通り、不適と思ったら即日やめてもらうことを条件にする。今、紙を持ってくるからそのことを誓約書として書いてもらう。どうかね、それで……」

宗田は、商人らしい事務的な口調で言った。

「異存はありません。御尽力いただき、まことにありがとうございました」

忠八は立ち上ると、深く頭をさげた。

明日から出社するように……と、宗田は言ってあわただしく部屋を出て行った。忠八は、安堵の息をもらした。日雇い人夫でも月に十円程度の収入を得るというのに、三十三歳にもなる元陸軍一等薬剤手の自分の月給がわずか十五円とは余りにも低給だが、入社できた喜びは大きかった。

部屋に少年が入ってくると、硯箱と一枚の紙を忠八の前に置いた。かれは、筆をとると、誓約書と書き、貴社社員として不適と判定された場合には即日退社を命じられても異存はありませんと書き、署名し捺印した。それは、屈辱的な文面であったが、それが入社の条件であればやむを得なかった。

かれは、立ち上ると社を出た。誓約書まで書かねば入社を許されなかった自分が、情なかった。が、今後、自分の能力を最大限に発揮して会社の仕事にはげみ、重役たちにも認められ今日の屈辱を必ずはらしてやる、と思った。これもすべて飛行器完成のためと思うと、卑屈な気持も薄らぐのを感じた。

その日のうちに、かれは伏見町の近くに小さな貸家を見つけた。月給十五円ではまともな生活はできず、家賃も安い長屋の小さな家であった。

夕方、宿を出るとその家に移り、畳の上に便箋を置いて寿世宛の手紙を書いた。正式に入社が決定したので、家財をまとめ大阪に出てくるよう記した。また、広島にいる上司であった渥美薬剤官、平井衛戍病院長、草刈軍医部長をはじめ友人たちにも入社通知を書き、投函した。

翌朝、町のめし屋で人夫たちにまじって食事をし、定刻より三十分前に出社した。かれが配属されたのは、販売部であった。製薬工場は未完成であったが、その年の一月からわずかながらも薬品が製造され、忠八はその販売の仕事をあたえられたのである。

その日から、忠八は薬品見本を手に上司のお供をして薬品を扱う大小の店々が軒をつらねる道修町を歩きまわるようになった。

道修町には、大別すると問屋、注文屋、店売り屋があった。問屋は、輸入品の洋薬と漢薬、和薬を仕入れ、注文屋、店売り屋に卸す。注文屋はそれを買って地方の薬店に売り、店売り屋は主として大阪の小売りの薬局などに売る。さらにそれらの店の間を仲買人が往き来して売買に介在していた。

忠八は、問屋に出入りするようになり、この町が特異な伝統によって形作られていることを知るようになった。第一に、支払い方法が他の地にはみられない独得なものであることに驚かされた。道修町での支払いは、二、四、六、八、十、十二の偶数月の末日に定められていて、小切手で支払われていたが、決済の点が変っていた。月末に小切手を渡せば、その日には銀行にその額の金が預金されていなければならない。が、組合に加入している商店の小切手は、指定銀行である川上銀行、第一銀行大阪支店、三十四銀行、帝国商業銀行大阪支店の四行にかぎって、支払いが翌月の営業第三日目まで猶予されていた。そのような商習慣が生れたのは、地方の取引先からの代金の送金がおくれることを考慮に入れた処置であった。

また、支払い日には一銭も残さず支払うことがきびしい定めになっていて、さらに支払う側が、定められた日の前日に、品物を仕入れた店に小切手をもって支払いに歩く。つまり、一般の商取引とは逆で、それは道修町の商人が、仕入れ先があるからこそ商売ができるという感謝の念をいだいていたからであった。

このような異例の支払い方法は、道修町の商人の取引がきわめて秩序立っていることをしめしていた。

道修町には、大阪の商家の制度がそのまま取り入れられていた。

店の雑役をするのは丁稚《でっち》で、地方などから奉公人として雇われた少年たちであった。朝は暗いうちに起き、夜寝るのは午前一時か二時頃で、店の内外の清掃や使い走りをしたり、大八車をひいて荷を運び休息をとるひまもない。三度の飯は、水気の多い粥で、副食物は塩分の濃い漬物二切れときまっていた。ただし、月に一度、サバ、アジなどの魚が一尾ずつつけられ、それが唯一の御馳走であった。小遣いは月に十銭程度であったが、自由に使うことしは許されず店であずかる。盆と正月の帰郷も許されず、わずかに訪れてくる肉親と会えるだけであった。呼ばれる名前も本名ではなく、それぞれの店で古くから受けつがれてきた名前があたえられていた。

丁稚奉公を数年つづけると手代に昇格する。さらに誠実に勤めると番頭になり、ようやく本名で呼ばれるようになる。羽織を着、白足袋をはくことが許され、外出もできる。しかし、食事はほとんど丁稚、手代と同じで、依然として住み込みであった。

奉公してから十年目に、別家の資格を得る。のれん分けをしてもらったり仲買人になったりすることができるのだが、そのまま店にとどまって大番頭になる者もいた。別家の資格を得た者は、一年間御礼奉公をし、その間に妻帯の準備をする。と言っても、自由に妻をえらべるわけではなく、主人が店に勤めている女中などを指定する。別家の折には、かなりの額の別家料があたえられ、衣料、寝具なども贈られ、借家で妻になった女と新所帯をもつ。そのような夫婦は、店の主人の親戚の末席につらなり、毎月一日に妻が正装して店に挨拶に行く。むろん冠婚葬祭の折には店に集るならわしになっていた。

そうした古い身分制度も、道修町の秩序正しい商習慣を支えているようだった。

忠八は、上司にしたがって大問屋をまわって薬品の販売につとめていた。かれは、上司の指示通りに敏活に動き、伝票の整理、薬品の手配、納品などを手際よくおこなった。

陸軍一等薬剤手として、主に薬品の仕入れ管理を長年つづけてきたので、薬品知識も広く、販売の仕事は楽しかった。

かれの働きは、たちまち上司に注目された。それは、重役たちにも報告され、会社内の者たちの眼も一変した。

広島から家財がとどき、寿世もやってきた。

「せまい借家で驚いたろう。月給はわずか十五円だ。辛いだろうが、なんとかやり繰りして欲しい」

忠八は、苦笑した。

寿世は、余りの低給に呆れたようだったが、たすきをかけて家財を整理していた。広島の家と異なって、家の周辺からはさまざまな物音がしていた。赤子の泣き声、子供が露地を走る足音などが絶え間なく、大都会に身を置いていることが強く感じられた。


忠八は、骨身惜しまず働いた。軍隊時代の厳しい薬品に対する取扱い方法は、そのまま会社の仕事に生かされた。また、簿記学校で得た経理の知識は、他の販売部員とは異なった特色となって周囲の者の目を集めていた。

かれは、社務に精励している間に、社内で東京の大日本製薬合資会社との合併の気運がたかまっていることを知った。

大日本製薬は、洋薬の国産化をくわだてた政府が、品川弥二郎、山田顕義《あきよし》、小室信夫、新田忠純、大倉喜八郎、久原庄三郎ら政財界の有力者の協力のもとに、明治十六年九月に創立した会社であった。本社は、東京の木挽町《こびきちょう》に置かれ、社長は男爵新田忠純、副社長には久原庄三郎が就任していた。

最大の問題は、製薬の技術陣をいかに充実したものにすべきかであった。大日本製薬の首脳者たちは、衛生局長長与専斎らと協議し、長井長義の指導を仰ぐ以外にないという結論を得た。

長井は、弘化二年、阿波国常三島村《じょうさんじま》（現徳島市中常三島町）の藩医の子として生れた。少年時代から学問に親しみ、十五歳の折には藩主の謁見を許されて早くも父の代診を勤め、蘭学を学んだ。

慶応二年、二十二歳になったかれは、藩主斉裕の命によって長崎に留学、オランダ医官ボードイン、マンスフェルトについて西洋医学を修め、明治維新後、東京に出て大学東校に入学して医学の勉学にはげんだ。学才はきわめてすぐれ、明治四年、政府の命令で第一回海外留学生としてプロイセン（ドイツ）に派遣された。かれは、翌五年ベルリン大学に入学し、植物学、有機化学、物理学を学んだ。二十八歳であった。

かれの関心は医学から化学に移り、ドイツ薬学界の最高権威ホフマン教授に師事した。かれは、ドイツにとどまることを決意し、勉学につとめ、その熱心さはホフマンを驚嘆させた。かれは学者として研究に専念、その成果をしばしばドイツ化学会に発表するようになった。そして、明治十二年にはホフマン教授の助手に選ばれ、ベルリン大学助手としてドクトル・デア・フィロゾフィーの学位を授与された。

四年後、かれはホフマン教授夫妻と旅行した時、ホフマンからさかんにドイツ人女性と結婚するようすすめられた。すでに十二年もドイツにいる長井が化学研究を着実におこなうためには、妻帯することが望ましいというのだ。

長井はためらったが、フランクフルトのホテルで母親とともに投宿していたテレーゼという娘に強くひかれた。かれは、勇をふるってテレーゼに言葉をかけ、接近した。かれは、結婚したいと願ったが、当然のことながら彼女の両親は反対した。ほとんど名も知られぬ東洋の小国に、もしもテレーゼが長井の妻として行ってしまえば、生涯二度と会うことはできない、と思ったのだ。

長井は失望したが、テレーゼとの結婚をあきらめることはできず、師のホフマン教授に相談した。常々ドイツ女性を妻とするようすすめていたホフマンは、すぐにテレーゼの両親に手紙を書き、長井のすぐれた学才と人間性をつたえ、結婚を許してやって欲しいと説得した。その手紙によって両親もようやく賛成する気持になったが、条件が一つあった。それは、長井ひとりで日本に帰り、長井の両親がドイツの女性と結婚することを許すかどうかたしかめてきて欲しいというのだ。

長井は、それは当然のことと考え、近々のうちに帰国しようと思うようになっていた。

その頃、大日本製薬は、長井に技術指導してもらいたいと考えていたが、かれのドイツでの名声は日本にもつたえられていた。日本人として、化学部門で最も深い知識と業績をあげている長井の存在は、日本人の大きな誇りにもなっていた。

しかし、かれを日本に呼びもどすことはほとんど不可能だという意見が支配的だった。長い年月ドイツにとどまって学究生活をつづけ、しかもベルリン大学助手として学位も得ている長井が、研究を投げうって日本に帰ってくることはあるまい、と推測された。その結果、手紙で懇請しても効果がないと判断され、使者が立つことになった。はるばるドイツに赴くのは重要人物でなければ説得はできまいということになり、大日本製薬の社長新田忠純と薬学界の権威である柴田承桂を派遣することになった。

かれらの出発にあたっては、農商務大輔品川弥二郎、衛生局長長与専斎、小室信夫等が長井の帰国を懇願する手紙を託した。

ドイツについた新田と柴田は、長井に会って日本の薬業界のために帰国してくれるよう熱心に説いた。長井は、たまたまテレーゼの両親から日本にもどるようすすめられていたこともあって、承諾した。かれにとって帰国は研究の放棄を意味するものであったが、折をみてドイツに引返したいと思っていた。

明治十七年五月二十九日、長井は日本に到着した。かれは、ただちに東京大学教授に任ぜられ、内務省御用掛、衛生局試験所長、中央衛生会委員の要職に就任した。

長井は、大日本製薬に入社、技術長兼顧問としてドイツから取り寄せた新式機械を工場に据えつけ、翌十八年五月から操業を開始した。かれは、その年の十一月から東大と大日本製薬の仕事に専念するようになった。

東大総長加藤弘之は、長井がテレーゼをドイツに残してきたことを知り、ドイツへ出張の許可をあたえた。両親の承諾も得てあったので、長井は加藤総長の好意を喜び、会社に短期間ドイツへ赴く諒解を得た。かれは、十二月十七日、横浜を出帆した船でドイツへ向った。

翌明治十九年三月二十七日、長井は、ドイツのアンダーナッハの教会で市会議員も勤めたことのあるマチアス・シューマッハの長女テレーゼと挙式した。長井は四十二歳、テレーゼ二十五歳であった。式には、テレーゼの両親や友人、長井側からはドイツ視察中の東京大学医科大学長三宅秀《ひいず》、文部省専門学務局長浜尾新が列席した。テレーゼはしとやかで、美しかった。

長井は、テレーゼをともなってアンダーナッハをはなれ、五月上旬には早くも日本へ向った。

かれらは、七月三十日に帰国した。薬学会の者たちは外国人の妻をともなった長井のために築地精養軒を宿舎としたが、テレーゼは日本の生活になじみたいという希望をいだいていたので、大日本製薬の工場に隣接した場所に移り住んだ。

テレーゼが最も困ったのは、言葉であった。テレーゼは女中に手まねで用事を頼み苦労したが、そのうちに台所用品から次第に日本語をおぼえるようになった。日本語の学習には熱心で、少しずつ上達していった。長井とはドイツ語で会話を交していた。

長井の存在は、薬学界に大きな刺激をあたえた。かれの業績は高く評価され、翌々年には日本薬学会会頭に推され、さらに日本最初の理学、薬学の博士号もあたえられた。かれは、愛弟子堀有造を技師として大日本製薬会社に入社させ、自らは顧問として薬品の製造を指導した。工場から生産された薬品は優秀でしかも輸入される洋薬よりも価格が低いので大評判になった。そうしたことから、品質の不安定な輸入薬品は市場から徐々に駆逐されていった。工場で生産される薬品の種類も増し、香水、口すすぎ水、コールドクリーム、蒸溜水、ラムネなども販売されるようになった。会社の製品は、すべてマルP印と女神印の商標が付され、それのついた薬品は信用あるものとして売買されていた。

しかし、明治二十六年、長井は突然会社を去った。重役たちがとかく利益追求に走りすぎるのに嫌気がさしたかれは、それ以上とどまる気持にはなれなかったのである。退社と同時に会社所有の住居からも立ちのかねばならなくなった長井夫妻は、数カ月間青山にある諏訪明神の神楽堂に仮住いし、やがて故郷の徳島から呼び寄せた大工に四十坪余の洋館を作らせて移り住んだ。

その後、大日本製薬会社の経営状態は、次第に悪化の道をたどった。半官半民の弊があらわれてきたのである。

それを打開するため、重役たちは会社組織を合資会社に改めて立て直しにつとめたが、効果はみられなかった。やがて、大阪に薬業者の共同出資による大阪製薬株式会社が創立されると、必然的に大日本製薬合資会社の経営はさらに深刻化し、重役たちは大阪製薬との合併を考えるようになり、ひそかに話し合いがもたれるようになっていた。

忠八が入社して一カ月後の朝、販売部でその日の仕事の手順をまとめていると、重役室の給仕がやってきて、常務取締役の宗田友治郎が呼んでいることを告げた。

忠八の胸に、不安がかすめた。入社の条件は、もしも忠八が社務に不適であったと判断された場合、退社を命じられても異存はないということであった。自分は、自分なりに会社の仕事に魅力をもち働きつづけてきたが、それが会社側からみて好ましくないと思われているかも知れなかった。かれは、不吉な予感におそわれながら販売部主任の諒解を得て部屋を出た。

かれは、重役室の前に行き、ドアを押した。内部には、宗田以外に二人の重役が椅子に坐っていた。

「こちらへ……」

宗田が、言った。

忠八は、進み出た。

「どうかね、会社の仕事は?」

宗田が、問うた。他の重役は、忠八に視線を据えている。

「やり甲斐のある仕事だと思っております」

忠八は、思ったままを口にした。

「そうか、それはよかった。実は、君が入社する時、いろいろと入社に反対したが、今になって恥じ入っている。一カ月間、君の働きぶりを見せてもらったが、私たちは満足している。そのことをまず君に言いたかった」

　宗田の言葉に、他の重役も無言でうなずいた。

　忠八は、胸が熱くなるのを感じた。退社を命じられることを恐れて働いてきたわけではなく、仕事に興味をひかれて励んできたのだが、それがかれらに認められたことに喜びと安堵を感じた。

「どうだね、今後も会社にとどまって力をつくしてくれるかね」

　宗田が、机に肘をのせて乗り出すような姿勢で言った。

「もし、私のような者でもお差支えなければ、働かせていただきたいと思っております」

　忠八は、答えた。

「それは、よかった。ところで、君を認めてのことだが、工場関係の仕事についてもらいたいのだ」

　宗田の顔に、緊張の色がうかんだ。

「販売部からはなれるのですか？」

　忠八は、問うた。

「そうだ。現在、最も会社にとって重要なのは、海老江に建設中の工場を一日も早く完成することだ。作業がおくれがちで重役会でも問題になっている。わが社は製薬会社なのだから、製薬工場が完成しなければ無意味なのだ。技師長の堀有造君の事務補佐として働いて欲しい」

宗田は、言った。

堀は長井長義の愛弟子で、大日本製薬会社に技師長として入社していたが、その後、堀も長井の後を追って退社した。創設された大阪製薬株式会社の首脳部は、すぐれた品質の洋薬を作り出すためには、長井の指導を仰がねば果せないと判断し、積極的に長井に接近した。大日本製薬会社でにがい経験をもつ長井は、きわめて消極的であったが、大阪製薬の重役たちの進取的な抱負と情熱に動かされて、協力を約するまでになった。その現れとして、堀有造を技師長として大阪製薬株式会社に推薦入社させていたのである。

堀は、海老江の工場建設を担当していたが、重役たちは一介の販売部員にすぎぬ忠八を堀の補佐役として抜擢し、その完成を急がせようとしたのである。

忠八は、呆気にとられた。自分はまだ入社してからわずか一カ月にしかならぬ身であるのに、そのような大任をあたえようとしている経営陣の大胆さに驚きを感じた。それは、階級制度のきびしい軍隊などでは想像もつかぬことで、実力本位の民間企業らしいと感嘆した。

「どうだね、引受けてくれるかね」

宗田常務が、忠八の顔を見つめた。

「やらせていただきます。非力であることは自覚しておりますが、出来るかぎりの力をふりしぼってその仕事に取り組みます」

忠八は、姿勢を正して答えた。

「それでは、明日から海老江の工場建設現場に行くように。今日中に堀技師長には連絡しておく。会社は君に期待している」

宗田が、きびしい表情で言った。

忠八は、挨拶すると重役室を出た。退社を命ぜられるのかと思っていたことが、滑稽にさえ思えた。これと言って過失もおかさず誠実に働いてきた自分が退社を命じられるはずはないではないか、という気持にもなった。

その日、かれは転勤の挨拶をするため問屋廻りをし、翌日、海老江にむかった。

現場事務所についた忠八は、堀技師長に新任の挨拶をした。堀は、長井長義が衛生局東京試験所長であった頃の所員で、エフェドリンを発見した長井の指示で研究をつづけ、業績をあげた秀れた技師であった。

忠八は、堀の口から大日本製薬合資会社との吸収合併がおこなわれることは確実だという話をきいた。大日本製薬の経営状態は恢復の望みが全くなく、建物の一部が失火し、さらに大阪製薬株式会社の創立によって一層経営は絶望視されているという。

「大日本製薬の機械類も、この工場に運びこまれることになるだろう」

と、堀は言った。

堀の推測は的中し、その年の十一月一日、大阪製薬株式会社は経営不振の大日本製薬合資会社を吸収した。それと同時に、大阪製薬株式会社は大日本製薬株式会社と社名を変更し、また大日本製薬合資会社の商標マルP、女神印もうけついだ。マルPのPはPharmacy（薬品）の頭文字のPをとったものである。

大日本製薬合資会社は半官半民で、工場敷地は政府から借り入れていたので、合併と同時に返却されていた。そのため、製薬機械類は、すべて大阪に運ばれることになった。その任をまかされたのは、忠八であった。

忠八は、部下をともなって大阪をたち、東京についた。かれは、専門の運送業者と打ち合わせをし、機械の荷造りに手をつけた。その際、かれは、機械を種類別に分けて梱《こん》包《ぽう》した荷に赤、黄、白、黒、紫などの布片をとりつけ、梱包されたままで内部の機械を識別できるように工夫した。機械類をはじめとした工場設備はことごとく解体され、梱包されて汽船で大阪に運ばれた。

機械等の発送を短期間に終えた忠八は、大阪にもどった。

新たに建築された工場には、機械類の据えつけがおこなわれていた。堀技師長は、梱包された荷につけられた布の色によって内部のものがあきらかにされていたので、きわめて作業が早くはかどったと言った。そのことはすでに重役たちにも報告されていて、忠八は重役たちからも賞讃された。

忠八が工場建設の事務係に就任してから、絶えず堀技師長の指示を仰いで作業をすすめたため、工場の建設は急速に進められていた。忠八の温厚な協調性が人の和をうみ、その部門の動きはいちじるしかった。工場の一部では、すでに堀の指導で薬品製造がすすめられ、売行きも順調だった。

帰阪後、忠八は重役に呼ばれ、月給を二十円に昇給すると告げられた。入社時、最下級の月給であった忠八は、半年後に平社員と同じ月給をうけられるようになったのである。

工場建設は着々と進行し、機械の設置もつづけられていった。忠八は、仕事が面白くてならなかった。堀のもとで働く幸せを強く感じていた。

快い日がつづいたが、家庭的な不幸に突然襲われた。

かれが勤めに出ている時、寿世が買物に外出したが、その間に空巣が入り、預金通帳、公債証書、衣類などすべてをうばわれたのだ。

忠八は、早速、警察署に届け出た。幸い犯人は捕われ、一部はもどったが、ほとんど無一文になってしまった。また、近所に火事があって逃げ仕度をしたこともあり、忠八夫婦は大都会での生活に不安もいだいた。

十

明治三十二年が明け、忠八は三十四歳になった。

海老江製薬工場は完成し、機械の据付けも終了した。

四月十五日、海老江工場で盛大な開業式がもよおされ、忠八は委員の一人として式の運営を担当した。来賓として内務省衛生局長長与専斎、東京帝国大学教授長井長義、大阪衛生試験所長辻岡精輔らが姿をみせ、五百余名が参会した。会社側では、長与らに工場設備をしめし、新鋭機械による薬品の製造状況を披露した。各界の者たちは、日本で最もすぐれた製薬工場が開設されたことを喜び、祝辞を寄せた。

開業式の準備に忠八は精魂をかたむけ、その功労がみとめられ、月給を二十五円に昇給するという辞令をうけた。入社してから一年もたたぬ間に五円ずつ二度月給をあげてもらうわけで、古くからの先輩社員以上の報酬を得るのは苦痛なので辞退した。が、その心配はないという重役の説得に、かれはそれを受けいれた。

工場の本格的な操業によって、マルP印の薬品が続々と生産され、市場に流れ出ていった。忠八は、あらためてマルP印の薬品が大きな信用を得ていることを知った。それは、悪質な薬品を追放することを目的として政府が創設させた東京の大日本製薬合資会社の努力であり、むろんその基本は、薬学者長井長義の誠実な技術指導によってきずかれたものであることはあきらかだった。

薬品の製造状況は好調で、忠八は、堀技師長のもとで製品管理と出荷その他を担当していた。が、販売部門は製品をさばく力が乏しく、薬品の滞貨が少しずつ目立ちはじめていた。

忠八は、好ましくない傾向であり、今のうちに適当な対策をとっておかねばならぬと考え、堀技師長に注意をうながした。堀も、徐々に倉庫内に製品が増してきていることに不安を感じていたので、忠八とともに重役会へ適当な処置をとるよう進言した。

しかし、重役たちは、創業間もないことでもあるので、今に販売が軌道にのればそのような問題は一時に解決すると言って忠八と堀の進言には応じなかった。忠八は、経験豊かな事業家たちの言葉であるので、かれらの意見にそのまま従った。

暑さが増した頃、故郷八幡浜町で母の世話をしている兄栄吉から、商売がおもわしくないという手紙が来た。それを読んだ寿世は、

「お母さんを私の所で引き取ることはできませんか」

と、言った。

「そうするか」

忠八は、うなずいた。月給も昇給し、生活にも余裕ができてきているので、故郷に残してきた母に孝養をつくしたかった。

「静子もこの機会に引き取りましょう」

寿世の眼は、輝いていた。

早速、兄栄吉と千代松のもとに手紙を書き、老母と静子を引き取る旨をつたえた。やがて、栄吉と千代松が話し合ったらしく、千代松から承諾するという返事が来た。

忠八は、会社の仕事が忙しいので寿世に八幡浜町へ赴かせ、母と静子を連れてくることを命じた。

休日に、忠八は行李をもった寿世を大阪の川口波止場まで送っていった。老母をすんで引き取りたいと言ってくれた寿世の気持が嬉しかった。寿世は、小汽船に乗って去っていった。

かれは自炊して過していたが、三日目の夜、帰宅したかれは、勝手口の錠がこわされ、家の中が荒らされているのに気づいた。前年の暮に空巣に入られてから二度目の災難であった。調べてみると、衣類すべてが消え、預金通帳も失われていた。

かれは驚き、すぐ警察へ届け出た。幸い預金は引き出し時刻がすぎていたため難をまぬがれたが、損害は大きかった。

八日後に、妻がもどってきた。

忠八は、母を迎え入れ、心細そうに泣く静子を抱いてあやした。忠八は、母に心配をかけることを恐れて、寿世だけにひそかに再び盗難にあったことを伝えた。寿世は顔色を変え、落胆したように大きく息をついていた。かれは、厄除けのため寿世を連れて聖天宮に参拝した。度重なる盗難に、神仏にでもすがる以外にない気持だった。

そうした家庭内の煩わしいこともあったが、かれは、依然として増しつづける会社倉庫の製品の滞貨に心を痛めていた。が、重役たちはそれについて無関心であるらしく、なんの手も打とうとしない。忠八は堀と相談し、重役たちを本腰になってその問題に取り組ますためには、棚卸しの際に立ち合わせて驚かせるのが最も効果的だ、と考え、傍観の態度をとることにした。

冬になって、棚卸しの時期がやってきた。

その日、取締役、監査役が集り審査したが、在庫量が余りにも多いことに一様に激しい驚きをしめした。それは、経営危機に確実にむすびつく現象であった。かれらは、あらためて半年前に忠八と堀の発した警告を思い出したようであった。

かれらは、十二月二十五日、重役会を開いた。事業家であるかれらは、またたく間に一つの結論を出した。一日も早く在庫を一掃するため、各地に販売員を派遣して製品の売り込み運動を展開するか、それとも大阪と並んで薬業のさかんな東京に出張所を開設するか、いずれかの方法をとることであった。

重役たちは、それぞれ大問屋の経営者たちであるだけに熟議の末、全員一致で一つの結論を得た。それは、日本の首都である東京に出張所を開設することであった。当然、出張所には責任者を置くことになるが、かれらは忠八以外にないという意見に一致した。

海老江工場にいた忠八のもとに使いの者が来て、すぐに本社にくるようにと告げられた。

忠八は、どのような用件か察することもできず、本社に急いだ。かれは、重役室に呼ばれた。部屋には日野九郎兵衛社長以下全取締役、監査役が大きな机のまわりに坐っていた。

不審そうに立つ忠八に、日野社長が商品の販売成績をあげるため東京に出張所を開設し、主任者として満場一致で忠八を就任させることに決定したことをつたえた。

忠八は、呆然として返事もできなかった。入社して一年半しかたたぬのに、新たに設けられる東京出張所の責任者にえらばれるなどということは、予想すらしていなかった。かれは、自分の耳を疑った。

しかし、入社して一月後に堀技師長の補佐役に抜擢され、一年の間に二度も昇給の恩恵をうけていることを思うと、自分という存在がかれらに高く評価されていることはあきらかで、実力を第一とするかれら重役の弾力的な姿勢をあらためて感じた。

忠八は、大阪の薬業商人の進取性にふれたような気がしたが、東京出張所の主任に抜擢されることは、かれにとって理解の範囲を越えたものであった。忠八は、動悸のたかまるのを感じながら口を開いた。

「身に余る光栄だと存じます。しかし、出張所開設の意味は重大で、一小社員である私のような者ができるはずのものではありません。先輩の社員は六百名近くもおります。その中から主任をお選びいただくのが常道ではないでしょうか。私は、その方の下で働かせていただきます」

忠八は、とぎれがちの声で言った。

「重役全員が、君を推すことに決定したのだ。君は、必ずこの重任を果してくれると信じている。他の者を主任として、その下で君に働いてもらおうなどとは考えてもいない。君に責任者として力をつくしてもらいたいのだ」

日野社長が、答えた。

忠八は、口をつぐんだ。闘志が体の中にひろがってゆくのを感じた。学歴は小学校出でしかなく、軍隊に入っても下士官待遇の薬剤手にすぎなかった。そうした経歴の乏しい自分が、製薬会社に入った時から急に周囲の者に高く評価されている。それは、自分の資質がこの世界に適している証拠かも知れぬ、と思った。

「お引き受けいたします」

忠八は、答えた。

重役たちは、満足そうにうなずいた。

「ただし、一つだけ条件があります。出張所を運営するには、製品を供給してもらう工場との関係を円滑にしておく必要があります。私は、平社員として工場の責任者である堀技師長に仕えて参りました。技師長が私の東京出張所主任就任を賛成して下さるかどうか。もしも、少しでも難色をしめした折には責任を果す自信がありませんので、御辞退いたしたいと思います」

忠八は、落着いた口調で言った。

重役たちは、互いに言葉を交していたが、忠八の申し出ではもっともだということになって、ただちに海老江工場に使いの者が出された。

しばらくすると、堀が姿をあらわした。重役たちは立ち上ると、堀に椅子をすすめた。

日野社長が、

「わざわざおいでいただき、恐縮です」

と言って、事情を説明しはじめた。

堀は、無言できいていたが、日野の説明が終ると、

「私もその人事に大賛成です。二宮君は、誠実で事務能力に長じ、薬品に対する理解も深い。それだけなら、わが社にそのような社員もいないわけではないが、二宮君は、人の心をひきつける生れながらの才能に恵まれています。上司である私との意志の交流も綿密で、同時に部下の統率力もある。このような人物にこそ、社の盛衰に重大な影響をもつ東京出張所をまかせるべきでしょう」

と、淀みない口調で言った。

忠八は、堀の好意にみちた言葉に胸を熱くした。重役たちや堀のような人物は、軍隊にもいることはいるのだろうが、きびしい組織の規律に拘束されて自由な言動をとるこ

とは許されない。それとは対照的に、会社には自由な気風があり、人間ひとりひとりがいきいきと生きているのを強く感じた。

「これで主任問題は解決した」

日野社長は、満足そうに言った。

堀と忠八をまじえて、重役たちは東京出張所開設の具体的な打ち合わせをおこなった。すでに十二月二十五日で、その年も暮れようとしている。年の瀬のあわただしい空気の中で準備を進めることは困難だったが、重役たちは、一日も早く東京進出を果すべきだと主張し合った。その結果、年が明けた正月怱々《そうそう》に、忠八が日野社長とともに東京へ向うことになった。また、その席上、忠八の月給を書記の最高級である三十円に昇給することも決定した。

その夜、忠八は堀とともに重役たちに連れられて料亭に赴き、酒をくみ交した。忠八にとって、記憶すべき日であった。

忠八が大日本製薬株式会社東京出張所の主任に推されたことは、寿世を驚かせた。彼女の眼には涙が光っていた。また、母のきたは、それがどのような意味をもつのかわからないようだったが、仏壇に灯明《とうみよう》をともして長い間合掌し、頭を垂れていた。

きたを引き取ってから寿世は献身的に仕えていた。老母の好むような食物をととのえ、新聞を読んできかせたり、肩をたたいてやったりする。きたは涙ぐんで、感謝の言葉を口にしていた。

静子は実の両親とわかれたことが悲しいらしく泣いていることが多かったが、きたと寿世が絶えず面倒をみていたので淋しさもまぎれるようだった。

翌日から東京に出発する準備があわただしくはじまったが、忠八の悩みは家庭であった。殊《こと》に母きたの身が気がかりだった。忠八としては、身軽な体で東京出張所の仕事に専念したかった。が、せっかく引き取った母を残してゆくことはできず、赴任と同時に母も東京へ連れてゆかねばならぬだろうと思った。

そのことについてきたに告げると、きたは、

「故郷へ帰りたい」

と、言った。

忠八夫婦は驚き、殊に寿世は自分が母に好ましくない嫁だと思われているのではないか、と気がかりであるようだった。

「東京へは行きたくないのですか」

忠八は、たずねた。

「私も老いた。生き馬の眼もぬくような人のたくさんいる大きな町になど行きたくない。せっかく親切に私を大阪へ呼んでくれ大事にしてもらって嬉しいが、田舎者の私には八幡浜が一番いい。帰して欲しい」

きたは、眼をしばたたいた。

忠八は、無理もないと思った。自分たち夫婦は若く、大都会の大阪に住むことになん

の抵抗もないが、老いた母には堪えられないのだろう。その上、さらに遠い東京へなど行く気になれぬにちがいない。

かれは、母を故郷へ帰してやろうと心にきめた。兄の栄吉には引き取る力はないので、弟の象太郎に頼んでみよう、と思った。象太郎は八幡浜町でニコニコ屋という屋号の小間物・化粧品店を営んでいた。性格は温順で、末子であるため両親から可愛がられていたので、母を大切にしてくれるにちがいなかった。

忠八は、早速象太郎にその旨を記した長文の電報を打ち、母を引き取りに大阪へくるように伝えた。静子の処置についてもきたと相談したが、きたは自分が面倒をみてやるから八幡浜町へ連れて帰りたい、と言った。忠八は、自分にとって東京出張所開設はきわめて重要な仕事であり、きたの意向にしたがって静子も帰すことにした。

半月ほど前から寿世は、ツワリで不快を訴えるようになっていた。彼女はみごもっていた。


忠八は、東京へ出発する準備に没頭した。帳簿、事務用品を用意し、出張所で販売する薬品類等の選択と数量の確保に走りまわった。その間、重役や堀技師長との打ち合わせがひんぱんに繰り返された。

大晦日の前日の夜、疲れきって家にもどると、弟の象太郎が待っていた。象太郎は、忠八の栄転に祝いの言葉を述べ、翌朝、母と静子を連れて八幡浜へ帰る、と言った。忠八は、月給も三十円にあがったので、母と静子に対する仕送りの金も増額することを約束した。

翌早朝、忠八は、母に別れを告げて出社した。象太郎に伴われた母と静子を、寿世が波止場まで送る手はずになっていた。

その夜、家に帰ると寿世ひとりが待っていた。

「無事に船に乗られました」

寿世は、言った。その顔は、ツワリのため青白かった。

かれの耳に、遠く除夜の鐘がきこえていた。

……年が、明けた。

かれは、正月一日も出社して準備をつづけ、重役宅をまわって打ち合わせを重ねた。寿世は体調がおもわしくなく、東京へ連れて行くことがためらわれた。東京へ行けば、当分の間、宿屋住いをしなければならぬだろうし、家を借りて落ち着くゆとりはなさそうだった。第一、出発日が迫っていて、家財を荷造りし発送することなどできるはずもなかった。結局、寿世はそのまま大阪にとどめ、かれは単身で赴任することになった。

準備も終り、一月三日、送別会がひらかれた。重役は一人残らず出席し、堀技師長もかれに激励の言葉を述べた。忠八は、会社が自分にかける期待の大きさをあらためて感じた。

翌日、かれは社長日野九郎兵衛とともに多くの人の見送りを受けて大阪駅にむかった。

かれと日野の乗った汽車が動き出すと、ホームにむらがった人々の口から万歳の声があがった。

二人は、翌朝、東京につき、旅館に入った。が、疲れをいやすひまもなく、忠八は平沢重吉という男を訪れ、旅館に連れてきた。

平沢は、東京に大日本製薬合資会社があった頃、会社に薬品の原料を売っていた男で、合資会社が合併吸収された後は、忠八の会社に薬品原料を売りこんでいた。平沢は、薬品業界に顔がひろく、東京進出のために協力してもらおうと思っていたのだ。

日野が平沢に、

「この度、東京に出張所を設けることになりました。主任は、二宮君です。あなたにぜひ御協力いただきたいのです。或る程度、東京の事情については知識をもっていますが、最も新しい情報をおきかせいただきたい。力になっていただけませんか」

と、言った。

平沢は承諾したが、表情を曇らせると、忠八と日野を不安がらせるようなことを口にした。

東京の薬業問屋は江戸本町を中心に店をつらねていて、品質優秀な大日本製薬合資会社のマルＰ印の製品を仕入れ、卸売りをしていたが、会社の経営不振によって大阪製薬株式会社に吸収され、大日本製薬株式会社が創立されたことを知ると、一様に強い反撥をしめしているという。その吸収合併は大阪商人の逞しい商魂をしめすもので、日本の製薬業界を飛躍的に向上させた大日本製薬合資会社が消失したことは大阪の薬業者たちの巧みな工作によるものではないか、という空気も根強くひろがっているという。

東京の薬種問屋は、マルP印の薬品に大きな信頼を寄せているが、大阪に創設された大日本製薬株式会社で製造されるマルP印の製品は今後一切仕入れぬと申し合わせている、と平沢は言った。

日野と忠八は、顔色を変えた。マルP印は東京の薬業者に信用があつく、販売は容易であると期待していたのだが、それが至難であることを知ったのだ。

二人は、平沢と打開策を話し合った。解決策は、問屋側の態度を軟化させる以外になく、それが出来なければ東京出張所開設の意味はなくなる。

日野が、日本薬学会総会のことを口にした。明治十四年、東京帝国大学薬学科卒業生らを中心に東京薬学会が創立され、二十五年には日本薬学会と改称されて全国組織となり、学者を中心に有力な薬品関係者が参加していた。会頭は長井長義で、大日本製薬株式会社の日野社長をはじめ重だった者が会員になっていて、忠八も東京出張所主任に内定した直後、入会手続をとり、許可されていた。

日野は、日本薬学会会頭長井長義に助力を乞うてみよう、と言った。長井は、あらゆる分野で薬学界の最高指導者であり、尊敬を一身に集めていた。

忠八は、日本薬学会総会で突破口をひらきたい、と思った。薬学会は、純粋な学問研究の発表の場であり、薬品を扱う業者も、より秀れた薬品を世に送り出すため会に出席して、薬学の知識を吸収しようとつとめている。そのような総会で、従来の感情的ないきがかりを捨てさせるよう努力すれば、光明を見出す望みはあるかも知れぬ、と思った。

忠八は、日野社長に従って青山にある長井の邸におもむいた。夫人テレーゼは流暢《りゅうちょう》な日本語で温かく迎え入れてくれた。テレーゼは亜歴山《アレキサンダー》、維理《ウイリー》という二人の男子とエルザという女子の母になっていた。

日野社長は、長井に大阪製薬株式会社と大日本製薬合資会社の合併が円滑に終了し、工場操業も本格的に進められていることを報告、忠八を主任に東京出張所開設を決定したことを告げた。

「ところが、困った障害がありまして……」

日野は、顔をしかめて言った。

日野は、東京の薬業問屋が大阪に創立された大日本製薬株式会社に反感をいだき、長井が指導して続々と世に送り出したマルP印の薬品を一切仕入れぬと公言していることを伝えた。

長井の顔に、苦笑がうかんだ。忠八は、口を開いた。

「東京の問屋も、むろん信用のあるマルP印の薬品を扱いたいとは思っているのです。問題は、感情だけなのです。それを柔らげることさえできれば、すすんでマルP印の薬品を仕入れてくれるにちがいないのです」

「そうでしょうね」

長井は、おだやかな眼を忠八に向けた。

「そこで、いろいろ考えました結果、総会の会場入口で、思いきって東京出張所を開設した旨の挨拶をみなさまにお手渡ししたらどうか、と思いついたのです」

忠八は、熱っぽい口調で言った。

「辞を低くしてですね」

長井が、頬をゆるめた。

「その通りです。この度東京へ出張所を設けましたが、なにとぞ御好誼をいただきたく、とお願いするのです」

長井は忠八の言葉にかすかにうなずくと、しばらく黙っていたが、

「そのようにすれば、問屋の主人たちも気持をやわらげるかも知れません。東京の商人は、利益を無視してでも意地を張る傾向がありますから、辞を低くして頼めば、あっさりと理解してくれるかも知れない」

と、言った。

「それでは、総会の会場入口で挨拶状を配らせていただくことをお許しいただけますか」

忠八は、長井の表情をうかがった。

「それはよろしいでしょう。会頭の私が許可いたします。日本薬学会は学問研究の発表を主目的にしていますが、研究の成果を業者がうけついで製薬し販売してくれなければ、

意味はありません。大阪と東京の交流に総会が少しでもお役に立てば、むしろ幸いだと思います」

長井はきっぱりした口調で言うと、

「日野社長は薬学会の会員だが、君は？」

と、たずねた。

「はい。入会させていただいております」

忠八は、答えた。

「それは好都合だ。総会で研究発表が終った後の懇親会でも、東京の薬種問屋の人たちに挨拶に廻ればよい」

長井は、忠八を見つめた。

しばらく雑談した後、忠八は日野とともに長井の家を辞した。忠八は、あらためて長井が偉大な人物であることを感じた。学者らしいきびしさを持ちながら、度量の広さも兼ね備えている。長井がすぐれた学者であると同時に、薬学界という大きな組織を統率しているのも当然だ、と思った。

日本薬学会総会は、その月の第三土曜日に上野精養軒でひらかれた。

忠八は、印刷した東京出張所開設の挨拶状を手に、日野社長とともに会場入口で来会者に挨拶しながら手渡した。

総会では会務、会計報告、規則改正案の討議につづいて講演があり、夕方から懇親会がもよおされた。窓の外には夜の色がひろがり、シャンデリアにも灯がともされていた。

日野社長は、いんぎんに東京の大問屋の主人に近づき、東京出張所を開設したのでよろしく御助力を仰ぎたいと挨拶し、忠八を出張所の主任だと言って引き合わせた。忠八は、姿勢を正して名刺を差し出し、頭をさげて廻った。

忠八は、日本薬学会会頭の長井が東京の商人はあっさりしていると言ったが、それが事実であることを感じた。東京の薬業界の内情に通じている平沢重吉が、東京の問屋の主人たちは大阪製薬株式会社に反感をいだいていると言っていたが、礼をつくして接したことがかれらの気持をやわらげたらしく、にこやかな表情で応対してくれた。そのうちに、かれらの中から東京出張所開設にふみきった日野社長ら会社の経営陣の勇気をたたえる声も出るようになり、日野と忠八は、好意にみちたかれらに取りかこまれて談笑するようになった。

忠八は、東京の商人の特異な気質にふれたような気がしたが、それはかれらがマルP印の薬品に強い魅力をいだいているからだ、とも思った。

会場には、東京の大問屋の主人がすべて出席していて、忠八は日野とともに一人残らず挨拶してまわった。

会がはねて、忠八は日野と人力車をつらねて旅館にもどった。二人は、その日の挨拶がかなり効果があったことを認め合い、杯を交した。

東京の江戸本町が、大阪の道修町とともに日本の薬業の中心地になったのは、天正十八年（一五九〇）八月、徳川家康が江戸城を経営した頃にさかのぼる。その頃、相州（神奈川県）小田原の薬種商益田友嘉が江戸本町四丁目に店をひらき五霊膏という目薬を売り出したが、それが江戸の薬店の初めであった。その後、薬店が増していったので、幕府は江戸本町三丁目に薬種問屋を集めさせ、商取引をさせるようになった。明治に入ると、和漢薬以外に輸入される洋薬を扱う問屋も増した。その中で、西洋式の専門薬局を初めて開設したのは、福原有信が経営する資生堂であった。東京には、各種の薬が市販されてそれぞれ好評を得ていたが、薬の広告がさかんになり薬業者は人目をひこうとしてさまざまな工夫をこらしていた。語学の才に恵まれていた岸田吟香は、ヘボン博士から伝授された目薬を売りに出した。それまでの目薬は練り薬であったのを岸田は水薬にし、精錡水という商品名をつけた。それは透明な水薬で、点眼すると少し眼にしみるような刺激があり、香りもするので特効薬として売れた。

　堀内伊太郎薬舗が売っていた浅田飴も人気があった。従四位浅田宗伯が作り出した飴で、良薬口ににがしをもじって「良薬にして口に甘し」という宣伝文句が人の眼をひいた。津村順天堂の中将湯《ちゆうじようとう》も、好評だった。それは、子宮病血之道薬と称され、同じ婦人病薬の実母散と売行きをきそっていた。また、この一族からロート目薬が売り出された。

　東京で最高の売上げをしめしていたのは、高木与兵衛薬舗の作っていた清心丹で、懐中必携薬と称されていた。銀色の粒状をした丸薬で、口にふくむと爽やかになるので人気があったが、やがて同系統の新製品を売りに出した大阪の森下仁丹に駆逐された。また胃散薬としては、太田製のものが大好評であった。

本町通りには薬種問屋が軒をつらねていた。いずれも土蔵造りの大きな店構えで、薬品名の描かれた派手な金看板がつらなっていた。伝統のある薬の町である本町も新しい時代の流れと無縁ではなく、洋薬輸入を業とする問屋や舶来の医療器械などを扱う店も多くなっていた。

忠八は、東京に来て以来、都市としての魅力にとりつかれていた。江戸の人間は宵越しの金を持たぬというが、金銭に執着心の薄いらしいことは事実のように思えた。長井長義が、東京の商人はあっさりしていると言ったが、見方を変えれば単純な性格だとも言える。筋を通せば、反撥していた人間たちもたちまち好意をしめす。利益追求よりも気分的に左右される傾向があって、大阪の商人と基本的にかなりの差があるように思えた。

忠八は、あらためてその土地土地によって商人気質がちがうものだということを感じた。郷に入らば郷に従えというが、忠八は仕事を推しすすめる上で東京の商人気質を確実に知らねばならぬ、と思った。

四国の八幡浜町生れのかれは、大阪商人の良さを知った。それは、新人社員の自分を因襲にとらわれず抜擢してくれたことでも知れる。今後は、東京の商人の良さも知りたい、と思った。敬愛の念がなければ、順調な商取引はできるはずがないのだ。

大市場である東京に販路を確立することは、会社の地盤をゆるぎないものにする。かれは、それまでの問屋側との接触で期待は十分だ、と思った。

翌日、忠八は日野社長とともに人力車を借り切って大手問屋を訪問してまわった。問屋側の態度は予想通り好意的であったので、忠八は日野にすすめて問屋の主人たちを左団次、権十郎などが出演している明治座に招待した。その観劇会には重だった大問屋の島田久兵衛ら十六名が参加してくれた。そして、幕間に談合した結果、問屋の主人たちは、大日本製薬株式会社製造の薬品仕入れに応ずる態度をしめした。

翌朝、問屋側から旅館に滞在中の日野社長のもとに使いの者が来て、観劇会のお礼として木挽町五丁目にある料亭に忠八とともに招待したいと言ってきた。

日野と忠八は、その日の夕方、人力車に乗って料亭に赴いた。大広間に入ると、東京の有力な問屋の主人たちが並んで席について待っていた。かれらは、恐縮する日野と忠八を上座に無理に坐らせた。

問屋側を代表して島田久兵衛が、大日本製薬株式会社に対する悪感情を捨て、東京出張所進出を歓迎する旨の挨拶をおこなった。それにつづいて、今後、問屋側は例外なく取引に応ずることを約束し、一同立ち上って、取引契約成立の手打ちをした。

忠八は、感動した。きわめて順調に推移し、問屋側からすすんで手打ちをしてくれた。それは、東京の商人の淡泊さのあらわれであると同時に、長井長義の指導によって製造されてきたマルＰ印の薬品に対するかれらの大きな信用によるものであることを感じた。

酒宴がはじまり、忠八は、問屋の主人たちと杯をくみ交し、談笑した。日野社長も嬉しそうに、かれらと話し合っていた。忠八は、日野社長に協力してわずか二十日足らずのうちに、東京市場を獲得できたことが夢のように思えてならなかった。

その夜、問屋の主人たちに見送られて人力車で旅館にもどると、久保孫四郎が待っていた。久保は大阪の本社から忠八が呼び寄せた出張所員で、販売実務に長じた信頼のおける男であった。

日野社長を中心に忠八と久保は、今後の対策について話し合った。すでに取引契約成立の手打ちも終っているので、この機会をのがさず至急取引を開始する必要があった。その日の宴席で、歯みがき粉の「花王散」「高潔香」を大々的に売り出している保全堂の波多海蔵が、翌日日野社長を招待したいと申し出、承諾していた。歯みがき粉の原料は大日本製薬株式会社で製造もしているので、波多が好意をしめしてくれたことは願ってもないことだった。

日野は、翌日、招待されているので、忠八が久保とともに薬品の注文をとって廻ることになった。

「成功を祈るぞ」

日野は、忠八の肩をつかんだ。

その夜、忠八は、注文をとる方法について考えた。大阪の本社倉庫には多量の薬品が在庫として山積みされている。それを早急に売りさばかねば、重大な経営危機を招く。かれは、東京市場でそれらの在庫を少しでも減らしたかった。

最も簡単な方法は、問屋側で注文品の種類と数量をまとめてもらうことであった。が、忠八は、そのような安易な方法は避け、問屋を一店ずつ個別に訪れて注文をとった方が、数量も多くなるにちがいない、と予測した。

翌朝早く起きた忠八は、ただ一人の部下である久保孫四郎とあわただしく朝食をとり、旅館を出た。かれは、問屋街の本町に入っていったが、敵陣に乗り込んでゆくような悲壮な感じであった。

かれは、久保を連れて有力問屋の店に入り、薬品見本をしめして注文をとる。品種、数量、価格、納期について話し合い、契約をまとめた。初め訪れた問屋からの注文は予想以上の量であったが、次々に足をふみ入れる問屋でもそれは変らなかった。どの問屋でも、待ちかまえていたように多量の注文をしてくれた。

忠八と久保は、興奮した。

「これは大取引です、大取引ですよ」

久保は、問屋を出ると声をうわずらせて叫ぶように言った。

たしかに、大取引であった。売れに売れて、という言葉通り、想像もしていなかったほどの注文品と数量が帳簿に記録されてゆく。大取引だ、大取引だ、と忠八と久保はうわごとのようにつぶやきながら走るように問屋から問屋へ歩きまわった。

昼食をとることも休息することも忘れていた。かれらは問屋に入り、注文品をあわただしく帳簿に記帳していった。

忠八は、問屋側が多量の発注をする理由を理解することができた。東京の薬業問屋は、大日本製薬合資会社から大日本製薬株式会社にひきつがれたマルP印の薬品に対して強い魅力をいだき、入手したい気持はかなり激しいものであった。が、東京の商人の意地として、自分の方から仕入れたいと申し出ることはしなかった。そうした折に、忠八が日野社長とともに上京し、辞を低くして取引をさせて欲しいという態度をとったことによって、かれらの面目は十分にみたされ、気持も一時になごんだ。と言うよりは、かれらはその時を心待ちしていたのだ。

薬業問屋の主人たちが、忠八に大量の注文を発したのは、いわばかれらが信用度のあつい大日本製薬の薬品に飢えていたからだった。忠八が大日本製薬株式会社東京出張所主任として上京してきたのは、たまたまそうした時期にあたっていた。

かれは、出張所員の久保とともに時間の経過も忘れて走りまわった。いつの間にか路上に夕闇が落ち、問屋街に灯がともった。忠八たちは、その後も問屋から問屋をたずね、ようやくその日の仕事を終えたのは、午後十時近くであった。

忠八たちは、帳簿をかかえて旅館にもどった。朝食後、なにも口にしていなかったが、体が熱をおびていて空腹感はなかった。帳簿には、驚くほどの注文品の数量が記されていた。

日野社長は、保全堂の主人に招待されたまま、まだ旅館にもどっていなかった。忠八は、予想もしていなかった大取引の成功を一刻も早く日野につたえたかった。そのため、久保に命じて招待された料亭に赴かせ、日野に旅館へ帰ることをすすめるよう指示した。久保は、すぐに旅館を走り出ていった。

夕食が部屋に運びこまれ、忠八はあわただしく食事をとると、帳簿に記載された注文品の数量を品種別に算盤で計算しはじめた。

やがて、日野が酔いに顔を染めて部屋に入ってきた。

「大取引だそうだな」

日野は、興奮していた。

「驚くほどの取引です」

忠八は、算盤を入れながら答えた。

久保も計算に加わり、はじき出される数量に日野は感嘆の声をあげつづけた。

計算が終り、数量がしめられた。かれらの間から驚きの声があがった。それは、本社倉庫に山積みされた在庫量を一掃するどころか、それをかなり上廻る量であった。

「本社に電話をしろ。お前が出張所主任だ。お前から報告しろ」

日野が、うわずった声で言った。

むろん深夜で本社に社員はいるはずもなく、監査役の田辺五兵衛の自宅に長距離電話をかけることになり、忠八は、階下の帳場に行くと旅館の主人に頼んで大阪への電話を申し込んでもらった。田辺五兵衛は、塩野義三郎、武田長兵衛とともに大阪道修町の薬業御三家と称される大問屋の経営主で、大日本製薬株式会社の重役中の実力者であった。

やがて電話が通じ、田辺の声が流れてきた。

忠八は、要領よくこれまでの経過とその日に得た注文量について報告した。田辺は驚いたらしく、よくやった、とねぎらいの言葉を繰り返した。

「倉庫にある製品をすぐ荷造りして汽車で発送する。その他の注文品は、工場を督促させてまとめ、なるべく早く送るようにする」

田辺の声は、はずんでいた。

「納期のことは必ずお願いいたします」

忠八は、念を押した。

「まかせておけ。それから日野社長に伝えてくれ、明日、ひとまず大阪に帰ってくるように……と。大歓迎すると言ってくれ」

田辺は、張りのある声で言った。

忠八は、受話器を置いた。田辺の声に、東京市場への売り込みが大成功をおさめたことを、実感として感じた。

二階の部屋に上がると、日野は久保を相手に酒を飲んでいた。日野は、杯を忠八に渡して酌をすると、

「二宮、うまくいったな」

と言った。眼に光るものが湧いていた。

翌朝、忠八と久保は日野とともに旅館を出た。久保は、注文品を列記した帳簿を入れ

た日野のトランクを大切そうにさげていた。

新橋駅についた口野は、汽車に乗った。

「ともかく今日にでも出張所の事務所を定めておくように……」

日野は、汽車の窓から顔を出して言った。

汽笛が鳴り、汽車が動き出した。

「大取引だったな」

日野は、汽車について歩いてくる忠八たちに言った。忠八たちは、汽車が遠ざかるのを見送っていた。

かれらは旅館にもどると、平沢重吉の家を訪れた。平沢に出張所事務所として適当な家屋を探してもらっていたのだ。

平沢は心当りがあると言って、問屋街に近い町の一郭に案内してくれた。そこには二階建の貸し家屋が立っていた。住所は日本橋区箔屋町《はくやちょう》八番地で、薬業問屋の並ぶ本町から歩いて十分ほどの距離であった。出張所としては適当な家屋であった。

忠八は、日野社長から事務所のことを一任されていたので、地理的条件がよく、これ以上のものはないと判断し、その日のうちに契約した。忠八は本社にそのことを電話で伝え、夕刻、久保と旅館を引きはらって移り住んだ。

かれは、翌日から大工を入れて事務所らしく造作変えをし、机その他を買い入れ、軒下に大日本製薬株式会社東京出張所という大きな木札をかかげた。

かれは、本社の諒解を得て、寿世に東京へくるようにという手紙を書き送った。養子をもらうと実子が生れるというが、静子を養女としたことが妻をみごもらせたようにも感じられた。忠八は、実子が生れることに大きな喜びを感じていた。

汽車で続々と大阪から薬品が送られてくるようになった。忠八は、久保と人夫を督励して駅から薬品を大八車で問屋に運ばせた。数量が多く、車は列をなして問屋街に入ってゆく。久保は配達の指揮にあたり、忠八は、納品先の問屋で伝票を切ることにつとめた。

仕事は多忙で、夜おそく事務所に帰ってからも伝票を整理し帳尻合わせをする。寝るのはいつも一時すぎで、三時頃までかかることもあった。

納品が一段落ついた頃、寿世が上京してきた。忠八夫婦は事務所の二階に寝泊りし、久保は近くの長屋に一人住いすることになった。

忠八は、大問屋との取引についで、中小問屋への売り込みもはじめた。まず、東京出張所開設の挨拶をするため百七十余名の中小問屋の主人を料亭に招待した。その席には、大阪本社から日野社長と宗田取締役が上京し挨拶してくれた。

大広間に宴席が設けられていたが、隣接した広間に製品見本を展示し、製薬工場の写真もかかげ、忠八が説明したが、そのような催しは目新しく、問屋の主人たちは熱心に耳をかたむけていた。やがて宴会がはじまり、忠八は、日野社長とともに問屋の主人たちに挨拶してまわった。

翌日は、大阪から小磯取締役も加わり、石黒忠悳、実吉安純両軍医監、高橋順太郎ら医学、薬学、薬業家三百余名を帝国ホテルに招待し、東京出張所開設披露会をもよおした。これらの宣伝によって、大日本製薬株式会社東京出張所開設は、ひろく業界のすみずみにまで知れ渡った。

やがて出張所は支店に改められ、三月十六日に東京支店として登記された。大阪から社員が上京し、支店員の数も増した。

忠八は、部下を指揮して問屋まわりをさせ、多量の注文をうけて大阪本社へ発送を依頼した。取引は、活潑におこなわれていた。本社の製品は、東京という大市場に販路を得て順調に売りさばかれ、それに応じて工場での生産もさかんになっていた。

本社は、総力をあげて東京市場の販路の確立を目ざし、宣伝活動に力を入れてくれた。

初夏に東京で全国師団軍務部の薬剤官会議がおこなわれたので、五十余名の薬剤官を富士見町の富士見軒に招待した。その席で、長井長義が講演し、マルP印の薬品が世に売り出された経過についてもふれてくれた。長井の講演は、薬学研究が実際の薬品製造につながる事情についての話で、薬剤官たちは興味深そうな眼をしてきいていた。

十一

日清戦争後、日本は疲弊した国力の恢復につとめていたが、敗戦国になった清国をめぐる情勢は日を追って険悪化していた。

ロシア、ドイツ、フランスによるいわゆる三国干渉で、日本に割譲が決定していた遼東半島は清国に返還された。

三国干渉は、ロシア、ドイツ、フランスが清国に恩誼を売った形になり、三国はそれを利用して清国にさまざまな要求を突きつけた。まず、ドイツは極東に根拠地がなかったので、膠州湾《こうしゅうわん》を手中におさめようと企てた。たまたま山東省で二人のドイツ宣教師が殺害されたことを利用し、上海《シャンハイ》のドイツ艦隊を出動させ、膠州湾を占領させた。そして、清国政府と交渉した末、明治三十一年一月末、九十九年間という半ば永久的な租借権を得た。

それにおくれをとることを恐れるように、ロシアも清国の保護を名目に旅順、大連の長期租借と長春・旅順間の鉄道敷設権を手中にした。

フランスも黙視しているはずはなく、仏領インドシナに隣接する雲南地方の鉄道敷設権と広州湾の九十九年間の租借権を清国に強要し、承認させた。これら三国の権益獲得に応じて、イギリスは香湾《ホンコン》、九龍《クーロン》の租借権を得ることに成功、アメリカも清国の門戸開放、機会均等を要求した。いわば、清国は欧米列強の植民地政策によって侵蝕されていたのである。

このような無謀な列強の動きに、清国政府は無力であったが、義和団と称される宗教団体の動きが急速に活潑化していた。義和団は邪教をこらしめると称してキリスト教会を焼き、宣教師や信者を殺害したが、いつの間にか攻撃目標はキリスト教だけにとどまらず、清国を侵略する欧米列強に向けられるようになった。

その年（三十三年）の三月に入ると、外国人の多く住む北京《ペキン》、天津《テンシン》に義和団員が入りこみ、治安が極度に悪化した。五月下旬には、外国人が皆殺しにされるという風説がしきりになったので、列国は、居留外国人の生命財産を守るため、天津に碇泊中の軍艦から四百数十名の乗組員を北京に派遣した。六月に入ると、北京、天津間の鉄道が義和団によって破壊されて北京の外国人居留民は孤立、また天津居留民も包囲された。

清国政府は義和団を鎮圧する姿勢をとっていたが、外国軍艦が大沽の清国軍砲台を攻撃、列強の連合軍がこの砲台を占領すると、急に態度を硬化し、義和団とともに列強に対して宣戦を布告した。……北清事変が、勃発したのである。

日本は、列強の権益侵害を傍観していたが、清国が宣戦布告をした後、列強の強い要請によって優勢な兵力を清国に派遣しなければならなくなり、七月に入ると一個師団の兵力の出兵を決定した。清国に派兵された日本兵は、第五師団と第十一師団の一部であった。

第五師団長山口素臣中将にひきいられた日本軍は、七月四日に上陸し、連合国軍と協力して進撃し、十四日には天津城を攻略した。連合国軍は北京攻略を目ざしたが、兵力の構成は日本一二、〇〇〇、ロシア八、〇〇〇、イギリス五、八〇〇、アメリカ四、〇〇〇、フランス二、〇〇〇、オーストリア・ハンガリー一五〇、イタリア一〇〇で、山口素臣中将が連合国軍総指揮官に選ばれていた。

八月五日、連合国軍は天津を出撃、楊村、通州をおとし入れて十三日に北京郊外に達し、翌十四日総攻撃に移って北京城内に突入した。そして、七十日間重囲にあった各国公使館員と居留民を救出することに成功した。この戦闘で日本軍は勇戦し、列強の軍隊が掠奪をほしいままにした中で規律正しい行動をとって注目された。日本軍は、そのまま連合国軍とともに清国に駐留した。

この軍事行動は、薬業界にも大きな影響をあたえた。陸軍から野戦病院や陸軍病院で消費される薬品、諸材料の発注が激増したのだ。

大阪の本社から忠八に対して、陸軍関係への売り込みを担当するようにと指示がつたえられた。それは、忠八の販売手腕を高く評価していたと同時に、陸軍一等薬剤手であったかれが、その方面に知己も多いと判断されたためであった。

忠八は、ただちに後事を久保支店員に託すと、大阪にもどって重役たちと打ち合わせをした。

北清事変で出兵したのは、忠八が長い間所属していた広島の第五師団で、広島衛戍病院長の平井、軍医部長の草刈、薬剤官の渥美もいる。忠八にとって、当時の上司であるかれらを通じて売り込むことは可能だった。

かれは、翌日、汽車で広島に向い、渥美と会った。

大日本製薬の薬品が良質であることは定説になっていて、薬学界の最高権威である長井東大教授の指導によって作り出されたものであるだけに、第五師団側は忠八の売り込みを積極的に受け入れた。

「お前とおれとが親しいから仕入れるのではない。あくまでも良質の薬品だから発注するのだ」

渥美は、事務的な口調で言った。

注文数量は、かれの想像を越えるものだった。かれは、電話で本社に連絡し、至急発送するよう要請した。

かれは、宇品から第六師団のある熊本にも出張し、そこでもかなりの受注に成功した。薬品類は、続々と広島、熊本に汽車や船で送られた。かれは、それらの納品に奔走した。

暑い夏が過ぎ、かれは東京にもどった。軍への大量納入で、社の売り上げは急激に伸びていた。

九月四日、寿世は男の子を生んだ。すでに静子を養女にしているし、忠八は二人の子供の父になったことを喜んだ。かれは、長男に純太郎と名づけた。

支店の営業成績は好調で、店員は連日問屋街を歩きまわり、忠八はかれらを指揮した。会社内でのかれの評価は、確立した。部下を動かす統率力にすぐれ、常に新工夫を営業面でしめし、業績をたかめる能力に恵まれていることがひとしく認められたのである。

東京市場の販路がゆるぎないものになったので、本社の重役は、忠八を大阪市場の開拓に専念させることを決議した。大阪市場の売り上げはわずかずつ伸びている程度で、忠八の力で飛躍的な向上を期待したのである。

重役会の指令が、忠八のもとにつたえられた。忠八は承諾し、重役と協議の末、支店設置以来販売の積極的な働きをつづけてきていた久保孫四郎を支店主任に任じた。

かれは、残務整理を終えたが、寿世と純太郎をそのまま東京へ残してゆくことにきめた。産後間もない寿世と嬰児に長い汽車旅行をさせるのは負担になるはずだし、新たに大阪で働くためには妻と子が足手まといになると思ったのだ。

かれは、単身で汽車に乗った。すでに寒気はきびしく、車窓からみえる富士山は雪で白く輝いていた。

大阪についたかれは、社務に精励するのに便利であるという理由から本社の二階に起居することになった。年が、あわただしく暮れていった。

明治三十四年正月を迎え、かれは正月明けとともに販路拡張の研究、調査にとりかかった。

一週間ほど道修町の問屋街を軒なみに歩いたかれは、営業を向上させる上で重大な障害があることに気づいた。それは、大阪薬品試験株式会社の存在であった。同社は、明治二十一年、道修町の有力薬業家が協力して設立した会社で、厳正な薬品の試験と分類をおこなうことを目的にしていた。多くの製薬会社から検査を依頼され、合格した薬品には検査証紙が交付されていたが、証紙は大蔵省印刷局で印刷されたもので、民間会社の試験とは言え官立試験所にまさるとも劣らぬ権威をもち、高い評価を得ていた。

大阪薬品試験株式会社の検査に合格した薬品は、道修町で多量に取引され、そのかたい販路に割りこむことは至難で、それが大日本製薬株式会社の製品の販売をさまたげていることはあきらかだった。

忠八は、重役会に出席して市場調査の結果を報告し、大阪薬品試験株式会社の合格品の販路を全力をあげて突きくずし、販路を拡張したいと述べた。重役の中には賛成の声があがったが、半ば近くの者たちは、意外にも不賛成を強く主張した。

反対する重役の真意が、忠八にはつかめなかったが、かれらの反対意見をきいているうちに、ようやく事情を理解することができた。反対理由は、簡単だった。異議をとなえた重役は、大日本製薬株式会社の重役であると同時に、大阪薬品試験株式会社を創立した重役たちでもあった。いわば、忠八がその販路を切りくずそうとした大阪薬品試験株式会社はかれらの会社であり、合格品の販路を乱されては困るのだ。

忠八は、途方にくれた。勢いこんで東京支店主任の地位をなげうって大阪にやってきたが、かれは、大きな障害にはばまれ身動きできない立場にあることを感じた。

かれは、賛成してくれた重役に助力してくれるよう求めてはみたが、かれらは大阪薬品試験株式会社に関係している重役たちに気がねして、忠八の言葉に耳をかたむけようとはしなかった。

入社以来、寝食も惜しんで働いてきたかれは、会社の重役たちの態度が腹立たしかった。今さら東京支店にもどりたいとも言えず、悶々とした日を送った。新鮮な印象をいだいて入社した会社も、軍隊と同じように拘束を受けねばならぬものであることを意識した。そのような世界の中で生きねばならぬことが、息苦しく思えた。

かれは、ひそかに他の自由な世界で生きてみたい、と思うようになった。会社に入ったのは、飛行器を完成する資金を得ることが目的で、大日本製薬株式会社にどうしてもとどまらねばならぬ理由はない。薬品に対する知識と経験を活用できる薬品業界ですごせればよいのだ。

わずかだが貯えも出来たし、それを資本に店でも経営しようか、と思った。問屋などは無理だが、東京で小売業をはじめれば、成功する自信はあった。薬品の小売業は、東京ではまだ十分伸びる余地があり、今が開業の好機のように思えた。かれは退社を決意し、辞表を書くと社長宛に郵送し、その日のうちに汽車に乗って大阪をはなれ東京にもどってしまった。

寿世と純太郎は、支店の建物から付近の借家に移っていた。

「会社に辞表を出してきた」

かれの言葉に、寿世は呆れたようにかれの顔を見つめた。

かれは、事情を説明し、

「会社が面白くなくなった。薬店をひらくつもりだ」

と、言った。

「気の短い方ですね、軍隊はやめるし会社はやめる。それも突然ですので驚きます」

寿世は、笑いながら言った。

忠八は、自分の進退について少しも苦情を口にしない妻に感謝した。

忠八の突然の退社は、重役たちを驚かせた。会社の業績が飛躍的に伸びた原因が忠八の働きによるものであることは、周知の事実であった。売り上高は急上昇し、前年下期の利益は一万二千円近くにも達していた。創業以来の欠損金残額はすでに償却され、資金の貯えが増していた。その利益を生むことに功績のあった忠八に去られることは、会社にとって大きな損失だった。

重役会では、即座に忠八の復社をうながすことを決議し、その旨が東京支店主任久保孫四郎のもとにつたえられた。久保は忠八の借家にやってくると、

「重役会で、二宮さんの復帰を求めることが決議され、今日、私が説得に行くよう言わ

れましたので参上しました。気に入らぬことがおありでしたら、十分に話をききたいと社長が言っておるそうです。大阪へもどって下さいませんか」

と、懇願した。

忠八は、頭をふった。大日本製薬株式会社に未練はなく、独立して小売店を開くことに心をきめていた。

その後、久保は何度も説得にやってきたが、忠八は頑に頭をふりつづけた。

忠八の強硬な態度は本社にも報告されたらしく、取締役の田辺五兵衛から忠八宛に手紙が送られてきた。手紙には、いずれにしても大阪に来て欲しい旨が記され、忠八は、真情のこもった田辺の手紙に気持がぐらついた。

忠八は、これ以上頑な態度をとることは礼を失すると思った。入社以来、重役たちは自分の存在を認めて、東京支店主任にも抜擢してくれた。その恩義に対しても、一応、田辺と会って辞職の理由を説明すべきだと思った。

かれは、大阪へ赴くと、田辺の経営する問屋に行った。奥座敷に通されると、すぐに田辺が姿を現した。

「君が突然辞表を出して東京へ去ったので、重役連は顔に血の気もなくなっているよ」

田辺は、笑いながら言った。

忠八は、非礼をわびた。

「よく大阪へ来てくれた。君に言いたいことは一つしかない。不満もあろうが社に復帰してもらえまいか。君は、社にとってかけがえのない人物なのだ」

田辺は、真剣な表情で言った。

忠八は田辺の顔に視線を据えると、

「退社しましたのは、熟慮の末です」

と、答えた。

忠八は、田辺が常々もらしていることを耳にしていた。大阪薬品試験株式会社の重役の中の中心的存在である田辺は、当然、自らも重役をしている大日本製薬株式会社が試験会社の検査に合格した薬品類の販路にくさびを入れることを嫌っている。両会社は競争的立場にあるが、互いに販路をおかすことなく共存することを願っているのだ。

「よく考えた上でのことだということは、十分にわかっている。しかし、業績が向上しているとは言え、会社の基礎はまだ不安定だ。ここまで来たのは、君の努力のおかげだ。それは、社長以下重役や社員すべてが認めるところだ。君に去られることは、会社にとって重大な損失だ。私たちの意をくんで、ぜひ復社して欲しい」

田辺五兵衛は、切々とした口調で言った。

「それまで言って下さるとは、身に余る光栄です。重役の方々がこれまでに私に寄せて下さった御好意は、忘れられません。しかし、私は社員としての限界を感じたのです。東京支店から大阪にもどり、業績を伸ばそうとしましたが、大阪薬品試験株式会社の販路に手をふれてはならぬ、と言う。それでは私の仕事などありません。いたずらに給与をいただくだけで日を過すのは堪えられないのです。それ故、身をひいたのです」

忠八は、淀みない口調で言った。

田辺は、黙って腕をくんでいた。両会社の重役をしているかれには、どのように答えてよいかわからぬようだった。

「なにか方法はないか。このようにしてくれたら復社してもよいという条件があったら言ってみて欲しい」

田辺が、顔をあげた。

「ただ一つあります」

忠八が、言った。

「なんだね」

田辺が、忠八の顔を見つめた。

「田辺重役をはじめ重役の方々は、半ば以上が大日本製薬株式会社と大阪薬品試験株式会社の重役を兼ねておられます。両社を競争させず、共存させようとお考えになるのも当然のことです。しかし、基本的に別の製薬会社であるかぎり競争するのは当然で、それがなければ両社の発展もあり得ません。闘う相手会社があればこそ製品の品質向上に努めるでしょうし、販売努力も重ねるのです。そこで……」

忠八は、言葉を区切った。

「解決法があるとでも言うのかね」

田辺が、たずねた。

「あります。両社を合併させるのです。競争させられぬと言うのなら、いっそ合併して両社の特色を合わせ、積極的な経営をおこなうのです。殊に大阪薬品試験株式会社の品質検査は、官立試験所の検査よりもすぐれています。その組織をそのまま大日本製薬に移せば、会社の製品の品質は万全で、信用はさらに増します」

「合併？」

田辺は、呆れたように言った。

「そうです。両社を合併するよう努めて下さい。もしもそのような御意志があるなら、私も働き甲斐があります。喜んで復社して会社のために精魂をこめて働きます」

忠八は、力をこめて言った。

田辺は、息をつくと、

「今すぐにと言っても……」

と、答えた。

田辺の招きで大阪へ来たことが愚かしく思えた。両社の合併はふと思いついたことだが、忠八には妙案に感じられた。

しかし、田辺は、今すぐには無理だと言う。両社それぞれに異なった利害関係があるのだろうし、合併が簡単に出来るとは思えない。忠八は、将来のことを言っているので、田辺が努力してみようという意志をみせてくれれば納得もするのだが、言葉を濁しただけでそれきり口をつぐんでいる。

やはり東京で薬品の小売商をはじめよう、とかれは思った。かれには、商人として成功する自信も十分にあった。大日本製薬株式会社に入社してから会社の業績が急上昇したのは自分の力によるところが大きい、という自負もある。自由な雰囲気の東京で、だれにも拘束されず思う存分自分の力を発揮してみたかった。年齢もすでに三十六歳になっているし、無謀な冒険をする年齢ではなくなっている。今まで得た経験と知識を活用して着実に商売に情熱をかたむければ、必ず成功するにちがいない、と思った。

「二宮君」

田辺が、口をひらいた。

「どうかね、君。いっそ大阪薬品試験株式会社に入ってくれんかな」

「試験会社へ?」

忠八は、思いがけぬ田辺の言葉に驚いた。

「そうだ。大日本製薬へ復社してもらうことは諦めた。その代りと言ってはなんだが、試験会社に入社してもらいたいのだ」

と、田辺は言った。

忠八は、返答もできず田辺の顔を見つめた。合併を口にしたことは田辺を驚かせたが、田辺が試験会社への入社を求めたことは、逆に忠八を驚かせた。競争相手と思っている会社に入社をすすめる田辺の大胆さに呆れると同時に、老練な大問屋の経営者としての柔軟な頭脳を感じた。

「ともかく入社して欲しい。君は合併話を持ち出したが、それも面白いと思う。今すぐにはできぬが、時節が到来するのを待ってそんなことも考えてもよいと思う。君の力と人間性は、試験会社の内部にも知れ渡っている。君がもし入社してくれたら、全社あげて歓迎する。競争会社と言っても、大日本製薬とは兄弟のような会社だ。ぜひ、入社して欲しい」

田辺は、熱のこもった口調で説いた。

忠八は、口をつぐんだ。田辺の申し出では突拍子もないものに感じられたが、説明は理路整然としている。かれの気持は、ぐらついた。田辺が自分をそれほど信頼してくれていることが嬉しく、その好意にそむくべきではないと思った。

忠八は、

「考えさせていただきます」

と言って即答を避け、田辺の店を出た。

かれは、旅館にもどると、入社すべきか否か相談するため、陸軍省医務局薬剤部長の職を退いていた元上司の溝口恒輔に手紙を書いた。溝口は、忠八が大日本製薬株式会社へ入社する折に努力してくれた関係があり、意見を乞う必要があった。

溝口から折返し返信が来たが、そこには大阪薬品試験株式会社への入社に賛成する旨がしたためられていた。溝口が賛意をしめしたのは、小売商になるよりも大きな組織の中で働く方が忠八には適しているし、大阪の大薬業問屋である田辺五兵衛の信頼にこたえるべきだ、というのだ。

忠八の気持はかたまり、その夜、田辺の私宅におもむいた。かれが入社するという決意を口にすると、田辺は喜んだ。

「私には、入社するに当っての身分、報酬についての条件はなにもありませんが、これだけはぜひ解決していただきたいことがあります。まず、退社した大日本製薬の重役の方々及び技師長に、私の円満退社と大阪薬品試験株式会社の入社の諒解を十分にとりつけていただきたいこと、また試験株式会社についても入社許可を重役と技師の方々に得て欲しいことの二点です。それが果せましたら入社させていただきます」

忠八は、言った。

田辺は、筋道の通った話であると諒承し、

「早速、話をしてみる」

と、答えた。

田辺の動きは早く、翌日の夕方には両会社の諒解をとりつけたことが忠八に伝えられた。

試験会社の重役たちは忠八の処遇について協議し、事務長という役職で忠八を迎え入れることになった。会社の実務は、経営面では事務長が、技術面では技師長が責任を担当していて、忠八は、重役とはかって経営に参画することになったのだ。また、報酬についても大日本製薬退社時の月給よりも十円多い四十円に決定した。

「重役と言っても名ばかりのものだ。君に経営は一任する。思うままにやって欲しい。重役たちも君に大きな期待を寄せている」

田辺は、眼を輝かせて言った。

その夜、忠八は、東京にいる妻に手紙を書いた。田辺をはじめ重役の好意で試験株式会社に迎え入れられることに決定したことを記し、すぐに大阪へくるよう伝えた。

翌日、忠八は、平野町三丁目の貸家を借り、田辺とともに重役宅への挨拶まわりに過した。

かれは、大阪薬品試験株式会社に通うようになった。やがて、東京から家財が送られてきて、妻が、長男純太郎を伴って大阪にやってきた。

新しい生活が、はじまった。

大阪薬品試験株式会社の社屋は洋風で、ハイカラな建物だという評判が高く、遠くからわざわざ建物を見にくる者も多かった。事務室も明るく機能的に出来ていたが、忠八は、会社の組織が建物とは対照的に古めかしいものであることに気づいた。

その根本的理由は、会社の創立目的と深い関連があった。大阪薬品試験株式会社は、明治二十一年大阪の薬業問屋が共同出資して創立された薬品の検査機関であった。会社では、それぞれの製薬業者から依頼された薬品を検査し、合格したものには証紙をあたえ、検査料を得ていた。そのような業務の性格上、社員には官立の衛生試験所から迎え入れられたものが大半で、かれらは一様に官僚的で尊大な態度をとり、重役たちをなやませていた。

忠八を迎えたかれらの態度は、冷ややかだった。旧下士官にすぎず学歴もない忠八に蔑みの眼を向け、新たに事務の最高責任者として入社したかれに反感をいだいているようだった。

忠八は、まずかれらと融和することを念願としながらも、会社の機構改革に手をつけた。事務系統は煩雑をきわめていたので、まずその整理にとりかかった。新しい簿記の知識も持ち、大日本製薬の東京支店主任時代に実地で学んだ経験をもとに、徹底的な改革をこころみた。

また、事務の煩雑の原因が、試験合格品の処理方法にあることにも気づき、技師たちと協議をかさねて簡素化につとめた。それは、短い月日で完成できるものではなく、翌年三月頃にようやく試験部門の整備を終えた。

その間、事務員や技師たちの軽侮するような態度になやまされつづけたが、かれの改革案は理にかなっているので露骨に反対する者もなく、かれに従う者も次第に増していった。

忠八の改革は、細部にも進められていった。社員たちの言葉使いや用語がすべて役所風であるので、民間会社らしくそれらを改めるよううながした。また、冗費を節約するため電話の私用を禁じ、終業後の電灯を消すことなどを定めた規定を作成し、徹底させた。

田辺をはじめ重役たちは、忠八の目まぐるしい改革を満足そうにながめていた。当然、社員たちの反感がつのって不穏な動きが起るにちがいないと予想し、恐れていたが、幸いにも逆に社内の空気はなごやかなものになり、あらためて忠八の経営手腕に感嘆しているようだった。

忠八は、それらの内部整理を終えると、外部の製薬業者に対して積極的な働きかけをはじめた。製薬業者の中には、試験株式会社に試験を依頼しない者も多かった。忠八は、それらの製薬業者のもとに社員をさし向けた。そして、薬品の信用は良質なものであることが基本で、そのためには信用絶大な忠八の会社に試験を依頼すべきだ、と説得させた。

それまで役所気質の社員は、依頼を受けたものを受けるだけで、そのような働きかけは一切していなかったのである。

製薬業者たちは、大阪薬品試験株式会社の勧誘に喜んで応じる者が多かった。かれらは、試験会社をかた苦しい役所に似たものに感じていて、半ば恐れて近づくことを避けていただけに、社員から辞を低くして誘われるとすすんで検査を依頼するようになったのである。

その営業政策によって業績は日増しに上昇した。その年の秋、重役会は忠八の月給を五十円に昇給させることを決議した。

それから間もなく、病弱な純太郎が疫痢にかかった。病状はきわめて危険な状態で、忠八は河野豊茂医師の来診を乞い、忠八も薬学の知識をいかしてようやく危機を脱することができた。

かれの身辺には雑事がつづいた。

或る日、大日本製薬株式会社社長日野九郎兵衛がやってきて相談を受けた。技師長堀
有造が辞任したので、後任者として適当な技師を探し出して欲しい、という。

「溝口恒輔氏はいかがでしょう」

忠八は、答えた。

溝口は陸軍省医務局薬剤部長を退官後、福岡大学薬剤部で教鞭《きょうべん》をとっていたが、最近
寄せられた手紙には大学を辞し民間会社で働きたいという希望が記されていた。

「溝口さんなら私も会ったことがあるが……」

日野は、思案するようにつぶやいた。

「溝口さんを迎え入れるかどうかは、技術顧問の長井長義先生にはかられた上できめら
れたらいかがでしょう。長井先生の御推薦を得るという条件で……」

忠八が言うと、日野は、

「そうしよう」

と、言った。

忠八は、会社の状態が面目を一新し業績も急伸張して安定したので、夜、帰宅してから薬品の改良研究にも手をつけるようになっていた。その手初めに、かれはクレオソートを選んだ。

日本の薬品開発は、ようやく目ざましい業績をあげるようになっていた。まず長井長義が、明治二十年に堀有造を助手としてエフェドリンの単離に成功し、ついで高峰譲吉が、明治二十七年、麴《こうじ》から強力な消化剤タカヂアスターゼの製造に成功していた。

高峰は、明治十二年東京帝国大学応用化学科を首席で卒業後外遊し、グラスゴー、アンダーソニアンの両大学で薬学を学んで研究生活をつづけ、ニューオリンズでアメリカ女性カロライン・ヒッチと結婚した。その後、かれは、麴の研究に専念し、消化剤として特効のあるタカヂアスターゼを完成した。それは、世界の薬学会の注目を浴び、製薬権が著名な製薬会社の間で争われ、結局パーク・デビス社がその権利を得た。日本では、製薬業者塩原又策らが同社から輸入し、後に三共薬株式会社で製造されるようになった。

忠八の手がけたクレオソートは、ブナ材のタールを蒸溜して得られる油状の液体で、殺菌力の強い消化器系統の医薬品として適していることが知られていた。ただし、思うままの量の水では、十分に溶解しないことが欠陥になっていた。かれは、クレオソートの欠陥を改良しようとし、退社後家に帰ると入念に実験を繰り返した。その結果、思いのままの率の水でも完全に溶解する濁りのない液を作ることに成功した。

大阪薬品試験株式会社は薬品の鑑定をするだけで、製薬し販売する部門はなかった。販売会社であるならばむろん会社にその新製品を提供するのだが、それもできないので自らの手で世に出す以外になかった。

かれは、クレオソートの改良品にクレオゲストという名称をつけた。そして、専門家の推奨を得るため東京帝国大学薬学科教授下山順一郎に鑑定を依頼し、優良薬品という判定を得た。忠八は、ただちにクレオゲストの登録商標申請をした。

かれは、大日本製薬株式会社に勤務中、重曹の研究改良をおこなって社に大きな利益をあたえたこともあった。それまで市場に出まわっていた重曹は粗悪であったが、それを改良して良質の重曹という高い評価を得、爆発的な売れ行きをしめしたのだ。

そうした相つぐ薬品の改良研究が認められ、かれは下山教授らの推挙で翌年大阪でひらかれる第五回内国勧業博覧会の準備委員にえらばれた。

明治三十六年を迎え、かれは三十八歳になった。妻は再び妊娠し、二月二十七日、男児を出産した。顕次郎と名づけた。

忠八は、事務長として社務に精励するかたわら勧業博覧会の準備委員として多忙な日を送った。かれが委員にえらばれたことは、大阪薬品試験株式会社にとっても喜ぶべきことであった。

かれは、日本薬学会の会員であったが、その年の総会は大阪でひらかれることになった。総会は、学会創立以来常に東京でひらかれていたが、大阪で博覧会が開催されることをきっかけに、初めて地方都市でひらかれることになったのである。

かれは、学会に出席通知を出したが、学会から総会でクレオゲストについて講演をおこなって欲しいという連絡を受けた。

かれは、呆気にとられた。総会では、一流の薬学者が学術講演をするしきたりになっていて、学歴もない者が講師に指名されるなどということは前例のないことであった。依頼状には総会第一日の講師として指名されていたが、第一日目には下山順一郎、田原良純ら、第二日目には丹波敬三、辻岡精輔、プラーン・シン等の内外の著名な薬学者らが名をつらね、その中に二宮忠八という名も記されていた。

かれは、感激した。自分が講師にえらばれたのは、一民間人の改良研究が認められたと同時に、薬業界の業績が高く評価されたことをしめしている。かれは、講演を承諾する旨の手紙を書き送った。

その年の一月、溝口恒輔が大日本製薬株式会社の技師長に就任した。

四月三日、大阪府立医学校講堂で日本薬学会総会が開催された。全会員の三分の二以上にあたる百六十名が出席した。会期は、三日間であった。

その日、忠八は、二人目の講師として登壇した。学者、薬学家を前にかれは体がすくんだが、自分が改良したクレオゲストの話であるだけに気持も落着き、三十分の持ち時間を十分に使って講演した。

話を終えると、満場に拍手が湧き、会頭長井長義が近づいてきて握手を求め、祝福してくれた。その講演で感謝状と謝礼金が手渡されたが、謝礼金はそのまま学会に寄付した。講師にえらばれたことで、自動的にかれは終身会員に推された。

翌日は丹羽博士らの講演があり、三日目の最終日には中之島ホテルで懇親会がもよおされた。総会は盛況裡に終り、長井は、夫人、令息とともに大日本製薬株式会社社長日野九郎兵衛、技師長溝口恒輔の案内で和歌浦、高野山への旅に出た。

忠八の存在は、薬業界でひときわ注目されるようになった。その現れとして、大阪薬品試験株式会社では重役会決議により忠八を支配人に任命し、月給六十円、諸手当月額二十円と定めた。支配人とは事実上の経営の最高責任者であった。

かれは、支配人就任と同時に入社時以来の懸案であった大阪薬品試験株式会社を大日本製薬株式会社に吸収合併する計画を推し進めた。両社の合同が、大日本製薬を充実させ、ひいては日本の薬業界の発展に寄与するものである、と両社の重役たちを熱心に説いた。その努力が効を奏して、両社の重役会では機会をみて合同に踏切るという決議を下した。また、合同する折の布石として、大日本製薬側は忠八を社の評議員に推した。

かれは、大日本製薬の技師長溝口恒輔と親しく交わっていた。忠八が大日本製薬に入社したのは溝口の推薦があったからであり、溝口が技師長になったのは逆に忠八の口ぞえによるもので、そうしたことが二人の間を親密なものにさせていた。かれは、溝口の紹介で東京予備軍医正山崎桂策との共同考案で、軍隊膏薬という名の貼り薬を作り、登録商標もした。

その年の七月二日、突然のように日本薬局方の改正が布告された。それは、薬品の種類、基準などを公に定めた規則で、明治二十年七月一日に第一版が施行され、二十五年一月一日に第二版が公布されていたが、政府はそれをさらに改版し、四十年一月一日に施行することを決定したのである。薬業界にとってそれに応じることは不可能で、実施期限延期運動が起り、忠八も委員となって上京し、陳情を繰り返した。その結果、実施を一年間延期してもらうことに成功した。

かれの収入は増し、生活も安定したので、樋之上町の広い貸家に転居した。


翌明治三十七年に入ると、日露関係は急速に悪化していた。

三国干渉後、日本に代って遼東半島を手中にしたロシアは、清国の義和団を潰滅させるため満州に大軍を送って全域を占領した。ロシアはその後も撤兵せず、清国は日本の支援のもとにロシアに撤退を強く求めた。

日本は、ロシアが満州からさらに朝鮮に進出すれば国の存亡にかかわるので、戦備の強化を推しすすめた。が、政府、軍首脳部は強大な軍事力を誇るロシアと戦争状態に入ることは祖国の滅亡を招くとして回避すべきだという声が支配的であった。しかし、ロシアの意図は日を追うて露骨になり、その年の二月四日に開かれた御前会議で、万やむを得ない場合は開戦をも辞さずという断がくだされた。

忠八は、ロシアとの開戦をおそれていたが、二月十日、宣戦が布告されたことを新聞紙上で知った。と同時に、すでに五日には日本が、六日にはロシアがそれぞれ動員令を下し、八日に仁川沖で日本海軍とロシア海軍の兵力が遭遇、瓜生《うりゆう》外吉少将指揮の第二戦隊が二等巡洋艦「ワリヤーク」、砲艦「コレーツ」に大損害をあたえ、それぞれ自沈に追いこんだことも知った。また、九日夜半には駆逐戦隊が旅順港内に突入して魚雷攻撃をおこない、ロシアの戦艦二隻、二等巡洋艦一隻に損害をあたえた記事も読んだ。

大阪の町々では、緒戦の勝利を祝うにぎわいにみちていたが、忠八の不安は去らなかった。

日露戦争の勃発によって薬品の需要は増加し、大阪薬品試験株式会社の鑑定依頼も増し、収入はふえた。

忠八は、技術員の欠勤、遅刻をなくすため、朝八時から九時までアメリカ人コンクリーを招いて英語の学習をさせた。それが技術員たちの興味をそそったらしく、かれらは朝早く出勤し、欠勤者も激減した。

忠八の収入は、会社からの月給以外にクレオゲストと軍隊膏薬の販売権利金をふくめてかなりの額になっていた。かれは、かねてから大阪の商業の中心地である北船場に住むことを願っていたが、その念願がかなって適当な貸家を見つけて移り住んだ。忠八は、薬学その他の書籍に親しみ、社員にも勉学をすすめた。そのあらわれとして、会社技師長大島太郎がドイツ語の造詣が深いことに注目、大島を教授として社員にドイツ語を教える有好会を作らせたりした。

日露戦争は、忠八の不安とは逆の経過をたどっていた。

陸軍は、鴨緑江《おうりよっこう》を渡河して満州に進撃、遼東半島の上陸にも成功してロシア艦隊のとじこもる旅順に迫り、沙河《さか》の会戦では大勝利を博していた。また、海軍も黄海海戦、蔚山《うるさん》沖海戦に連勝していた。しかし、乃木希典大将指揮の第三軍は、旅順攻略に失敗をつづけ、将兵の犠牲は増すばかりであった。

日清戦争の折に日本軍は旅順を容易に占領したので、第三軍も旅順攻略を短い期間で成功させることができると予測していた。が、旅順の防備はロシアが領有後、一変していた。ロシアは多くの人夫を使用しておびただしいセメントと鉄材を投入して、旅順を大要塞に作り上げていたのだ。

すでにロシアの大艦隊は、日本艦隊の撃滅を期して本国を出撃、日本近海にむかっていた。旅順港内には極東のロシア艦隊がとじこもり、本国から来攻する艦隊と合流すれば、日本艦隊は粉砕される。本国からの艦隊が接近する以前に、第三軍は旅順を攻略し、港内のロシア艦隊を全滅させる必要に迫られていた。

八月二十一日、第三軍はロシア陣地に猛砲撃を浴びせた後、総攻撃を開始した。激戦は四日間にわたってつづけられたが、一万六千名というおびただしい死傷者を出しただけで失敗した。乃木大将は、九月十九日、第二回目の総攻撃を命じたが、それも死傷者四千八百人を出しただけで終った。

そうした苦戦の状況は新聞につぎつぎに報じられ、国内に重苦しい空気がひろがった。忠八に、生来の研究心が頭をもたげた。日本軍将兵は、陣地壕に身をかくしているロシア軍守備隊の強硬な抵抗にあって前進をはばまれているという。味方が損害をこうむることなく、壕の中のロシア兵に痛烈な打撃をあたえる方法はないか、と、かれは思案した。

不意に、頭にひらめくものがあった。

かれは立つと、大きな紙をひろげて筆を走らせた。原理は、簡単だった。長いホースに竹竿をつけて敵陣地の方向に放水口を伸ばしてゆく。竹竿に竹竿をつなげてゆけば、ホースはかなりの距離まで伸ばせる。ホースの先端が敵陣地に接近したのを見はからって、ポンプで石油をホースに送りこみ、陣地壕に放つ。石油は壕の中にあふれ、その折をのがさず、一斉射撃する。それによって石油は燃え上がり、壕の中は火の海になる。むろん敵兵は狼狽し、その間に突撃すれば占領することは可能であるはずだった。

かれは、あらためて図面を清書し、説明を付して、表題に攻城火焔砲と記した。それは、後の火焔放射器に似たものだが、かれは、図と説明書を大きな封筒に入れ、作戦指揮をつかさどる大本営参謀本部宛に速達で郵送した。

その進言書は、参謀本部員の手で開封され、参考ニ価スという付箋をつけられて参謀次長の机の上に置かれた。参謀次長は、日清戦争の折に、忠八が提出した飛行器採用願書を却下した長岡外史陸軍少将であった。かれは、その攻城火焔砲の考案書を自宅に持ち帰って一瞥したが、それをすぐに紙屑籠へ投げ入れた。

年が明けて間もなく、難攻不落と言われた旅順の占領と港内のロシア艦隊の潰滅が号外で報じられ、大阪の町々には国旗がひるがえり、夜になると提灯行列が家並の間を縫って進んだ。

忠八は新聞を注意して読んでいたが、日本内地の海軍要塞から運ばれた二八サンチ榴弾砲が効果をあげたということが報じられているだけで、かれの考案になる攻城火焔砲が使用されたという記事はなく、かれは、それが不採用になったことを知った。

三月十日、奉天《ほうてん》が陥落、五月二十七日には日本海海戦が起り、大勝をおさめたことが伝えられた。

やがて講和条約がむすばれ、戦火はやんだ。

忠八は、クレオグストにつぐ薬品研究にとりくみはじめていた。それは、舎利塩《しやりえん》であった。舎利塩はマグネシウムの硫酸塩鉱物で、下剤に使用されていたが、日本製のものは薬品類の中で最も不良で、その改良を企てたのである。かれは、種々実験を繰り返し、その年の暮にきわめて良質の舎利塩を作り出すことに成功した。

翌明治三十九年、かれは舎利塩を著名な薬学者のもとに送り、批判を乞うた。薬学者たちの返信は、賞讃するものばかりで、手紙は数十通にも及んだ。かれは、それらの学者の諒解を得て手紙の文面を印刷し、舎利塩の見本とともに全国の重だった医家のもとに送った。それは大反響をよび、忠八の名声は全国にひろがった。そして、新舎利塩は、内国勧業博覧会に出品され、金賞を授与された。

そうした評価によって舎利塩の購入希望が殺到し、忠八は井上目薬という製薬業者に製造させ販売に当らせた。が、それでも需要をまかないきれず、製薬業者森吉兵衛と共同出資で大阪精薬合名会社を設立、薬剤師山本弥太郎を技師として舎利塩その他の製造をはじめさせた。

かれは、別会社の重役にもなったわけだが、慶事はかさなり、その年、三男駿三郎が生れた。かれは四十一歳、妻の寿世は三十四歳になっていた。

翌明治四十年、共同出資者の森と意見が合わず、忠八は大阪精薬の重役を辞任した。大阪薬品試験株式会社は、順調に資金の貯えを増し、増資もおこなった。

翌年の年があけて間もなく、忠八のもとに母が重病という電報についで、危篤の電報が舞いこんだ。かれは、顔色を変えた。すぐに八幡浜へ行きたかったが、会社の定時総会があって、経営を一任された支配人の身で欠席はできない。思案したかれは、妻と次男、三男を先行させ、自分は総会終了後、跡を追うことになった。

かれは、落着きを失いながらも無事に総会を終え、あわただしく家にもどると旅仕度をはじめた。その時、再び電報配達夫の声がして電報を手渡された。そこには、母の死が迫っていることが記されていた。

忠八は、会社の重役たちに事情を電話で告げ、帰郷することを伝えた。むろん重役たちは早く帰郷するようにすすめ、かれはあわただしく長男純太郎を連れて、大阪の淀川の川口から汽船に乗り、故郷へむかった。

夜の九時半に八幡浜港についた忠八は、純太郎とともに走るように弟象太郎の家に入った。幸い、母はまだ生きていた。が、忠八がその手をにぎると、数分後に息を引きとった。

兄の千代松たちは、母が忠八の帰郷を心待ちにしていたと涙を流しながら言った。忠八が大阪から出発する旨の電報を受けた時から、母は、忠八の姿を見るまでは死ねぬと自らをはげますように言い、その日、忠八の乗った船が入港を告げる汽笛を鳴らした時、それを耳にして急に気力を失い、意識もうすれたという。

「医者も気力には驚いていた。ともかくお前が臨終に間に合って母も喜んでいるだろう」

千代松は、嗚咽《おえつ》した。

忠八は、ランプの灯にうかび上がっている母の死顔を見つめていた。仕事にまぎれて孝養をつくせなかったことが深く悔まれたが、家を出てから現在まで母に毎月小遣いをおくりつづけたことだけが、わずかな慰めであった。

明治四十一年一月二十二日か、とかれは胸の中でつぶやいた。この命日は、一生忘れられぬ、と思った。母は八十三歳であった。

通夜がもよおされ、忠八は兄や弟たちと灯明を絶やさぬようにつとめた。翌日は、兄弟が手分けして親戚、知人に母の死を告げて挨拶をし、午後に葬儀をおこなった。

忠八たちは、痩せおとろえた母の体を湯灌《ゆかん》し、千代松の妻が手早く縫った白衣を着せ、縄ダスキをかけて棺に入れた。泣き声が家の中にみち、忠八たちは棺を縄でしばった。

葬列が組まれ、家並の間を縫って万松寺へ向かった。寺では僧の読経のもとに棺を埋葬した。戒名は、仙寿院霊宗恵珍大姉であった。

忠八は、社務が多忙をきわめているので、後事を兄千代松に頼んだ。千代松夫婦のもとにいた養女の静子は、すでに十二歳に成長していたので大阪へ連れてゆくことになった。

翌朝、かれは妻、静子、純太郎、顕次郎、駿三郎とともに汽船に乗った。四人の子持ちになったことが、不思議に思えた。

小学校を卒業しただけの学歴だけで軍隊に入ったかれが、大阪薬品試験株式会社の支配人になったことは異例の出世だが、かれにはそれで満足する気はなかった。かれは、遠ざかる八幡浜町の空に眼を向けながら、資金もほぼととのったので飛行器を完成する時が来た、と思った。

静子を迎え入れて、家の中はにぎやかになった。

日露戦争後の不況は深刻で、株式市場は大暴落していた。製薬業界でもその影響は甚大だった。殊にその年の一月一日から日本薬局方第三版が実施されていたため、旧薬局方のもとに作られた薬品がどの製薬会社にも滞貨として残され、それをさばくことに全力をそそいでいた。そうした事情で製薬会社は、薬品製造をほとんど中止していた。

その機をうかがっていたように、貿易会社はドイツをはじめ諸外国から新薬を多量に輸入し、そのため市場は混乱し、販売競争は激化していた。忠八の会社も不況の余波をうけていたが、鑑定を業としているだけに経営面での影響は少なかった。

春の気配がきざした。

その頃、忠八は、新聞に京阪電気鉄道株式会社の路線測量が開始されたという記事を読んだ。

関西では、まず阪堺鉄道株式会社が明治十七年に創立され、翌年十二月に営業が開始されたのをはじめとして、阪神電気鉄道株式会社が明治三十八年から運転をおこなっていた。その二社についで、明治三十九年十一月十九日、渋沢栄一を創立委員長に関西、東京の財界人を発起人として資本金七〇〇万円で京阪電気鉄道株式会社が創立されていた。大阪、京都をむすぶ電車で、大阪天満橋から京都五条までの二八マイル余の路線計画であった。所要時間は約一〇〇分、路線を八区とすることが予定されていた。用地買収がすすめられ、それも終ったので線路敷設予定地域での測量がはじめられていたのである。

かれの好奇心が動いた。徴兵される前、測量助手をしていたことのあるかれは、電車線路の測量を眼にしたかった。季節もよく、気ばらしに郊外を歩きまわってみるのもいい、と思った。

かれは、測量のおこなわれている地がどこであるかをしらべてみた。その結果、木津川、宇治川、桂川《かつらがわ》の合流する京都府綴喜《つづき》郡の橋本付近であることを知った。

かれは、大阪から汽車に乗り、山崎でおりた。それから十分余り歩くと淀川の渡船場についた。背後には天王山、淀川をへだてて男山が見え、かれは風光の美しさに見ほれた。淀川には、大阪、京都間に外輪式汽船が定期的に往来していて、ちょうど汽船が外輪をまわし水しぶきをあげながら上流にむかって進んでゆくのが見えた。

船着場には大型の和船がついていて、すでに多くの客が乗っていた。忠八が他の人々と乗りこむと、舟は、岸をはなれて川を渡り、洲についた。洲を歩いて、再び渡し舟で川を横切り、橋本についた。橋本は街道沿いの遊廓町で、船着場には船宿が一軒立っていた。

京阪電車の路線は丘陵の裾を走る計画で、船宿の人にきくと、その日は測量がおこなわれていないことを知り、失望した。

かれは、丘陵の上にある石清水《いわしみず》八幡宮に参詣し、再び船着場にもどった。小鳥がさえずり、いかにも春らしいのどかさで、かれは、川沿いに少し上流にむかって歩いた。碑があって、そこに思いがけぬ文字が刻まれていた。それは、かれの故郷と同じ八幡浜という地名であった。

忠八は、思わず周辺を見まわした。その地は八幡町に属し、川沿いの場所であることから八幡浜と名づけられているのに不思議はないが、故郷と同名であることに、自分と深い関係がある土地のようにも思えてきた。川の水は澄み、水鳥が餌をあさって歩いている。山の緑が鮮やかで、かれはこのような町に住みたい、と思った。

かれは、川沿いの道を引き返し、船宿に入ると、昼食を注文した。部屋から川の流れをみているのは快く、連日、会社の仕事で休むひまもないかれは、測量を見ることはできなかったが、この地に来てよかった、と思った。

船宿の主人が入ってきたので、忠八は土地のことをいろいろたずねた。船着場は、石清水八幡宮の参詣客でにぎわうという。八幡宮は古来弓矢の神として知られ、男山に鎮座しているので男山八幡とも称されている。

京阪電鉄の開通は、八幡町や橋本の住人たちに歓迎されていたが、その開通によって渡し船を利用する者は減り、船着場がさびれることが不安だ、と主人は言った。橋本の上流にある八幡町は大阪、京都をむすぶ街道の宿場で、風光は橋本よりさらにすぐれている。町の西端を放生川《ほうしょうがわ》という小さな川が男山の麓に沿って流れ、両岸の柳をはじめとした樹木が風趣にみちているという。

主人の説明をきいているうちに、かれは、その町に強い関心をいだいた。

昼食は川魚を主としたもので、かれは、妻や子供たちも連れてきてやればよかった、と思った。

昼食後、休息をとった忠八は、宿の払いをすませて外に出た。八幡町まで行ってみようかとも思ったが、渡し舟の出る時刻に帰りつくことはできそうにもなく、いつか折りを見て町を訪れようと思い直した。かれは、下流方向へ歩き出した。船着場には和船がついていて、しきりに荷の積み降ろしがおこなわれている。人夫たちの掛声がきこえていた。

ふとかれは、今まで耳にしたこともない音がきこえているのに気づいた。足をとめ、その方向に視線を向けた。物音は、土手下の二棟の建物の内部から起っていた。なにかはじけるような、物を連続的に激しくたたくような異様な音であった。

忠八は、しばらくその建物をながめていたが、土手の傾斜をくだり、建物に近寄った。内部をのぞきこんだかれは、眼をみはった。そこには見たこともない機械が置かれていた。精米機らしく、白い米が流れるように湧き出ている。かれは、好奇心にかられて内部に入ると、精米所の男に挨拶し、機械の名を問うた。男は、

「西洋式精米機」

と、答えた。

忠八が、さらに機械を動かしている動力について質問すると、石油発動機という答えがもどってきた。

これが石油発動機か、とかれは眼を輝かせた。製薬会社の新式機械と言っても、すべて手動式で、発動機というものを眼にしたことはなかった。かれは、動きつづける発動機を見つめた。かれの胸に、発動機を備えつけた飛行器のプロペラが勢いよく回転する情景が思いえがかれた。想像よりも発動機は小さく、飛行器にのせるのには好都合だ、

と思った。

かれは発動機を飽きずにながめていたが、渡し舟の出る時刻が迫ったので、未練気に建物の外へ出た。

その日、大阪にもどったかれは興奮して夜も眠れなかった。発動機の音が耳についてはなれず、流れ出る米の白さが眼にちらついた。故郷と同じ名の地で眼にしただけに、かれは発動機とのめぐり合わせが運命的なものに思えた。

かれは、その町に対する魅力をおさえきれず、顔の広い出入りの商人を招くと、八幡浜という船着場の付近に土地を探すよう依頼した。商人は、承諾して早速八幡町におもむいてその付近を物色し、いくつかの候補地を探し出してきた。忠八は、すぐに八幡町へおもむいたが、意外にもその中の一つは発動機をそなえた精米所の建つ土地であった。持主は、精米機をそなえたため出費がかさみ、売りに出していたのだという。

忠八は、ためらうことなくその土地を建物つきで購入することにきめた。精米所の主人は発動機を持て余していて、忠八が買う意志があることを告げると喜んで手放すと答えた。忠八の喜びは大きかった。宅地、建物とともに長い間夢みていた石油発動機を入手できたことは、幸運としか言いようがなかった。それに、今まで借家住いをつづけてきたかれは、ようやく自分の土地と建物を得たことが嬉しくてならなかった。地理の便もよかった。町は大阪、京都をむすぶ街道の宿場町で、水路にも恵まれている。近くに石清水八幡宮があることも、縁起がいいと思った。

精米所を買ったことによって、かれの飛行器に対する研究心は、久しぶりに燃え上がった。精米所は二棟になっていたので、その間に居宅を作って棟つづきにした。そして、時折り八幡町へ行き、新居で時間をすごすようになった。

かれは、発動機を布でみがいたり、時には石油を入れて始動させてみたりした。むろん、発動機をそなえつけた飛行器を夢み、設計図もひきはじめた。

発動機は二馬力で、重量は六貫（二二・五キロ）であった。発動機つきの飛行器には忠八自身が乗る予定で、かれの体重と発動機の重量を合わせると二十一貫（七九キロ弱）になる。さらに機体を軽量なものにしたとしても総重量は八十貫を越える。そのような重い物体をわずか二馬力の発動機の動力で空を飛ばせることは出来るはずもなかった。

かれは、新聞にのっていた自動車の記事を思い起した。初めて日本に自動車が姿をみせたのは、八年前の明治三十三年であった。アメリカ在住の日本人によって組織されている日本人会が、皇太子に自動車を贈呈するため解体して船便で日本に送ったのである。日本では諸機械輸入商の古河商会が組み立て、宮内省が依頼した技師の手で運転が試みられた。自動車が走り出し参謀本部付近にきた時、道の前方に老婆の姿がみえた。老婆は、

「馬のない馬車が来た」

と見ほれて動こうとせず、老婆を避けようとした自動車は、お濠の土手に乗り上げて

しまった。

その報告をうけた宮内省では、

「そのような危険な乗り物を使うわけにはいかぬ」

という結論をくだし、自動車をそのまま倉庫内にしまった。

その後、明治三十六年に三井呉服店（三越デパート）がフランスから自動車を一台輸入したが、その後自動車が輸入されることは少なく、二年前の明治三十九年三月に伊東仲之助が日本人として初めてフランス人カルパンティエから運転技術を習得して運転した程度であった。

忠八の自動車についての知識は乏しかったが、とりつけられた発動機が十馬力以上であることは知っていた。

かれは、軽量の飛行器を地上から浮揚させるには少なくとも十二馬力以上の動力をもつものでなければならぬと考え、石油発動機輸入商に手紙を出してその馬力をもつ発動機の重量を教えて欲しい、と依頼した。一カ月後に返信がとどいたが、それには四十貫（一五〇キロ）という回答が記されていた。そのような重い発動機をそなえるには、当然それを固着させるため強靱な台や支柱もとりつけねばならず、それによって重量もそれだけ増す。結局、人体をのぞく飛行器の総重量は百二十貫（四五〇キロ）以上になると予想された。

かれは、発動機つきの飛行器設計に熱中した。まず主翼の設計から手をつけ、翼長は三間（五・四メートル）、翼幅四尺（一・二メートル）とした。百二十貫と搭乗者の体重を加えた重さの機体を浮揚させるためには、それだけの翼の長さと幅が必要だと考えたのだ。

かれは、夜、会社から家にもどると設計の仕事に取りくんだ。

寿世は、夫が飛行器研究に対する情熱を失っていないことに呆れたようだったが、設計図に筆を動かす忠八の机に、黙って茶菓を運んだりしていた。

その頃、会社の支配人であるかれの身辺は、急に騒がしくなっていた。かれのもとに大日本製薬株式会社の重役たちが訪れ、深刻な表情をして打ち合わせをすることが多くなっていた。大日本製薬は不況に苦しんでいたが、新たに大阪へ進出してきた東京製薬株式会社に販路をかき乱され、苦況におちいっていた。前年の十月五日、大日本製薬社長日野九郎兵衛は、ドイツへ向った長井長義を追って日本を離れ、ドイツの製薬業界を視察していたが、その間に東京製薬が大阪に支店を設け、工場を建設して、大日本製薬に激しい攻撃をしかけてきたのだ。

忠八は、かねてからの自説を主張した。大日本製薬のマルP印の薬品は一般に信用されてはいるが、完全とは言いがたい。その信用度を不動のものにすれば、東京製薬を恐れる必要もなく、そのためには官立の試験所よりも格式が高いといわれる大阪薬品試験株式会社との合併をはかるべきだ、と説いた。

重役たちの間に同調する声がたかまり、両社でそれぞれ緊急重役会を開いた結果、満場一致で合併が決議された。実質的には、大日本製薬株式会社が大阪薬品試験株式会社を吸収することになったのである。

合併の手続きが急速にすすめられ、大阪薬品試験株式会社は、そのまま大日本製薬の試験部となり、取締役技師長であった大島太郎が試験部技師長に迎え入れられ、百二十七名の社員も大日本製薬に移った。また、忠八も試験部支配人に任ぜられ、月給も百円に昇給した。

吸収合併は、大日本製薬の業績にはっきりした形で現れた。試験会社の証紙を貼って販売していた薬品業者は、自然に大日本製薬の薬品を仕入れるようになり、好成績をあげるようになった。忠八は、その結果を喜び重役たちは合併登録も終えた。

かれは、本格的に飛行器設計にとりくんだ。深夜おそくまで設計図をひくことをつづけ、重量計算を繰り返した。

かれは、設計を進めながら過去に味わった苦い経験を思い起し、顔をしかめることが多かった。陸軍に提出した採用願いがことごとく却下され、それに失望して陸軍を去り、薬業界に入った。それ以後、職務にはげみ、ようやく経済的な余裕もでき、かなりの貯えもあるようになった。念願通りの条件がそなわったわけで、本格的に飛行器作りをできるような立場になった。

しかし、悔いも大きかった。大阪製薬に薄給で入社して以来、社業につとめてきたが、その間、飛行器研究を推し進める資力もなく時間的余裕もなかった。俗世間的なことで長い歳月をむだに過してきてしまったように思え、激しい苛立ちも感じていた。そうした心のあせりもあって、かれは寝食も忘れて設計を進め、ようやく主翼の製作に入った。かれは、休日になると朝暗いうちに家を出て八幡町に行き、旧精米所で製作に取りくんだ。

精米所の建物は広く、機体の設計製作には適していた。かれは、設計図通りに主翼の鉄枠を作り、鉄線で補強した。重量をなるべく軽くするため材料を吟味し、丹念に秤で計量して記録し、慎重に組み立てていった。

かれは、オートバイ（石油発動自転車）を調査した結果、その発動機が十二馬力で重量が三十二貫（一二〇キロ）であることも知った。飛行器に備えるエンジンは軽量でなければならず、オートバイのエンジンの重さが予想よりも軽く、しかも十二馬力の出力があることで、オートバイのエンジンをそのまま活用することにきめた。

主翼についで胴体の枠組みも出来上がった。かれは、それに張る絹布をあさって歩きまわった。丸亀練兵場で烏型模型器が飛んだ折の興奮がよみがえり、眼前に枠組みのできた飛行器が飛ぶ折の情景を思いえがいた。

発動機つき飛行器が完成した折には、実験場に、土手をへだてた木津川の河原を使用しようと思った。実験日には、社会的地位のある者を何人か招いて実験の証人になってもらおう、と思ったりした。エンジンが始動し、轟音をあげてプロペラが回転する。車輪がまわって飛行器が走り出し、地面からはなれて浮き上がる。その想像に、忠八の胸はおどった。

八月六日朝、新聞をひらいたかれは体をかたくした。思いがけぬ活字が眼に映じたのだ。それは、枠でかこわれた外電の記事で、

「ツェッペリン伯の飛行成功」

という見出しが付けられていた。

その記事は八月五日紐育《ニューヨーク》発として、

「ツェッペリン伯は過日の飛行試験に於て失敗せしが、今回其最新式の空中船に搭じ、操縦自在に十二時間の成功ある飛行を遂げ、前回の失敗を償ひたり。独逸《ドイツ》皇帝も今回の光輝ある成績に就《つ》きては頗《すこぶ》る満足せられたり」

と、記されていた。

忠八は、その記事を繰り返し読んだ。操縦自在に十二時間飛んだということが驚異であった。

かれは、気球がひろく普及していることは知っていたが、それは空高く上昇するだけで、厳密な意味で乗り物とは言いがたい。その欠陥をおぎなう意味でドイツのツェッペリン伯爵は、なにかの動力をそなえつけて飛行船を十二時間も自由に操縦することに成功したらしい。

忠八は、あらためて古新聞を読みあさり、四日前の新聞に「独逸に出来る気球会社」

という小さな記事を見出した。それによると、ドイツの有力な銀行家などが発起人になり、十二万五千ドルの出資金で空中飛行船会社の設立が計画されているという。その計画は、ツェッペリン伯爵の軽気球船の大成功にもとづいて企てられたもので、ベルリン、ロンドン、パリ、ウイーン、ペテルスブルグ、コペンハーゲン、ストックホルム間の旅客輸送をおこなう遠大な計画だという。

忠八は、呆然とした。飛行船は、文字通り空を飛ぶ船として注目され、実用の方向に進んでいるらしい。自分が薬業界の中で働きまわっているうちに、ドイツでは空を飛ぶ乗り物が発明され、実験も成功している。かれは、落着きを失った。

かれの救いは、飛行船が気球と同系統のものであるということであった。飛行船は、巨大な袋に水素ガスをつめて上昇し、進む。当然、それは大規模な構造をもつもので、速度もきわめておそいにちがいなかった。

忠八の考えているのは、鳥のような形態をした小型の器械で、速度も早い。空の乗り物であることは同じだが、飛行原理は全く異なったところから発している。

「飛行船とおれの飛行器は別物だ」

と、かれは自らに言いきかせた。

かれは平静をとりもどし、一日も早く飛行器を完成し、実験してみたいと思った。かれは、再び「ツェッペリン伯の飛行成功」という文字を見つめた。その記事からは、ドイツ国民の熱狂が感じられ、欧米ではその話題でもちきりであることが察しられた。

かれは知る由もなかったが、ヨーロッパではそれまでに多くの発明家たちの手によっていくつかの飛行船が試作され、実験が繰り返されていた。ツェッペリン伯爵の飛行船は、それらの発明家の手になる飛行船の集大成というべきものであった。

気球を基礎にした飛行船が初めて人々の前に姿をあらわしたのは、ツェッペリン号が飛行に成功する五十六年も前の一八五二年（嘉永五年）であった。それはフランスのジファールの手になるもので、二人の技師の協力を得て製作された。その飛行船は全長四二メートルで、三馬力の蒸気機関をそなえ、三枚プロペラを回転して進む仕掛けになっていた。型は、巨大な鯨のような紡錘形《ぼうすいがた》をしていた。

九月二十四日、飛行船はパリの競馬場から飛び立ち、一、八〇〇メートル上昇するとゆるやかな動きでパリ上空を移動し、無事に着陸した。ついで、十五年後の一八六七年（慶応三年）、ジファールは、第二号飛行船を作りあげ実験したが、気嚢《きのう》が爆発し蒸気機関もこわれて失敗に終り、ジファールはゴンドラとともに墜落し重傷を負った。

かれは、その後も飛行船製作の夢を追いつづけたが盲目になり、さらに精神異常にもなって五十七歳で自殺した。

かれの死後二年たった一八八四年（明治十七年）、フランスのミュードン飛行船学校の士官ルナールとクレープスが、国費で「ラ・フランス号」という飛行船を建造した。その飛行船には重い蒸気機関を避け発明されたばかりの電動モーターが備えつけられていた。全長五〇メートルで、ルナールとクレープスが搭乗した。ラ・フランス号は七・

五キロの距離を二十三分間で飛び、その後六回実験が繰り返され、パリ上空を横切ったりして市民を驚嘆させた。が、動力が弱く、風が起ると飛行船は流され、速度もおそすぎるという欠陥があって実験は打ち切られた。

欧米ことにフランスの飛行船熱は果てしなくたかまり、一八九八年（明治三十一年）にはパリに乗りこんだブラジル人の富豪サントス・デュモンが、飛行船の飛行実験を試みた。全長二五メートルの黄色い葉巻き形の飛行船で、動力には初めてガソリン・エンジンがそなえつけられた。

デュモンがゴンドラに乗ると、エンジンが始動した。そのすさまじい音に、観衆は恐怖を感じて後ずさりした。飛行船は、高度四〇〇メートルに達してパリ上空を飛んだ。動力は強く風に流されることもなく、飛行は成功し、パリ市民は熱狂した。

それによって飛行船に対する一般の関心はさらにたかまった。そして、一九〇〇年（明治三十三年）には、フランス航空クラブのアンリー・ドイッチュ・ド・ラ・ミュルトが、サンクールとエッフェル塔間五・五キロを三十分以内で往復飛行することに成功した者に、十万フランの賞金をあたえると発表した。その条件は、飛行船の性能からいっても不可能なもので、専門家たちは一斉に批判の声をあげた。

しかし、サントス・デュモンは、それに挑戦すると声明し、新たな飛行船の建造にとりかかった。

翌一九〇一年（明治三十四年）夏、サントス・デュモンの手で新しい飛行船が完成した。飛行実験は七月十三日午前六時四十一分に開始された。出発地のサンクールには、審査委員の航空クラブ会長ロラン・ボナパルトらが控え、十万フランの賞金のかかった実験を眼にしようとおびただしい群衆がつめかけた。エンジンが始動し、飛行船は離陸した。賞金を獲得するためには、三十分後の七時十一分にもどらなくてはならなかった。

サントス・デュモンを乗せた飛行船は、パリの中心部に進み、十三分後にはエッフェル塔を一周し、帰路についた。が、その頃からエンジンの調子が悪くなって速度が低下し、出発地サンクールの上空に達した時は十分おくれた七時二十一分になっていた。

飛行船は着陸しようとしたが、エンジンが停止し、風にあおられてブローニュの森の方向に流された。観衆たちは飛行船を眼で追っていたが、突然胴体が折れ曲り、墜落するのが見えた。人々は、その方向に走った。飛行船は人家の庭にある大木の枝にひっかかり、死亡したと思われていたサントス・デュモンが、無傷で樹の上にまたがっているのを見出した。

その失敗にも屈せず、サントス・デュモンは飛行船を二十日間で修復し、再度の挑戦をこころみた。

飛行船はサンクールを離陸、九分七秒後には早くもエッフェル塔を一周した。が、帰路についで間もなく気嚢の中のガスが勢いよくもれはじめ、たちまち高度がさがった。そして、人家の屋根の上を流され、突然、爆発を起した。人々は、走った。飛行船は破壊されて六階建の家の屋根に落ちていた。当然、サントス・デュモンの死が予測されたが、かれは、またも奇跡的に難をのがれて六階の窓のふちに坐っていた。

二度の失敗にもめげず、サントス・デュモンは、その年の十月十九日、三度目の挑戦をこころみた。その日は風が強く飛行には適さなかったが、かれはゴンドラに乗ると、午後二時四十二分に飛行船を離陸させた。飛行船は追い風をうけて早い速度で進み、出発後九分足らずでエッフェル塔をまわった。が、またもエンジンが不調になり、大胆なかれは龍骨をつたわってエンジン部にたどりつき、気化器を修理して飛行船を進ませた。

飛行船は、終着点のサンクール上空を三時十一分三十秒に通過、一分十秒後に着陸した。終着点上空通過は出発後二十九分で、賞金獲得条件の時間より一分も早かった。

しかし、審査員たちは、賞金を渡すことはできないと判定した。賞金を渡す条件は、離陸してから着陸するまでの時間を三十分以内と解釈すべきで、着陸したのは四十秒おくれであるので、条件をみたすことはできないというのだ。

審査委員会は、その後も判定を変えることをしなかったので、サントス・デュモンに同情したパリ市民がデモを繰り返した。その抗議を無視できず、審査委員会は会議をひらき、激しい討論の末投票をおこない、十二対九でサントス・デュモンに賞金を渡すことを決定した。

サントス・デュモンは喜び、賞金十万フランを整備員や貧しい市民に贈った。

その後、かれの関心は飛行船から飛行機へと移り、一九〇六年（明治三十九年）には複葉の箱凧に似た奇妙な機械を作り、わずかではあるが地上から浮き上がった。

かれの晩年は、悲惨だった。一九一〇年（明治四十三年）、かれは航空界を引退した。やがて第一次世界大戦がはじまり、飛行船、飛行機が軍事目的に使用されると、かれの苦悩がはじまった。それらが武器として多くの人を死に追いやることを知ったかれは、それらの開発につとめたことに強い罪の意識をいだくようになったのだ。

一九二八年（昭和三年）に故国ブラジルへもどったが、眼前で大型水上機サントス・デュモン号が墜落し、搭乗員が一人残らず死亡したのを見て、精神錯乱を起した。翌々年、イギリス飛行船Ｒ一〇一号が炎上墜落し、五十一名が惨死した報道に衝撃をうけ、自殺未遂をはかった。自分が若い頃情熱をかたむけて開発に努力した飛行船が、人類を不幸におとし入れる凶器であると考え、苦しみ悩んだ。

一九三二年（昭和七年）、かれがとどまっていたサンパウロに革命が勃発した。政府軍は、反乱軍の鎮圧につとめ、飛行機を出動させてサンパウロ市街に立てこもる反乱軍に爆撃を加えた。サントス・デュモンは、悲しみ嘆いた。同国人同士の戦闘に飛行機が使用され、爆撃によって多くの人々が殺傷されたことを知り、激しい絶望感におそわれた。

かれは自分の過去を悔い、ホテルの浴室で縊死《いし》した。

フランス航空クラブのアンリー・ドイッチュ・ド・ラ・ミュルトが十万フランの賞金を出すことを発表し、サントス・デュモンがそれに挑戦することを声明した一九〇〇年（明治三十三年）、たまたまドイツで一隻の飛行船が飛行実験をこころみていた。製作者は、フェルディナント・フォン・ツェッペリン伯爵であった。かれは一八三八年（天保九年）に生れて軍籍に入り、二十五歳の折には南北戦争下のアメリカに渡り、さらに普仏戦争にも従軍、五十二歳で陸軍中将として退役した人物であった。

かれは、普仏戦争の折にパリを包囲したプロイセン軍に加わっていたが、フランスの要人レオン・ガンベッタが軽気球に乗って包囲されたパリから脱出したのを目撃してから、空を飛ぶ乗り物に強い関心をいだいた。

ツェッペリン伯爵は陸軍を退役後、テオドール・コーバー技師の協力のもとに飛行船研究に没頭し、財界人の出資によって資本金六十万マルクの飛行船事業促進株式会社を創立した。

一九〇〇年、ツェッペリン飛行船第一号が完成、十月に試運転がおこなわれた。が、エンジン出力が弱く風に流され低速で、成功とは程遠かった。ツェッペリン伯は、一九〇五年（明治三十八年）に第二号を完成、その年、ボーデン湖上空で実験したが、エンジンが停止して湖面に不時着した。その翌年、第三号を作り実験飛行をこころみたが、それも地上に不時着して大破してしまった。

失敗がかさねられたが、ドイツ政府はツェッペリン伯の飛行船建造に注目し、国会の決議を経て、一つの条件がみたされれば積極的に協力の手をさしのべると公表した。その条件とは、フリードリヒスハーフェンを離陸して二十四時間内に三五〇キロはなれた地を往復するということで、もしもそれに成功した折には、飛行船を買い上げ、さらに二百五十万マルクをツェッペリン伯にあたえるというのだ。

それに力を得たツェッペリン伯は、新たに第四号の飛行船を建造し、一九〇八年（明治四十一年）八月四日、フリードリヒスハーフェンを離陸した。エンジンは百五馬力で、銀色をした巨鯨のような第四号船は、空へ進んだ。ドイツ人たちは、空をゆく飛行船に驚嘆の声をあげた。

そのうちに片方のエンジンが停止したので、ライン川沿岸のオッペンハイムに着陸して修理し、再び離陸した。夜の間に古都マインツを通過し、朝になっても飛行をつづけたが、再びエンジンが不調になり、エヒターディンゲンに着陸、修理につとめた。

午後三時、修理は終った。終着目的地は、眼前にあったが、天候が急に悪化し、風が吹きつのり、雷雲が近づいてきていた。綱で地上につなぎとめられていた飛行船が、激しくゆれはじめ、綱をむすんであった杭《くい》がぬけ、綱が切れた。飛行船は、地上をはなれ強風にあおられて上昇し早い速度で流されてゆく。ゴンドラの中には、エンジン調整中の二人の技師が乗っていた。

一、〇〇〇メートルほど流された飛行船の船首が下方にかたむいたと同時に、船尾から煙が湧いた。爆発音がとどろき、火炎が噴き出し、飛行船をつつんだ。飛行船は、巨大な炎のかたまりとなって落下し、地上に激突した。火があたりに散った。

ツェッペリン伯をはじめ、多くの人々が現場に走った。飛行船は焼けただれ、こげた龍骨が無残にもむき出しになっていた。一人の技師は焼死体となって発見され、他の技師は救い出されたが、両足切断の重傷を負っていた。技師はすぐに病院へ運ばれたが、出血多量のため死亡した。

第四号船の墜落炎上と二人の技師の死亡にツェッペリン伯は落胆し、翌朝フリードリヒスハーフェンの自宅にもどるため汽車に乗った。

駅におりると、意外にも駅前には群衆がつめかけていた。かれが歩いてゆくと、人々はつつましい表情でかれのために無言で道をあけた。群衆の中からフーゴー・エッケナー博士が近づくと、ドイツ全土から義捐金が寄せられていることを伝え、

「私たちは、伯爵が新たな飛行船を建造することを心から願っております」

と挨拶して、握手した。

ツェッペリン伯は、思いがけぬ言葉に感動した。義捐金は、六百五十万マルクにも達していた。

第四号船は墜落したが長時間飛んだことは、ヨーロッパからアメリカにも伝えられた。忠八が眼にした新聞記事はニューヨークから電報で連絡されたもので、「ツェッペリン伯の飛行成功」ということだけで強風のため流され爆発して墜落したことは記されていなかった。

忠八は、その記事に刺激をうけて石油発動機をそなえた飛行器の設計に熱中した。

しかし、かれの属していた大阪薬品試験株式会社が大日本製薬株式会社に吸収合併されたことによる雑務が多く、かれは社務に多くの時間をさかれた。

さらに、かれの改良した舎利塩の製造販売を目的とした大阪精薬合名会社では、依然として役員との意見の不一致が多く、かれはその会社から一切手をひいた。そのため翌明治四十二年、知人の末光彦太郎、兄千代松の長男二宮幸造らとともに二宮合資会社を平野町一丁目に創立した。そして、尊徳石鹼という名の石鹼を発売し、ついで自ら作り出した改良舎利塩を二宮舎利塩として製造販売した。

それに驚いた大阪精薬合名会社の重役たちは、人を介して和解を申し出てきた。忠八はそれに応じて二宮合資会社と合同することにし、大阪精薬合資会社が設立された。そして、忠八は代表取締役社長に就任、経営を担当することになった。

そのような仕事によって帰宅は夜おそくなった。休日も雑務に追われ、八幡町の旧精米所に足を向ける余裕すらなかった。それでも、かれは人に依頼して翼と胴体に張る絹布を何種類も取り寄せ、ようやく適当な布を見出し、入手した。また、オートバイ輸入業者に手紙を出して、エンジン部の購入についての打ち合わせも終った。

秋風が立ちはじめた。

新聞には、中央線の全通や明治屋で輸入した広告自動車（宣伝カー）が初めて町々を走ったという記事などがみられた。

十月三日朝、新聞をひらいたかれの眼は、或る個所に釘づけになった。

新聞には、

「空中征服果して可能なりや」

という見出しのもとに、紙面の半ば以上を占める大きな記事がのっていた。

それは、解説記事で、

「人が自由に空中に昇り飛翔し得る工夫が、欧米諸国に於て着々成功に近づきつつある事は、近日の海外電報がしきりに伝えている」

という書き出しではじまっていた。「着々成功」とは、ツェッペリン伯などの作った飛行船の飛行成功なのだろう、と忠八は文字を追った。

忠八は、体をかたくした。それは、空中を飛ぶ方法についての記述で、現在欧米の専門家がとっている工夫は、大きく別《わ》けて二つある。その一つは、軽気球を利用してこれに前進、後退、または上昇、下降を自由にできる装置をそなえた、いわゆる飛行船である。その一例としてツェッペリン伯爵の作った第四号飛行船をあげ、不幸にも落雷で落下焼失したが、それまでに二十時間、三〇〇マイルを飛んだことは驚異であると記していた。

しかし、飛行船は、軽気球から進歩したものなので強風に流され、破損もし易いので、イギリスの大発明家サー・ハイラム・マキシムなどは、飛行船を空飛ぶ乗り物としては期待できず、むしろ好ましくないと批判しているとも述べていた。

その結論として解説者は、

「空中飛行船果して希望なしとすれば、空中飛翔の目的は他の一法に由るの他に途《みち》なし、他の一法とは何ぞ？」

と、記していた。

文字を眼で追っていた忠八の顔は紅潮したが、たちまち蒼白になった。理想とする空の乗り物は、鳥と同じように翼をもち、それを機械力で運転し、力学的に平衡《へいこう》をたもって空中に上昇し飛ぶ方法で、これを空中飛行器と呼ぶという。

忠八は、十九年前に樅ノ木峠で鳥の飛ぶ姿を眼にして以来工夫を重ねてようやく設計を終え、機体製作にとりかかっている飛行器の機能と全く同じ説明で、余りにも一致していることに、愕然とした。と同時に、解説者がなぜそのような構造と機能について知識をもっているのか不審に思った。

記事を読み進んでいった忠八は、疑惑がとけるのを感じたが、自分の顔から血の色がひいてゆくのを意識していた。解説者は、まず飛行器の研究にとりくんだのはドイツ人技師リリエンタールで、ついでアメリカのラングレー教授が改良を加え、さらに現在ではイギリス人ヘンリー・ファーマン、フランス人ブレリオ、フェルベ大尉、アメリカ人ライト兄弟が、それぞれ積極的に工夫を加えて競い合っているという。

それにつづく文章を読んだ忠八の口から、短い叫び声がもれた。眼が、解説記事に据えられた。そこには、

「過日ライト兄弟の一人ウイルバー・ライト氏が其《その》工夫に成れる飛行器により、殆ど一時間鳥の如く自在に飛翔し得たる事は、最近の外電にて伝えられたり」

と、あった。

新聞を持つかれの手がふるえた。自分の工夫した飛行器は、世界にさきがけて空中を飛ぶにちがいないと考え、それを夢みて飛行器研究に打ちこんできた。その完成が自分のこの世に生をうけたただ一つの意義であるとも思っていた。

かれは、その夢が完全に打ちくだかれたことを知った。アメリカのウイルバー・ライトという男が、すでに前年に飛行器を作り、鳥のように一時間も飛んだという。それほど長い時間飛んだ器械は、自分が切望していた空を飛ぶ乗り物であり、今から積極的製作を進めてもそれほどの性能をもつ飛行器を短い期間に完成させられる自信はなかった。

涙が、あふれ出た。アメリカ人に先を越され、自分は完全に敗北したことを知った。陸軍に三度も採用をこばまれ、周囲の理解も協力も得られず、独力で完成させようとしたことが夢を実現できなかった最大の原因であることはあきらかだった。が、それを悔いても仕方はなく、かれは諦めねばならぬ、と思った。

涙が、果てしなく流れた。

「どうしたのです。あなた」

背後で、声がした。

寿世が、かれににじり寄り、畳に落ちた新聞をみつめている。寿世の顔からも、血の色が失われていった。眼に、光るものが湧き、彼女は袂で顔をおおった。

彼女には、夫の悲しみが理解できた。家の倒産によって学校に通うこともできず、軍隊に入った。絶えず貧しい生活に追われ、その中で飛行器の考案に取りくみ、そこに生き甲斐を見いだしていた夫であった。軍籍をはなれたのも飛行器の完成が目的で、毎月経費を節約して金をたくわえることに努めてきた。そして、ようやく資金も手にでき、あらためて飛行器の完成を目ざしはじめた時に、ウイルバー・ライトの飛行成功を知ったのである。

寿世は、貧しさ故に会社勤めにはげみ、そのため飛行器研究から長い間遠ざからなければならなかった夫が哀れでならなかった。四人の子の父になった夫は、自分の研究を中断したことを心残りに感じながらも生活を安定させるため働きつづけてきた。それが、今日の敗北につながったのだ、と思った。

彼女は、夫にどのような慰めの言葉をかけてよいのかわからなかった。忠八は拳をにぎり、頭を垂れている。かれの頭髪にはすでに白いものがまじり、地肌もすけている。

寿世は、夫の姿を見つめていた。

十二

ウイルバー・ライトとオーヴィル・ライトの兄弟は、アメリカのデイトンに住む司祭ミルトン・ライトの子として生れた。兄弟は、忠八と同じように幼い頃から凧に興味を持ち、長じて技師見習いになった。

一八九六年(明治二十九年)八月九日、ドイツ人オットー・リリエンタールがグライダーで滑空実験中、墜落死した報道記事を眼にして、飛行器研究を志した。兄弟は、リリエンタールにならってグライダー作りに専念し、一九〇〇年(明治三十三年)からノースカロライナのキティ・ホーク砂丘で滑空実験をはじめた。

やがて、かれらは動力つきの飛行器を作り上げたいと願い、故郷デイトンの小さな工場で技師たちの協力を得て十二馬力、重量百二十キロの四気筒ガソリンエンジンを作り上げた。

一九〇三年(明治三十六年)十二月十七日、兄弟はエンジンをとりつけた飛行器をキティ・ホークの砂丘に曳き出した。そして、弟のオーヴィルが機体に腹ばいに乗り、エンジンを始動させた。プロペラが回転し、飛行器はふわりと浮き上がり、三メートル余まで上昇し、五三メートル飛んで着地した。滞空時間は十二秒であった。

その後、実験を繰り返し、四度目には二六〇メートルの距離を飛んだが、着地に失敗し、機は大破した。この試みを見物していた者は少数であったので、専門家たちはその事実を疑い、新聞もほとんど取り上げず話題にはならなかった。人々の関心は、もっぱら飛行船に注がれていた。

ライト兄弟は実験をつづけたが、エンジンと機体の製作に全財産を使い果し、実験を中断した。

やがて、アメリカ軍部は、搭乗者以外に観測員を乗せて一時間飛ぶことを目的にした飛行競技開催を公表した。ライト兄弟はこれに挑戦すると声明し、弟のオーヴィルがこれを担当することになり、兄のウイルバーはフランスに渡って公開飛行をすることになった。

アメリカでの飛行競技は、一九〇八年（明治四十一年）九月十七日におこなわれた。操縦者オーヴィルは観測員に指名されたセルフリッジ中尉とともに飛行器に乗った。オーヴィル・ライトが飛行器で競技に挑戦するということは、アメリカ人の大きな話題になり、各新聞社の記者たちも陸軍の設けた競技でもあるので競技場に押しかけた。かれらは、飛行船に代る飛行器が果して空を飛ぶかどうか、多くの群衆とともに見守った。

飛行器は、エンジン音をとどろかせて飛び上がった。が、高度三〇メートルに達した時、方向舵の鉄線が切れ、またたく間に機は墜落し、失敗に終った。オーヴィルは大腿骨複雑骨折の重傷を負い、同乗者のセルフリッジ中尉は墜落の衝撃で即死した。

フランスに行った兄のウイルバー・ライトは、六月七日にパリに入り、飛行実験の準備をすすめていた。

弟のオーヴィル・ライトがアメリカで飛行実験に失敗して重傷を負った九月十七日、ウイルバーは同乗者一人を乗せた自作の飛行器に乗った。場所は、ル・マンであった。その公開飛行を眼にしようと群衆が押しかけ、多くの軍人も姿をみせ、新聞記者たちはカメラマンとともに飛行開始を待ちかまえた。

やがてエンジンが始動し、走りはじめた飛行器は地上をはなれ、飛び立った。エンジンはきわめて快調で、飛行器は、ル・マン上空を飛びつづけ六十四分後に無事着陸した。

その壮挙は欧米各国に大反響をまき起した。遂に人類は一時間も飛翔をつづける飛行器を作り上げたのだ。

ウイルバーは、その飛行実験直後、弟のオーヴィルの操縦する機が墜落したことを知り、弟が死亡したにちがいないと想像し、嘆き悲しんだ。が、やがて大腿骨骨折で生命はとりとめたという報せを受け、四日後の九月二十一日に、再び公開飛行をこころみた。

その日もエンジンは快調で、時速六〇キロという早い速度で六六・六キロメートルの距離を飛んだ。滞空時間は一時間三十一分二十五秒という大記録であった。

忠八が読んだ新聞の解説記事の「過日ライト兄弟の一人ウイルバー・ライト氏が其工

夫に成れる飛行器により、殆ど一時間鳥の如く自在に飛翔し得た……」という文章は、前年にフランスのル・マンでおこなわれた飛行実験の成功をつたえたものであった。

その日、忠八は会社に出ることもせず、放心した表情で大阪の町々をあてもなく歩きつづけた。

解説記事には、欧米では飛行器研究熱がきわめて高く、各国の政府もそれを積極的に奨励し、多額の賞金をあたえている、と書かれていた。これに対して、日本では政府も国民も全くそのことには無関心で、この飛行問題について、

「（わが国民の中に研究している者がいることを）いずれの方面に於ても耳にしたる事なし、吾人は深くこれを悲しみ、一日も速《すみやか》に政府も国民も共に奮起して此《この》重大なる問題に注意を向けんことを切に祈る」

と、結んでいた。

忠八は、おれだけは二十年も前から飛行原理を見いだし研究をつづけていたのだ、とその解説者に叫びたかった。が、今となってはそれも意味のないことだった。

欧米各国では、国民が熱狂し、政府もそれを有意義な試みとして強力に支援した。それによって多くの研究者が生れ、政府と国民の激励に勇気を得て、研究を推しすすめた。一つの研究成果が発表されると、後につづく研究者がその実績をうけついで研究を推しすすめる。そのような総合的な研究が、ライト兄弟の飛行成功にむすびついていったのだ。

欧米諸国の飛行船、飛行器研究者たちと比べて、忠八の立場は余りにも対照的だった。欧米諸国の研究者たちは新しい時代の開拓者として注目され、実験に成功すれば英雄として賞讃をうける。さらに政府をはじめ各種の機関は、これらの研究を推し進めるため物心両面で思いきった協力をしめす。そうした多方面の励ましによって、研究者は世界的英雄になろうと夢み、互いに競い合って研究に没頭した。

忠八の場合は、全く逆だった。飛行器の研究をおこなうかれは、半ば狂人扱いされ、必然的に人目にふれまいとしてひそかに研究をしなければならなかった。それでも、完成を願うあまり、陸軍の将官に三度にわたって設計図と詳細な説明を付した採用願の上申書を提出したが、それらは冷ややかに却下された。その度に、忠八は、それらの将官から侮蔑的な言葉を浴びなければならなかった。協力の手をさしのべてくれる者はなく、かれは独力で完成することを期して薬業界に入った。それから十年、かれは生活に追われて研究を中断していたのだが、その空白は大きく、欧米人の研究にいつの間にか追い越されていたのだ。

ライト兄弟の飛行器よりも忠八が十六年も前に考案し模型も作った玉虫型飛行器の構造の方が、すぐれている点もあった。それは、車輪とプロペラであった。

ライト兄弟の飛行器には、車輪がとりつけられていないが、忠八は玉虫型飛行器に不可欠のものとして採用している。また、四枚羽のプロペラを考案したことも、現代の航空機にみられるもので、当時の欧米の研究家たちも思いつかなかったものであった。忠八は、ライト兄弟の飛行器がどのような構造をもつものか知らず、自分の設計に及ばない要素があるなどとは想像もしていなかった。

いずれにしても、かれは、一時間も飛んだというライト兄弟の飛行器が、自分よりもはるかに進んだ研究によって生み出されたことを感じた。たとえ、十年間の空白期間がなく、その間研究をつづけても果してライト兄弟の飛行器のような器械を完成することができたかどうか疑わしいと、謙虚な気持にもなった。新しい時代の産物である飛行器を完成させるには、部門部門の専門家の組織的な協力と豊富な資金が必要で、独力でそれを成しとげようとした自分の考え方はあやまちであったのだ、とも思った。

家並に、灯がともりはじめた。

忠八は、橋の欄干に手を置き、暗い川面に視線を向けた。これで自分の飛行器研究は終ったのだと、かれは胸の中でつぶやいた。

次の休日に、忠八は京都府八幡町にある旧精米所に行った。

かれは、建物の中に入ると、枠組が出来上がった飛行器にハンマーをふるいおろした。主翼がこわれ、車輪がとんだ。それらは残骸として精米所の裏手に捨てられた。

不思議に、悲しみの感情は湧かなかった。むしろ、さっぱりした気持であった。軍が採用してくれれば、自分の考案した飛行器が空を飛んだかも知れないが、それが実現せずに終ったのも運命にちがいなく、上申書を拒否されたことによって軍籍をはなれ、薬業界でかなりの地位につくことができたのは、むしろ幸いだったのだろう、とも思った。

人間が生きてゆく上には、なにか得体の知れぬ大きな力が働くものらしい。それは人間の抗し得ぬもので、それはそれで謙虚にうけとめなければならぬ、と思った。男らしくきれいさっぱり諦めよう、とかれは自らに言いきかせた。

かれは、土手の上にあがると船着場の方へ歩いていった。

その年の暮れと翌年正月に、忠八は、ライト兄弟の飛行器が飛行記録をさらにのばしたことを新聞で知った。

搭乗者は兄のウイルバーで、高度一一五メートルまで達し、飛行器が上昇する最高記録をしめした。さらに同月三十一日には、一二四・七キロという長距離飛行にも成功したことを知った。飛行時間は二時間二十分二十三秒であった。

忠八は、飛行器がようやく空の乗り物として安定しはじめていることを感じた。かれは、ひそかにそれらの記事を切りぬき、保存した。

かれは、すでに苛立つことはなかったが、新聞に「世界の大勢」という解説記事がのっているのを眼にして顔をしかめた。

論旨は、世界情勢が大きく変ってきていることを述べたものだが、その中でツェッペリン伯の飛行船、ライト兄弟の飛行器の実験成功によって空中飛行がおこなわれる新時代に突入したと筆を進め、それにつづいて、

「……空中飛行が広くおこなわれるのは時間の問題となれり。此の間に於いて、我邦《わがくに》に未だ何等の研究を見ざるは、痛嘆すべきことなり」

と、あった。

冗談を言うな、とかれは思った。研究者が一人もいないなどと書いているが、それは研究をつづけてきた自分をとじこめてしまった日本の国状の故ではないか、と腹立たしさを感じた。

愚痴はやめようとかれは、新聞を閉じた。すでにライト兄弟が見事な実験記録を残しているのだから、一個の人間として素直に祝福すればよいのだ、と思った。

かれには精米機の石油発動機も不必要で、人を介して売却した。旧精米所の裏に捨てた鉄材や車輪は、だれかが運び去ったらしくいつの間にか消えていた。

忠八は飛行機が急速に進歩してゆくのを見守っていた。それまで飛行器、空中飛行器などと書いていた新聞が飛行機という名称を使うようになっていることにも気づいた。

夏には、「飛行機ドーヴァー海峡を渡る」という大きな見出しの記事も出て、その経過が詳細に報じられていた。飛行がおこなわれたのは、七月二十五日であった。

イギリスの新聞「デイリー・メール」は、前年にドーヴァー海峡を二十四時間内に横断することに成功した飛行家には一万ポンドの賞金を出すと発表し、注目を浴びた。それに応募したのは、ユベール・ラタム、ド・ランベール伯、ルイ・ブレリオの三人のフランス人飛行家であった。

その年の七月十三日、まずラタムが挑戦した。かれは一週間前からフランスのカレーに待機して無風快晴の日を待っていたのである。ラタムは、飛行機をブラン・ネ砂丘に引き出し、離陸準備をととのえた。監視艇としてフランス海軍水雷艇「アルポン」が海上を先行した。

午前六時四十五分、ラタム機は離陸、異例とも言える三〇〇メートルの高度で海峡を進んだ。が、一六キロメートル飛行した時、エンジンが停止し、やむなく海上に不時着した。ただちに「アルポン」が急行し、無傷のラタムを救出、浮いている機体を曳き舟で陸地に引き揚げた。

ラタムの失敗によって、ド・ランベール伯とルイ・ブレリオに期待が集ったが、ド・ランベール伯の飛行機は整備不十分で、ルイ・ブレリオの挑戦に関心が集った。ルイ・ブレリオは飛行機の研究、実験に多額の資金を注ぎこみ、破産寸前にあった。

かれは、悪化した天候の恢復を待ち、ようやく七月二十五日に決行することに定め、ブラン・ネ砂丘で待機した。午前四時四十分、日の出とともにブレリオ機は地上をはなれた。監視の水雷艇「エスコペット」はすでに出港し、飛行コースを進んでいた。機は約一〇〇メートルの高度をたもって進み、「エスコペット」を追い越した。

対岸のイギリスの陸地がせまり、ブレリオは機を巧みに操ってドーヴァーのゴルフ場に着陸した。所要時間は、三十二分であった。

その成功を耳にしたラタムは口惜し涙を流したが、ブレリオは、その日のうちに横断に成功した場合には賞金の二分の一をラタムに呈したい、と声明した。が、ラタムの飛行機は整備不十分で、決行するには至らなかった。

忠八は、この記事にも深い感銘をいだき、切り抜いて残した。かれは、飛行機に関する新聞記事は繰り返し読んだが、そのことについての話題に加わることはせず、妻にも話をすることはなかった。

それから間もなく、忠八を驚かせる記事が新聞にのせられていた。八月三十日の記事で、勅令によって設定された軍用気球研究会の委員決定が官報によって告示されたことを伝えていた。

その研究会は、外国の飛行実験の成功に刺激された政府が、陸海軍とともにその開発をはかるためもうけた機関で、目的として、

「陸軍大臣及海軍大臣ノ監督ニ属シ、気球及飛行機ニ関スル諸般ノ研究ヲ行フ」

と、定められていた。

忠八が驚いたのは、任命された委員であった。最初に臨時軍用気球研究会長として陸軍中将長岡外史の氏名があり、それにつづいて東京帝国大学理科大学教授理学博士田中《たなか》館愛橘《だてあいきつ》ら十三名の学者、軍人の委員名が列記されていた。

忠八にとって、長岡外史は忘れがたい軍人であった。飛行器研究の設計、説明書を付した採用願の上申書をすげなく却下した人物であった。その長岡が十五年後の現在、飛行機を日本にも育てようとしている公的機関の最高責任者として任命され就任している。

忠八は激しい憤りを感じたが、思い直した。十五年前は夢物語だと言った長岡のこと

を恨むことはできない。自分ではかたく信じていた研究だが、周囲の者たちの中で、それに理解をしめしてくれた者はいなかった。

過ぎ去ったことだ、とかれは胸の中でつぶやいた。自分の研究はすでに終止符がうたれ、過去をあれこれと悔んでも仕方がない。思い返すことは自分を苦しませるだけだ、と自らに言いきかせた。

その後、新聞には、日本でも外国製飛行機の導入と研究の準備がすすめられているという記事が、しばしばのせられるようになった。飛行機研究は自分の手から遠くはなれ、他の人たちの手にゆだねられていることを感じた。

その年の十二月には、東京上野の不忍池のほとりでグライダーに乗る試みがあったという記事も眼にとまった。そのグライダーは、陸軍砲兵大尉相原四郎が作った竹製の複葉式で、相原大尉が搭乗した。

グライダーは太綱をつけた自動車でひかれ、不忍池の本郷側の無縁橋のたもとから飛び立ち、高さ四〇メートルほどで約一キロ進んだ。が、観月橋のあたりにさしかかった時、綱が切れ、グライダーは橋のかたわらをかすめて池の中に落ちた。相原大尉の身があやぶまれたが、大尉は泥まみれになって池の中から這い出し、グライダーもほとんど損傷はなかったという。

翌明治四十三年五月五日、兄千代松が死去した。

忠八は、大阪精薬合資会社を経営するとともに大日本製薬株式会社試験部支配人の激職にあったので時間的余裕がなく、千代松の長男幸造と養女静子に香奠《こうでん》を託し、急いで帰郷させた。

大日本製薬では、大阪薬品試験株式会社を吸収して試験部を設けたが、その後、大阪府三島郡豊川村字粟生《あお》（現在の箕面市大字粟生）に粉末工場を建設して粉末部とし、製薬会社の体制を一層強化させていた。が、製薬部の成績は不振で、それをおぎなっていたのは試験部が技術顧問長井長義博士の指導で製造販売していたアルコールの売り上げであった。

その年の秋、大日本製薬の重役たちが忠八の意向を打診してきた。

会社では、重役の中から常務取締役がえらばれ経営の責任者になっていたが、宗田友治郎、上村長兵衛両常務が辞任したので、常務制を廃止した。その代り本社支配人制を設け、経営の最高責任者としての権限をあたえることになった。つまり、大株主である重役たちは資本を提供し、実際の経営は社員の中からえらばれた支配人が担当するという、資本と経営の分離にもとづく人事であった。

重役たちは、忠八の経営手腕に期待し、支配人に就任することを求めた。が、忠八は、会社の業績が不振で、経営責任を負うことは不安に思え、かたく辞退した。

それを知った重役中の有力者田辺五兵衛が忠八に使いをよこし、強く就任するようすすめた。忠八は、それほどまでに自分の才能を買ってくれる田辺に反対する気にはなれず、承諾する旨を答えた。

忠八の本社支配人就任は、十月に発表された。そして、支配人は事実上の経営最高責任者であることも、社内につたえられた。

忠八は、大日本製薬の経営に取りくんだ。

会社の状態は危険とは言えぬが、一般経済界の深刻な不況のあおりをくって、近い将来、会社の経営に重大な影響となってのしかかってくることはあきらかだった。その激浪が押し寄せてくる前に、それに堪えられる態勢をとっておく必要があった。

かれは、長い間社内の動きを見守ってきたが、不満はいくつかあった。それらを改革する時機がきたことを知った。

かれは、まず職務上の規律を秩序立ったものにし、能率の増進をはかるため、社員の服務規定を作成した。殊にそれは、試験部、製薬部に属す技師たちを対象としたものであった。技師たちは、依然として官僚的な意識からぬけきれず、職務以外の仕事をすることを嫌い、残業なども避ける。かれらには、自分の仕事に対する責任という感覚が欠けているように思えてならなかった。

かれは、支配人就任と同時に会社改革に乗り出した。飛行器研究を断念したかれは、薬業に自分のすべてを投入する気持になっていた。

かれは、作成した職務規定を社員に発表し、それに従うことを命じた。また、機構の合理化をはかる目的で、大阪市東区伏見町三丁目二十九番屋敷におかれた本社を、東区北浜三丁目十四番地の試験部に移すという思い切った計画を立てた。それによって、事務の簡素化をはかろうと企てたのである。

　忠八は、このような英断を下す折にも、周到な配慮をはらうことを忘れなかった。まず重役たちに改革案が社のために必要であることを説明して諒承を得、服務規定が技術者たちの職務上の改革を主としたものであるので、試験部技師長大島太郎、製薬部技師長野副豊三郎にも内容の説明をし、諒解をもとめた。そうした処置のもとに改革案を実行にうつしたのだが、試験部、製薬部の技術者たちの間では不穏な動きが起りはじめた。かれらは、ひそかに寄り集って忠八に対する批判をし、退社後も打ち合わせをひらいていた。忠八はそれに気づいていたが、静観していた。

　或る日、かれは、技術者たちが一斉に会社を休んだことを知った。試験、製薬両部の技師長には諒承をうけているのに、それらの部員が反撥をしめしたことは技師長が無力であることをしめしている。会社の将来は、決して楽観視すべき状態ではなく、東京の大日本製薬合資会社が倒産に追い込まれたように会社も危機におちいることが十分に予想された。それを回避するためには、官僚的な気風の残る技術者たちの考え方を改めねばならなかった。

　技術者たちは服務規定の撤廃を要求してきたが、忠八はそれに応ぜず、それを実施できぬ折には支配人を辞任する以外にない、と強硬な姿勢をしめした。重役たちは狼狽し、技術者たちを説得したが、かれらも応じる気配はなかった。

重役会では協議をかさね、結局、技術指導を受けている東京帝国大学教授長井長義、丹波敬三両博士の意見を乞うことになり、二人の重役が上京した。かれらは、長井、丹波と協議し、結局、忠八の作成した服務規定は会社の秩序をたもつため両博士があずかり、時機を見て実施に移すことになった。

大阪にもどってきた重役から協議の結果をきいた忠八は不満だったが、会社にとって恩人でもある両博士の処置であるだけに従うほかはなかった。

外国では、その年の一月下旬、フランス育ちのペルー人ゲオ・シャヴェスが飛行機を操縦し、二、四〇〇メートルの高度で四十二分間ついやしてアルプスを越えたというニュースがつたえられた。が、着陸に失敗、シャヴェスは重傷を負い、五日後に死亡した。

忠八は、会社の改革に日を送っていたが、十二月に日本でも初めて飛行機による飛行実験がおこなわれたことを新聞で知った。それは、日野熊蔵大尉の試乗であった。

日野は、明治十一年六月九日、熊本県球磨《くま》郡人吉《ひとよし》に生れ、十八歳で陸軍士官学校に入学、卒業後、千葉県佐倉歩兵第二連隊の連隊旗手になった。少年時代から発明に興味をもっていたかれは、独創的な拳銃を試作し、日野式拳銃として特許出願され、登録された。と同時に、歩兵科の将校として異例の陸軍技術審査部員に任命された。

明治三十七年、日露戦争が勃発し、日野は砲兵工廠《こうしょう》で自動車の研究に専念し、ついで手榴弾の研究に没頭した。それまで日本軍が所有していた手榴弾は、牛肉の罐詰めの空《あ》き罐に火薬とこまかく切った鉄綿を入れ、導火索にマッチで火をつけて投げる初歩的なもので、日野はこれを改良し、戦場に送ったのである。

明治四十一年には、自動歩騎銃、軽機関銃、三八式小銃新弾薬、歩兵砲、迫撃砲などの研究に従事、明治天皇の前で小銃の改良について講演したりした。また、その頃、かれは日本で二番目に輸入されたオートバイの練習をはじめ、馬で行く将校たちの中をオートバイで出勤し、人々を驚かせた。

翌年七月、長岡外史中将を会長とする臨時軍用気球研究会が設立され、日野大尉も委員に推された。陸海軍は異常なほどの熱意をもって支援を約し、委員たちはただちに活動を開始した。まず、飛行場敷地の選定について委員の一人である徳永熊雄工兵少佐が、群馬、埼玉両県を一日間にわたって調査し、埼玉県入間郡所沢を第一候補とした。そのため、翌四十三年二月、会長長岡外史中将をはじめ全委員が実地調査におもむくなどして、その地を適地として選定、二十三万八千坪の畠地を七万六千五百円で購入した。また、気象担当委員の中央気象台技師理学博士中村精男《きよお》は、横須賀鎮守府の汽艇に乗って東京湾内をくまなくまわり、凧をあげて気象観測をおこなった。

飛行機については、陸軍運輸部から発動機が提供され、日野熊蔵大尉と海軍の中技士である奈良原三次が研究にあたった。さらに、日野は、独力で飛行機の設計、試作にとりかかっていた。かれがまず入手したのは、水冷式八馬力の自動車用発動機で、それにもとづいて独自の機体設計にとりくんだ。

設計を終えた日野大尉は、牛込五軒町の林田工場で機体の製作に入った。工場主の林田好蔵は「洗米機」を発明するなどした技術者で、日野に積極的に協力した。やがて、機は出来上がった。翼長八メートル、全長三メートルで、工事は三カ月、製作費は二千円であった。費用は、日野が私財を投じたものであった。

実験は、戸山ケ原でおこなわれることになり、機は電車道を押されていった。見物人が物珍しげについてきて、戸山ケ原についた頃は、かなりの群衆になっていた。大尉みずから座席について発動機を始動させた。機は滑走したが浮き上がらず、何度繰り返しても結果は同じであった。……三月十八日のことであった。

日野は、個人的な研究を中止し、会長命令で新たに気球研究会委員に任命された徳川好敏陸軍大尉と、ヨーロッパへ飛行機研究と購入のため、四月十一日に出発した。

徳川好敏は、明治十七年七月、徳川家御三卿の一つである清水家の末である伯爵徳川篤守の長男として生れた。かれは陸軍士官学校卒業後、近衛工兵大隊付になって日露戦争に従軍、旅順攻撃の折には気球に乗って偵察をおこなった。その後、砲工学校に入学、卒業後、志願して気球隊に属した。そして、臨時軍用気球研究会の仕事を手伝い、大尉に任官と同時に委員に任命されたのである。

二人は、シベリヤ鉄道を経由してヨーロッパへ渡り、日野はドイツ、徳川はフランスに入った。それを追うように飛行機理論担当の技術陣の総指揮者である田中館愛橘理学博士も渡欧した。

日野と徳川は、飛行機研究と操縦法の習得につとめ、日野はハンス・グラーデ式単葉機、徳川はアンリー・ファルマン式複葉機をそれぞれ購入、二人は連れ立って十月二十五日に帰国した。一足先に帰っていた田中館は、所沢飛行場の整地が終っていなかったので代々木練兵場を飛行実験場に指定した。

十一月に入ると、船積みされた両機が前後して横浜に到着した。

アンリー・ファルマン複葉機は、徳川大尉が引き取りに行った。長さ一二メートル、高さ幅ともに二メートルの大梱包で、慎重に艀《はしけ》に移され、品川まで回航して陸揚げされた。機は台車にのせられ、数頭の馬で中野の気球隊にゆっくりとした速度で運ばれ、気球庫におさめられた。日野も同じような苦心をしてグラーデ式単葉機を運び、組み立てに移り、十二月五日にはそれも終え、気球庫から広場に出して発動機の試運転をおこなった。それを追うように徳川大尉の手でアンリー・ファルマン式複葉機も組み立てられ、発動機試験が繰り返された。

臨時軍用気球研究会は、両機を十二月十二日に代々木練兵場に運び、二日後から試験をおこなうと発表した。

明治四十三年十二月十一日、飛行実験場に指定された代々木練兵場には、天幕式の格納庫が設けられ、滑走場所の地ならしもおこなわれた。

翌日、飛行機が中野気球隊の気球庫から出された。運搬方法としては、機体を傷つけることのないよう大きな木の枠にのせ、多数の兵隊がかついで運ぶことになった。が、中野から代々木までの道はせまく、途中、荷馬車や大八車に会えば、すり代ることはできない。そのため、深夜に運ぶことになった。

通行も絶えた夜半に、巨大な御輿のような機体が、兵士たちにかつがれて気球隊を出た。寒気の中で兵たちの吐く息は白く、提灯にかこまれた機体は、代々木練兵場にはこばれた。

翌朝、新聞で飛行実験がおこなわれることを知った見物人が、弁当持参で押しかけてきた。人出が多く、おでん、鮨《すし》を売る仮店まで出た。名士も続々と練兵場に到着した。寺内陸相、石本次官、奥参謀長、乃木大将らが姿をみせ、むろん臨時軍用気球研究会の委員たちは練兵場に詰めていた。

十三日は、細部の組み立てを完了、発動機試験も終えた。

翌十四日は、地上滑走試験がおこなわれる日であった。見物人には入場券が配られ、それを持たぬ者たちは練兵場の周辺にむらがっていた。気球委員会では、不測の事故によって見物人に被害をあたえるおそれがあると警告し、そのような折には責任をとらぬので飛行機に近寄らぬよう求めた。

その日は風速五メートルで、両機は調整をはじめたが、日野大尉のグラーデ式単葉機の発動機の状態が良好なので、試験をおこなうことになった。

午前十時、グラーデ式単葉機が格納天幕からひき出され、滑走地に押されていった。軍装をした日野大尉が飛行機に乗り、腕力の強い兵がプロペラを勢い良くまわすと、やがて轟音をあげて回転しはじめた。機は走りはじめたが、強い横風をうけて倒れ、翼の端にある棒が折れてしまった。そのため試験を中止し、天幕の中に運び入れて修理をほどこした。

午後三時、再び天幕から引き出された機は、日野大尉を乗せて走りはじめた。速度をあげた機は、三時三十分頃から時々地面をはなれるようになり、遂に一メートルほど浮いて三〇メートルほど飛んだ。

つづいて試験がおこなわれ、ゆるやかに地上から一〇メートルほど浮き上がり、六〇メートル進んで着地した。徳川大尉のファルマン式複葉機は発動機が不調で、午後四時三十分から地上滑走をこころみただけであった。

その日の試験をつたえた新聞には、

「日野大尉グラーデ式を操縦し
日本の空に初めて飛行
十米突《メートル》上昇して六十米突を飛ぶ」

という見出しの記事がのせられた。

日野大尉搭乗のグラーデ式単葉機は、一〇メートルの高度で六〇メートル飛んだが、それは「滑走中の余勢であやまって離陸した」ものとして報告された。その日が地上滑走試験日で、単にジャンプしたものと判定されたのである。

翌十五日は飛行試験日であったが、徳川大尉のファルマン機は地上滑走中車輪がはずれ、日野大尉のグラーデ機は中央道路わきの草株に車輪をとられて転覆し、試験は中止された。翌十六日、徳川大尉のファルマン機は発動機が不調で、日野大尉のグラーデ機が数回地上滑走を繰り返し、三六メートルの高さに飛び上がって着陸したのみであった。十七、十八日の両日は寒風が吹きつのり、十九日を迎えた。寒気に身をふるわせながら押しかけていた見物人たちは、いつまでたっても本格的な飛行がみられないので、日を追うて減り、その日はわずか二百人ほどが練兵場の周辺に集っているだけであった。場内に連日やってきていた陸海軍の将校たちの姿もほとんど見られず、わずかに気球研究会の委員と新聞記者がいるだけであった。

その日は無風の飛行日和《びより》であったので、両機は調整を進め、飛行試験をおこなうことになった。

朝霜をふんでファルマン式複葉機が引き出され、徳川大尉が搭乗した。プロペラが回転し、機は滑走しはじめた。やがて、機は一、二メートル上昇して飛び、それが繰り返された。

午前七時五十分、本格的な飛行試験が開始された。徳川機は、三〇メートル滑走した後離陸した。次第に高度をあげ、七〇メートルに達した。地上にいた者たちは、興奮し、歓声をあげた。研究会委員田中館愛橘博士たちは、三台の車に分乗して機を追った。機は練兵場の外に出ると、右に旋回した。自動車は、それを追って走った。機は、練兵場上空を進み、再び左旋回して離陸地点にむかい降下し、無事に着地して二〇メートル走った後に停止した。距離三、〇〇〇メートル、所要時間三分、時速五三キロであった。その飛行は、日本最初の飛行記録として公認された。

委員たちは、機からおり立った徳川大尉をかこみ、祝いの言葉を浴びせ、大尉は感謝の言葉を述べた。徳川は、二十七歳であった。ファルマン式複葉機は、兵たちに押されて天幕格納庫におさめられた。天幕の中には炭火がおこされ、徳川は体を温め、委員たちと成功を祝い合った。

その飛行成功は、新聞記者によって取材され、号外の鈴の音が東京の町々を走った。その記事は人々を興奮させ、かれらは代々木練兵場へ急いだ。電車は超満員で、人々は駅におりると競い合うように練兵場へ走った。

日野大尉のグラーデ式単葉機は、発動機の故障になやんでいた。かれは、故障個所の修理に取りくんでいた。四気筒の発動機のうち一個が作動せず、その原因の究明につとめていたが、やがて発電装置に故障があることがあきらかになり、正午過ぎにようやく修理を終えることができた。

その頃には、練兵場の見物人の数が増し、かれらの眼は天幕格納庫にそそがれていた。いったん風は強くなっていたが、それも鎮まり、飛行条件は良好になった。

午後零時半、グラーデ式単葉機が格納庫から引き出され、日野大尉が搭乗、発動機が始動した。機は走り出して北に向かい、反転してもどることを繰り返し、練兵場の実験地の北東の隅に停止した。

プロペラがすさまじい音をたてて回転し、砂塵が巻き上がった。機は、滑走をはじめ速度をあげた。三〇メートル滑走後、地上をはなれ、樹木の梢を越えて上昇してゆく。群衆の中から、どよめきが起った。

機は南方に飛び、徐々に左へ機首を曲げ、衛戍監獄上空に近づいた。高度は約三〇メートルで、出発点に機首を向けようとしたが、突然強風が砂塵とともに吹きつけてきた。機体は風にあおられて大きく動揺し、方向を変えることが困難になり、墜落の危険も予想された。そのため日野は、出発点に着陸することを断念、機首をさげて実験場の西南隅に着地、停止した。飛行距離一、〇〇〇メートル、飛行時間一分であった。

委員たちは日野大尉をとり巻き、「おめでとう」「成功、成功」とうわずった声で祝辞を述べた。見物人たちも歓声をあげ、「成功を祝す」と大声をあげ、憲兵にたしなめられる者もいた。

徳川、日野両大尉をかこみ、天幕格納庫内でささやかな祝杯があげられ、その日の成功を喜び合った。日本最初の飛行実験は終了し、見物人たちは興奮がおさまらず立ち去りかねていたが、徐々に練兵場をはなれていった。

兵たちの手で大天幕が撤収され、飛行機にはおおいがかけられた。冬の日が暮れるのは早く、練兵場には夕闇がひろがりはじめていた。

翌日の各紙は、大々的にこの飛行成功を報道した。「暁天の大飛行、我国初めての大成功」「徳川大尉三千米突を飛行　日野大尉一千米突飛翔」などの見出しのもとに、写真とともにその詳細が熱っぽい筆致で記されていた。

飛行成功は人々の大きな話題になり、徳川、日野両大尉は、日本初の飛行家の栄誉をあたえられ、新しい飛行機時代の開拓者として国民的英雄となった。

忠八は、徳川、日野両大尉の飛行に深い感銘をいだいた。それまでは欧米各国の飛行成功がつたえられていただけだったが、日本人によってようやく飛行機を飛翔させることに成功したのだ。かれはその飛行成功を祝福していたがその反面、自分の力で飛行機を作りあげる機会を逸したことが口惜しくもあった。が、かれは、いつまでも初飛行に関心をいだいてはいられなかった。大日本製薬株式会社の支配人としての仕事が山積していた。

日露戦争後の不況が日を追って深刻さを増していた。

明治四十年には多くの銀行で取り付け騒ぎや支払停止が起り、さらにアメリカの不況の影響が波及してきて、経済界は恐慌状態におちいった。社会不安も表面化し、企業の倒産がつづき、社会運動のひろがりとともに労働争議も頻発していた。薬業界でも売り上げの低下と、戦後急にいちじるしくなった外国からの薬品輸入によって悲観的な空気が濃くなっていた。

忠八は、不況が今後もつづくと判断、会社を倒産の危険から守るためには会社の内部機構の整備を一層進める必要があると判断した。

明治四十四年を迎え、忠八は、大阪市東区伏見町にある本社を東区北浜の試験部に移そうという計画の実行に手をつけた。それは事務の簡素化をはかるとともに技師たちとの常時接触をはかることによって能率をあげようと考えたのである。

　忠八は、本社移転の必要を重役たちに説き、三月二十八日に開かれた重役会で決議を得、ただちに実行に移した。

　その直後、試験部技師長大島太郎と製薬部技師長野副豊三郎が、連れ立って支配人室に訪れてきた。かれらは、忠八の机の前に辞表を置くと、無言で出て行った。両技師長は、本社移転に象徴される忠八の会社の改革に反撥し、辞表を出したのである。

かれらは、技術者として製薬に従事してきたが、会社の重役たちの営利を追う姿勢を常々苦々しく思い、新たに経営の最高責任者になった忠八が、重役たちよりもさらに強硬な態度で経営の合理化を進めていることに憤りを爆発させたにちがいなかった。

　辞表の提出は両技師長だけにとどまらず、重だった技術者がつぎつぎに忠八の部屋にやってきては辞表を置いて去る。机の上には、辞表が積み上げられた。残った技術者はわずかで、その日から試験部、製薬部の工場の操業は停止し、会社の機能は麻痺した。

　重役たちは狼狽し、技術者たちの説得にあたったが、忠八の本社移転を旧に復さなければ退社する以外にないと応じない。忠八も、頑に自説をまげなかった。

　社内は大きく揺れ動いた。大日本製薬の前身である大阪製薬が創立されて以来の騒動であった。

　工場は三日間操業を停止し、その間、忠八は重役たちとともに技師たちの慰留につとめたが効果はなく、かれは、思いきって大島、野副両技師長の辞表を受理した。その強硬な態度が効を奏し、一応社内には平穏な空気がもどった。技術者たちの大半は辞表を撤回し、試験部、製薬部も操業を再開した。

忠八は、会社経営に自信をいだき、社務に精励した。

それから間もなく、かれは、興味深い新聞記事に眼をとめた。それは、三人のアメリカ人飛行家が、アメリカ商船ペルシャ号で神戸のメリケン波止場に上陸、大阪で公開飛行を開催することを伝えた記事であった。

日本で最初の飛行に成功した日野熊蔵、徳川好敏両大尉は、その後、所沢飛行場が完成をみないため再び飛行機操縦をする機会がなかった。そうした折に、マニラで公開飛行をこころみたボールドウィンを団長とした操縦者J・C・マース、シュライバーのアメリカ飛行団が、来日したのである。

それを知った大阪朝日新聞記者小山荘一郎は、かれらの宿舎である北野の東亜ホテルに一行をたずねて取材、同社販売部長小西勝一に同社主催の公開飛行をもよおすことを進言し、社長村山龍平の許可を得て、一万円の謝礼で大阪城東練兵場で公開することになった。

その新聞報道は、京阪神のみならず全国の人々に大きな反響をあたえた。飛行機の開拓者であるライト兄弟を生んだアメリカから有能な飛行家が来日し、公開飛行をすることが、かれらには世界の飛行界の実情を眼にする好機会に思えたのである。

忠八の会社でも、休憩時間になるとその話題でもちきりであった。社員の家族の中には、城東練兵場に見物に行くことを予定している者も多いようだった。

公開飛行のおこなわれる三月十二日になると、朝から大阪の町々には落ち着かない空気がひろがった。会社では、執務がはじまっても窓の外に眼を向けたりする者が多かった。忠八も例外ではなく、時折り机の前をはなれると、窓外の町の空をながめたりしていた。

その日の前夜から、続々と市民が大阪城東練兵場に集ってきていた。観覧席は、十一万坪の練兵場の二カ所に設けられていたが、朝を迎えた頃には見物人ですっかり埋められていた。観客席に入れぬ者は、その周辺に押し寄せ、持参のむしろをひいて坐る。かれらの中には遠く東京、中国、四国などからやってきた者も多く、正午頃には推定四十万人の人たちが練兵場にむらがっていた。来賓として京都から久邇宮《くにのみや》邦久、多嘉両殿下が会場に到着、数百名の警察官が場内警備にあたった。

観衆が待つうちに、午後一時十五分、公開飛行開始の号砲が練兵場にとどろいた。観衆の間から、どよめきが起った。空は澄み、ほとんど無風状態であった。

練兵場に張られた大天幕の中から灰色をした飛行機が引き出され、観衆のどよめきは増した。それはスカイラーク（雲雀《ひばり》）号と名づけられたカーチス式複葉機で、西の方向に押されてゆき、会場の西南隅に停止した。操縦者はマースで、機に近づくと乗りこんだ。機は、日野、徳川両大尉の乗った飛行機よりもはるかに軽快な形をしていた。

飛行団長ボールドウィンが、手に力をこめてプロペラを何度も回転させ、三十五回目にようやくプロペラがゆるやかにまわりはじめ、突然、発動機の音がとどろいた。プロペラは全回転し、数人の人夫が機体の後部を必死になっておさえつけていた。そのうちに、ボールドウィンの合図で人夫が手をはなすと、スカイラーク号は勢よく走り出し、地上をはなれた。

機は一二〇メートルの高度に達し、会場を六周した。その間に高度をあげたりさげたりし、離陸してから十四分四十秒後に高度をさげて会場の西北隅に着陸、地上滑走をして天幕格納庫の前に停止した。観衆の喝采する声が、練兵場を圧した。

操縦者マースは、久邇宮両殿下の前に進み出た。久邇宮はマースに握手を賜わり、祝いの言葉を述べた。

朝日新聞との契約は、二回の公開飛行をすることになっていたので、観衆はその時刻を待った。

午後一時五十分、再び飛行開始を告げる号砲が放たれた。操縦者は再びマースで、スカイラーク号に乗った。北西の微風が練兵場を渡っていた。

五十四分三十秒、プロペラが回転し、機は離陸、高度四〇メートルに上昇して、しばしば急速旋回をおこなった。そのうちに、次第に高度をあげ、八〇〇メートルに達した。機は、小箱のように小さくなり、観衆は呆然として上空を見上げつづけていた。

機は北へ一二、〇〇〇メートル飛ぶと、旋回して会場上空にもどり、南へ早い速度で飛行していった。そして、北に機首を転じ、会場上空を四周、おもむろに降下して着陸、地上滑走して格納庫前で停止した。その飛行で、スカイラーク号は大阪市街上空を飛び、爆音が町々にとどろいた。人々は路上に飛び出し、物干台に駆け上がり、屋根にのぼった。通行人は叫び声をあげ、人力車は動きをとめた。

東区北浜にある大日本製薬株式会社の本社にも、爆音はつたわった。社員たちは、堪えきれずに窓に鈴なりになり、晴れた空を動いてゆく飛行機を指さし、驚嘆の声をあげた。

忠八も、興奮して屋根に梯子をかけてのぼると機を見つめた。長い間夢にえがきつづけてきた器械が、現実に空高く飛んでいる。かれの顔には、淋しげな表情がうかんでいた。

かれは、機影を眼で追った。機は、すぐに大阪城東練兵場の方へ降下し、消えていった。

その日は二回の飛行で終ることになっていたが、マースは久邇宮に敬意を表して、三回目の飛行をこころみることになり、観衆を喜ばせた。その折、マースは久邇宮に、

「今度は三〇〇メートルの高さに上昇し、プロペラをとめて、ゆるやかな角度で降下して御覧に入れます」

と、言った。

久邇宮が、

「危険はないか」

と、不安そうにたずねると、マースは、決して危険はない、と答えた。

スカイラーク号は、午後二時十四分に離陸、一〇〇メートルの高度を保って一周後、高度をあげて七〇〇メートルに達した。それから旋回しながら三〇〇メートルまで降下したが、それまで練兵場を圧していた発動機の音が不意にやみ、プロペラの回転も鈍くなった。

マースが久邇宮に約束した内容を知らぬ観衆は、顔色を変えた。発動機が不測の故障を起したにちがいない、と思ったのだ。

「落ちるぞ」

という声が随所で起り、観衆は総立ちになった。

プロペラが停止するのも見え、観衆たちは頭上に落下してくることを恐れ、会場外に走り出る者もいた。が、機はプロペラを停止したまま鳶《とび》が舞うようにゆるやかに旋回しながら、次第に高度をさげてくる。人々は、恐怖も忘れて見守っていた。

プロペラをとめてから約一分後、機はゆるやかに下降し着地した。そして、再び発動機を始動させると走り、格納庫に停止した。観衆たちの間から、大歓声が起った。その中をマースは久邇宮の前に歩き、握手した。

飛行終了の号砲がとどろき、それは大阪の町々にもつたわっていった。

翌朝の新聞は、この記事を大々的に掲載し、第三回目の飛行の妙技を「マースのプロペラ止めの曲乗り」とたたえた。

飛行団は、大阪の興行師と契約を結び、三月二十日から三日間、西宮《にしのみや》に近い鳴尾《なるお》競馬場で飛行をおこなうことになった。入場料は五円、三円、二円の三階級というきわめて高額のものだったが、観覧席は群衆で埋めつくされた。

その日は、六甲おろしの北風が吹きつけていたが、マースはプロペラ止めの曲乗りも披露し、観衆を喜ばせた。四回飛行する予定になっていたが、四回目は風が強く、離陸後すぐに着陸して会を閉じた。

翌日と翌々日は、天候も良好でマースは、スカイラーク号を駆って遠く今津町、神戸方面にもおもむき、さらに大阪湾上空を旋回するなどして、人々を驚嘆させた。

その飛行団の曲技は、全国民に大きな興奮をあたえた。人々は、世界が飛行機時代に突入したことを実感として知った。

人々は、その話題を口にし合い、飛行機熱はたかまった。それにこたえるように、飛行団は汽車で東京につき、帝国ホテルに投宿して、四月一日から四日間にわたって目黒競馬場で飛行を披露した。

初日は、強風であったがそれをおかして二回の飛行を試みた。会場には気球研究会飛行機理論担当の委員である田中館愛橘博士、複葉式飛行機の研究者である海軍中技士奈良原三次をはじめ複葉式飛行機の設計試作をおこなった伊賀氏広、単葉機研究家都築鉄三郎ら飛行機研究者たちも姿をみせ、熱心にマースの操縦を見守った。二日目、マースは機上からミカンを投下して観客席前の標的に命中させて喝采を浴び、また、横浜グランドホテル支配人マンワリング夫人が同乗を希望したので、下翼に夫人を腰かけさせ、数メートルの高度で三〇メートルほど飛んで着地させるなど器用なところもみせた。

三日目は雨で中止になり、四日目は強風だったが、観衆が強行するよう騒いだのでマースは飛行をこころみた。が、風にさまたげられて翼の先端が柵に接触して不時着、機は傷つき、マースも負傷した。そのため、飛行は中止となったが、観衆は不満の声をあげ、入場料を返せと口々に叫んだ。

警察官が騒ぎを鎮め、明日、飛行を試み、入場券も有効にするということで、騒ぎはしずまった。そして、翌日、約束通り、飛行がおこなわれた。

人々が、ボールドウィン飛行団の飛行に熱狂している頃、ようやく所沢の飛行場の整備も終り、四月四日に飛行練習が開始された。

その日、日野大尉は、新たにドイツから輸入したライト式に搭乗、一一四メートルの高度で一七キロの距離を十三分間で飛び、代々木練兵場での初の試験飛行とは比較にならぬ好成績をおさめた。ついで四月九日には高度二三〇メートルで六二キロを飛んだ。飛行時間は五十三分であった。この飛行で、日野は、飛行場上空を二十八周し、発動機の運転をしばしばとめるなど、巧みな操縦を披露した。

四月十三日には、徳川好敏大尉がフランスから輸入したブレリオ機に同乗者とともに試乗した。機は、一五〇メートルの高度で八〇キロの距離を一時間九分で飛び、日野の記録を更新した。

日本の飛行機操縦もようやく軌道に乗ったが、それらは外国から輸入した機によるもので、それを不満とした者たちの間で国産機を作る気運がたかまっていた。それを最初に手がけ成功させたのは、複葉機の研究に没頭していた海軍中技士の奈良原三次であった。

かれは、木製の複葉機を作り上げ、奈良原式第二号機と命名した。エンジンは空冷ノーム式五十馬力であった。

五月五日、試験飛行が所沢飛行場でおこなわれ、機は二〇〇メートル滑走後離陸し、七〇メートル近くまで上昇した。それは、日本人の手で作られた機体による初めての飛行であった。

また、関西の森田新造もベルギー製エンジンを備えつけた単葉機を完成、四月二十四日、大阪の城東練兵場で高度一メートルで約八〇メートルを飛んだ。

当然のようにエンジンも日本人の手で製作しようという声がたかまった。最初にそれに応じたのは、日野熊蔵大尉であった。

かれは、東京工科学校内で発動機製作に打ちこみ、六十馬力の水冷式エンジンを作り上げた。そして、機体の製作にもつとめ日野式一号機を完成した。高翼式単葉機で、郷里の土地、建物を売却した代金をつぎこんでいた。かれは、五月二十三日午前三時、機を解体して東京工科学校から青山練兵場に馬車で運び、組み立てを完了した。発動機の試運転も良好だった。

その日、純粋な国産機の初飛行がおこなわれるという新聞報道に、見物人が夜明け前から練兵場に集ってきた。天候は、雨であった。

日野は七時頃から飛行準備に入ったが、発動機が始動せず、午後二時半まで調整につとめた。が、結果は同じで、ついに飛行は中止になった。会場には北白川中将宮殿下をはじめ高官が臨席していた。

その夜は、徹夜で発動機の修理につとめたが、故障はなおらず、結局第一号国産機の飛行は失敗に終った。

日野についで国産機の完成を目ざしたのは、徳川好敏大尉であった。かれは、臨時軍用気球研究会の資金を得て、十月に自作の発動機をつけた複葉飛行機を完成した。それは、臨時軍用気球研究会式（略して会式）第一号と命名された。型式は複葉で定員二名、五十馬力の発動機がつけられていた。製作費は、発動機、人件費をのぞいて三千八十円という高額なものであった。

試験は、十月十三日から所沢飛行場でおこなわれた。風はなく絶好の飛行日和だった。成績は良好で六〇メートルの高度を保ち、八・五キロの距離を七分間で飛び、秒速二〇メートルを記録した。それは、外国機にくらべてまさるとも劣らない成績であった。

また、十月二十五日に徳川大尉は、マース飛行士と同じように高度三〇〇メートルの上空でプロペラをとめ、徐々に降下させて無事着陸し、すぐれた操縦技倆を関係者にしめした。所沢飛行場には格納庫、観測所、研究室、事務室などが設けられていた。

日野、徳川両大尉の初飛行以来、日本の航空界は、短期間のうちに急速な進歩をしめしていた。

忠八は、そうした状況を新聞で読み、自分が飛行器完成を目ざしていたことが遠い過去のものになったことを感じた。かれは、過ぎ去った日のことは忘れ、薬業に自らを没頭させていた。


七月二十六日、株主総会がひらかれ、支配人、技師長の設置が正式に定款《ていかん》で定められた。支配人は経営の最高責任者で大きな権限をもつことがあらためて確認され、また技師長は、技術の指導以外に経営に参画し、同時に試験部、製薬部それぞれの全責任を負うことが義務づけられた。

忠八は、積極的に経営方針を打ち出し、経済界の情勢を説明して地道な努力をはらうよう社員に徹底させ、非能率的で手狭な海老江工場の拡張工事もおこなった。

その年の秋、思わぬ慶事が忠八の家にあった。養女の静子に縁談があり、なんの支障もなくまとまったのだ。

忠八は、静子がまだ十五歳であるので早すぎると思ったが、相手が大日本製薬株式会社の技手松本善左衛門であることに気持が動いた。松本は助手として入社したが、勉強熱心で薬剤師試験に合格し、技手に昇格した青年であった。

忠八は、念のため静子の実母二宮りきに手紙を出して意向をただすと、すぐに返事があって、縁談を進めて欲しいと伝えてきた。静子の長姉みちは上甲弥太郎に、次姉ちよは池田国太郎の養子盛一にそれぞれ嫁いでいた。

忠八は、ようやく気持も定まって静子にその話を告げ、見合いをさせた。双方に異存はなく、式を挙げた。忠八は、花嫁姿の静子を眼にしながら、静子の実父である亡兄の千代松に義務を果したような安らぎを感じた。

会社内でも、一つの動きがあった。取締役の乾利兵衛が脳溢血で急死し、取締役に一人欠員が生じていた。その後任として、取締役の小西儀助、小磯吉人らが忠八を強く推したが、重役の中には、反対する者もいた。小西と小磯からは内々に忠八の意向をただしてきたが、かれは返事をしなかった。

忠八は、将来、独立することを考え、西成郡大道村と小松村に土地千坪余を買い求めた。

寒気が増し、溝の水も凍る日が多くなった。

十二月に入って間もなく、新聞をひらいた忠八は、日野大尉が臨時軍用気球研究会委員を辞任させられ、十二月一日付で福岡歩兵第二十四連隊付になって、追われるように東京をはなれたことを知った。あきらかに左遷で、意外な人事であった。

日野は純国産機の製作につとめ、失敗はしたが、私費を投じて研究をつづけていた。いわば、かれは、日本の航空界を発展させた功績者の一人で、それが代々木練兵場での初飛行後、わずか一年で研究会委員を免ぜられ、左遷されたことが、忠八には理解ができなかった。輝かしい栄誉を得て英雄扱いされていた日野大尉に対する処置としては、余りにも苛酷であると思った。

二日後、新聞をひらいた忠八は、日野が左遷された理由をようやく理解することができた。新聞にはその日と翌日にかけて「日野氏罷免事情」として、そこに至るまでの経過が報じられていた。

その記事によると、日野は三千余円という負債の返済を求める訴訟を起されているという。日野は、早くから飛行機を独力で製作することを志し、第一号、第二号機を製作したが、いずれも失敗に終っていた。それに要した費用は、故郷にある父祖代々の土地六百六十余坪と付属建物を売却した金をあてたが、それでも不足で、予備二等主計山田末態らから飛行機を担保にして二千円の借金をした。が、飛行機の飛行試験は失敗したので、山田は貸し金の返済を求めた。

日野は、飛行機を製作する工作機械を発明し、叔父の林久蔵を出願者として特許も受けていたが、その権利をゆずることを条件に器械業をいとなむ知人の予備歩兵中尉山内晋から、計二回にわたって三千二百余円を叔父を介して借りた。叔父は、山内から借りた金の中から二千円と利息を、催促をせまる山田末態らに支払った。

日野は、叔父の行為に不服をとなえた。山内晋から借りた三千二百余円は、次に計画している飛行機製作費にあてるもので、山田らから借りた金の返済のためではないと主張した。感情を害した日野は、山内晋に特許権をゆずる約束も果すことをこばみ、山内はしきりに譲渡することを求めたが応じなかった。

山内は憤り、日野に三千二百余円の支払いを求める訴訟を起したのである。

そのことは陸軍省の知るところとなり、臨時軍用気球研究会委員としてふさわしくないと判断されて職をとかれ、少佐に昇進させると同時に、福岡歩兵第二十四連隊付を命じたのである。また、新聞には、日野が軍の上層部との協調性に欠け、以前から批判する声が多かったこともその一因らしいと記されていた。

忠八は、先駆者である日野の悲運に同情した。

年が明け、明治四十五年を迎えた。

一月二十七日、忠八はその日おこなわれた株主総会で取締役に選任され、さらに五月十日には常務取締役に就任した。四十七歳であった。

かれは、経営担当重役として会社の運営につとめ、好調なアルコールの製造、販売にさらに力を入れ、七月からは消化剤の名薬であるヂアスターゼの製造、発売のために工場施設を拡張したりした。

また、会社内部の整備も進め、賞与の支給方法について思い切った改革をおこなった。それまで社員の賞与は、それぞれの属する部のあげた利益によって計算されていたが、各部の賞与がまちまちであることは好ましくないとして、会社全体の利益を基本に平等の率で支払うことにしたのだ。

かれの飛行機に対する興味はおとろえず、それに関する記事が新聞にのると、それを丹念に切り抜いて保存し、繰り返し読むことを楽しみにしていた。日本の飛行機熱はさらにたかまり、多くの日本人が外国に行って飛行士の免状をとり、日本へ帰ってきて各地で飛行機に試乗するようになっていた。

世界各地ではしばしば墜落事故が起り、それにともなって飛行士の死傷もつづいていたが、忠八は、その年の十月、日本人で初の犠牲者が出たことを新聞で知った。それは愛媛県松山出身の近藤元久で、アメリカのノースアイランド飛行学校で万国飛行免状を得、日本に持ち帰る飛行機購入の資金を得るため、カーチス飛行機会社のあるニューヨーク州に移住した。

十月六日、かれは、ニューヨークのカーカム飛行機会社から試験飛行を依頼されてサボナで飛行中、着陸寸前に目測をあやまって片翼を農家の風車にぶつけ、墜落し即死したのである。

忠八は、その死を悲しみ、記事を仏壇におさめ冥福を祈った。

ヨーロッパ情勢は険悪な空気をしめしていたが、そのような中で明治天皇が薨去し、大正と改元された。忠八は、会社を代表して御大葬に参列を許された。

大正に入ると、日本の航空界は飛躍的な発展をしめした。忠八には、すでに自分が前半生をかけた飛行器研究を無視された腹立たしさも消え、一人の日本人として航空界の進歩を見守るような心境になっていた。

かれは、新聞紙上で、自分が果し得なかった夢が外国や日本の男たちの手によって次々に新しい成果をあげていることを知り、胸をおどらせていた。かれの唯一の悲しみは、飛行機事故による操縦士の死であった。自分が完成を夢みた飛行機が、将来性のある男たちを死におとし入れていることに堪えがたい苦痛を感じていた。

その年の三月末、かれは、日本人にとって二度目、日本国内で初の殉難事故があったことを新聞の号外で知った。

事故が起きたのは、三月二十八日であった。

所沢飛行場では徳川大尉の指導のもとに、陸軍の将校たちが飛行機の操縦訓練にはげんでいた。たまたま帝国議会が開催中であったので、陸軍省では飛行機についての関心を深めてもらうため、議員たちを招待してその飛行と離着陸を見てもらう計画を立て、さらに飛行機以外にパルセバール式飛行船も参加させることにした。

国会ではその計画をただちに受け入れ、当日は北白川、久邇、朝香宮三殿下をはじめ、陸・海軍大臣、貴衆両院議員多数が、離着陸場にあてられた青山練兵場の大天幕に集り、さらにそれを新聞で知った市民が押しかけた。

一同が空を見守っている中で、午前十時二十三分、鉄道線路沿いに所沢から飛んできた木村砲兵中尉操縦、阪本少尉同乗のブレリオ式単葉機が着陸、ついで岡中尉操縦、徳田中尉同乗の国産機『会式』三号、二号機が到着し、さかんな拍手をうけた。

やがて、パルセバール式飛行船が巨大な姿をあらわし、降下してきた。が、飛行船から垂れている着陸用の綱が、市電の架線にからみつき、電柱を二本ひきぬいてしまい、また架線もショートして火花を放った。飛行船はその事故で落下し、大破した。が、三〇メートルの低空であったので、幸いにも二人の搭乗員は無傷であった。

不祥の事故に見物していた者たちは顔色を変えたが、やがて飛行機が所沢に帰る時刻になった。

まず、同乗者の組合せを変えて木村鈴四郎中尉操縦、徳田金一中尉同乗のブレリオ式単葉機が無事に離陸、岡中尉、阪本少尉機がそれにつづいた。見物人たちは、機影を見守り、それが没すると散っていった。

約三十分後、所沢飛行場の上空に木村機の機影があらわれた。機は、三〇〇メートルの高度から機首をさげた。その直後、左翼が飛び散り、機は麦畠の中に墜落した。

飛行場の者たちは、畠に走った。機は大破し、木村中尉はハンドルに額を打ちつけ、徳田中尉は全身に内出血を起していずれも絶命していた。木村は金沢市南町出身で二十八歳、徳田は山口県吉敷郡宮野出身で二十九歳、いずれも第一期飛行術練習生であった。

翌日、両中尉に対して正七位勲六等単光旭日章と祭祀《さいし》料が下賜された。日本内地での最初の飛行機殉難者であったので、全国から弔慰金が寄せられ、四万円にも達した。

忠八は、それらの記事を丹念に切りぬき、日本人飛行家最初の死者である近藤元久の死亡記事と同じように仏壇におさめ、灯明をあげた。

かれは、飛行機に関する報道に注意をはらっていたが、実際に飛行機の離着陸を見たことはなかった。アメリカ飛行団一行の機が大阪の上空を飛ぶのを遠く見ただけで、間近に眼にしたことはなかった。

機会は、早くも一カ月ほど後に訪れた。

忠八は、民間飛行家武石浩玻《こうは》が四月七日帰国したことを新聞紙上で知った。武石は、茨城県水戸在の勝田村の出身で、飛行家を志し、明治四十五年二月十七日にアメリカのサンディエゴにあるカーチス飛行学校に入った。かれは天性の才にめぐまれていて、五月一日には早くも飛行士免状を取得した。かれは、さらに技倆をみがき飛行家としての名声もたかまった。

かれは、飛行機を購入して帰国することを願いながら飛行を繰り返していたが、大正二年に、在留邦人の寄付でホールスコット式六十馬力搭載のカーチス式複葉機を入手することができた。かれは、邦人に感謝の意をこめて、ドミンクス飛行場から三〇余キロを飛んで邦人の歓呼を浴び、十五日にサンフランシスコから春洋丸に乗船して帰国したのである。

全国の人々は、かれの飛行を待っていたが、五月一日の大阪朝日新聞に、新帰朝の飛行士第一人者である武石が日本初の京阪神の都市連絡大飛行をおこなうことになり、それに成功した折には朝日新聞社が賞金一万円を贈るという記事がのせられた。

忠八は、武石機が鳴尾競馬場で飛行を披露し、大阪市城東練兵場に飛び、さらに京都の深草練兵場に飛行する日程であることを新聞で知り、そのいずれかの練兵場で飛行機の離着陸を間近に見たい、と思った。

飛行は、まず五月三日から鳴尾競馬場で開始された。武石は、特別仕立ての花電車で鳴尾飛行場に到着、午前十一時四十分に機を離陸させ、四〇〇メートルの高度で競馬場上空を三周、ついで一時三十分に第二回飛行をおこなって一、〇〇〇メートルの高度に達した。また三時五分にも第三回目の飛行をおこない、急降下、急旋回を披露し、その妙技に観衆は熱狂した。

翌日午前十時二十二分、武石機は競馬場を離陸、六〇〇メートルの高度で大阪市西方から市の上空に入った。人々は、家々の屋根や物干台にのぼり、路上にむらがって飛行機に手をふった。武石機は、群衆の歓呼をあびながら午前十時四十分城東練兵場に着陸した。

忠八は、飛行機を近々とながめ、場合によっては直接手にふれたいという長年の念願を果したいと思った。武石機は、その日すぐに京都の深草練兵場へ飛ぶ予定になっていたので、かれは京都に泊りがけで行こう、と思った。

かれは、翌日が休校日であったので小学校に通っている次男の顕次郎を連れて行くことにきめた。顕次郎は、突然の父の言葉に顔を紅潮させて喜び、母の寿世に外出着を着せてもらった。

忠八は、矢立と紙を用意した。新聞や雑誌の写真で各型式の飛行機の写真を見ていたが、直接自分の筆でその形態と構造を書きとめたかったのだ。

忠八は、顕次郎とともに家を出て駅への道をたどった。すでに武石機は、大阪から京都の深草練兵場に到着しているはずだった。

駅が近くなった頃、かれは号外の音を耳にした。音が近づき、道の角から鈴の束を腰にたらした号外売りの男が走ってきた。

忠八は足をとめて声をかけ、小銭を渡して号外を受けとった。背筋が一瞬冷えるのを感じた。号外には、飛行士武石浩玻操縦の機が深草練兵場で墜落、武石が死亡したと記されていた。

かれは、立ちすくんだ。老練な飛行士と言われた武石の死が意外に思え、胸が痛んだ。顕次郎は、顔色を変えた忠八の顔を不安そうに見上げていた。

忠八は、そのまましばらくの間立ちすくんでいたが、号外をふところに入れると、

「帰ろう」

と、低い声で顕次郎に言い、体をめぐらした。

顕次郎はいぶかしそうな表情をして、道を引き返してゆく忠八の後について いった。

武石機が大阪の城東練兵場を離陸したのは、その日の午後零時二十二分であった。武石は、都市連絡飛行の趣旨にしたがって、大阪衛戍司令官代理藤井少将から京都の第十六師団長長岡外史中将あての「新帰朝の飛行家武石氏の飛行に託し閣下に敬意を表す」

旨の名刺や肝付《きもつき》大阪市長から井上京都市長あての封書をたずさえていた。機は、淀川沿いに北上、天王山を越えた。地上の者たちは、機影に歓声をあげていた。

深草練兵場には久邇宮邦彦《くによし》殿下、長岡第十六師団長ら多数が待ちかまえ、西の空に機影があらわれると、群衆の間からどよめきが起った。機は降下態勢に入ったが、着陸時の水平姿勢をとることができず、そのまま地面に突っこみ激突した。

場内は騒然となった。機体の下から引き出された武石は、応急手当をうけて深草衛戍病院へ運ばれたが、途中で絶命した。

その夜、遺体をおさめた棺は、長岡師団長代理の福原参謀長をはじめ多数の将兵に守られ、騎馬の先導で白木の台にのせられて運ばれた。棺は、京都の京阪電車深草停留所につくと、電車で大阪の天満停留所に送られ、夜道を武石の友人宅に運ばれた。

忠八は、身近に起った飛行機事故だけに受けた衝撃は大きかった。飛行機の記録は日増しに伸びてきているが、開発途上であることに変りはなく、危険がともなうものだということをあらためて感じた。今後も武石機のような悲惨な飛行機事故がつづいて起きることが予測され、かれは暗澹とした思いだった。


十日ほどたった頃、前日退社した元販売部員の田代という彦根中学出身の青年が、常務取締役室にいた忠八を訪れてきた。忠八は、退社の挨拶をしに来たのかと思ったが、田代は思いもかけぬことを口にした。販売部から報告されている利益が水増しされているが、その事実を忠八は知っていて黙認しているのか、と詰問した。

　忠八は、田代の言葉の意味が理解できなかった。

　田代は、忠八に疑わしげな眼を向けながら、そのようなことがおこなわれるようになったのは賞与の支給方法を改定したことが原因だ、と言った。忠八は、社員の賞与がそれぞれ所属する部の利益にもとづいて支給されているのは不公平であると考え、会社全体の利益を基礎に公平に支給する方法に変えた。それによって、成績のかんばしくない部の者たちが、他の部の者たちに迷惑をかけまいとして奮い立ってくれることも期待したのだ。

　しかし、田代の口からもれた言葉は、忠八の予想もしていない事柄であった。販売部では、容易に利益があがらぬことにいらだち、他の部への気兼ねから一つの方法を思い立った。販売部には数年間精算していなかった引換伝票があって、部員たちはそれに手心を加え、実際より多い利益金を計上して会社に提出しているという。

　田代は、当然常務である忠八がそれを知っていて、なにかその裏でやましい工作をしているのではないか、と疑っているようだった。忠八は、むろんそのようなことは知らず、田代の話をそのまま信じることはできなかった。かれは、まず十分に調査した上で解答する、と言って田代を帰した。

　忠八は不安に駆られ、すぐに販売部の主任を呼んで、事実そのようなことがおこなわれているかどうかをたずねた。主任は、営業のことでもあるのでまちがいはまぬがれないが、それもわずかなものであるはずだ、と答えた。

忠八は、一応安心したが、重大問題なので過去数年間の帳簿を調べ、それをもとにして自分で新しく伝票を起し、ソロバンをはじいてみた。その作業を進めていくうちに、食いちがいが続々とあらわれてきて、かれは、田代の言ったことが事実であることを知り、愕然とした。

かれは、さらに帳簿、伝票の調査を繰り返すと同時に部下に命じて棚卸しをさせた。かれは、黙々とソロバンをはじきつづけたが、その顔からは一層血の色が失われていった。古くは七年前から精算していない伝票もあり、表にあらわれぬ損失金の額が、調査の進むにつれて増していった。

かれは、頭をかかえた。損失は、三万二千余円という途方もない額に達していた。経営の実務を一任されている忠八が気づかなかったではすまされぬことで、責任はかれ自身の負うべきものであった。

忠八にとって、十五年前薬業界に入って以来、初めての大失策であった。原因は販売部内にあったが、それに気づかなかったことは、経営を託された忠八の重大責任であった。

かれは、全責任をとることを決意し、十一月二十九日に重役会の開催を求めた。かれは、調査結果をまとめた書類を全重役に配り、重役に失態を報告した。そして、私財をすべて投じ、責任の一切を負いたい、と告げた。

重役の驚きは大きかった。かれらは、忠八の説明に顔色を変え、書類に視線を据えていた。かれらの顔には忠八に対する非難と憤りの色がにじみ出ていたが、責任はすべて自分にあると言って陳謝を繰り返す忠八に、気持も少し落ち着きをとりもどしたようだった。

かれらは、暗い表情で対策を協議した。その結果、事はきわめて重大なので、重役は総辞任して株主に陳謝する以外にないという結論に達した。これに対し、忠八は、責任は経営権を託された自分にあり、重役たちに迷惑をかけることは筋ちがいだと強調した。重役たちは意志をまげなかったが、忠八の説得でようやく諒承し、総辞任は思いとどまった。

損失金の処理については、その年の上半期に生じた決算誤算金とすることにした。また全責任を忠八が負うと言っても、かれにはそのような力はないので、全重役が損失を分担することになった。分担額は、日野社長が九千円、忠八が六千円、田辺、塩野両取締役がそれぞれ四千九百三十五円、上村取締役、小野、武田両監査役の二名が二千円ずつとした。

重役会は翌日も継続して開かれ、その席で忠八は、常務取締役を辞任して取締役になった。そして、さらに年があけた一月七日には取締役も辞し、大日本製薬株式会社を去った。四十九歳であった。

かれは、非難と中傷に堪えて日を送った。薬業界に入ってその才能を発揮し、異例の地位につき、さらに前途が期待されていたが、一転して失意の境遇におちいったのだ。おれとしたことが……、と、かれは悔んだ。ただかれは、それが私欲から生じたものでなかったことにわずかな慰めを感じていた。

日がたつにつれて、中傷の声もうすらぎ、ようやく気持も平静になった。かれには自己経営の大阪精薬合資会社が残されていたが、二宮舎利塩の注文は日増しに多くなっていて、事業はきわめて好調だった。

その年の夏、かれは大阪の北浜の家を引きはらい、京都府八幡町の家を修築し、家財を大型船にのせて移転した。

かれは、その頃から腹部に疼痛を訴えるようになった。医師に診断を乞い、入院もしたが原因はわからず、その痛みに苦しんだ。


かれは、平穏な日々をすごした。

依然として研究心は衰えず、鰹節に代る調味料として鰯《いわし》の蛋白を加水分解して粉末にし、乾燥して罐入りにし喜味粉という商品名で発売したり、湿気を呼ばぬ焼塩を製品化したりした。

時折り起る激しい腹痛に悩みながらも、かれは事業に取り組んでいた。大日本製薬での大失策も、その折の処理がよかったため、退社してから四年後の大正七年には、欠損金を立替えた六千円を、日野九郎兵衛の後をうけて社長に就任した小磯吉人がとどけてくれた。自分の一大汚点と思っていたことが、それによって一時にはれたことが嬉しかった。

大正七年十一月、第一次世界大戦が終了したが、翌年、忠八は白川義則陸軍中将と相《あい》識《し》るようになった。白川は、松山藩士の子として生れ、松山中学を中退後、代用教員となって軍隊に入り、勉学につとめて陸士、陸大を卒業、中将にまで昇進した珍しい経歴をもつ将軍で、陸軍士官学校長の職にあった。

その年の十一月、大阪付近でおこなわれた大演習に統監部付となって来ていたので、忠八は、他の愛媛県出身者百七十余名と、白川や同郷の将軍である秋山好古《よしふる》大将ほか将官数名を慰問するため、岸松館という料亭に招待した。

その席で、白川が一人の老人にいんぎんに上席をすすめる態度に感心したが、その老人が漢学者近藤南州で、息子がアメリカで日本人として初めて事故死した飛行士近藤元久であることを知った。

帰宅した忠八は、仏壇をひらいた。内部には、近藤をはじめ四十名近い犠牲者の氏名、事故日時、場所などを連記した巻物が置かれていた。忠八は、近藤の父を温かく遇し慰めていた白川に会ったことが奇遇に思えた。

忠八の胸に、思いがけぬ考えがかすめ過ぎた。白川は、陸軍中将という高い位置にある軍人でありながらたかぶる風はなく、人情の厚い人柄に思えた。事故死した近藤元久の死を悼んでその老父を慰めていたことからみて、航空界に強い関心もいだいていることはあきらかだった。

忠八は、実機を完成することはできなかったが、長い間つづけた飛行機研究の内容を白川にだけは知ってもらいたい、と思った。日本には一人として飛行機の研究者がいなかったということが定説になっているが、自分だけはそれに打ちこんでいたことを知ってもらいたかった。

かれは、気持を抑えつけることができず、翌日、日清戦争中に長岡外史参謀に却下された採用願上申書と、その後手をつけた発動機つき飛行器の設計図、説明書をまとめ、白川中将が泊っている旅館におもむいた。

忠八は、手土産を差し出し突然参上した非礼を詫びた。

「実は……」

かれは、風呂敷包みをときながら低い声で言った。

書類をとり出した忠八の顔は、羞恥で赤く染まっていた。何度も却下された飛行器研究内容を白川に見てもらおうとしていることが、年甲斐もないように思え、恥かしかった。長岡外史と同じように、白川に冷笑され突き返されるような予感がした。

白川は、忠八が渡した書類をいぶかしそうにひらいた。

忠八は、口ごもりながら飛行器の研究にとりくんでいた経過を口にした。白川は、書類を繰り設計図を見つめていたが、眼の光が増した。

しばらくすると、白川は顔をあげ、

「驚きましたな。あなたがこのような貴重な研究をなさっておられたとは……。あなたのような方がいたことは、日本の誇りです。いかがでしょう、これを私におあずけいただけませんか。実は、今、陸軍で航空歴史を編纂中ですので、ぜひこれを紹介させていただきたいのです。よろしいでしょうな」

と、忠八の顔を見つめた。

忠八は、頭を深くさげた。ようやく自分の研究を認めてくれた人間とめぐり会えることができたのだと思うと、胸が熱くなった。

白川は、感嘆の言葉を繰り返しながら書類を見つめていた。

忠八の研究内容は、白川から陸軍航空本部に渡され、検討された。その結果、飛行原理は正しく、それがリリエンタールやライト兄弟よりも以前に発見され、しかも模型機も設計製作されていた点で、日本のみならず世界の航空史にとっても重視されるべきものである、という判定が下された。

忠八の業績は公に認められたわけだが、それ以前にかれの存在はひろく世に知られるようになっていた。それは、阪谷芳郎男爵を会長に長岡外史中将を副会長として設立された帝国飛行協会の機関紙「帝国飛行」第五巻四号に紹介されていたからであった。同誌の記者加藤正世が、陸軍航空本部航空課長の松井兵三郎大佐の机の上に置かれた忠八の飛行器の設計図を見て驚き、「二宮式飛行機について」と題する記事を発表していたのである。

翌大正十年五月、陸軍航空本部長井上幾太郎中将は、忠八の天才的な研究に感嘆し、欧米先進国にさきがけて日本にこのようなすぐれた研究者がいたことを表彰すべきだ、として、長文の表彰状を書き、

航空本部に於て

陸軍中将井上幾太郎 印

二宮忠八殿

と署名し、忠八に贈った。これによって忠八の名はさらにたかまった。

飛行協会副会長の長岡外史中将も、忠八の研究に深い感銘をうけた。長岡は、飛行機の進歩促進をおしすすめる第一人者で、両側に張った見事な髭がプロペラに似ていることから、プロペラ髭の飛行将軍と称されていた。かれは、大隈侯爵邸でおこなわれた文明協会の席で、二宮忠八の研究は日本航空史上の誉れである、と絶賛する講演をおこなったりした。かれは、二十八年前、忠八の差し出した願書を冷淡に却下したことには気づいていなかったのである。

忠八が飛行機研究の先駆者であったということは、薬業界にも広く知れ渡った。忠八は大日本製薬株式会社に在社していた頃、薬業普及のため「薬石新報」という新聞に協力していたが、その新聞から飛行機研究のいきさつについての原稿依頼を受けた。

忠八は、この機会に事実を活字で残しておこうと考え、軍隊時代に研究を志し、日清戦役中に採用願いの上申書を提出し、その後も提出をつづけたがその度に却下され、や

むなく独力で研究を進めた事情を克明に記した。

かれの胸には、再び長岡参謀に「夢物語はたくさんだ」と言われて上申書を突き返された折の屈辱がよみがえった。その長岡が、今では航空界の重鎮として、飛行機の重要性を力説し、その普及につとめている。忠八は、長岡の輝かしい立場に矛盾を感じた。忠八は、自分の文章が印刷された「薬石新報」一千百十五号がとどけられると、それを長岡のもとに郵送した。

一週間後、分厚い封筒が配達されてきた。裏面を見ると、長岡外史とあった。

忠八は、長岡が激怒して手紙を寄越したにちがいない、と思った。当時の忠八の研究は幼稚なもので、それを却下したのは当然のことだ、と反論してきたのだろうと想像した。

忠八は、手紙を読みはじめたが、たちまちかれの眼に涙があふれた。手紙は不明を詫びる内容であった。手紙には、日清戦役中、薬剤手として従軍していた忠八の名も、上申書を却下したことも忘れていたことが記されていた。すげなく突き返したのは、あわただしい戦場で作戦のことに没頭していたためにちがいないと弁明し、それにつづいて「貴兄の折角の大発明を台無しにしたのは全く小生である」と、率直に認めていた。

さらに、ライト兄弟以前に合理的に飛行機の発明に従事していた忠八の存在を、自分が抹殺したことを考えると「穴にでも入り度《た》き心地」がすると詫び、「貴兄に対して謝罪」し、「又、大方に向つて減刑を請ひ度いと考へます」とも記されていた。

忠八の長岡に対する恨みは消え、かえって長岡の率直な態度に感動した。

その後、長岡は、忠八の業績を世につたえることにつとめ、忠八は、さまざまな栄光につつまれた。

大正十四年には安達逓信大臣から表彰状を受け、また忠八が飛行器研究を志すヒントを得た香川県仲多度郡十郷村樅ノ木峠に、十郷村村長王尾金照、財田村村長長沢原貞を発起人に顕彰碑が建てられた。さらに翌年には帝国飛行協会総裁久邇宮殿下から感謝状と有功金牌が授与され、さらに天皇から勲六等瑞宝章を贈られるなど、各方面からの顕彰がつづいた。

かれは、老いた。時折襲う原因不明の腹痛に悩みながらも、晩年の仕事に取り組みはじめていた。それは、飛行神社の建立計画であった。

飛行機事故による人の死がつづいていたが、かれは、もしも自分が飛行機発明に成功していた場合、それらの人々の死にどれほど苦しんだろうか、と思った。かれは、それをまぬがれたことを幸いだとも思うようになり、それらの殉難者の慰霊を思い立ったのである。

忠八は、京都府綴喜郡八幡町の自宅の敷地内に飛行神社を建て、自ら神主の資格を得て飛行機事故による死者の霊をまつった。殉難者はその年までに最初の死者である近藤元久をはじめ二百八名にも達していた。

飛行機は、陸海軍の手で軍用機として発達していたが、翌昭和三年には日本航空輸送株式会社が創立され、東京、大阪、福岡間に一日一往復の旅客機が飛ぶようになった。

忠八は病弱であったが、会社経営につとめるとともに飛行神社の祭事にはげんでいた。

翌昭和四年二月九日、妻の寿世が死亡した。肺炎にかかり、治療の甲斐もなく息絶えたのである。

三人の男子はすでに成人し、商人としての道を歩いていた。生活は満ち足りたものであったが、妻を失ったことはかれにとって大きな衝撃であった。

かれは、放心したように日を過した。老いた身にとって、妻を失ったことは堪えがたい悲しみだった。

飛行機採用の願書を提出し却下された朝鮮の京城孔徳里には、有志の手で「合理飛行機発祥之地」という記念碑が建てられていた。かれは、昭和七年、淋しさをまぎらすため次男顕次郎に付添われて朝鮮に渡って碑を見、さらに大連、青島《チンタオ》、上海に赴き、ホテルに泊った。

その日は四月二十九日で、天長節の祝賀式が上海新公園でもよおされたが、その式場に一人の朝鮮人が手榴弾を投げ、出席していた重光公使が右足に重傷を負い、軍司令官白川義則大将らが負傷した。

忠八にとって、飛行機研究の業績を世に紹介するきっかけを作ってくれた白川は恩人であり、ただちにホテルに近い兵站病院へ見舞いに駆けつけた。

が、白川はその負傷で持病の十二指腸潰瘍が急激に悪化、一カ月後の五月二十六日に死去した。帰国していた忠八は、その死を悲しみ、葬儀に参列した。

昭和十年、かれは七十歳になった。

その年の秋頃から、かれは胃に異常を感じるようになり、医師の診断を乞うた。医師は忠八に伝えなかったが、胃癌であった。

体が徐々に衰弱し、年が明けた頃には食物も容易に咽喉を通らなくなった。かれは、八幡町の家で病臥していた。

四月八日朝、危篤状態におちいり、その夜九時に息を引き取った。遺骨は八幡町の神応寺の墓地に埋葬された。戒名は斐光院《ひこういん》霊法幡山禅居士で、妻の墓と並んで墓石が立てられた。

翌十二年、小学校の教科書に「飛行機の発達」と題して二宮忠八の事蹟が収録された。その年の四月、朝日新聞社の「神風号」がアジア、ヨーロッパ間の連絡飛行をおこない、一五、三五七キロを九十四時間十七分五十六秒という飛行記録を立て、人々を興奮させた。

その年の七月、蘆溝橋《ろこうきょう》事件をきっかけに、支那事変が起り、それは大東亜戦争へと拡大していった。

……現在、飛行神社には、次男顕次郎氏が社主となって、日本のみならず世界各国の飛行機事故殉難者十四万余が祀られ、定期的に慰霊祭がおこなわれている。

あとがき

愛媛県八幡浜市に旅行した折、その地が二宮忠八の生地であることを知った。

私には、なつかしい人の名であった。小学生時代の教科書に、独力で飛行機の製作を試みた忠八のことが書かれ、教科書であることも忘れ小説の筋を追うように読むことに熱中した。江戸時代に空を飛ぶことを試みた岡山生れの表具師幸吉のことも、紹介されていた。

私は、明治時代に空を飛ぶことを真剣に考えた忠八という人物に興味をいだき、忠八の次男で会社経営をしている顕次郎氏から資料をお借りし、「鳥と玉虫」と題する六十枚ほどの小説を書いた。

三年前、顕次郎氏から父忠八の日記が蔵の中から出てきたという連絡があり、見せていただいた。そこには、飛ぶことを夢にえがきながら市井に生きた一人の男の姿があり、さらに背景としての明治、大正という時代の息づかいが色濃く浮び出ていた。

私は、あらためて忠八の動きを追って、京都新聞その他に連載小説として筆をとった。

小学生時代、教科書の忠八の話に魅せられた感情が、五十代も半ば近くなった私を刺激し、それが筆を推し進める原動力になったようだ。

連載終了後、出版することにかすかなためらいが湧いた。この小説が私自身にとってどのような意味をもつものかをつかみかねたからである。しかし、一年半が経過した後、私は単行本にするため小説に手を入れることをはじめた。少年時代、凧や模型飛行機に異常なほど熱中した私は、今でも凧揚げを楽しみ、材料さえあれば模型飛行機を作りたい意欲も十分にある。そうした私の内部に残された小児性が、二宮忠八を書くということにつながったのだと思い、上梓する気持になったのである。

新聞連載中は「茜色の雲」と題したが、「虹の翼」と改題した。

執筆にあたって、御協力をいただいた方々に御礼申しあげるとともに、平木国夫、宮津隆、田中祥一各氏の懇切な御指示を仰いだことを付記する。

昭和五十五年盛夏

参考文献

「二宮忠八と飛行神社」飛行神社刊
「日本飛行機発達史」飛行神社刊
「二宮忠八年記」二宮顕次郎氏蔵
「日本航空史（明治・大正編）」財団法人日本航空協会刊
「航空発達物語上・下――空飛ぶ夢の実現」（シュトレール著・松谷健二訳）白水社刊
「世界航空発達史」（桑名卓男著）教材社刊
「日本航空事始」（徳川好敏著）出版協同社刊
「日野熊蔵伝――日本航空初期の真相」（渋谷敦著）青潮社刊
「航空とスキーの先駆者人間長岡外史」長岡外史顕彰会刊
「岡山の奇人・変人」蓬郷巌稿
「日本薬学史」（清水藤太郎著）南山堂刊
「道修町――業種中買仲間と問屋仲間」大阪医薬品協会刊
「明治・大正・昭和・三代の歩み」大阪薬業厚生年金基金刊
「大日本製薬六十年史」大日本製薬株式会社刊
「くすりの歴史」（岡崎寛蔵著）講談社刊
「明治二十七八年　日清戦史（全六巻）」参謀本部編纂
「明治二十七八年役――歩兵第十二聯隊戦史」

解説

和田　宏

吉村昭作品を時系列でたどっていくと、三十九歳のところで、突如『戦艦武蔵』という実録風の小説が現われて驚かされる。

それまでの吉村作品は、特異な感覚に支えられた濃密な純文学の世界であった。そこへ戦艦が主人公格の長篇小説が出現したのだった。まったく異質に見える。発表時には評論家も戸惑ったし、「堕落した」と面と向かっていう編集者もいたらしい。当人は賛否が相半ばしたことに、むしろ安堵したという。当時の文学界には、資料に拠って事象を追ったものを文芸作品として扱う風土がなかった。

＊

私が文藝春秋に入社したのは昭和四十（一九六五）年で、七月に津村節子さんが芥川賞を受賞し、その夫君として初めて吉村昭という名を知った。それまで芥川賞の候補に四度も名を連ねており、純文学の世界では有力な新人だということだが、一般には無名だったといっていい。

奥さんに先を越されて、吉村さん、まずいんじゃないの、といった無責任な囁きが交わされていたのを何度も耳にしている。離婚するんじゃないかといわれていたのは、あのときぼくだって聞いていましたよと、のちに振り返って吉村さんは笑う。『戦艦武蔵』を書いたのは夫人の受賞の翌年であった。

＊

ある機会から巨大戦艦「武蔵」の厖大な建造日誌を見せられたとき、それを材料にして「小説を書く気など、みじんもなかった」という。自分でもそういうものを書く資質がないと思っていたのに、文芸誌「新潮」に四百二十枚を一挙に発表した。つまり純文学作品として。

「初めて事実に即したものを書くおびえを感じていたが、筆を進めるうちにそのような感情も薄れた」という。さらに翌年、やはり調べて書いた『高熱隧道』のときになると、「自然に筆が進み、創作をしているのだという気持ちしかなかった」（『私の文学漂流』ちくま文庫）と語っている。このあたり並の小説家にはない才能の懐の深さと勁さを感じさせる。

吉村さんとは編集者として長くお付き合いをいただいたが、最初に会ったのは入社五年目の昭和四十四年秋、三鷹市井の頭に引越してからである。担当の編集者になったわけではなく、たまたま同じ町内に住んでいたので（当方は借家だったが）、ほかの編集部から「原稿が出来上がっているので、会社にくるときに貰ってきてくれないか」とお使いさん役を頼まれたからにすぎない。夕方に資料を届けたときなどに、近所のすし屋で一杯というのが始まりだった。『戦艦武蔵』以後の吉村さんは独特の戦史小説を書く作家としての地位を確立していた。

実際に担当編集者になったのはそれからまた五年後、このときの吉村さんはもう戦史小説はやめていて、今までにないスタイルの歴史小説を創出して注目されていた。

＊

吉村さんの戦史小説は、可能なかぎり証言を収集することから成り立っている。あるとき戦艦の元艦長を取材して、自分の艦に山本五十六《いそろく》連合艦隊司令長官が来訪したという話を聞いて愕然とする。その時点では山本長官はすでに戦死していたからだ。それを元艦長に指摘すると、驚いて「そんなはずは……」と絶句したという。戦後二十数年もたつと、記憶は化学変化を起こす。

そのようなことが増えてきたので吉村さんは戦史小説をあきらめ、歴史小説に転身する。ここには証言者はいない。そこで徹底した史料の渉猟と現地踏査で事実に肉迫するのが吉村流である。忘れてはいけないのは、一分一秒の誤差も許されない戦史小説から、吉村さんの歴史小説が出発していることである。

吉村さんはとことん事実を掘り起こして、それによって真実をあぶり出し、文芸作品に紡ぎ上げる。そうして多くの優れた作品を残した。

かつて編集者仲間で、そんな作風の吉村さんが赤穂浪士事件（「忠臣蔵」）を書いたら面白いんじゃないかと話題になったことがある。実説虚説が入り乱れているこの一件を、吉村流に腑分けしてほしいというのだが、まったく興味を示さなかった。あれは十八世紀早々の事件であり、時間がたちすぎていて、もはや新事実が浮かび上がる気配がないからだ。

ちなみに吉村さんが長篇小説で扱った歴史的事件を思いつくまま並べると、『桜田門外の変』が起きたのが一八六〇年、『生麦事件』が一八六二年、『天狗争乱』が一八六四年である。人物評伝なら別だが、事件となるとそれ以前のものには吉村さんの食指が動かない。それは限界とはいわない。たんに作風によるものである。

＊

この『虹の翼』は、人が空を飛ぶなど夢でしかない時代に、実現への具体的な手法を見つけ出した人物の軌跡を追う小説である。同時にこの人物を鏡にして、明治・大正期の内外の情勢の推移を追い、世相史、庶民史をたどる小説でもある。そういう書き方をしたについては理由がある。

なぜ二宮忠八の世界に先駆けた「飛行器」は挫折したか。それは根底に日本が貧しかったことがある、とはあからさまに吉村さんは書かないが、随所でそれを暗示したいためにに多く筆を費やしているのだ。明治維新で世界の一員になったが、売るものは生糸くらいしかないのに、海には軍艦を浮かべなくてはならないのであった。

貧乏な小国であるがゆえに、ついには戦争にいたる大国の清国やロシアに対して猛烈な怯えがあった。忠八が「飛行器」の模型を作っているとき、国内では食べていけずに多くの人たちが海外へ移民として出ていく。そればかりか女たちは世界各地に売られていき、男たちには酷寒のシベリア鉄道建設工事にまで出稼ぎにいった記録がある。

＊

「飛行器」は個人の力ではどうにもならず、国にはプロジェクトを立ち上げる余力がなかった、ということであろう。また西洋にできないものが日本にできるわけがないというコンプレックスもあったにちがいない。

さらに吉村さんがこの作品で示唆しているのは、日本人には飛躍した発想をする者を排除する傾向がありはしないかということだ。奇異な説をなして人心を惑わし、和を乱すものとして、社会から除外するのではないか。「人さまに後ろ指を指されることはするな」。これがこの国の庶民の掟なのであった。

忠八は会社の経営や薬品の開発者として卓抜した仕事をし、実績を積み上げていく能力を持つのだが、「飛行器」の実験は隠れてするのである。

日本人には大発見や大発明ができないという。いつも教科書に載る程度の「美談」どまりなのである。吉村さんはこれらの背景について正面から論評しないし、解説もしない。淡々と事実を積み上げて、真実はそこから感じ取ってほしいというふうに書く。ゆえに一層その現実が身に迫ってくる。それが吉村さんの方法なのである。

結果として、この小説に限らず、事実にもとづいた吉村作品の多くには、日本の風土を反映して、限られた条件の中で勤勉に創意工夫をして成功していく例が取り上げられる半面、飛躍した発想をして、秩序を乱したとして疎外されていく者が描かれている。

＊

『戦艦武蔵』から四十年、吉村さんは多くの作品を残した。亡くなる前年の夏に会食したとき、「あしたの午前中で歴史小説はおしまいです」とおいしそうにお酒を含んだ。次の日の朝に新聞連載小説『彰義隊』の最終回の原稿を渡すという。生涯書き続けてきた短篇小説だけの世界にもどるのだと思った。

吉村さんは歴史小説を書きつくしたのだろうか。たとえば、私は吉村さんが高田屋嘉兵衛について書きたかったことを知っている。

十九世紀初頭、蝦夷地の漁場開拓に功績があり、ロシア艦でカムチャツカに一冬拉致された経歴を持つこの男を書く話が私との間に進んでいた。ところがやはり私が担当していた司馬遼太郎さんから嘉兵衛を書くという話を聞いたのは、その新聞連載『菜の花の沖』が始まる直前だった。

吉村さんが書く準備をしているという話をすると司馬さんは絶句して、もうテーマを取り替える時間がないと頭を抱えた。それを伝えると、吉村さんのほうは「では私は書かないことにします」と諦めてしまった。私は「すぐにとはいかなくても、吉村版の嘉兵衛伝があっていいのでは」と説得したが、無駄だった。

この二人はそれまでも数々のニアミスをしていた。日本海海戦やシーボルトのことなどである。同じように近代史をテーマにしているのだからやむをえないといえるが、当事者としてはできるだけ避けたい。

またあるとき、吉村さんから八甲田山事件の話を聞いたことがある。明治三十五年一月に青森の連隊が訓練中に遭難した一件で、二百十名中生き残ったのはたったの十一名（無傷は三名）であり、ほとんどが凍死であった。日清戦争で中国北部の冬の寒さにこりた日本軍は、日露の戦場予定地を考えて防寒対策を講じていたはずなのに、国内でこの惨事を起こした。

吉村さんが独自の見方を語るので、それを書くように勧めたが、先輩作家の新田次郎氏に『八甲田山死の彷徨』という作品があるからと書かなかった。こういう事件は吉村さんの得意とするところで、吉村版があっていいと思うのは私ばかりではあるまい。

しかし逆に吉村さんが書いたゆえにそのテーマをあきらめた作家も多いであろう。歴史小説を書く者の宿命である。

＊

「百になるまで書くぞ」と冗談をいっていたが、八十になる前に逝った。両親や兄弟に多く、もっとも気をつけていたはずの癌によるものであった。死に至る経緯《いきさつ》については夫人の津村節子さんの力作『紅梅』（文藝春秋刊）に詳しい。

子息の吉村司さんから聞いた話だが、吉村さんは死の床で「意外とつらくないもんだよ」といったという。二十一歳のとき体験した言語を絶する激痛の手術のことを思い出したのであろうか。それとも存分に仕事を成し遂げたという満足感からいったのだろうか。いずれにせよ、死の影と闘いながら、最後の短篇小説「死顔」を仕上げて、前向きに斃れた。

（元文藝春秋編集者）

文春文庫

虹《にじ》の翼《つばさ》

定価はカバーに
表示してあります

2012年6月10日　新装版第1刷

著　者　吉《よし》村《むら》昭《あきら》

発行者　羽鳥好之

発行所　株式会社　文藝春秋

東京都千代田区紀尾井町3-23　〒102-8008
TEL 03・3265・1211
文藝春秋ホームページ　http://www.bunshun.co.jp

落丁、乱丁本は、お手数ですが小社製作部宛お送り下さい。送料小社負担でお取替致します。

印刷・凸版印刷　製本・加藤製本

Printed in Japan
ISBN978-4-16-716950-3